傅星◎著

八音盒

傅星作品选

九州出版社
JIUZHOUPRESS

图书在版编目（CIP）数据

八音盒：傅星作品选 / 傅星著 . -- 北京：九州出版社，2015.7（2025.4重印）

ISBN 978-7-5108-3851-4

Ⅰ . ①八… Ⅱ . ①傅… Ⅲ . ①短篇小说—小说集—中国—当代 Ⅳ . ① I247.7

中国版本图书馆 CIP 数据核字（2015）第 181008 号

八音盒：傅星作品选

作　　者	傅星　著
出版发行	九州出版社
出 版 人	黄宪华
地　　址	北京市西城区阜外大街甲 35 号 (100037)
发行电话	（010）68992190/3/5/6
网　　址	www.jiuzhoupress.com
电子信箱	jiuzhou@jiuzhoupress.com
印　　刷	三河市宏顺兴印刷有限公司
开　　本	787 毫米 ×1092 毫米　16 开
印　　张	19.5
字　　数	259 千字
版　　次	2015 年 9 月第 1 版
印　　次	2025 年 4 月第 3 次印刷
书　　号	ISBN 978-7-5108-3851-4
定　　价	48.00 元

目　录

这嘈嘈杂杂的日子

雨淅淅沥沥地下个不停。到处是雾茫茫的，只有近处还看得清。能看清被雨水浸润了的田地，泛着水光的垂直相交的阡陌，道旁的电线杆，以及矮矮的灌木丛。而远处的景物都被雨雾蒙住了，就像图画中那些被虚去的部分，留给人一种想象。很含蓄，很有意思。

梁谷觉得，他已经有好多年未能置身于这样的景色之中了。大学毕业后，他便被分配到一家区级医院工作，几乎所有的活动都囿于市中心的范围。上海市区没有一处不是熙熙攘攘、嘈嘈杂杂的。倘若下雨，那么建筑物和马路都是湿淋淋的，失去光彩。人们撑着雨伞，穿着雨衣，挤公共汽车，挤商店，怒冲冲地挨在一起。空间，狭小得令人烦躁不安。

林月挽着他的手臂走着。她穿着一双海蓝色的胶鞋，在这和谐而又缠绵的灰调子中，海蓝色便显得很跳。这样，她的步态就更为轻盈和优雅了，她的头发在潮润的空气和从伞上滴落的雨珠的作用下，就像刚刚梳洗过一般，光滑，柔软，湿漉漉的。可以感觉到她的兴致很好，因为她正在哼着一曲什么歌子。他禁不住用嘴触了触她那小小的脑袋。

又能看到一幢两层楼的房子。造型很别致。楼梯在外，环绕而上，使人联想起日本女人的漂亮的腰带。梁谷真弄不懂，这些乡下人哪来那么多钱造房子，又哪来的设计图纸。

他们刚才看的那栋小楼也是两层。三上三下，有阳台、钢窗、磨光石水泥地、塑料的乳白色的天花板。只是楼梯设在房内，上楼得经过客厅。房前有一个院子，院子内零零星星地种了点花草。还有尚未竣工的绛红色的围墙，围墙以外，便是树林子和绿油油的菜地。

这全然就是座乡下别墅么！刚跨进院门的时候，董事长、情妇、周末……他的脑海中跳出这么些字眼。有一瞬间，他居然昂了昂自己的下巴。真是意识流。

梁谷今年二十九岁，林月比他小五岁。她去年八月份才从戏剧学院戏剧文学系毕业，被分配在一个话剧团里做编剧。半年以前，在一个偶然的场合，他们相遇，他立时便无声地呐喊起来："就是她！"在此以前，林月不知躲藏在哪儿，叫他好找。不仅如此，她似乎还施出一种巫术来捉弄他，搞得他头疼。"你把自己拆得七零八碎的。把鼻子、眼睛、耳朵、语音语调，分别安在不同的女孩子身上，而又指使这些人在我眼前晃来晃去，叫我食之不下，弃之可惜。”以后熟了，他便戏谑地对她这么说。林月听过之后朝他打了个榧子，做了个鬼脸，就好像真有其事一样。

林月的身上真是有种特别的东西，也可能这就牵涉到了关于气质的学问。上海的文化青年喜欢对人的气质说长道短，但那究竟是个什么玩意儿，谁也说不清楚。梁谷曾经对他爱上林月的缘由做过总结，还一、二、三地有过那么几条解释。但是，林月听了之后，说他俗气。“真俗气，说那干吗？这个世界上难道就没有其他更有意义的东西吗？”第一次见到她的时候，梁谷便觉得她的眼神很难在人们注重的事物上交成一点，那双懒洋洋的大眼睛，总是在其他的一些什么地方搜寻着。当她看他的时候，也往往给他造成这种感觉，致使他忍不住想扭过头去，看看身后是否跟上了什么鬼魂。他不认为自己是个俗物，但是他实在喜欢她。

她初次上梁谷家的时候，是在晚上九点多钟。事先，梁谷连一点准备都没有，突然的，就这么来了。让人笑话的是，当时，他刚刚坐上马桶，开始大便。而她竟然冲着关闭的厕所门嚷嚷：“快点呀！快点呀！”但是她来有什么事呢？什么事也没有，只是叫他去看月亮。一时心血来潮，她踏着遍地月光，骑了一个多小时的自行车赶了来。

“你这个对象与众不同。”后来，家里人这么说。林月自然顾及不到她会给梁谷的家人留下什么印象。她自己内心的那些真真假假虚虚实实的东西，都还对付不过来呢！

其实，他们恋爱的时间并不长，才七个月多一点。但在这七个月里，他们天天见面。起先，梁谷还计划得好好的。每周约会两次，一次逛逛马路，随便聊聊；一次看看电影。既培植感情，又丰富生活，也不影响读书。他还需继续读书，参加明年工农兵学员的统一考试。但是林月问他为什么要糟蹋生命：“你不以为这种抑制是在糟蹋生命吗？就好像人的这种日子会很多似的。”这种话，一经她的口说出来，那简直就具有了无懈可击的逻辑力量。而事实上，他本身也不是很刻板的人，更何况，几天不见面的日子，也确实难熬。

梁谷家里六口人。父母双亲，两个弟弟，还有个八十六岁的老外婆。三代同堂，挤在一个二十四平方米的套间里。林月家的住房也够惨的，一家四口，才十五个平方米一间。这样，他们晚上的活动就只能在室外了。

夏季还好些，市内一些公园都开放到十点钟。十点以前，可以在公园里度过。但是，一棵大树，四张椅子，每张椅子上各两对，卿卿我我，搂搂抱抱，干些小孩子家不能看的事情。这叫梁谷如何适应得了？他一坐上椅子，便头颈僵硬，浑身发毛。过去，他可是不屑于这种赤裸裸的爱恋方式的，还把那些傻乎乎的男女称之为“迷乱的虫”。他当然未能预料自己有朝一日也会变成这样的虫。好在林月无所谓，几次约会，她就洒脱了起来，能毫无顾忌地朝他腿上一坐，还“叭叭”地响亮地亲他。周围那些人在干什么，她可不管。她进入角色很快，而总是责怨梁谷进入角色太慢。这种责怨，使他觉得好笑，但也不免带给他一些酸楚。

十一以后，公园便不再延长开放时间。那么只有在马路上逛了。一些冷僻的小道，好是好，但小流氓出入无常，不安全。于是只能在南京路、淮海路等一些热闹些的地方数电线杆子。“数电线杆子！”这比喻很妥帖，梁谷一想起他们是在数电线杆子，就觉得好笑。有一次，他当真把平安电影院至西藏路口这一段的电线杆子数了一下。四十六根，是个偶数。偶数比奇数好。或许，还是他们两人恋爱生活的一种吉祥的征兆。于是，他很高兴，这晚上便不觉得累。

但大多数时候，他是感到很累的。晚上七点钟出门。归来时，总要过十一二点钟。而早晨五点半钟就得起床，挤公共汽车，上班。林月自然要好些，她不坐班，可以在上午睡觉。因而，每天晚上见面，他总觉着她精神饱满，兴致勃勃。“今天去外滩吧。”她甜滋滋地说道。“好，好啊。”梁谷嘴上应诺，可两腿直在发颤，“外滩，好家伙，二十几站路呢！”

有一次，他们发现威海卫路上，有一个不大的小花园，里头还安放着几张石凳，能够随意进出。于是两人都很高兴。至少可以在这片小小的新大陆里，坐着谈谈了。但是没过几天就出了事。那天下雨，他们坐在铺着几层雨布的石头凳上，蜷缩在一把伞下，成蘑菇状。这本来就已经叫人够受的了，但居然还会遭到骚扰。先是这样，一些人用手电在他们身上照，可能是在研究这黑乎乎的罩子里头究竟是些什么货色，接着，便赶他们走："走吧，都已经过十一点了！"梁谷很愤怒，一本正经地分辩起来，问他们凭什么侮辱人，还扬言，今晚就得在这儿过夜。于是，人家就掏出什么"治安条例"，还推推搡搡地要带他俩去派出所。行人都来看热闹，几个小赤佬还不三不四地对林月品头论足。

脱身之后，梁谷气得不行，牙齿咬得咯吱咯吱响。但是林月却毫不在乎，还说通过今天这事，她从他身上挖掘出了以前她还不曾挖掘出的东西。这是不是有点荒唐？当他面红耳赤，左冲右突的时候，而她则站在一边，有滋有味地挖掘着什么。梁谷……一个土丘？一个煤堆？任人挖掘？！

然而，最难度过的是冬天。好个西北风！好个冰天雪地！不能在马路上溜达了，无论如何不能了。栖息之处，唯有那些饭馆了。但冬季的夜市市面简单，在晚间营业的饭馆很少，除了一些豪华高档的，剩下的便是些挤满了人的、龌龊不堪的小吃店。只有一次，他们在梅龙镇酒家坐了三小时。那味道当然不错，有干净的饭桌，有柔和的灯光，还有音乐。酒好，小菜也好。但那三小时，花去了梁谷当月近三分之一的工资。他起初的打算，是把花费控制在五元钱之内，但到了开票的时候，便由不得自己了。旁边的那些桌子上，大小杯盘碗盏，五花八门，构成了这里的规格。

"我们吃些什么？"他小心翼翼地问林月。

"随便。"她的眼睛又不知在往哪儿看了。

"那么好吧……"他举了举手，把服务员招来，咬了咬牙点了几个菜。然后，递过去两张十块钱的票子，见还有找钱，便又加了个炒虾仁。

出来之后，他问起炒虾仁的味道。可林月居然说她没有吃到这个菜。而事实上，她什么菜都未能品出味儿来。三个多小时内，她一个劲地向他解释毕加索，把毕加索的那些画吹得天花乱坠。

可能是她终于感觉到了他的情绪有些不对，于是在分手的时候，搂着他的脖子，说谢谢他，谢谢他今晚让她吃得那么好。

"明晚上美术馆去吧。"梁谷说道。

“晚上去干吗？又不开！”

“吃毕加索画去，啊呜啊呜，像牛吃干草一样，那才真正算吃得好呢！”说着，他自己也忍不住笑了起来。

但是，一般来讲，他们只是光顾那些小吃店。当然，除了躲过了寒冷的压迫之外，小吃店难得给他们更多的什么。

踏进店门，首先得观察一番，看看谁吃得差不多了，然后，就在人家身后站着，瞧人家如何进食，如何朝嘴里塞馄饨，经常因等待过久而焦躁不安。要是这天晚餐吃得不饱，那么站在一边，很快也就饥肠辘辘，满嘴口水了。而梁谷又不得不努力把外表掩饰好。他还真怕林月这会儿有了兴致，突然朝他“挖掘”起来。

当他们坐下之后，也不好受。要想细嚼慢咽，边吃边谈，那简直是不可能的。七八双眼睛在身后逼着你，还有人踩着你的椅腿，扶着你的椅把，有时候干脆连咕嘟咕嘟咽唾沫的声音都听得见。有一次，梁谷突然光起火来。他猛地将汤勺朝碗里一搁：“能不能帮帮忙，站得远一点？连说话的唾沫都溅到碗里啦！”于是，便又吵了起来。最后，这场纷争是以他的馄饨碗被人家“呸呸”送了两口唾沫而告终。

但这还不是主要的，主要的是那个皮包在出门的时候忘了拿，里头有林月刚领来的工资。

两天以后，梁谷接到一个电话，是杨浦区一家派出所打来的。说有人送来了一个包，里头有他的证件。他到那家派出所之后，一个小民警将他的包取了出来，但没有直接给他，而是要他报出里面的物件。“六十元钱，一副咖啡色尼龙手套，几张晚报，和一些小纸片。”他还记得很清楚。小民警认真地查了查，便又皱紧了眉头问他，那些纸片上究竟写的是什么。那是前两天他过生日的时候，林月赠给他的几首诗——这简直是存心叫他难堪嘛。

“说呀，写的是什么？不说不能给你，你并没有完全报对。”

没有办法！

“献给，L！……”他怒冲冲、硬邦邦地将想起的句子念了出来，“在你的，生命的，这个这个……这个…”

“行了行了。”小民警制止了他，然后把包递到了他的手里。

但是钱没有了，手套也没有了，多了几块脏抹布。这个下流的家伙！

为了这事，梁谷气恼了好多天。可林月却无所谓，也不为六十块钱的损失而心疼，还说那个小偷有趣，富有幽默感，等等，诸如此类。

所有这一切，都是因为没有一间屋子，一个安静的、独立的、无人骚扰的、能容纳他俩的物质空间。梁谷很清楚地感受了物质向精神的挑战。但是想到房子，他便心灰意懒。双方的家庭都是没有余地的，而要靠他们自己本单位分房，那只有等到驴年马月。但是他同林月的感情，却愈发地交融起来，并日渐升华。

可是有一天，林月说他们文化局明年可能有九栋楼落成，或许能有她的份。她说这话时很随便，漫不经心的样子，但在梁谷，便成了桩天大的事。

"是吗？"他一把攥住了她的手，双眼睁得滚圆，"你说说看，具体情况究竟如何？"

"具体？我可不知道。上头也没有指示，我还是道听途说的。"

梁谷知道，从她这儿是问不出什么名堂的了。于是便直接找了在文化局工作的一个朋友。那朋友告诉他，在南翔那儿，的确是有几幢楼即将竣工了，但至于林月这种情况，能否挨得上，很难讲，到时候全凭自己的本事。聪明些的话，现在就得活动起来了。

说得很对，现在就该活动起来，起码得先把要房申请报告送上去。于是，他便很快地把它写好，给了林月。他知道要叫她写，又得拖好久。但是林月依然是磨磨蹭蹭的。而申请报告呢，也就胡乱地塞在口袋里，被弄得皱皱巴巴。要不是有一次掏手绢时掉在地下，梁谷还不知道。这回，梁谷可真是生气了。

"你这是什么意思，是不是因为我俩的关系仅仅是游戏游戏而已？！"

她听了这话，尖叫了一声，接着又连忙用手把自己的嘴捂住。一会儿，便又朝他"扑哧"一声笑了。这也是林月的可爱之处，她很少因为一两句不好听的话与他斤斤计较。有时候，他觉得她就像一团飘来飘去的轻柔而活泼的雾。

"你知道吗？"她扳着他的肩膀说，"我很讨厌我们团管房子的那个人，见到他我就想起了莫里哀笔下的阿巴公，神经受不了，我会得神经病的！还是你去吧，这种事总是男人出面比较合适，是吗？”

他去了，并见到了“阿巴公”。“阿巴公”朝他瞅了好一会儿，便请他坐下：“坐吧，我们谈谈。”这是一席语重心长的关于如何树立正确的恋爱观的谈话。其主旨不外乎规劝他不要和房子结婚，应该和人结婚。房子是死的，而人是活的，死的东西总不比活的东西来得更重要。几个闲着无聊的女演员，在一旁嗤嗤地笑。梁谷的脸上红一阵、白一阵的。但在临别的时候，他还是装作非常谦恭的样子，小心翼翼地捏了捏对方的手：“谢谢，谢谢，真是很受教育，很受教育！今后精神文明，多多的精神文明……不过，房子，还是请老同志……考虑一下吧！”

又过了一两个月。在这段日子里，他们游玩了苏州和杭州。

从杭州归来之后，林月便提出了要结婚。

“我考虑了好几天了，我看我们还是结婚。说真的，我现在连一分钟也离不开你了。而且……有一种恐惧感……我总觉得，你会突然地抛下我，跑掉！”这天，在长风公园的游船上，她对他这么说。

梁谷先是愣了一愣，紧接着便是哈哈地笑了起来。他觉得他的未婚妻实在太天真了。

“好吧！结婚！明天就结。瞧见对岸那片树林子吗？就选在那儿。哈……哈哈。”

“别这样，你该正经点。听我说，我们……借房子，怎么样？”

必须认真对待了。听林月的口气，就像下了决心似的。而就他对她的了解而言，梁谷知道她一旦任性起来，那谁都会感到头疼。

当然，现在不少结婚户都暂借乡下人的住房过渡。但那算什么生活呢？每月几十块钱的租金，路途又远。上下班得把人累死。在他的印象中，乡下人的房子，全都是些黑不溜秋的草棚棚。怎么住？怎么习惯得了？这些，林月都考虑过吗？不，她不会考虑的。

果然，她说她对这些问题还未来得及细想。

“另外，”梁谷继续往下说，“还有你们单位的分房问题，如果我们有个窝了，那就没有希望了，这方面的行情我略知一二，你考虑过吗？当然也没有考虑过。”

“你可真会……”林月用食指在空中划了个小小的“8”字，“……绕。可未免有些……”

“俗！是吗？”梁谷替她把句子完成了，“好吧，俗就俗吧，但不食人间烟火的超人，我也没看见过。”

这次谈话，就不欢而散了。

在家里，梁谷本没有什么安逸。父母关系不和，三天两头争吵。他觉得自己从小到大是在吵闹中度过的。梁谷向来看不起他父亲，老头子实在没有什么本事，二十世纪五十年代从部队带着个上尉头衔转业到地方，在民政局一待就是二十多年。活脱脱成了个不学无术的小官吏。而在家又刚愎自用，独断专行。小菜咸了点，谁去马桶间的时间长了点，都能成为他拍桌子瞪眼的口实。母亲倒是个要强的女人，年轻的时候念过夜大，后来一直在制药厂工作。两年前，已被提升为工程师，还加入了一个什么技术协会。但是母亲也太不顾及家里了，梁谷怀疑她对自己孩子的生日是否还记得住。她还有个爱打扮的嗜好，都五十多岁的人了，每天还要兴致勃勃地搞头发，睡觉之前，把一个个塑料的小管子卷在头上，有时候弄得很晚，闹得其他人都睡不着觉。就因为她这满头的怪状，有一次，惹得父亲做了一场噩梦，为此还大干了一仗。如果遇上什么重大活动，母亲免不了还要往脸上擦白粉。因此梁谷和母亲的感情也不好。

两个弟弟都已考上大学。一个在工业学院，一个在机械学院。以前，他们三兄弟倒还和谐。年龄相差无几，遇上了什么事，还都有商有量的。但自从弟弟们念了大学之后，谁都不顾谁了。两人都是走读生，因而三兄弟还是天天晚上见面。可是每个人的身上，都好像已罩上了一套无形的盔甲，难以穿透。出来进去，简直如同陌路人。梁谷想到“世纪病”、“时代病”这些时髦的词儿。

就在林月提出结婚之后没几天，梁谷的阿姨从美国回来探亲。中美恢复邦交以后，她带着家眷来过三四次了。母亲照例又是一番紧张，粉刷墙壁，油漆地板，买些高档的小玩意儿到处乱摆。特别是她那个头发，简直是百弄不烦。

这次姨夫没有来，光来了两个表兄妹。他们是第一次回国，说是要好好玩玩。于是母亲就请了一个星期的假，一行四人，去南京、无锡等地走了走。

母亲出门之后，父亲就一个劲地叨咕，也不知叨咕些什么，反正是这一切都看不惯，干脆觉得空气都不对头。倒也是，这几天屋里充斥了“巴黎香水”和“世界美女香皂”味儿，这对当大兵出身的父亲来说，无疑是一种折磨。他把家什摔得乒乒乓乓的，梁谷就尽可能地躲着他。

没有想到，阿姨后来郑重地提出，她可以资助一个孩子去美国自费留学。她在说这话时，梁谷见两个弟弟的双目都在炯炯发光。他暗自预测，这又将爆发一场小小的“核战争”。

果不其然，第二天就闹开了。

大弟过两个月就要毕业了。“我拿着本科文凭，可以直接攻读硕士学位！”他理直气壮地嚷道。但是二弟丝毫不让步，他的理由是自己年轻，而在美国能站住脚跟的先决条件是年轻。父亲则在一边不住地朝着母亲咒骂，说她没事找事，专搞那些歪门邪道：“谁也别想从我这儿拿到一分钱！”自费留学，一张普通的飞机票就得人民币一千多块！

母亲缄默不语，咬着牙关，愣愣地坐着。脸上所有的线条都往下挂着。这模样更怕人，仿佛突然之间她就会蹿将出去，和谁厮打起来。

老外婆坐在后间，只顾瑟瑟发抖。

梁谷冷冷地看着这个场面，思索着应该说些什么，干些什么。他是不会介入兄弟之间的争抢的。无论从哪个角度讲，他对出国都无甚兴趣。生活已经够累人的了。

外头有人叫水开了。他便走出屋去。但见走廊上已经站了不少人，朝他家侧耳窥听，脸上满是幸灾乐祸的样子，只有极个别的，投来的是同情的目光。于是他一下子转了回来，“砰”的一声把门关死。

“够了！都够了！”他号叫起来，还顺手从五斗橱上抓起了一只绒制的波斯猫。

所有的人一下子都被他震住了。但很快他们就像得到了某种默契，把矛头一齐转向了他。似乎真正危及他们利益的，是他——这个要把波斯猫当作手榴弹扔的、歇斯底里的家伙。

“滚！滚出去！”

“都三十岁了，还在这屋里待着，不要脸！”

“吔——把手中的东西放下！吔——”

老外婆从后屋赶到前屋来拖他。梁谷一扬手，她便一个趔趄，差点跌倒在地。他回身把她扶住。

外婆老了，干瘪得不行了。两个眼圈红红的，伸着双手，这是在绝望之中的一种召唤：“你们有劲的话，就朝我来吧！我反正不要紧，老了，快进火葬场了！”她的嘴在蠕动着，说的话一定是这个意思，只是人们谁也听不见罢了。

梁谷突然沉静了下来，他捋了捋外婆散乱的、披到了额前的头发，又掏出手帕，擦去她溢出眼角的泪。然后拉开屋门，拨开挤在走廊上的看热闹的众人，走了出去。

在公用电话间，他朝林月的家里拨了电话。一会儿回电来了。

“你出来吧。”

“就来。可有什么事呀？”她的语气活泼而轻松。他每次打电话叫她出来，她总是很高兴，从不扭扭捏捏。

“商量一下……我们结婚的事。”

今天看的这个人家，是他们医院的一个病人牵的线。万万没想到，他看到的竟是一幢“别墅”。没什么好挑剔的了。他们选中二楼带阳台的那间，讲定好，每月二十元房钱，一年总付。

“雨不下了。”林月说道。

他把伞收了起来，但觉得还是有雨，还想重新撑开。但林月把伞夺了过去。

“就这样，多好。一点小雨怕什么？”

是呵，细细的雨丝飘在脸上，凉津津的，很舒服，但是稍有几分寒意，他打了两个喷嚏。

几个披着雨衣的农民，踩着自行车，从他们身旁穿过，好奇地扭过头来看。

这是五月的上海西郊。

虹桥大队潘家镇十六号，是个五口之家。年轻的房主人潘福金才二十八岁，他的爱人李三妹与他同龄。两个老人都已八十朝外。小女孩萍萍，才四岁。福金在社办的一个闹钟厂工作，每月收入一百二十来块钱。三妹依旧在种田，这几年每次分红都在两千元左右。当然了，钱这个东西藏着是没什么意义的，但花钱造好一幢像模像样的房子，那可就成了谁都动不了的固定资产。任你天下怎么乱，可房子总是自家的，谁都无权侵犯。再者，现在很兴出租住房。多造个间把，好歹还可以捞回些本钱。有本事的人，谁不这么干？这大半年来，这一家子真够累的，但是总算完成了一桩事业。福金有时候站在院子里，望着这栋洋里洋气的小楼，往往会不知不觉地走神，宛如踏入梦境一般。

那天，梁谷和林月来，他凭直觉，就意识到是两个正派人，不会像隔壁舅妈家的房客，离去之后，叫了伙人，在一个夜间，突然闯进，将值铜钿的家什一扫无余，弄得舅妈一家像发痴了一样，哭哭啼啼足有半年之久。

福金简直搞不明白，生活为什么还没有使一些人变得聪明点，居然还是那么迟钝不堪。他很同情舅妈他们，但同情之余，又为自己的创造和保护这个家的能力，而沾沾自喜。

他习惯用眼神替那些陌生的、毫无接触的人搭脉。通常。这个法子很灵，南来北往，三教九流，无论谁，一旦经过眼神的搭脉，那么他很快就能说出个子午卯酉。相当灵，难得出偏差。

他原来还想把租金开得高一些，按照常规，一块钱一个平方米。楼上那间二十二个平方米，那么就应该是二十二块钱。但是，他对这两个人的印象实在不错，举止得体，彬彬有礼；而且那男人的言谈话语间，免不了还带有一种苦恼相。

“算了，二十就二十吧！”他蹙着眉，双手放在裤兜里，边踱着步边谈。他不知道这模样，同他这张娃娃脸和墩墩的个儿很不相配。但是他这么谈话的确有一种乐趣，一种居高临下的、处在施主地位的乐趣。尽管这一两年来，他对自己的能力有了一种新的认识，这认识与自豪感搅和在一起，使他看什么事物都带有一种讥讽的神情。但是这种感情还是第一次，全新的，或许在今后的生活中，他会不断地、有滋有味地品尝这种乐趣。

过了没几天，梁谷便带着几个同学来收拾房子了。他们是傍晚来的，清一色的“四只眼”，讲话的声调，脸上的神情，在福金看来都差不多。他们眯眯笑着，东张西望，嘴里不住地啧啧赞叹。忽儿夸耀主人的富裕和能干；忽儿互相打趣，自嘲自讽，自怨自艾。

家里陡然来了这么一伙知识分子，福金有些不安，但这不安很快地便被抑制住了。当时，全家人围着八仙桌子吃饭，他显得很镇静，很有主人的气度。他微微地朝着来人点了点头，然后便专心致志地进食，朝嘴里扒饭，送菜；呵斥小萍萍不许左顾右盼，语调很沉，简短有力：“坐稳！”“看着碗！”“瞧什么？！”诸如此类。

可能是感到了某种气氛不对，那些人很快也就安静了下来，一个个不声不响地上楼去了。在关客厅的边门时，手脚很轻，好像怕惊扰了什么。这点，福金很满意。

一会儿，上头便传来了沙皮磨墙的“唰唰”声，水泥地也被什么东西弄得嗡嗡地响。吃完饭，这些响声仍然未止。“真不知道他们是在干什么。”他心里嘀咕着，实在想去看看，但总算忍住了，坐着没动。

“潘师傅，能不能借用点热水？”也不知是谁，打开门，探进脑袋来问道。可能是梁谷，也可能不是，反正他没看，只是把脑袋朝厨房间一摆。一会儿，后头便没有声音了。他扭过头去，见房门已经关上了。

尽管他对楼上的那群“四只眼”干这种活很是担心。尽管这幢房子的砖砖瓦瓦都浸润了他的血汗，凝聚了他的全部的感情，但是他仍不想上楼去监视和干预。他觉着，他装着若无其事的样子这么坐着，是很对的。平时，要是小萍萍在墙上涂写了几笔，或是用小刀划了几条印子，那么他准保会不知轻重地给她一巴掌。但是现在，他忍住了。没有比被人家说什么“小农意识”、“小里小气”更丢脸的了。

只有姆妈在一旁不住地嘀咕：“去看看啦！”“去看看啦！”不住地催他。还有阿爸，也搓着手转来转去。唉！老人毕竟是老人。后来，他实在被搞得烦了，便大声喊了一声：“困觉罗——”

楼上搞到很晚才结束。

半夜，福金起来撒尿，才憋不住上楼去看。娘的，太不像话了！

整个墙壁被弄成了一张麻脸，斑斑点点，坑坑洼洼。他狠狠地将一把刷子踢到墙角，然后跑到楼下，穿上劳动裤，但是转念一想，又把裤子脱下了。

他躺回到床上的时候，三妹问他是怎么了。他一声不吭。三妹猜到了他的心思，便责怪他自己不好，要招房客，今后烦心的事还多呢！他听了之后，还是一声不吭，只是转过身去。

以后几天，便是梁谷一个人来。福金也没有多加关照，不过态度是稍微随和了些，能不时地笑笑，露出一副天真相。

这天晚上，他见梁谷满头满脑的白粉，站在木梯上，拿着把电钻，笨手笨脚地朝墙上钻孔。按道理说，这是不允许的。新房间，就在墙上胡乱地钻窟窿，很不像话。但是福金没有吱声。而见到梁谷累得气喘吁吁的样子，反倒觉得有些可怜，于是，他便走上前去叫梁谷下来。

梁谷吓了一跳，赶紧下来。福金要过了工具，准备替他干一阵子。

墙洞确实难打，钻了好一会儿，还是个白眼。不行，得换一个钻头。

"把隔壁屋里的工具箱拿来！"

"什，什么？"梁谷没听清楚。

"工具箱，在隔壁屋里！"他重复了一遍，显得有点不耐烦。

"噢，知道了，知道了！"梁谷赶忙把隔壁屋里的一个黑乎乎的小木匣子捧了来。

"找一个四厘米的钻头！"

"知，知道了。"梁谷边应诺着，边递上了钻头。福金接过一看，至少有六厘米。

"四厘米！"

梁谷连忙换了一个。更不对，八厘米。

福金没有发火，他只是停下手里的活，扭过头来，怪模怪样地看着梁谷——讥讽和天真掺半。但那神情往往让初交的人琢磨不透。

"读过大学？"

"念，念过，1975年毕业。"

"读的什么？"

"医学院，医疗系。"

“唔，医疗，唔！”

他慢吞吞地从梯子上下来，然后慢条斯理地从匣子里拣出那颗亮晶晶的、四厘米的小东西，又眯着眼朝它看了会儿，便安在了电钻上。梁谷站在一边，觉得他这一举动，显得非常的……优雅。

电钻又旋转了起来，墙粉不住往下洒落，但叫人想不到的是，由于用力过猛，木梯子倒了。福金被抛得几米远，腰部摔得十分疼痛。他不由得咬紧了牙关。

“喔哟！”这是那个书呆子在叫。刚才不在下头做保护，现在又大惊小怪地叫，并在一旁手足无措地乱转：“你怎么样？你怎么样？没摔坏吧？”

福金闭着眼睛摇摇头，自己爬了起来。

他活动活动手脚，燃起一支烟，抽了几口，又掐灭，便转身再朝梯子上爬。但是梁谷无论如何不准他再上。

“没啥关系的。”福金推开了梁谷拽着他的手臂，又朝墙头上看了看。“这个眼难打，你不会。”但是他的腰还是疼，疼得直冒冷汗。

六月，院子里的花开得最盛，芍药花、栀子花、月季花、石竹花、什么都有，福金把这个不大的院子，搞得像个花圃。他种花、爱花儿近到了入迷的程度，六月，楼上的新结婚户的家具和嫁妆也都搬来了。

乡下人好奇。当一辆卡车轰轰隆隆地将这些东西载来的时候，人们一下子都围了上去，张大嘴巴观看着，想从这里头看出些什么名堂出来。当然，福金也不例外，所不同的是，他站得远远的，仅仅用眼角那么扫一下，扫一下……

太一般化了，那套家具。不会超过七百块钱，样子老式，漆水粗糙，仅仅是多了个书橱，多了个写字桌，但是没有梳妆台和沙发。当然前者绝对不会比后者来得更贵重些。被子塞在一个大的布口袋里，布口袋上莫名其妙地写着几个外文字母，有几个字母就像问号。可想而知，被子不会好，要是好的话，那就不怕看。遮遮盖盖的，没有必要。也不可能多，就这么一包，不会超出四条。于是，福金吁出了一口气，他看到周围的人都在扫兴地摇头，并嘁嘁喳喳地咬耳朵，他感到很高兴。要是车上的那些东西比他的都强的话，那么他可能会生出几分妒意。

在大物件都搬完了之后，一些人又开始搬搁在驾驶室里的小东西。突然间，人群热闹起来，那是因为出现了一个用石膏做成的、脱了衣服的女人像，很大，放在地上，几乎齐普通人的腰间。在福金的印象里，他在哪张画里见到过这个女人石膏像。许多人在赞叹，在惊讶，在招呼别人过来看。后边的人一蹦一蹦地跳起来看，而小孩子则通过大人的裤裆朝里钻。因为怕石膏像被碰坏，梁谷大声嚷嚷着，驱赶着人群。林月可没有嚷嚷，她只是站在一边摇着头，对这种少见多怪的乡下人表示怜悯。

这一切，福金都瞧见了，于是他感到很窝火，便转身走了。

整整一个晚上福金都没睡好，这口气他怎么都咽不下。后来终于下了决心，非得照样去弄个回来不可。

福金当然知道，买艺术品这玩意儿得花不少钱。能画的人，画一张值几百块钱；能写的人，写几个字也能赚钱。他的二哥去黄山玩一圈，带回个毛竹筒，上头仅仅用黑的绿的油漆点了几笔，好家伙，七元八角五！福金现在手头并不宽格，为建造房屋用去了一万四，近一二年当省吃俭用才是，但是他顾不上这些了。

“喂，上午侬去银行提一百块钱出来。”早晨，他对三妹说。

“做啥用？”

“有用！”

三妹不吱声了。在用钱的事情上，她是百分之百地服从丈夫的。

过了几天，福金抽了一个空，便去南京路了。他走了好几家百货商店，都没见卖石膏像的。后来问了人，才知道大光明电影院隔壁有家艺术品公司，专卖那些货。

果然有。各式各样的石膏像，全身的，半身的，仅仅是一个脑袋的，堆在一块，显得高雅而圣洁。后来他看见了那个脱了衣服的女人，她站在一个并不显著的地位，前头，被两个胡子拉碴的老叟遮挡着。

“我要……那个。”他用手指了指，朝着年轻的女营业员说。

营业员莫名其妙地看了他一会儿，便转身捧了个老人头朝柜台上一搁。

“错了，啥人要这个，我说的是……那个！”

“讲得清楚点，究竟是哪个？”营业员的态度近乎粗暴。

“不就那个么？女的！”他也毫不含糊地用相似的口气说话。

旁边有顾客发出笑声，他感到脸上有些发烧。那座石膏像终于被捧到了他的面前。他拿在手上，翻来翻去，前后左右仔细地看了看，觉得不错，做工精细，没有裂缝，不会是以次充好。只可惜比梁谷他们家的那个要小一号，但那也没有办法了。于是，他便决定买下来。

“多少钱？”他边说边掏出兜里的一百块钱。

“三块七。”

“多少？”

“耳朵聋吗？三块七。嫌贵就别买了！”

“××！”他在心里头狠狠地骂了句，“就这么不值钱？”他开始后悔起为买这玩意儿所费的一番苦心，而联想到那天，邻舍间那些人的傻样，便忍不住想笑。他付了钱，刚准备离去，但念头一转，觉得不妨再买几个，反正便宜。

于是，他便又要了个肌肉发达的男人。想到有了女人，有了男人，没有个小孩不像话，这样，就又要了一个娃娃像。一结算，拢共才十一块钱。

他提着个沉甸甸的网兜，满面春风地往回走。想到十一块钱，就买了一大家子，如此合算，便尤其高兴。他还打算今后再买些画啊、小装饰品啊，把房子布置得“艺术”些，反正有钱就能买。

回到家里，说不清为什么，他没有好意思马上就把它们摆出来。他把它们靠在一个角落里，并用一块布蒙上。

晚上，三妹偶然间掀起这块布，见到这三个白生生的小人，不由得惊叫起来。

“叫什么？叫什么？有什么可大惊小怪的。”他对老婆这种傻里傻气的尖叫很不满意。

还是小萍萍有意思些，她趴在福金的肩上，悄声地问道：“阿爸，伊拉晚上困觉吗？”

在吃了几块喜糖之后，两户合一楼的生活就算开始了。四邻八舍对新来的房客饶有兴致地议论了几天，很快也就淡漠了。小楼依然是那么漂亮，招人喜爱，楼前的院子依然是芬芳四溢。只是二楼那扇大钢窗上垂下的一块洁白的纱帘，倒可以把它理解成是生活结构稍加变动了的象征。除此之外，从外头看上去，就什么变化都看不出了。

老太太对这两个年轻的“东海人”还是满意的（她按照老习惯，把从小就在市区长大的人称为“东海人”）。他们叫她阿奶，尽管他们同她儿子、媳妇的年龄相仿，但是他们还是叫她阿奶。嘴甜的年轻人，总叫老人喜欢。她每天给他们冲两瓶水，供他们晚上用，也不把这事当作一个负担。

老头子的脑子有点迟钝，几年前曾遭过一次车祸。除了每天下午去虹桥镇茶馆喝茶外，其余的时间，他就在大门前的竹榻上呆呆地坐着。他总是很愉快。

小萍萍的兜里经常地会被塞上几块巧克力糖。

凡喜欢女儿的人，三妹总待他们不薄。

福金已经觉得应该过个一两天，便上去聊聊了。对梁谷，他感到还谈得拢。毕竟是读书人，天南海北，知道得不少。人家也客气，见他来，便递上海绵嘴香烟，还要泡上一杯绿茶。他们家订了不少报纸，比如《新民晚报》《参考消息》《上海译报》《足球报》，等等。每次福金去，总可以得到厚厚的一沓。对《足球报》，福金特别有兴趣。他喜欢看足球，但不知道有《足球报》。当然，福金也有不满意的地方，就是梁谷和林月讲起话来时，就换了另外一种声调，而且尽拣那些福金不熟悉的东西讲——是不熟悉的东西，不见得是什么高深的东西。比如，谈到福金的姆妈吧，开头的话也中听。讲他姆妈善良，勤劳，苦了一辈子，老来总算可以享享清福了，提醒他注意姆妈的身体，小病早看，不可耽误。但是一转眼便同林月谈起什么老年人协会问题，还有什么……伦理观。于是，福金只得干坐着，张着嘴巴，插不上嘴，他试着嘿嘿笑笑，但很快就意识到笑得不对，根本解决不了问题。这自然是福金对协会，对那个什么伦理观不熟悉罢了。但是，谁也不是什么都知道的。比如说，梁谷就不懂怎么粉刷。

同林月接触下来，福金觉得也还可以。至少林月不是个小里小气的女人。那天梁谷不留神，打碎了一个瓷瓶，林月也不生气，还嘎嘎地笑。要是换了三妹就不行。但是令福金感到不满的是，林月对他所从事的工作丝毫不感兴趣，不像梁谷那样，问问房子的造价啊，问问自留地收拾得怎么样啊，从来不问。非但如此，她还习惯对福金品头论足。“瞧，单纯的思维逻辑。”“看到了吧，国民性的遗传。”她就当着福金的面对梁谷这么说。因为搞不清楚这些话是褒是贬，所以福金的心里总是痒痒得难受。

福金把上楼聊天的时间，安排在晚饭之后。在他们搬来之前，他往往在这时闲得无聊。但是渐渐的，到了黄昏，梁谷和林月就要出去散步，很快地就发展到了天天如此。两人手挽着手，有的时候女人还把脑袋靠在男人的肩上，也不怕别人的闲言碎语。福金实在搞不清楚，这一带有什么好看的。也不懂，夫妻之间怎么会有那么多的话好说。他和三妹就没话可说，吃完了饭，看电视，看完电视就上床睡觉。白天他上工厂，女人下地，各干各的。

有一天，因为被什么事耽搁了，福金下班晚了些。他刚出厂门，便看见他们从远处缓缓地走来。

这时候，太阳已快落下去了，天空的色彩由淡灰通过紫色，向着远处的桔红色过渡；树丛绿得发黑，被夕照映得油光光的，有些树叶恰似孩儿们的眼睛，在不住地眨巴；柏油公路光洁得就像镜子，从那树林的深处，蜿蜒而来；渠水泛着五颜六色的光；一些不知名的鸟儿，在啁啾鸣啭；炊烟在缭绕。那女的穿一件白色的连衣裙，那男的上身是浅灰的，下身是咖啡色的。远远看去，这两人在缓缓地滑动——是滑动，不是在走路。

一霎间，福金愣住了。不知怎么的，他觉得心中有一种从未有过的东西荡漾开来。他简直怀疑，这幅图景，会呈现在他每天上下班的必经之地，他从未感到过，这乡村是如此的美妙，简直和画儿一样。

但是当他们走过了小桥，拐了个弯，从这画面上消失了之后，眼前的一切，又同以往那样平平常常了，丝毫也不值得多瞧上几眼。福金不由得有点儿怅怅的。

此后，每当傍晚，他见他们出去，总要投去一种温和的眼神，那眼神自然也带上了几分羡慕。后来有一天，他悄悄地问自己：何不也试试？

他把时间定在早晨，这是不难理解的。

这天，他起床很早。三妹还在睡觉，被他惊醒。

“发痴啊，出了啥事体啊？”

“没什么，困不着，侬……也起来吧。”

“做啥？”

“唉！起来起来。”

没法，三妹只得依了他。

“真是太早了。”他装模作样地挠着后脑勺在房内绕。

“闲得发慌，替伲剥毛豆去！”

“剥毛豆做啥？又不是啥大不了的事……我伲出去荡荡好哦？”说完这话，他的眼睛不知朝哪儿瞅好了。

“作死呀，小萍萍的稀饭还没烧呢！”

“唉，荡荡嘛，荡荡嘛！”他拉住了三妹的一个膀子拽。

三妹被他拽得没有办法，只得苦笑道：“依侬！依侬！……但为啥不早说呢？再早点，去虹桥镇买几条鲜鱼来多好。”

他突然觉得自己傻。去虹桥镇，买鱼，多么正正当当的理由。

“对！就是想吃鱼，馋煞了。姆妈这几天买的啥个菜？叫人吃不下饭。”

下了一夜雨，早晨，天还是阴沉沉的。三妹挎着个小菜篮子，跟在他的后面。但是才拐上公路，她便迈起大步来。他拖了她一把。

“做啥？”

“太快了，走这么快干什么？”

“都要收摊啦！”

“早了早了！”

三妹只得再次依他。于是两人便默默无语，慢慢吞吞地在马路上荡，福金左右环顾，到处都是灰不溜秋的，树上的水珠还不住地朝脑袋上落。他扭头看看三妹，三妹也看看他，两人还是一声不吭。他终于意识到，这样走下去不对，应该找些话说说。

“这两天，侬吃累吧？”

“啥个累不累的，累又怎么样？不累又怎么样？生活总不能不做！”

真是废话，问什么累不累的。三妹来潘家之后，哪天不累？种田，带孩子，做家务，啥时舒舒服服、惬惬意意地休息过一天？

“哎，对伲屋里……侬有啥意见吧？”

“不知道！”

又是废话，简直废话连篇。大清早好好的，提什么意见！

这时候，迎面一辆大卡车急驰而来，三妹连忙躲闪，但还是被溅了一身泥。她再也耐不住性子了，毫不犹豫地大步走开去。而福金也就不由自主地跟了上去。

到了虹桥镇，鱼摊子果然只剩下两三个了。都是些白鱼，一元多钱一斤，很贵。三妹和一个老头还起价来。那老头见是个年轻的小媳妇，态度便很蛮横，一分钱不松。福金在一旁气不过，便上前去和人家拉扯起来，一直拉扯到对方让到九角五分钱，他才罢休。

在回家的路上，三妹高兴，他也高兴。至于出门前的那一番心思，早被抛至九霄云外了，或许，福金还真以为自己就是为了买这两斤鱼而早起的呢！

在一般情况下，每个星期天下午，总有那么几个穿得整整洁洁、漂漂亮亮的青年男女来，于是，楼上的音乐声便飘荡不止。

可是福金的审美趣味与他们的迥然不同。福金喜欢听沪剧，比如《杨乃武与小白菜》，还有，就是邓丽君的歌曲，邓丽君的音色“嗲”，好听。两年以前，他就买了个录音机，他的录音磁带里，不是沪剧，便是邓丽君。有一次，他在二哥家里，偶然听到一段连说带唱的香港歌曲。先是问：“瘦女人好，还是胖女人好？”然后答：“白天要瘦的，晚上要胖的。”然后再唱。福金听了之后，觉得挺可笑，便要求转录。二哥答应转录，但不许他外传，说弄得不好，会给大队支部书记没收掉。福金自然答应了，他把这盘磁带小心收藏起来，拿回家后，也只放过几回。

那天，福金来了兴致，便也拿了几盒磁带上去凑热闹。他当然把那盒不能外传的也带上了。福金不相信，他们听了之后会不笑，而借此机会，自己也能露上一手。

见福金来，梁谷便站起身迎他。而其他几个则还痴痴地坐着，连眼睛都不眨一眨。梁谷蹑手蹑脚地端来把椅子，示意他坐下。于是他就轻轻地坐下了。

直到录音机里没声了，那些人才苏醒过来。喝茶，伸懒腰。其中有一个头发披得像女人似的男人，一边呜哩呜哩哼着，一边向林月讲刚才音乐里的意思，说着说着，还挥动起手臂。

见此情景，福金意识到了这里头有不少名堂。他不由得怀疑自己插进去是否合适。但梁谷已经注意到了他手中的磁带，这样，就没有什么退路了。

“听听这个，这个也不错。”他把那盘最重要的献了出来，而把其余的几盒却都揣回了兜里。

“好的好的，听听……”梁谷接过他的磁带装进了录音机。

“……要胖的……”

不对，得倒回去，从头来。

“瘦女人好，还是胖女人好……”

“咿呀——”屋里骚乱了起来，几个女人跌跌撞撞地逃到阳台上去了，只有梁谷和那个长发男人还坐着。两人的表情显得很滑稽，就像咬着一个酸橄榄似的。

好不容易挨到结束。女人们才又转了回来。梁谷把磁带取下，递到他手中，并说：“这个不行，太庸俗了。”

福金很后悔出了这么个洋相，便不得不撒个谎说：“伲也没听过。是庸俗……揩掉算了。”但是那长发男人看了他一眼，于是他便觉察到这个谎编得不像。可对方也引起了他的反感。“假正经！头发这么长，不会是个好东西。”

但是他没有离去，还是和他们一起坐着。他们还是听他们的，而福金只顾懊悔并发呆。

悠扬的曲调，又把那些人带了进去。空气，几乎凝固了。福金感到气闷，他斜了斜眼，突然发现，林月的眼圈已经红了。他感到很惊讶，于是，便开始密切注视她。终于，她落泪了。而这时候，福金从惊讶转为惶惑，进而发展到头皮发胀、发麻。

林月后来随着乐曲声默默地走到梁谷跟前。梁谷也站了起来，他的左手握住了她的右手，而右手托住了她的腰，接着，便在屋里跳舞。往前走几步，往后退几步，走到没法走的时候，就转上几圈，而后，再走。

其余的人，也都成双成对地搂在一起，前走，后退，旋转。

福金没有想到他会看到这么一幕，这是他长到二十八岁以来的第一次。

“吃饭啦，喂——”楼下，三妹在叫。于是他便悄悄地退了出去。

过了一阵子，梁谷下来送客，那些人竟然还很客气地向福金道再见。福金突然感觉到有些不好意思，于是，便也跟着梁谷一道送客。

在他们往回走的时候，梁谷笑着问他想不想学跳舞：“要想学的话，老师可是现成的啊！”福金摇了摇脑袋，用粗话自嘲了一番。

“唉！别泄气，简单极了，一学就会。”梁谷还立定下来，走了几步给他看，“一二——三、四，一——二——三、四，就这节奏，掌握住就行。”

福金边笑着边按照他的步子，“一——二——三、四”地走了两下。但很快地，他拽起梁谷便走了。路边，几个孩子看到了他的洋相，朝他扔起了碎泥块。

“一——二——三、四”，“一——二——三、四”，在以后的几天内，这个节奏老是在他的体内作怪，无论怎么都排解不了。他觉得那些艰涩难懂的乐曲，和留在他脑海中的舞步，完全可以被这个“一——二——三、四”套上。世界似乎变得简单些了。

在小工厂里，他给闹钟上发条时，不知不觉地“一——二——三、四”，回到家里，在为那些花木培土时，也“一——二——三、四”，他自己都觉得好笑。

后来，大约有一两个月的时间，星期天不见有活动。梁谷得参加工农兵学员的回炉考试，单位还给了假。“一分钟都不能浪费了。”他说。

梁谷可真是一分钟都不浪费了，他整天躲在楼上，像只待在树上的鸟儿。平时连午饭也不下厨房来做，只是在上头，用煤油炉子煮煮面条，将就着吃。没过几天，福金便见他眼睛又红又肿，面孔既黄且瘦。

“你把墙壁都熏黑了，还是下来做饭吧！”福金这么说，其实是可怜他。他知道煤油炉子只能煮面条，炒菜、做饭都困难。

第二天，墙壁便被报纸糊上了，但梁谷依然不下来。

每天晚上，福金都能听到楼上的踱步声。有时候，福金一觉醒来，还能听到响动。

渐渐的，这踱步声，似乎便成了福金生活中不可缺少的部分了。他靠在床头，想象着梁谷在楼上来回走的样子：捧着本书，昂着脑袋，一会儿挠挠头发，一会儿拍拍前额。念书念得口干了，便端起个茶缸喝水，水喝光了，就叫林月给他倒……

后来，自然而然的，凡到了这个时候，福金也要捧起一本书来看。去年，公社办了夜校，要他们都去补习初中的文化，福金上了两天课便忍受不了了。不过那时候买的几本书还没扔，他现在把这些书放在床头，每晚上都翻翻。三妹笑他想做“教授”了，他也不吱声，只是皱着眉，满脸的“教授相”。

梁谷在临考前的一个星期，曾经休克过一次。林月慌得手忙脚乱，把他们都叫了上去。福金遇见过这种事情，他果断地朝梁谷的“人中”掐。一会儿，患者便完全苏醒了。林月在一旁抽泣，老太太也陪着流泪。

“哭啥？吃得讲究点，不就没事了？”福金冲着林月没好气地说，他觉得男人出这种事，女人有责任。况且，在他看来，林月的水平并不在梁谷之上，既然如此，就该侍候着点儿。

梁谷的考试进行了三天。这三天，福金也跟着提心吊胆。考试的第一天，福金见了梁谷，劈头便问：“怎么样？”

梁谷垂着眼，摆摆手：“不行，题目出得很偏，不行。”福金见他的脸色很苍白，真怕他再次休克过去。

“算了算了，通不过就通不过，哪儿混不到饭吃。”他这是在安慰梁谷。梁谷不置可否，回屋去了。

福金没有想到，读书竟有这般的苦。

第二天，梁谷回来时的气色好了些。他告诉福金，今天考得不错，基本上都答出了。于是福金的情绪也好了起来。他拍着梁谷的肩头，夸赞他是天才。但是最后一天又不行了，又是那样的苦脸，那样的摆手。福金问他，他干脆避而不答，只是说：“看公布分数吧！”

“多久能知道分数！”

“一个月。”

“一个月？不能早点？中国人办事……”福金摇着头。

这一个月，福金的心里总搁着这桩事。考试结束了，梁谷也想休息休息，因而有空，他便下楼来坐坐。要是福金在，两人免不了要闲扯一番。福金这阵子的谈话几乎总逃不脱他的“体力劳动比脑力劳动来得愉快”的主题。

“白天拼命干，出一身汗……下班后洗个澡，浑身轻松。要有兴致的话，到小店里买几瓶啤酒，喝完了酒困觉，惬惬意意……读书？读一辈子书，又哪能呢，犯不着……”

每当他说这话，梁谷总是用心地听着，还“是啊是啊”地表示赞同。福金见梁谷听得进他的话，感到满足。

但是这天，梁谷突然满面春风从外头跑来，一手提着酒瓶，一手托着油乎乎的纸包。进门，便朝福金一摆脑袋：“走，上去喝一杯。”

“公布了？”

“公布了。全部及格！走，喝酒去！”

林月闻声，从楼上跑了下来，当着众人的面，一下子就把丈夫抱住了。“通过了，通过了。”她噙着泪用小拳头轻轻地擂打着梁谷的肩头。梁谷的眼眶也湿润了，嘴唇翕动着，但听不清在说些什么。

这场面，叫福金非常非常感动。

喝酒的时候，梁谷一刻不停地说话。说关于考试的事，和其他的一些事。林月一口酒都不喝，只是目不转睛地朝丈夫看，时而替他夹菜；时而把他耷拉在脑门上的头发捋上去。

福金拼命喝，喝得满面通红，醉醺醺的。他动不动就笑，福金一旦有了点醉意，就会傻笑。

在吃喝的时候，梁谷和林月都劝说过他几句。叫他读书。说读书很有意思，掌握些知识也有必要。

福金的心被说动了，于是便问起考初中文凭的事。难不难？几月份统考？但是梁谷、林月都说不清楚，他们答应替他问问。

福金知道林月是在一个什么剧团里写写弄弄的。他并不把林月看得有什么了不起。他们厂里有个小头头，叫杨建国，是个复员军人。平时，也喜欢写写弄弄，去年写了一个戏，经俱乐部的一些喜欢唱唱跳跳的人排演后，居然还上县里去演了几场。但是福金和这个人的关系很僵，他总觉得杨建国凭着自己有这么点小本事，便把谁都不放在眼里了。有一次，居然还盛气凌人地说福金是“土人”。福金一直对他的恶意中伤耿耿于怀。

那天晚上的电视转播足球赛。梁谷和林月都来到福金的屋里——他们家的电视机是个破旧的小九吋，图像模糊不清，而福金的可是个十四吋的。足球赛踢得平平，没有出现什么动人心魄的场面。可是在预告明晚电视节目的时候，梁谷指着屏幕告诉他，电视剧《光》，就是林月编写的。福金不由得大大吃了一惊，他没有想到，林月居然有本事在电视里露一手。

第二天，他非常认真地把《光》看完了。尽管整个剧情从头至尾都叫他摸不着头脑，他搞不清女主人公为什么莫名其妙地投海了。但对林月，还是多了几分崇拜。在这方面，福金对自己可是怀疑的，或许他看不懂的地方，恰恰就是人家的妙处所在呢。

一日，上班的时候，杨建国到他的这个班来检查质量。福金见到他，突然想到了那晚的电视剧，觉得这事值得提一提。于是便问道：

“依《光》看过哦？”

“啥？”杨建国斜起眼睛来瞅他。他永远是那副模样。

“《光》！电视剧。前几天播放的，没看？”

“看啦，怎么啦？依看出什么名堂啦？说来听听，领教领教。”

“那是伲屋里房客写的。”

“……什么？说的什么？说清楚些，听不懂。”

福金不吱声了。

“哈，哈哈……吹牛，哈，不打草稿。哈……值铜钿的东西不被人家搬走，就算福气了。”

“伊叫林月，双木林，月亮的月，对不对？”

“……”

“依算什么东西？人家那才叫本事。”

“吹牛！”

“好吧，吹牛，白讲了。”福金继续低头干活，不理对方了。杨建国也转身走了。

但是到了下午，那姓杨的又来了。这回是先递过了一支烟，眼神也变得从未有过地和善。

“福金，休息休息，抽烟，来，抽烟。”

福金把烟挡了回去：“谢谢。”

“客气什么？朋友之间客气什么？……来，抽！”他把烟点好，塞到了福金的嘴里。

好烟！一股柔和醇香的烟雾送入鼻腔、气管和肺部，把他以往积郁的怨恨气挤走了不少。福金原本是个吃软不吃硬的汉子。

“福金，林月……男的女的？”

“女的。”

“真住侬屋里？”

“废话。”

“喂，老兄，伲这两下子侬清楚，纯粹野路子。那个林月，早听说过了。怎么样，拉兄弟一把，引荐引荐……”

“不成问题，来吧，叫伊从头教侬。”

“伊听侬咯？”

“废话，敢不听吗？”

杨建国又斜起眼，但马上又笑眯眯的了。

“行，够朋友，约个时间吧！”

“今朝下班就行。”

“好！”杨建国一拍大腿，站了起来，但转而又坐了下去。沉吟了一会儿，他便摇着头说：

“不行，太匆忙了不好，还是慢慢来，别一下子他娘的把印象搞坏了。这样，明天侬先把伲写的东西带给林月看看，请伊写上几条意见，怎么样？”

“随侬便。”杨建国为见林月一面而反复斟酌，使得福金相当得意。

第二天下班的时候，稿子便送来了。福金拿在手里掂了掂，觉得很有分量。好家伙！还真有两下子。

“开了个通宵抄出来的。”他没有撒谎，福金见他的眼睛里布满了血丝。于是他觉得，要不把事情办好，还真有些对不住人家。

回家之后，福金见林月正在底楼的厨房里炒菜，一股炒茄子味。他如此这般地把事情的来龙去脉说了说。接着，递上了那叠厚厚的纸。

“你等等。”林月没有马上接过来，而是转过身去继续炒她的菜。一会儿，她用鼻子闻了闻菜锅，便把盖子合上。然后洗了洗手，在围兜上擦了擦，这才接过稿子。福金刚想离去，但见她已经翻看了起来。她就靠在灶台上，“哗啦，哗啦”，一张张往后翻。其速度介乎于数页码和读文字之间，一眨眼的功夫，林月便说看完了，她把稿子搁在了客堂内那张大八仙桌上。

“怎么样？看下来怎么样？”

“说不清，多写就是了，熟能生巧。”

“姓杨的要侬提点意见，侬写上几句。”福金口气带有点命令式的。

“还要写吗……好吧，写……有纸吗？”

福金从堆什物的一个犄角里，好不容易找出一本小萍萍的图画簿，翻了翻，见已经被涂得乱七八糟了。

“行，这就行。”林月拿过图画簿，找了张只涂过一面的撕了下来，她摸了一下口袋，没带笔，于是又问有没有笔。

还是在那堆什物里，找到了几支不像样的彩色铅笔。林月拣了一支红的，便在纸上写了起来，很快，“刷刷刷”，这张画有癞蛤蟆的纸的背面，便落上了几行大红字。

这时候，那锅里茄子还是半生不熟的。

福金把纸折了起来，心里头不太舒服。

次日，他见到杨建国，便把稿子和纸条一并递给了他。当打开纸条后，杨建国看到的是画有蛤蟆的那面，他摸着下巴琢磨了半天，可能是力图想找出里头暗藏的隐喻，或者是其他什么具有象征意义的东西。

后来福金告诉他，真正内容是在背面。杨建国很快地便把那三言两语看完了。看完之后，他也没说什么，只是把纸卷成了一个小纸棒，叼在嘴里。

福金知道他很扫兴。

“今朝去伲屋里，当面谈谈。”

“不行，不行不行。再讲，今后再讲……不过，侬能不能替伲借本书。布莱希特的书。伊肯定有。”

福金点了点头，然后又补充了一句：“伊当然有。”还是那张图画纸，杨建国在上头又写了几个字，交还给他。

但是接连好几天，福金都没有向林月开口。尽管每天都能遇上，可林月总也不提有关那天叫她看稿的事。好像那件事根本就没有发生过似的。这样，福金心里就有了一种东西阻碍了他的行动。

直到有一天，她和梁谷从外头散步回来，高高兴兴地在院子里捧着一朵芍药花看，并向福金问起了一些关于他种花的事，福金这才开口向她借书。“借一本书给我。”他的口气倒还是那么干脆利落。

“什么书？”林月很敏捷地把头扭过来看他，那双眼睛是蔚蓝色的，并像电波般一闪。一霎间，福金突然觉得林月很像他在哪部外国片子里看到的某个女角色。可究竟是哪部片子，他想不出来了。

“可以，只要有就行。”梁谷在一旁说。

福金朝自己的口袋里摸去，想找出那片纸，但是糟了，纸没了。不知被扔到哪去了。

“得有个书名呵，书名总还记得住吧？”林月俯下身去看花。

记得住，当然记得住，难道会连一个书名都记不住吗？福金稍作回忆，便想起了那后面两个字是“死脱”。（在上海话里“死脱”就是“死掉”的意思）谁“死脱”呢？对了，一个姓布的死脱，外国人的姓也怪，居然还有姓布的。

“是写一个姓布的人的死脱的书。”

“姓布的……死……”梁谷搔着脑袋沉吟了起来。“《布哈林之死》？”他转过头去和林月交流。

“不对！”福金一听这书名就知道不对，他一本正经地摇了摇头。“后头两字是‘死脱’。”

“死脱？”

“咯……”林月从喉咙里发出笑声，但瞧见梁谷正在朝她使白眼，便赶忙用手将嘴巴捂住。

“不会错的！”福金这时候真是来火了，“去寻寻看吧！”

“咯……咯咯……哈哈……”林月终于忍不住了，她大声地笑了起来。

“看你，看你。”梁谷用手点着她，指责道。梁谷这么说，她反而笑得更厉害，笑得实在没办法，她只好捂着肚子，朝楼上跑去了。

福金愣住了，一动不动，鼻尖上渗出细密的汗珠。

“这本书可能没有，不过，我帮你找找看。”梁谷拍着他的肩头安慰了几句，也就转身上楼去了。

楼上，传出两个人的笑声。

“砰！”福金顺手把一个种有一株文竹的花盆摔得粉碎。

福金是不该受到这等委屈的，这是不公平的，他是这栋小楼的真正拥有者。唯独他才有权轻视，除了轻视之外，他还有权施舍和怜悯。在某种情况下，他是法律的化身，瞬息之间，他可以做出令人无以违抗的仲裁。他的祖祖辈辈都在这块土地上耕耘、劳作，到了他这一代，他得以把上辈们的愿望全部付诸现实，而且眼前的丰厚殷实，又远远超过先辈们那些无虞衣食的单纯愿望。福金是值得骄傲的。他的骄傲的意义，不仅仅在于，当他站在祖先的墓地，比较那些业已逝去的生灵，他已成了巨人，而且，他以自己不倦的劳动所得的收获，锻造了一块既厚且重的生活基石。就福金的经验而言，他清楚，有许多人还没有这样的基石。

福金有勇气同任何人较量一番——假如确实有这个必要的话。

对梁谷和林月，福金开始变得冷漠。对他们的一举一动、一笑一颦都非常敏感。以前很容易从眼皮底下滑过的现象，现在对他来讲，都是难以容忍的了，必须加以解决才行。

林月总是把脏衣服一大包一大包地拿出去，难得见她在这里洗衣服的。那天福金听到姆妈在问她，为什么要这么做，在这里擦点肥皂，搓几下不是很容易的吗？她回答说，是因为没有洗衣机。“家里洗衣机多好，电钮一按，转几下就行了。”姆妈听罢只得不语。在福金的眼中，林月这是一种炫耀。

不出一个星期，福金便从百货商场买了台洗衣机来。双缸的，五百多块钱。把洗衣机弄来的那天，林月也看到了。

“哟，双缸，刚买的吗？”

“偷的！”福金硬邦邦刺了她一句。想想，觉得还不过瘾，便又补充了一句，“去公安局告发好了。”

但是林月似乎并未把这些话往心里搁，她只是笑，还逗小萍萍玩，给她吃巧克力糖。

洗衣机买来了，福金便叫姆妈、阿爸都学会使用它。起先，那些红绿开关搞得老人摸不着头脑，但很快也就掌握了。当机器转起来了之后，两个白发苍苍的脑袋便凑在一起，饶有兴致地看。看水缸里如何泛出泡沫、看那些泡沫的形成和破裂。

林月在二楼阳台上见到这个情景，总要连说带笑地发表一通议论，还说这是一个什么很好的摄影题材。她两只手抱着肩，撑在阳台的栏杆上，上身朝外倾着，尖尖的下巴翘得老高，阳光的折射使得她的眼睛更蓝。

“外国女人！”福金心里恨恨地骂道。

另外，马桶，也成了福金的一个心病。林月每次提着马桶出来进去的时候，她总免不了要嘀咕几句。有时候是嘀咕给别人听的，有时候是嘀咕给自己听的。当然这嘀咕不见得有什么恶意，她把自己说成是典型的乡村农妇的时候，还洋洋得意地扭扭腰身，晃晃脑袋。但是福金依然觉得不舒服。

那天刚落了雨。从房里到粪池的那段路泥泞得很。这样，楼上的那只马桶就由梁谷和林月两个人提着去倒。一男一女，一左一右，中间是只油亮油亮的、紫红色的、圆滚滚的家伙，而不工作的那只手臂，还都同步摇摆，甩得高高的，这或许可算是潘家镇有史以来的一大奇观。

倒完马桶回来，老太太对他们咕噜咕噜说了一通，那意思就是，这事非得该女人做不可，像他们那样，会让谁都瞧不起。“我伲老人说话，总是为年轻人好。”

老太太的确是为了他们着想，但是林月听了却很不以为然。

“瞧不起？哟！”她这回好像有了点火气，“梁谷，怎么样，来个挑战，明天你倒！”梁谷用眼神制止她往下说。老太太耳聋眼花，自然是什么都未能觉察到。但这一切，都让待在一旁的福金听到了，看见了。这样，他便下了决定，要把抽水马桶装出来。

“大哥，弄包水泥来！”大哥住在镇子另一头。

“做啥？”

他说明了用意。

“搞得成伐？”

“一个月后侬来看。”福金站得笔直，脸板得紧紧的，见他这副模样，大哥就相信这事情准干得成。于是便点了点头。

首先得解决粪池的位置问题。挖在哪儿呢？屋后倒是有一块很理想的空地。但那空地的主权属谁，还没有最后定论。为这，福金曾经还同后面那户干过一架，把一根长毛竹，刺破了人家的玻璃窗。可是现在福金不再想找这个麻烦了。没有办法，他咬咬牙，就把这个院子破坏了。

除了上班，其余的时间他便挖粪池。天天都要搞到半夜三更。几天下来，他便明显地消瘦了。三妹炖了一只鸡，但他吃不进。胃烧得难受，他估计可能又在胃出血，大便的时候观察了一下，果真如此。但是福金没有说，也没有去医院，只是偷偷地吞服了几颗药丸。

有一天晚上，月色很好。林月伏案写完了一幕剧之后，便揉了揉眼睛来到阳台上。她望着天空，赞叹了一声，便倚着栏杆凝思遐想。一会儿，梁谷也出来了。他搂住她柔软的肩膀，呼出了一口长气，便也步入了她的境界。

夜空真是非常美妙。那月亮，那星际，那依稀可辨的、来去无踪的云翳，或令人联想起古老而动人的传说，或暗示人们该去探究人的生和死的真谛。

但是他们偏偏没有注意到，就在他们的鼻子底下，有人正埋身在泥土里，在哼哼，在蠕动，在挖掘。自然，那与泥土的颜色相差无几的脊梁，那蓬头垢面，和从某个部位渗出的血污，与天，与高傲而又神秘的无极，是不可比拟的。在这种时刻，尤其不值得一提。

一个月之后，马桶工程便竣工了。楼上那个，安装在梁谷他们的屋里。白瓷水箱的左上角有一个金色的小铜柄，往下一按，水“哗——”往下冲。很好使，与市区公房内的那些毫无两样。

可以被提拎在手上的木马桶被塞入了床底下，从此靠边。林月自然很高兴。

这样，整个院子就杂乱不堪。除了靠围墙处还留有几根竹子外，其他地方只剩下碎土和石块。林月耐不住，便就院子的问题和福金谈了谈。她提出了自己的设想，“一二三四”扳着指头，报出了些她认为应该有的花的品种。

福金不屑地朝她瞥了一眼，突然冒出了一句：

“侬懂啥？”

林月诧异地朝他眯起了眼睛，转而，便一声不吭，敲着皮鞋的后跟，上楼去了。

是的，福金有资格说这个话。她会干什么呢，除了在纸上写写画画之外，她还拿得出其他什么实实在在的东西么？她有属于她个人的房子、双缸洗衣机、抽水马桶么？她有创造这些东西的经济条件么？福金的收入抵得上她工资的两倍。她凭什么朝福金指手画脚呢？

当然，院子要整修好。她报的那些花名福金知道，都是些花木商店随时可买的不值钱的货。福金肚子里的打算，她根本就猜想不到，一个每个月才拿五十多块钱的“外国女人”，办事情哪敢朝大处想。

福金拍了拍胸脯和膀子，休息了几天之后，又是一身的腱子肉。

这天，一棵价值可观的雪松，送到了。一两个小时之后，这棵气势不凡的雪松，便在院子的中央挺立了起来，其他的一些花草在它的周围黯然失色。它傲视一切。

福金干完了活，将周身洗刷干净，便在院子里踱步徘徊。他在等待楼上那两位归来，他还是很想从他们的神态表情中找到一些值得他得意的东西，而通过围绕着雪松的对话，福金还可以像上两回那样，多少赚到点便宜。

他们来了。果然，才进院门，便立定了。两双眼睛都瞪得老大，就像突然看到了一个稀有的怪物。福金屏住气，等待着，但表面上还是装成若无其事的样子，他用脚尖拨拉着几颗土块，把它们踢得团团转。

林月先是叹了一口气：“唉！”随着这声“唉”，她的肩胛耷拉了下来，然后她把挎包摘下，塞到梁谷的手里。接着，便走到雪松底下。她把手背在身后，挺了挺身子，又昂了昂脑袋，然后对梁谷说：

“瞧，你是不是应该向我开枪了！”那声音，懒洋洋的。梁谷还真的张开虎口，伸出食指和拇指朝她瞄准。

小萍萍在一旁看见了，拍着手又跳又叫：

"阿姨牺牲啰！阿姨牺牲啰！"

在闹了一阵之后，他们便想直截了当地对房主人表示一下对雪松的不满，它把雅致的格调彻底破坏了。但是已经不见福金的人影了。

福金感到从未有过的劳累。他坐在一个池塘边上，把脑袋深深地埋了下去。他懂他们的意思，他懂。一个打枪，一个牺牲，把他的院子当作了屠宰场。这自然是那棵雪松带来的悲剧。而小萍萍居然还开心，她不知道，她阿爸这时候对这个家，对他自己，是多么的失望。

福金终于想到，应该找一个什么口实，把以后的半年房钱退还给他们……

冬天来了。今年冬天特别冷，零下五六度的气温连续不断，树木被西北风吹得"咔嚓咔嚓"作响，大地都发白了。

林月伏在写字桌上，她的面前已经堆了一叠写满了的厚厚的稿纸，屋里冷得够呛，她不时地把手指贴上唇上，哈着热气。

她穿着一件旧了的米黄色的半长大衣，这是她唯一的一件像样点的御寒的冬装。在当今盛行那大红大绿的、富有肉感的滑雪衣的年月里，林月套着这件大衣，便给了人一种不从俗的自我独立感。谁也不会对她做出丝毫的落后于时代之类的嘲讽，因为她穿着它的确很美，这美使年轻人觉得遥远，而让老年人生出感伤。在屋里，她也不把大衣脱下。

结婚的时候，林月除了买了件普通的西装之外，其他的穿着就基本上没有添置。那种在常人心目中必不可少的火红的丝绒小袄，她几乎连想都没能想到。而她从来也没有把结婚当作是人生旅途的转折，一个如何了不起的事件，需要在外观形式上加以足够的渲染。结婚，在她看来，无非是一种爱的延续，是事物在渐变过程中的一个小小的波动，这波动决然不会影响她对整个生活的态度。她目前在爱着，而过去也在爱着，无非是爱而已，这本来并无区别。

林月很喜欢她的丈夫，其喜欢的理由，她自己永远也搞不清。事实上她也不想搞清它，何必要费那个神呢？林月说过，她的血液里有反理性主义的因子。

当然，他们也存在着分歧。比如，梁谷就说林月时常会做些毫无意义的、不切实际的事，但是林月并不服气。她认为她如果不那么做的话，就会成为另一个林月，一个平庸的林月，写出的作品也会流于平庸。那她就要活不下去了。

婚后才两个月，她对一本不知从哪借来的《精神科心理学》着了迷，进而就发展到对精神病人的意识有了兴趣。只要稍得空闲，她便朝一家区级的精神病防治院跑，那家医院的一个护士，是她过去念初中时的同学。每次从那里出来，她自己的精神状态也变得相当亢奋。

“你知道吗？”她兴奋得搂着梁谷的脖子说，“几乎所有的现实主义的作品对人物心理的刻画都是不尊重现实的。”

“不见得吧！”

“当然啦！”她松开手，在原地转了一圈，“你知道人的思维飘忽么？”

“不知道。”梁谷没有涉猎过精神病疾患，他工作的那家区级医院也不开设精神科。

“你知道人的思维云集么？”

“不知道。”

“粘连，思维粘连……思维破裂？”

“……”

“还有，各种意识，比如妄想，夸大色彩妄想，钟情妄想，被迫害妄想。还有情感，情感的不协调导致的喜怒无常……”

“可是我要知道那些干什么呢？”梁谷摊了摊手掌。“我是个正常的人，一个普通人，我所关心的，也都是和我一样的人。什么飘忽啊，云集啊，我们……没有。”

“你知道……”林月似乎并未能听见他在说些什么，每当她在讲述自己的新发现的时候，她都不会轻易受到干扰，“你知道，我发现不少很有意思的神秘而又特殊的生物。”

“是吗？你说说看，他们都思考些什么？”

“改革人种。”

“好呵，那又为什么作为精神病关起来呢？”

“因为他整日待在结婚登记所，看人家有无交配的资格。”

“哈哈哈……”梁谷大笑起来，笑得连眼泪都控制不住了。

“可是从理论上讲，他又有什么不对呢？”林月显得一本正经，丝毫也不受梁谷的笑的影响，“他也无非是按照他的思想在行动。还有一个，时常在国境线上窜过来窜过去，他的宗旨是要打破国界，认为国界是战争的根源……但是所有的人把他们都看成是病人。我就不理解，什么叫精神病，每个人都有他思维的形式和逻辑，也可能在他们的眼里，我们反倒是些不正常的人呢……你能说我们不是精神病人吗？”

梁谷张大嘴，无言以对，但紧接着，又爆发了一阵大笑，林月依然不理他。

“比如说，你有信仰么？”

“哈哈……”

“但是我恰恰看见了对自己的信仰坚如磐石的人……信奉雷锋精神，每次买饭非得排在最后一个，否则的话就宁可饿肚皮……”

“行了……呃……行了行了，呃……呃……”梁谷一边打着嗝，一边制止她继续往下说。“谁都不会有时间同你讨论这些荒诞的问题的，你呀你呀！”梁谷轻轻地抚摸着她的泛着潮红的脸颊，“为什么老是在生活的边缘踮着脚尖绕呢？为什么不多多关心一点普通人的命运呢？喏，比如说，今天才十六号，但我们只剩下十五块钱了。可是你呢，居然又买了那么多硬罐头、软罐头，还准备在周末宴请朋友。这样，你就给比你大几岁的丈夫带来了一点困窘，并且还使他对自己产生了不满和伤感，你觉察到了么？”

林月静了下来，她把嘴贴在了他的嘴上：“我爱你……”

但是林月的兴趣点，并不会因此而转移，她继续往精神病院跑，自然，她会有她的收获。

“我认了一个干妈。”那天她回来对梁谷这么说，“那老人一定说我是她的女儿，每次见到我都要流泪，还要我叫她妈妈。”

“你叫了吗？”

“叫了，妈妈，挺亲热的，像真的一样，嘻……”

“她以前受过这方面的刺激么？”

“医生是否认了的，说她有四个女儿，都对她挺孝顺的。”

“她是病人！”梁谷终于有些不耐烦了。

“但是，怎么办呢？我的确很同情她，你没见到那双眼睛，一双真正的母亲的眼睛，渴求着晚辈对她的爱……”

“你干脆把她带回家来得了，去买张床，就搁在那儿，喏，那儿。然后你什么也别干，每天就侍候她，不是有很丰富的同情心么，嗤，见鬼……”

林月不知道怎么回答才好，她想了想，决定一声不吭，生气。她走到阳台上，把门反锁住——林月式的小脾气。这招总是很灵，才一会儿，梁谷便敲着玻璃窗赔笑脸了。

“可以啊。”吃饭的时候，梁谷朝她的碗里夹了一筷子罐头肉，“你就常常去看看你的干妈吧。”

“……如果……她……就因此，好了呢？一个多么动人的题材……我还想带点吃的去。”

“带……那就随你吧。”

以后，她果然提了些吃的去——一篮水果，一盒点心……梁谷看了也不好阻止。

但是有一天，梁谷下班回来，见林月垂头丧气地坐在床上。他忙问发生了什么事。

“你摸摸。”林月把头伸进他的怀里，她头上有一个大肿包。

“怎么搞的？这是怎么搞的？”他吃惊地问道。

林月也不回答，只是流眼泪。

梁谷把大衣重新套好，并把床头柜里的工作证拿了出来，揣进了口袋。

“告诉我，怎么回事，谁？！”

“……她突然举起一个板凳砸我，朝我的头上砸……”

“你倒是把话说明了呀！那是谁？！”梁谷又急又气。

“那个老太婆！神经病！还会有谁吗？”林月说出这话之后，感到特别委屈，但又不好意思放出声来哭。丈夫的嘲弄有时候简直令人受不了。

“头……疼吗？”

林月垂着眼睑，看不见梁谷脸部的表情，因而便搞不清楚这句话是有意挖苦呢，还是真心的关切。

“那些医生、护士还在一边笑，好像我就是一场闹剧中的丑角似的。”

“这些医生、护士们真可恶。”

总算听清了，这个坏丈夫心里是在乐着呢。林月跳了起来，拳头像雨点般落在他的身上。

要是梁谷不在，林月待在家里，便觉得心烦。楼下哇啦哇啦地大声喧嚷，以及沪剧和邓丽君，都叫她发愁。面对这类粗俗的现实，她向来表现得脆弱不堪。非但脆弱，而且还迟钝。她当然还没有意识到人家已经把她叫做“外国女人”，并正在为退还他们的房钱寻找机会呢。

她对小萍萍倒还是很喜欢的。小姑娘长得可爱，眉清目秀，白白净净的。也不拖鼻涕。因此，她叫着阿姨阿姨，朝她跑来时，林月心里也还愉快。她还对梁谷说过，要在这个可爱的小尤物的心里头，播下几颗文明的种子。

“小萍萍，过来。”

小姑娘“笃笃笃笃”地跑过去，把手放在她的膝盖上。这当然也是“文明的种子”，初来的那几天，她只会往林月的身上爬。

“告诉我，长大了干什么？”

“伲不晓得。”一口纯粹的乡下话，林月还真担心她大了以后改不过来。

“想想看，好好地想想看。”

她想了想，便回答道：

“伲不种地。”

林月笑了，往她的嘴里塞了块糖。

“不种地做什么呢？”

“伲造房子，像阿爸那样造阿多阿多的房子，装阿多阿多抽水马桶。”

“没出息。”林月把脸板了下来。

“阿姨，侬讲伲做啥好呢？”

“嗯……不过嘛，造房子也好，但是要成为一个建筑师才行。”

小萍萍眨巴着眼睛。

“成为一个建筑师，既要会画图，又要会音乐。懂吗？”

“嗯……”

“好吧，从明天开始，你就学画吧。我找一本世界著名建筑物的图册给你临摹。”

“伲会得画图。姆妈教的。”

“会画什么？”

“癞蛤蟆。”

“没出息。”

第二天，林月果真找出了一本画册，还特意买了些美术用具。

“三妹，你要好好培养小萍萍。”

小萍萍跪在椅子上，翻看着桌上的画册，不肯下楼吃饭。三妹只得拿着个饭碗上来喂她。

“瞧，这个，法国爱里舍宫；这个，伦敦皇家度假别宫；喏，俄罗斯教堂；还有，莎士比亚剧院，美国国会大厦，多漂亮，世界第一流的建筑。”

“侬手清爽哦？”三妹有些紧张。

小萍萍摊开了手掌，脏！她忙在自己的衣服上揩了揩，三妹又不放心地用自己的手绢，在她的手上使劲地蹭。

“没关系的，”林月在一旁说，“就是送给她的，有空就提醒她照着上头画……这是早期教育不能忽视的一个环节。你女儿才五岁，对造房子便有了兴趣，要是这方面真有天才的话，今后便考大学的建筑系。小萍萍，想当个女建筑师吗？”

“想。”因为这个“想”字，她的嘴张大了，满嘴的米饭都落到了俄罗斯教堂门前的那个大主教的脑袋上。三妹顺手在她的后脑勺上给了一巴掌，“叭！”小萍萍嘴里不知道咕噜了句什么，林月没能听清。

“林月，这个姑娘是不会有出息的，侬真格是白费心思。侬看伊这副戆头戆脑的样子，喏……喏，只配种地，只配种地，种地坯子！”

林月温和地笑了笑。

“她的生活总应该比你们更有意义些，你们现在是……”

“伲是啥个也不想了。”三妹把话接了过来，脸上生出几分羞赧的浅红，“啥个书也没读到，字也不识几个，像个文盲，能吃饱穿暖就心满意足了。”

“但是，悲剧不该重演了。”林月一会儿看看母亲，一会儿看看母亲的女儿，脑袋转来转去。“小萍萍不该是个……很贫穷的人，我指的是精神上的贫穷，那可是最大的贫穷，瞧你们现在，”她用脚后跟轻轻地敲了敲地板，“什么都有了，但说穿了，这又有多大的意义呢？”

三妹一会儿摇头，一会儿点头，还发出几许叹息，脸上依然是红红的。

“她很聪明，也很漂亮，再过二三年她就要上学，得在市区里找个好的学校，那很重要。”

“伲大姨妈在城隍庙开酱油店，住的地方是有咯，不过农村户口哪能办呢？”三妹急切切地看着林月，真的为这事操起心来。

“这个问题不大，教育局里有我的同学。”

“那伲小萍萍算是有福气了。”三妹松了一口气，接着便朝女儿喊了起来，“好好画，阿姨怎样讲就怎样画，不许调皮捣蛋！种地的坯子！”

小萍萍照例是不理不睬的样，她翻看画册，看得津津有味。

第一张的大作算是完成了，小萍萍兴致勃勃地顶在头上，拿来给林月看。林月接过一瞧，天哪！除了三五根横的竖的线条之外，余下的便全都是黑墨团团，但是她突然来了兴趣，由线到点，从中或许还能发现儿童的视觉和思维的某些带有规律性的东西呢！她赶紧放下手中的书，命令小萍萍坐在她身边的椅子上。

“不许动，好好回答阿姨的问话，这是什么？”林月首先指的是“线”。

“喏……”小萍萍用一个小手指在范本上划了几下，林月仔细地看了看，还说得过去，她点了点头。

“那么这是什么？”接下去林月便指了指墨团团，“那些‘点’，哪来的？”

“这是煤球。”

“什么？”

“煤球。”小萍萍笑了，露出白白的小牙。

“不许笑。”林月有些发急，“告诉阿姨，哪来的什么煤球？”

“阿爸做了阿多阿多煤球。”

“阿爸做煤球与你有什么关系，这之中有什么必然的联系！这是教堂，多么圣洁的地方。”林月已经忘了她的教导对象是个五岁的乡下小女孩。

“阿爸做煤球，做了四十四个，侃也是四十四个，一，二，三，四……”

“行了行了。”林月捉住了她的两只手，不让她点着数数，“为什么要有煤球，为什么？”“伊拉不生炉子，哪能做饭呢？”因为两只手被锁住了，小萍萍只得看着画册说，她的视线落在披着袈裟的神父们身上。

林月总算明白了过来。“唉！”她无可奈何地、长长地叹了口气。

“小萍萍，下来！”楼底下，福金在叫。萍萍下去了，连画也顾不上拿。

林月怏怏地站起身。从窗外看出去，小萍萍的阿爸继续在用一个煤勺子做着煤球。底层的平台上，都排满了。大冷天，他只穿着件毛衣，还不时地用手背擦着头上的汗。

林月拿起钢笔，在画面上也点了几下：“不止四十四个了，又该多了。”说完，她“扑哧”一下笑出声来。

“这可不行，小萍萍非被毁掉不可。”晚上，林月便把画煤球的事对梁谷说了说。

梁谷听了直乐，觉得挺有意思。

“不行，我看得扩大她的意识范围，尽可能地摆脱这个环境的影响，我们带她出去玩玩吧。”

梁谷不反对，他对妻子的性格也算是掌握了。

“三妹，星期天，我们带小萍萍去看个展览会。”那天，林月对三妹说。

“带伊去？”三妹的眼睛里发出光来，并且现出了手足无措的样子，“伊会捣蛋哦？”

小萍萍听到了要带她去玩，便高兴了起来，抱着林月的腿，顿着脚嚷嚷她不会捣蛋的。

星期天一大早，小萍萍就来敲门了。林月他们还都睡着呢，没办法，只得起身了。林月把门打开，“哟”的一声叫了起来。

小萍萍今天从头到脚换了个新。红棉袄，绿裤子，花棉鞋。两个小辫被扎得硬邦邦的，如同食品店里的脆麻花。而整个脸蛋，也被抹得花里胡哨。原先不打扮还过得去，这一打扮便叫人一眼就看出是个道地的乡下小囡了。

“这可怎么办？”林月发起愁来。

“谢谢侬了，林月。”三妹也上楼了，她看了看女儿，发现她裤子后头已经沾上了灰尘，便赶紧在她的屁股上拍了拍。

“小赤佬……这还是昨天夜里赶出来的呢！”

如此郑重，林月不好再说什么了。

他们匆匆吃了些早点，便上路了。

毕加索的画展。观众很多，小萍萍见热闹，就很高兴一个劲儿地朝人缝里钻，并且老是挤在最前排，林月拉都拉不住。

“这是哪来的乡下小姑娘？”突然，一个展览馆工作人员高声嚷嚷了起来。林月听见喊声，连忙跑了过去，并焦急地问：“怎么了？怎么了？”

工作人员瞧了她一眼，并不搭理，还是拽着小萍萍的胳膊嚷嚷着哪来的小姑娘。

“我的！我的！”林月来气了，“她怎么了？”

“你的？”听那人口气，他还在将信将疑之中。

林月一把将小萍萍拽了过来。

“你可得好好地看住她呀，她用手摸那画。”

“你摸了吗？”林月俯下身去问。

小萍萍撇着嘴不说话，但是突然“哇——”的一声哭开了，一边哭还一边说：“伲要回去！伲要回去！”

好多人不看画了，扭过头来看她们。毕加索的魅力被转移了。碰巧，又遇上个熟人：“林月，这是你女儿么？”声音大得不可思议。林月浑身冒汗，急了。环顾四周，不见梁谷，于是她也高声喊叫了起来：“梁谷——梁谷——”

“喔，她爸爸也来啦！”还是那个该死的熟人。

梁谷总算冲进了重围，把她俩救了出去。

往回走的路上，林月不吱声，她在生气。梁谷倒还有兴趣，同小萍萍说来说去，后来问她那些画好不好看？小萍萍答道："没啥稀奇咯，伲也画得出咯。"林月听了更气。她不禁为这小女孩出生在那样的家庭而惋惜不已。

几天以后的一个傍晚，林月看见小萍萍拿着根竹棍，混同在大孩子群中，敲打着一只死猫。她连忙把她带回屋里，小萍萍似乎知道了林月因为猫的事情又要不高兴了，便赶紧申辩道：

"阿姨，那是只野猫。"

"野猫也不准打，要爱护小动物，懂吗？"

"苍蝇能打哦？"

"苍蝇是害虫，是坏的。"

"野猫也坏，夜里啊呜啊呜叫，过年的辰光还偷鱼吃。阿爸叫我打。打死野猫，埋在烂泥里，葡萄就长得老大老大。阿爸讲……"

"阿爸阿爸，你是听阿爸的，还是听阿姨的？"

小萍萍翻了翻眼睛，见林月的脸色很不好看，又想到巧克力糖呵，画册呵，玩呵，等等，于是只得说。

"听阿姨的。"

"阿爸有许多不好的地方，懂不懂？"

小萍萍点了点头。

"说给阿姨听听，阿爸有哪些不好？"

这时候，梁谷从外头回来，便听着她们的对话。

"阿爸不读书。"

"唔……还有呢？"

"阿爸只晓得赚钱，造房子，阿爸不好……阿爸不卫生，不洗手。"

林月觉得她的教育总算有了些收效，不由得来了点精神。

"说得好，还有呢？"

"阿爸……"小萍萍揉了揉眼睛，紧接着突然冒出了一个词儿，"灵魂空虚。"

林月一下子愣住了，但很快便在小萍萍的脸蛋上狠狠地亲了一下。

"梁谷，梁谷，瞧，你瞧！"她兴奋地转起圈来。

梁谷没有表示什么。一会儿，他朝小萍萍这么问道：

“小萍萍，阿姨有什么不好？”

没有回答。

“说呀，阿姨有什么不好？”

还是不见回答。

“好吧，小萍萍，你就回答叔叔的话，阿姨有什么不好？”林月显得很开心。

“阿姨，唔……阿姨……唔……咬叔叔的嘴巴。”

梁谷笑了起来，还边笑边说：“污染，真是污染。”

林月羞得满面通红，便在小萍萍的后脑勺上轻轻地拍了一下。她不知道这孩子最讨厌拍她的后脑勺，谁这么做她都要发脾气，这已经习惯了。于是，她摇着小脑袋，嘴里咕噜了一下，

“什么，你在说什么？”林月突然间感到事情不对。

“×××！”

“啊，你在骂人？你怎么会……骂人？快出去！”

小萍萍从来没有在这里受到这么大的委屈，拍了她的后脑勺，居然还要叫她出去，她的脾气更大了。

“×××！”她固执地继续重复道。

“怎么办？怎么办？梁谷，怎么办？……小萍萍，我命令你出去！”

小萍萍跑了出去，刚出屋门，她便哭了起来，哭得很伤心。

福金正在干活，见女儿哭着从楼上下来，便皱着眉头问怎么回事。

“阿姨不让伲玩，叫伲走，呜呜呜……”

“贱坯！早叫侬不要上去，不要上去，偏偏不听。”说着，狠狠地给了她一巴掌。随后，又把她提了起来，关进了卫生间。

小萍萍在里头使劲地踢着门，还大声地连哭带骂。

“×××！呜哇……×××！呜哇……”

这一切，楼上都听得一清二楚，林月起先愣着，不知道怎么办才好。后来，她“砰”一声把门推上，也捂着脸哭了起来。

楼下，福金被她“砰”的关门声震得怒火中烧。

“×××！下个月就请伊拉滚蛋！”他终于下了决心。

第二天，林月起得早。团里上午有学习会。吃早饭的时候，她还在

为昨天发生的事闷闷不乐。但是，因为这天气候很好，没有风，暖洋洋的。一出门，她的情绪便又恢复正常了。

到了单位，门房间的老师傅便告诉她，有位年轻的女同志找了她好多次，说今天上午还要来，希望她能等着。

十点钟左右，门房间传她下去。林月跑到大门口一看，原来是她好多年不来往的中学里的一个同学。那时候大家都叫她“可可小姐”，她父亲在新中国成立前是上海的一家丝绸公司的董事长。

“哟，可可，还记得我？”

“你真是越来越漂亮了，林月，结婚了么？”

“结了。你呢？”

可可摇了摇头。接着，便转换了话题。

“几个月以前，就想来找你。”

“有什么事吗？”林月感到不解。

“看了你的……《光》。”

“唔，原来是这样。”林月热烈地握住了她的手。

这是林月搞创作至今的唯一一部能竖起来的作品。导演很欣赏这个本子，据讲是克服了重重阻力才开拍的。但播映之后，普遍的意见都认为难以理解。于是《光》就好比是个电视广告似的，一晃而过。林月一直在为自己的作品遭到冷淡而觉得委屈。现在，可可在看过片子之后，居然有了非见她一面不可的冲动，这当然不能不叫林月感动了。

“你觉得怎么样？”

“先看看这个吧，”可可从兜里掏出了一张报纸，“我刚从广州回来。”

这是一张广州的小报。在二版上居然刊登了一篇关于《光》的评论文章，文章把作品批得一无是处，并挖苦剧作者是在月球上攫取素材，主人公完全是个不食人间烟火的天外来客。林月匆匆浏览了一遍之后，觉得很气恼。

“怎么可以呢？怎么可以这样来理解呢？搞评论的都是些凡夫俗子。嗯！”

“上午还有事吗？”

林月思想的小鸟还停留在刚才的那篇文章上。她没有答话。

“到我家里去坐坐吧……走吧……”说着，可可便搂着她走了。

她们来到了一间摆设、布置都挺随便的不大的屋子。可可给林月冲了一杯咖啡。

林月直到这时候，才开始打量起她的这位同学。她觉得她的变化真大，这变化不仅仅是外貌的，而且是气质上的，林月感到她的一举一动都很有个性，既带有玩世不恭的味道，又含有超凡入圣的成分，这两方面结合得很好。

“你想在《光》里……表现些什么？”年轻的女主人把身子埋进了一个大沙发里，并把一条腿搭在另一条腿上。

“总而言之，可以说……唔……”林月支支吾吾的，她面对这种居高临下的询问，有些慌神，“表现了一种人的精神世界的盲乱……一种无目的性，有很多是属于下意识的，不可知的。”

“你说得真好，真好。”可可微微笑着，幽雅地点着头，这动作就像经过设计似的。林月简直有些羡慕了。

“尽管那些……普通人……”可可在普通人三个字上加重了语气，并朝那张小报瞥了一眼，“觉得，不可思议。但是我非常理解编导们的意图，我很喜欢……它，看了你的剧之后……”“你的”，又成了整个句子的逻辑重音。“我有两晚上没能好好入睡，我的心灵深处某一个角落在同它……共鸣。就是这样。”

“我，我真……谢谢你，谢谢。”林月觉得自己的呼吸都有些局促了。

“但是，怎么说呢，当然也有不足了，你说是不是？”

“这当然，免不了的……”林月说这话时心不在焉，她依然在咀嚼着可可说的“两个晚上没能入睡”的话。

“为什么非得盲乱呢？难道就不能从盲乱到不盲乱吗？……唔？你说是不是？”

“什么？”

“我之所以喜欢它，是因为我从那里头看到了我过去的生命……是呵，有那么一个时期，每时每刻都被一种灰色情绪笼罩着。它在啃啮。地狱中的梦游。”

话说得完全不合乎语法，但是很优美，如同朦胧诗。林月向来就喜欢同能运用这种语言的人谈话。她聚精会神地看着对方，用手掌托着下巴。

“但是我现在解脱了，你瞧，我沐浴在阳光下，旋转着，歌唱着，你能感觉得到么？”

林月不置可否，突然，她觉得有个问题要问。

“你在哪儿工作？中学毕业你去了农村，现在呢？”

沉默。

林月懂了，她赶紧示意了一下，表示她懂了。

“我在写小说。已经完成了……三十万字，还在写。”

在林月看来，那些从农村病退回城，而又不去工作的人，全都在写小说。因而对此，她并不觉得有什么新奇。

“这就是你的……解脱？”

“不，你理解错了。”可可沉静了下来，转眼之间就好像进入了一个什么状态。

“明白了。上帝。”这一切她都熟悉。

可可笑了，欠起身来朝她的杯子中斟咖啡。

林月松了口气，她多了点自信。

“你也，赶这个时髦？”

“不，我很虔诚，与赶时髦不同。”可可回答她说。

“人们创造了上帝，从而驱使自己崇拜他们，为的是维系自身的心理平衡，躲避生活所带来的恐惧。”林月很流利地把自己对宗教的观点说了出来。

“你是……唯物论者么？”

林月犹豫了一下，随后便迟疑地点了点头。她对哲学是没有深究的。

“很彻底么？”

“说不上，但是我知道本源是物质的，物质在有规律地运动，而且是能被认识的。”她把大学里的那套随口说了出来。

“读过《神学大全》么？”又是一个问题。

林月连听都未听说过，于是只得摇头。

“去年在香港，有人借给我一本英文版的，我翻了翻，挺有意思。”

“……”

“既然物质构成本源，那么第一颗物质从何而来？”

“……”

“既然物质作为运动的形式而存在，那么试问，最原始的推动力又是如何产生的呢？”

“……”

“你能够认识你的灵魂存在与否吗？没有实践你又凭什么去认识？”

“不知道，这些问题我都没去想过。”

可可笑了，但笑得很宽容。接着便邀请林月有机会跟着她去教堂看看，林月答应了。

从她家里出来之后，林月大脑里一直被刚才的谈话缠绕着，因为又开辟了一个思想的领域，她便显得很兴奋。她的包里沉甸甸的，那是可可的小说。

梁谷晚上回来，脸色很难看。但是林月没能注意到，她一口气把上午的事情说了说，并把那几个问题提出来，叫梁谷解答。

“你就算了吧！”梁谷皱着眉头，表现出少有的恼怒，“昨晚上那事还没了结呢！你又翻出新的花样……你那个可可是个十足的寄生虫，只有闲得发腻的人，才有时间装神弄鬼。你跟着她跑？还是考虑考虑家里的事吧，看看这基本的事实……说不定哪天……就被人家撵出去了。”

早晨出门，梁谷朝福金打招呼，福金不理不睬，拂袖而去。这难道不是一种信号？整个白天，梁谷都闷闷不乐。午休时，同事们问他怎么回事？他便一五一十地把苦衷说了说。

大家听后，不胜唏嘘，对他的处境都深表同情。可是林月居然还在那里纠缠什么，灵魂呵，第一推动力呵，这怎么能叫他不上火呢？

但是到了星期日，林月依然尾随着可可小姐去教堂了。

教堂，坐落在衡山路上。林月觉得这里的气氛不错。人们的脸部表情既安详，又谦恭。加之那挂着的十字架，四周高大的彩绘玻璃，还有管风琴，鲜花等，这就更引起了她的好感。

唱诗班的歌声也好听，曲调舒缓，配音和谐，所有的人也都恭敬地阿门阿门地跟着唱，每个人的手中还都有个唱歌本子。

这天恰逢波兰一位主教布道，机会极其难得。暂且不说信还是不信吧，反正她听得津津有味。几个钟头的时间，一晃便过去了。

出门的时候，可可问林月，以后是不是还有兴趣来。她稍加沉吟，便肯定地点了点头。

“你应该把丈夫也请来。”

不该提他，在这个时候提到他，林月觉得有些不舒服。回到家里，她见梁谷愣愣地坐在写字桌前，闷闷地吸着烟，知道他在生气，便愈加地感到不舒服。

“上帝的圣女！”突然，梁谷怪声怪气地冒出了一句，把林月气得直想哭，“请祈祷上帝降福于他的忠实的仆人，不至于在一个月内便被人家逐出门外……无家可归，浪迹四方。”

林月终于听出了，这话中有些其他的内容包含在里头，便要求梁谷持着友好的态度，把话说得明白些。

梁谷气呼呼地哼了一阵，就把刚才的事情说了说。原来福金找他谈了，并且把以后几个月的房钱也还给了他。

“这怎么可以呢？不是讲得好好的么？租一年。怎么能够转眼之间就撕毁合同呢？”林月把眉毛挑得很高很高，她根本就没有想到会出这样的事。

梁谷不理她，只是一个劲地抽烟。

“难道就没有什么办法了吗？”

“……”

“再去找房东好好地谈一谈吧。”

梁谷一下子把半截烟扔在了地上，忽地一下站起来，委实把她吓了一跳。

“谈一谈？有什么好谈的？为什么还要谈一谈……晃动着尾巴，乞求主人，留下吧，把我们留下吧！有这个必要吗？”

“是呵，说得对极了。”她又发现了丈夫的可爱之处，从他的性格中又挖掘出了些闪光的东西。她兴奋得眼睛都在发亮了。

“要我们在月底之前搬走，哼，倒还宽容，给了三个星期的准备时间。我看，不能再待下去，明天就走，暂时只能分头住上几天。家具当然只有在重新找到房子之后才能搬。你看呢？”

“我看就这样好，勇敢的丈夫，真正的男子汉。”林月上前搂住梁谷，拼命地亲他，她觉得丈夫比以往任何时候更值得爱。

整个下午，林月又是高高兴兴的了。她的思维又回到了可可小姐和教堂那里，又在那些玄而又玄的问题中兴奋地纠缠，而且还产生了创作的冲动。她决定写一个电影剧本，争取在一拿月内完成。写一个灵魂对十字架的兴趣，而且还要写出这灵魂的困惑、犹疑和呻吟。

到了晚上，林月便着手起草了。梁谷冲着她的稿纸探了探头，见那剧名是这样起的：去破译那通往永恒的密码吧！

“你注定不会成功。”梁谷朝着她背影默默地念叨。但他没有发作，还有好多具体的事情等着他去烦神呢。比如说，借房子吧，哪儿还有比这更合适的呢？租金不能太贵，还得沿着公路，进出方便……

第二天晚上，他们便不来了。

两个老人对事情的发展，根本就不清楚。老太太到了睡觉的时间也不上床，还在大门口坐着，并且还一个劲地叨咕：“还不回家，还不回家。”福金倒是早早地困了，但是他根本就睡不着。三妹抱着小萍萍在外头无目的地逛，只要有一辆公共汽车驶过，她便朝着路口瞅。小萍萍似乎已经猜透了母亲的心思，一旦听到汽车声，便问道：“阿姨来了吗？阿姨来了吗？”到了后来，三妹被问得不耐烦，就在她的后脑勺上拍了一下：“都怪侬，都怪侬，还来，来个屁！”小萍萍一声不吭，只是傻愣愣地站在电线杆子下，她的眼睛在路灯光下一闪一闪，拼命抑制着眼泪。

天色很晚了。三妹感到了冷，她摸摸女儿的手，也冻得冰凉。

“我伲回去了，小萍萍。”

小萍萍不动，抱着电线杆子，把脸也贴了上去。

“走了，走了。”

一会儿，母女两人，带着被不断拉长的身影，回屋去了。

在这夜晚，虹桥大队潘家镇十五号，显得非常吝啬，关闭了灯光，收拢了话语声和笑声，仅献出了它的轮廓——那简洁的谁都不会注意的线条。

他们开始分居。

梁谷回到父母那里，简直是度日如年。在经过了一段独立的小家庭生活之后，他对父母、兄弟们之间的错综复杂的冲突和角逐，更是不堪忍受了。

原来属于他的那个小角落（那小角落里有一张小钢丝床，一个小写字台），现在属于大弟了。

"晚上你打地铺。"大弟毫不客气地这么说。当然，梁谷也没有资格表示反对，他早已是外头的人了。到了晚上，他只得打地铺，和父母同屋睡。

心里烦乱，本来就难以入眠，可是还遭到来自床上的干扰。

"你还让不让人睡？"

"问得奇怪，谁打扰你了？！"

"那你'唉，唉，唉'什么？"

"你不一个劲儿地翻身，我会'唉'吗？"

这样你一句我一句地非要闹到半夜。而等到他们打起了呼噜，梁谷可就再也睡不着了。因而白天他总是昏昏沉沉的，脾气也躁。

两兄弟争出国的矛盾也已经白热化。这段日子正放寒假，谁都没事，于是全力以赴投入决战，准备拼个高低。

二弟因为女朋友也有出国条件，所以使得天平逐渐朝他倾斜。阿姨从美国来信，说是两人一块出去最好，能有个照顾。大弟见此情最，不甘示弱。在经过了一番活动之后，便毅然宣布，他也有了对象，其出国条件，绝不亚于二弟的那位。

母亲出了个馊主意，说是召开个家庭会议，把那两个未过门的媳妇也叫来，大家比比条件。但是家庭会议煮成了一锅粥，连那两位"业余家庭成员"也都凶相毕露。大弟自是不肯相让。二弟说话有点结巴，此时，却能借助表情增强了语言的感情色彩。两对人争得不亦乐乎。

父亲只是用他的山东土话指着母亲咒骂。母亲实感难以左右局面，只得怪罪老外婆，指责她把所有的人都纵惯坏了。老外婆想到自己一生辛劳，疼女儿、疼外孙，落得这个下场，便捶胸顿足地哭了起来，好像要跟谁拼老命。

一场惊心动魄的鏖战。

直到每个人都精疲力竭了，胜负还不见分晓。但好歹总算做出个决议：扩大这家庭会议的规模，把能叫来的亲朋全部叫来，进行投票表决。

梁谷是在两个弟弟突然对他转换态度，表现出让他难以接受的那股子亲热劲之后，才知道有这么个决议的。那天晚上，他是不能坚持到最后的了。要不是毅然决然，夺门而逃，那么他的神经或许已经爆炸了。

随着投票日期的逐步逼近，两兄弟也在朝他不住地加温。

大弟把他请到了红房子西菜馆。

“哥哥，你可得投我一票，要知道这届毕业分配去向一塌糊涂，很有可能去大西北。哥哥，你是知道我的哮喘病的呀！小弟反正年轻，以后总有机会的，我到了那边也可以替他搞保证金嘛。”大弟说得很动感情，叫梁谷不得不点头称是。

但是当小弟把啤酒咕咕咕咕地倒进了他的杯子之后，他的态度又不得不变。

“哥哥，你知道，她无论如何是要去的；你知道，我是多么爱她。失去了她，那我也就死了。”言毕，便是泪水。

“醉了？哭什么？我会不帮你么？”但转念一想，梁谷又觉得这话说得欠妥，刚准备作一番弥补，但已晚了，他被小弟紧紧地抱住了。

左右为难，不知如何是好。没有办法，他只得同林月商量。而以往他对父母兄弟间的那些不光彩的事，对林月总是不说的，他怕她笑话。林月听后果真不以为然，她给予的评价是“一群丧失理智的人在滚热的沙漠中打着昏迷的滚”。但是好歹她出了个颇有价值的点子，那就是“避开”，或者说是“逃跑”。她说这话时显得很开心，把钢笔衔在嘴里，像个天真烂漫的小姑娘。

到了那天，梁谷果真逃遁开了。下班之后，他便一个人在外闲逛。林月不肯陪伴他。她说那个剧本的创作，已经到了最关键的时刻，今晚写高潮，不能打断。随着夜色的逐渐浓重，梁谷的思想也便愈加纷繁杂乱。不知不觉地，他又来到了潘家镇。他远远地立定，看着那幢小楼的模糊的轮廓。陡然间，他生发起一种还不曾有过的感叹。

他们，抱得多紧呵！

那里，也有母亲，也有父亲，也是三兄弟。三兄弟早已都安家立业，有了各自独立的住宅。但那割不断的血缘，依然把他们扭结在一起，他们生活得如此和睦，相亲相爱。

大哥要盖房子了，两个兄弟都去帮忙。那一个多月，福金每个晚上都去，星期日也不休息。上大梁那天，老太太叫梁谷去看看，一块儿凑凑热闹。梁谷去了。他忘不了那个场面……

兄弟三个站在屋架的最高处，只穿着一条裤衩——一色的白裤衩，白得耀眼。还有十多个木匠也在上头站着。

整个家族的所有的人几乎全都来了。媳妇们和小孩子们都忙着整理爆竹、糖果、糕点。在一张大方桌上这些东西被摆成了好看的图案。老太太在几十个盛满热菜的蓝边粗瓷大碗上摇着蒲扇，还亮开嗓子大声嚷嚷着，一会儿叫上头的人小心点，别摔了下来；一会儿叫下头的人躲着点儿，别蹿来蹿去，并不时地嘎嘎大笑。老头儿倒是静静的，只顾认真地贴着对联，把一片片菱形的大红纸，一丝不苟、端端正正地贴在柱子上。梁谷至今还记得那对联的内容。上联：竖柱喜逢黄道日；下联：上梁正遇紫微星；横批：太公在此。当他把工作做完了，才呵呵笑着，把小萍萍抱在怀里，朝看热闹的人打招呼。密密实实的人群中，有几个闲着的小伙子耐不住，也上去帮忙，有的还去桌上动糕点，但被媳妇们挡住了。她们扬起巴掌朝他们的背脊上打，打得噼里啪啦地响，小孩们便在旁边叫好。梁谷被这气氛感染了，便也把衣服脱下，爬上了屋架。老太太见他上去，显得很高兴，还叫福金照顾着点。

“准备好了伐？”大哥的声音顿时便将四周的噪音压了下去，凡是站在屋架上的人都把扎着大梁的粗麻绳捏得紧紧的，下边的人也都不出声地把脸仰了起来。

“预备——”还是大哥，他严肃而冷峻。两个兄弟站在他的身边，咬着牙，把绳子又在手臂上绕了一圈，突然，一声狂吼：“拉呀——”

“一，二，上！一，二，上！一，二，上！”所有的人都呼起了号子，那声浪有节奏地起伏着。

“呼嗨——哟——”猛地，福金把他的音调一下子提高了好几度。他的“呼嗨哟”被突了出来，就像一只海鸟腾空而起，在排浪的飞沫中上下穿行。

“咿呀——嗨——”二哥也紧紧地跟了上去。

“呜哇——上大梁啰——”这是大哥。于是，这便构成了三重唱，那嗓音竟然也是如此相像——这天然的谐调。

在当时，梁谷就很有感触。

大梁一旦安放好，爆竹声便噼里啪啦地响了起来，满桌的糕点也便一哄而光，老太太特意留了包云片糕给梁谷。他将那白白的薄片放进嘴里嚼着，感到甜津津的。

下工之后，他们就去洗澡，福金的那个澡间很大，有一个水池子，还装了四五个“莲蓬头”，梁谷和潘家兰弟兄便一块儿洗。

除了一两句有关造房子技术问题的对话之外，余下的便是哗哗的水声。

后来，大哥叫福金趴下。“趴下！”语气很严厉。梁谷有点摸不着头脑，怎么回事？福金倒是乖乖地趴下来，他匍匐在地上，手臂和腿伸得笔直。接着，大哥便蹲了下去，替他搓背，凡搓到的地方，都变得通红通红。三弟完了之后，便是二弟，二弟不用说便自己趴了下去，一会儿，整个身子也就热了。最后是两个弟弟为大哥服务，他们在他的左右两侧跪着，干得很认真，就像在精心地磨着溜光水泥地似的。但后来见差不多了，便挠起了痒痒，于是三人笑作一团。

梁谷只是独自在莲蓬头下淋浴。他的肤色比他们要浅得多。

他在一片竹林里，踱着步，想着过去了的事。所有这些，在今夜，在他孤独地消磨着时光的时候，都有了特殊的意义。冷。他把衣领子竖了起来。活到三十岁了，他没有一个暖暖和和的窝。他的亲人们更在他的本来已够可悲的生活中，抽去了最普通的精神的熨帖。他们现在一定是……梁谷不敢再往下想了。他感到恶心。

不远处，小楼的灯光起了点变化。底层左间的灭了，而右间则亮了。湖绿色的光。是一种幽远的情绪，带出了以往的那些并不被注意的事……

是的，他们也打架。那一架，为了草皮同后门那户的一架，打得多厉害。

福金过去曾经用竹竿捅破人家的窗户——梁谷这是听说的，那个时候，他还不曾有林月呢！但这次冲突，他可是目睹的。

有一片茸茸的可爱的绿草，福金在夜间去铲了几块移植在自家的院里，但被发现了，于是人家便骂上门来。

福金是克制的，他被上一回的风波搞怕了。但那几个“鸭无卵”（福金这样骂他们）实在不识抬举，简直没完没了，把福金的祖宗八代，挨个地鞭挞。年轻的血性不允许这样，况且这草皮究竟该属于哪家，也本不见定论。

福金先是泼了一桶水，把“鸭无卵”们浇成了落汤鸡，但是他的铁门被人家捣得走了形。第一回合，福金不赚便宜。

第二天，大哥和二哥都没去干活，三个人沉着脸说了一整天的话。时而冒出高亢的咒语。梁谷这天休息在家，被搅得心神不宁，他预计事态会进一步发展。

果然，不出所料，当晚间那伙人又上门寻事的时候，三兄弟便一哄而上。梁谷见福金揪住了一个红脸小伙子，狠狠地挥拳。那边当然也不示弱，仗着人多，同他们硬对硬地干。但是福金很厉害，他只揪住一个不放，打他的躯干和脸，他自己当然也被揍得不轻。这场混战持续了好一阵子，才被闻讯赶来的邻居们劝解开来。梁谷也去劝了，他的腹部不知被谁踹了一脚。

不一会儿，民警便出现了。

“潘福金，走！”那民警持着根棒，点着福金的鼻子，叫他去派出所，福金乖乖地站起身来。

“没伊的事。”这时候二哥把他挡住，“伲先动手咯，伲阿弟没有打，要拘留就拘留伲。”二哥的腰可能受了点伤，他站不直。脸色灰白得难看。

“那好，那你去。”民警在二哥的肩膀上推了一把。

“都滚！”大哥突然吼了一声。他蹲在暗角里，那民警并未注意到他，这一声吼，把民警吓了一跳。

“谁？过来！”

他走了过去，贴着民警站着，那张脸上也是血迹斑斑。

“依凭啥咯拘留我伲？”

“少啰唆！走！去了以后再说。”

“怕啥，走就走，有理走遍天下！”二哥说着想冲出门外，但是被牢牢地拽住了。

“嘿嘿……”这时候大哥咧嘴笑了笑，还取出一支烟朝民警塞去，“抽，嘿嘿，抽烟，嘿……”民警冷眼看着他，并不伸手接烟，“同志，伲看，这桩事体就算了吧，伲自家解决就是了，倷也忙不过……抽，嘿嘿……抽烟……”

“你想干什么？啊？我这是执行任务……开什么玩笑？”

“大哥！”福金伸手把他手中的那支烟夺了过来，捏碎了，扔掉，“好汉做事好汉当，伲啥都不怕，伲去！伲倒要……”

“啪！”话没说完，大哥挥手就是一掌。

“小赤佬！人还不像个人……老三老四……懂个屁！滚回去！好吧……”他转身看着民警，脸上又是以往常有的那神色，只是由于血污，而显得更为严峻，“伲是老大，家里的事都是伲说了算。两个兄弟稀里糊涂，一贯如此，大家都晓得。伲跟侬去，不必多讲了……走吧。”

民警同志倒反而有了片刻的踌躇，他把警棒别在了腰间，整了整衣帽，“你，还是把脸洗一洗，抹点红药水什么的。”说着，他还朝那两个兄弟点了点头，示意他们去帮着干这些事。

大哥出门的时候，福金朝他的背影叫了声：“当心点！”说完，便失声哭了。他还疯了似的把墙上贴的那些画都抓下来撕得粉碎，也算是一种发泄吧。

以后的两天，梁谷出差去南京了，当他回来，这里已经什么事都没有了。火车到上海是九点四十分，赶回家里已经十一点多。十一点多了，三兄弟还在下军棋呢！棋子碰着棋子，啪啪作响。见梁谷来，都扭过头朝他打招呼，脸上自然还都涂着红药水，但那并未给人一种战后的凄苦之感，仅是有些滑稽而已。梁谷从挎包里取出一包南京花生米，给他们下棋助兴，于是便得到了几声“谢谢”。

他后来知道，大哥被罚了款，还赔了医药费。全部由他掏钱，任其他人怎么说都无用。

生活，总是免不了有冲突的，但它可以体现出些什么。是啊，当风暴已过，人们可以平心静气地把那些事细细地再想一想，在慢慢的咀嚼之中，自然能得到另一种味道。

那绿莹莹的灯光，依然在闪烁着……这时候，它又像是只内含丰富而不知倦怠的眼睛，存心要与人进行某种无声的交流。

梁谷突然想起，老太太在发病的时候，这绿灯曾经长夜不眠。去年夏季大热，有几个晚上，他把竹榻搁在院子里睡，这样，他的梦便成了浅绿色的了。

老太太有高血压、心脏病，稍不注意就会发作，临床症状很典型：头晕、胸闷、心绞痛，脉搏在一百二十以上。梁谷曾经劝过她，好好歇歇，别太劳累了，他知道这类病人倘不精心保养的话，说不定什么时候顷刻之间就去了。但老太太不听他的，整日没完没了地忙。就说做饭吧，除了自家的之外，还要去大儿子、二儿子家帮着做，想拦都拦不住。有一次，她对梁谷感叹道：“唉！手心手背都是肉呵！”

但她还是在大热天躺下了。

母亲这回病得厉害，以往的药物用下去，都不见有什么疗效，全家慌了神。知道梁谷是个医生，便都来问他该怎么办。他告诉他们，除了一般的药物治疗之外，主要的是要让病人卧床静养，在心理上保持轻松愉快。不能让她紧张和发愁。梁谷说的，也不过是些普通的理论罢了。

母亲的孩子们都把他的意见看得很重。

以后几个晚上，他们便把老人的床搬到院子里。大哥拉胡琴，二哥吹笛子，福金敲木鱼，几个媳妇和孙儿孙女便轮着唱。老太太喜欢沪剧。

太湖美呀，太湖美，
美呀美在太湖水……

曲调异常幽雅，纯正的江南风味。歌唱声和伴奏声都很轻，声波几乎只是在院子内飘荡，木鱼敲得也好，“笃笃笃”一下一下都打在了点子上。如同那些恰到好处的标在散文诗中的逗号和句点。

当然，也有粗俗的，什么“郎呀、妹呀”的，不过调子还是入耳的，要不细细听的话，歌词也听不清。

老太太是很高兴的了，她咯咯地笑。

小萍萍唱着唱着便打起盹来，但她怎么都不肯回屋里去睡，“阿奶困了伲再困。”这孩子也懂事，她就像一只甜甜的小猫，偎在祖母的怀里，睁一会儿眼，闭一会儿眼。

在老太太发出了鼾声之后，人们才散。

哎！还有什么病魔能够征服得了他们呢？

那盏灯熄了。它告诉梁谷，差不多了，该回去了。梁谷缓缓地走出竹林。他应该坐去朋友家的那路车。但陡然一个念头跳了出来，回家去，回到亲人们的身边去，回去。

车厢内空荡荡的。女售票员披着棉大衣，合上了那双懒洋洋的眼睛。梁谷把目光转向窗外，窗外是黑漆漆的，还有就是他的影像。他跟那影像说着话：“我们读书，读书，读书，心读得冰冷，把人情也都忘得差不多了。”

三妹的心空落落的。

小学二年级那年，三妹便辍学了。父母先后亡故，家中一贫如洗。直到同福金结婚之后，她才从贫困中挣脱出来，当然，这时候大家的日子都好过了。同许多乡下女人一样，种田，做家务，构成了她生活的全部内容。三妹生来就是为了干体力活的，她长得丰满健壮，大手大脚，干什么都利索痛快。谁不说福金前世里修了德？尽管三妹字识得不多，连看报纸都有些困难，但乡下人不会以此来衡量一个人价值的大小。而就三妹自己来讲，她简直已经忘了读书识字究竟是怎么回事了。不久以前，那些有学问的架着眼镜的人，在她的观念里都还是生活在与她格格不入的另一个遥远的国度之中呢。

所以，在接纳这样一对房客时，三妹免不了有些诚惶诚恐。直觉告诉她，某种生活的平衡将会被打破，一些想象不到的事情将会发生，她不知道这将产生什么样的后果。倘使没有小萍萍，三妹的胆子可以大些，但现在她已经是有个女儿的母亲了。她爱她的孩子，爱得心都发颤，她真怕家里会发生什么不寻常的事情，而把孩子苦了。三妹的童年可是在苦难中度过的。

婚后的第二年，三妹生下了女儿。女儿，可不是人人都会加以赞美的，当助产士随着“哇”的一声啼哭，宣布了她的后代是个丫头之后，三妹一下子便感觉到，她有生以来第一次做了件不名誉的事情。她哭了。

丈夫倒还体贴她，一句责备、埋怨的话都没有，只是没有表现出做父亲的应该表现出的欢呼和雀跃。他默默地在三妹的床边拾掇；默默地给三妹擦身子；默默地看着那团有鼻子有眼的红红的肉。婆婆和公公也算开通，还老远地赶到医院来，带来了浓浓的鸡汤和煮熟的蛋。但当他们看到孩子的时候，脸上露出的则是苦涩的笑。

同房的一个男人打了他妻子一个耳光——为了那刚出生的丫头，三妹觉得好比打在自己脸上似的。

唯独那些有了男孩的女邻居们来看她，才显得非常兴奋，并一个劲地回顾她们的当初。当初如何如何，孩子几斤重，什么时候睁开眼的，全家冲着孩子怎么样的乐……三妹真想叫她们走开，她受不了。

日子过得很快，小萍萍生出了乳牙，接着，便学会了走路和说话。女儿长得比周围的哪个孩子都漂亮，但是母亲并没有因此而骄傲过。

隔壁的方方穿上了一套水手服，他的母亲说很希望儿子将来能成为一个海军军官。元元的母亲也不示弱，赶紧给儿子买了一套航空服，说一个水上，一个天上，打起仗来也好照顾着点儿。小萍萍平时就喜欢和这两个小男孩玩，见他们都有了漂亮的衣服，便回家吵着要。小萍萍在哭闹的时候，其他两位母亲就在旁边笑。三妹被这笑弄得很不是滋味，其实人家也并非是有什么不好的意思。可她还是发了发狠，偏偏把水手服和航空服都一块儿买来。

但是，女儿穿上这些衣服不好看，横看竖看不顺眼。婆婆、公公也说不好，问三妹为什么把孩子打扮得不男不女的。没有办法，三妹只得把孩子的衣服扒了下来。但是小萍萍哭，吵，闹，后来还是买了套塑料餐具和一个会跳的小狗，才把事情平息了下来。

三妹的摇篮曲是这样唱的：

哟，乘囡囡困了哟，

囡囡作啥要有两个小辫哟，

囡囡作啥没有一个小卵卵哟，

囡囡困了哟，

囡囡去王母娘娘那里哟，

拿两个小辫辫换了一个小卵卵

哟……

和其他的小媳妇们比起来，三妹什么都比她们强。但就在这点上，她没有办法。她真想再生一个，生一个男孩，但是政策定得死死的，难以违抗。

女儿是三妹的心尖尖，三妹爱着她，护着她，但那种酸楚和委屈，有时候也令人难受，只是不说出来罢了。哪个做母亲的，不希望自己的孩子比人家的更强些，更有些出息呢？

和福金不同，三妹同自家的房客没有过多的接触，对他们的生活内容和方式，她没有兴趣去注意和仿效。在她看来，那根本就是两回事，自己注定了就是个土巴佬，种地的命。福金是常常说她“没有水平”的。三妹也听惯了。没有水平就没有水平，她钱挣得也不比他少。当然了，她承认丈夫比自己高明，眼界要开阔得多，遇到兴致来了，会讲出许多有趣的新鲜事。有时候丈夫对梁谷、林月说长道短，三妹便也照例地点头称是。

但是渐渐的，她对那两人有了自己的看法。他们待小萍萍真不错，尤其是林月。林月可是个有水平的人，镇上的哪一个女人都不能同她比。三妹看到她同小萍萍玩得来劲，就放下手中的家务活，在一旁愣着，眯眯地笑。她开始喜欢起林月。

特别是那天，林月不仅教她女儿画画，还说了一番上市里念书啊、考大学啊这样的话。三妹的眼前一下子扑朔迷离起来，她的心脏突突突地直跳。这难道是可能的吗？而在此之前，她是连做梦都不敢想呀！

当然了，三妹也做过不少的梦。但那梦也无非是有个好的收成，嫁个老实肯干的男人，生个胖小子，等等，诸如此类。但是林月随口说说，就一下子把她带到了另一个世界里。大学生，天！林月还说她的女儿或许可以成为一个女建筑师，那还了得吗？

晚上睡觉，三妹床头上的那盏小台灯亮到很晚。林月送的那本画册盖在小萍萍的身上，像是梦和某种神奇的事实交织而成的一块薄薄的被褥。三妹倚在枕头上，一只手在小萍萍身上轻轻地拍着，一只手缓缓地翻着画册。女儿大了，已经不需要靠催眠曲了，但是这晚三妹还是不由自主地哼了起来，只是那词儿全都是即兴而作，与以前不同。

哟，囡囡困了哟，

囡囡在高高的房子上画画了哟……

画面上：巍峨的教堂的顶部，有一张色彩斑斓的圣母像。画面被翻了过去，接着出现了一幢乳黄色的别墅和一个绿色的湖。

囡囡困了哟，

囡囡洗完了澡在晒太阳了哟……

这晚，她久久未能睡着。

第二天，小萍萍去方方家玩，三妹突然想到应该去唤她回来。

“走，回家去，只晓得白相，图画作啥不画？”三妹去的时候没有忘记带上那本画册。接着，她又对方方的母亲说，“侬看，有啥办法呢？林月讲伊有天才，可以成为女建筑师，不过现在就要打基础，练起来，侬看，这么小的人……唉！”她还唉了一声，这当然是多余了。

方方的母亲把眼睛睁得老大，将信将疑：“真的吗？”三妹将画册递了过去。她终于妒忌了，于是便一把将儿子拉在怀里说道：

“伲方方聪明，现在已经会做算术了，将来肯定是做大事体的。”

“方方嘛……”三妹停顿了一下，这口气就显得有些不以为然。“聪明是聪明，不过，培养不好，也就难讲了，此地乡下学堂是培养不出啥个有本事的人的。此地的老师……”

“这有啥办法。”对方急急地将她的话打断，“倷小萍萍也只好在这个学堂读书，没有办法的事体嘛！”

“小萍萍不去这个学堂。要想办法送伊到市里去读书。”

“不可能的。”

“哎呀，侬不晓得，林月把小萍萍欢喜煞了，已经同人家教育局长都讲好了。不过伲还在盘算，那里读书紧张，伲女儿身体吃得消哦？”

“吃得消咯！吃得消咯！”小萍萍赶紧表态。

方方不愿意了，他缠住了母亲。

“姆妈，伲也要去市里读书，姆妈，伲也要去，也要去……”

他母亲的脸色，这时候很难看。要不是因为三妹在，方方肯定要挨上一顿揍。

出门之后，三妹的心里别提有多痛快了。

他们带小萍萍去参观展览会的前几天，可把三妹给忙坏了。她去商店扯了红布绿布，通宵达旦地干，总算把新衣裤赶制了出来。头天晚上，小萍萍穿上了这套衣服，她规规矩矩地站着，受着母亲的审视和鉴定。很好，很合身，颜色也鲜。

“姆妈，伲好看哦？”

“好看咯，不过……”

三妹觉得应该在她脸上再抹上点红，但家里是没有胭脂。不行，得去借！这时候，天已经很晚了。福金刚巧不在，否则的话，他非得加以阻拦不可。他也不知道小萍萍要跟着楼上那两个出去活动，三妹没有对他说，叫小萍萍也别说，她知道福金在怄人家的气。

“元元娘！元元娘！”三妹硬是把人家的门叫开，“胭脂有哦？借伲用一用。”

“胭脂，要胭脂作啥？”

“唉！林月明朝要带小萍萍去参观展览会，讲小萍萍聪明，有天才，要从小培养。”三妹把嗓子提得很高很高，“伲女儿这副邋遢相跑出去，难为情哦？”

“没有，没有胭脂，侬再去别人家问问看。小萍萍倒是有福气呀！”元元娘话音里带着酸味。

“张家婆婆，张家婆婆，困了哦？”三妹又敲另一家的屋门。

门开了。

“胭脂有哦？”

“胭脂？侬用？”

“唉！林月讲小萍萍聪明，有天才，要从小培养。明朝……”她又翻来覆去地把那些话说了一遍。

她跑了七八户人家，总算才达到了目的。

镇小，乡下人嘴又快。第二天早晨，事情便传开了，但是被渲染加工，以至变形。

“三妹，小萍萍去了哦？”人们问她。

“去了，大清早就去了。”

“是啥个展览会呵？”

“伲不晓得，伲是没有文化的，小萍萍昨天夜里倒是讲过的。”

“听说还要去请老师。啥地方的老师啊？”

“老师？”三妹愣了愣神，但是她很快便恍悟了过来，她可是在这样的民风民俗中长大的。

“老师嘛……当然要拜老师啰！林月安排的，不会差的，总大概是啥个……教授吧。”

话一出口，三妹便意识到了过分。她红了红脸，扭身走了。

她沉浸在母性的自豪之中。小萍萍，她的骄傲。她的未来将给母亲带来多少光彩啊。三妹真是从心底里感激楼上这两口子。

但是好景不长。突然，他们走了。走得如此匆忙，转眼间便不见了，只留下一堆死的冷冰冰的家具。那面白色的纱帘，被风吹得咣当咣当的。有一扇窗没关，不知是忘了，还是有意这样，为的是让屋中的潮气能得以散发，免得搁在里头的东西受损，发霉。

三妹不知道怎么办才好。她不敢向丈夫说些什么，丈夫这几天的脸色难看死了。她想把心头的怒气朝小萍萍出去。但女儿乖巧得可怜。早晨不用叫唤，便起来了。然后就愣愣地坐在院子里，也不吱声。叫她洗脸，她就洗脸；叫她吃饭，她就吃饭，叫她干什么，她就干什么。干完之后，便又回到那张小板凳上坐着。“出去白相相！”三妹生怕她闹出病来，便把她往外赶。但她在外头待不上几分钟，就回来了。有时候，女儿会目不转睛地看着那面窗帘，久久地回不过神来。一天傍晚，大门口传来了“喀喀喀”的皮鞋声，她一下子放下碗筷，朝外头飞跑而去。可那个陌生的女人，连头也不回，就匆匆而过了。她怏怏地回到饭桌旁，眼泪吧嗒吧嗒地往碗里落，三妹扭头看看福金，福金赶紧把眼睛避开。

“唉，种田的命啊！”她默默地叹息道。

“走就走吧！走就走吧！”自从他们离去了之后，福金的这句“走就走吧”，不知在心里头重复了多少遍。他给了他们三个多礼拜的准备期，但没曾料到，摊牌的第二天，他们就走了。“是我叫走的，他们不得不走。”福金这么想，便似乎觉得自己光彩，不胜荣耀。但是想到后来，他总还是免不了要这么补充一句：“走就走吧！”

在得到了某种意义上的满足之后，一并而来的还有另一种无以填补的失落感——这个农村的年轻人，又一次品尝到了生活的辩证法的酸苦。

下班之后，他不想回去。不想看到家里人的那种心事重重、愁眉苦脸的样子，尤其是看不得小萍萍的那副“作孽相”。福金喜欢的是，热气腾腾的，嘻嘻哈哈的，玩玩闹闹的。这才像个家。但是现在这种沉闷的气氛，足以叫他窒息。他受不了。

从黄昏下班，一直到夜幕降落，这段时间他便在外头瞎混。去朋友家坐坐，硬拖个什么人陪着他下下棋，等等，不少人感到疑惑，弄不清他这几天怎么会闲得发慌。以往，福金在人们的印象中，是个手脚不停的治家能手。福金知道大伙儿瞧不起懒汉，他感觉到了不对，于是便把消磨时间的方式改为毫无目的的漫游。

当他踢踏着鞋底，百无聊赖地在公路上逛的时候，他会想起他曾经看到过的那幅图景——男女二人，款款地在前面走动，周围的树呵，路呵，水呵，都好像是为了他们而存在着的。他没有想到生活中竟还有这样的意趣，平日里谁都不去注意的东西会发出光彩来。

但是现在，曾经使得他的情绪产生了某种跃动的图画失落了。依然是黄昏，依然是日落西山时分，但眼前的一切，好像失去了它的灵魂，所有的景物都显露出一种愁惨惨的怅惘。

福金的心里头，当然也不服气。家乡是他的，大自然是他的，唯独世世代代在这儿劳作的农民，才是这里的主人。他索性坐在道旁的土埂上，试图把这一想法固定下来。

那些穿着方式、走路风格都与他一般无二的人们不时地从眼前走过。也美，也是一种画儿，恬淡而素朴，但是毕竟两样，或许是太熟识了的缘故吧，福金难以满足。他坐在那里，用心思地看着，心里头是空落落的。

直到什么都看不见了，他才站起身来，拍拍屁股上的土，垂着脑袋回家去。

用罢晚饭，他就上床躺下了。枕边依然搁着那几本书，初中的数学、语文。但是福金绝对没有心思再去翻翻。他仰着脑袋，把视线对着天花板。那里曾经给过他“笃笃笃”的踱步声，没完没了的踱步声，一直延续到深夜，能催促他打开书本，并带他进入梦乡。回想起来，他在入睡的时候，心境总是很好的。带着π=3.1416，带着开平方根的基本方法和直角三角形的定律，带着“伟大的祖国欣欣向荣”这一句子中的主语是“祖国”而不是“伟大”的理解，在忙忙碌碌的这天行将结束的时候，他缓缓地，心满意足地圈上一个句号。

但是他这晚间生活不可缺少的组成部分失去了。他把手衬在脑后，愣愣地睁着眼。上头，是一片白，死板板的白。有几圈黄黄的水迹。他开始仔细琢磨起这图案的名堂，他觉得它们像嘴巴。讪笑着的嘴巴，惊讶着的嘴巴，撇着的、不屑一顾的嘴巴。他终于发起火来，将书朝那些讨厌的嘴扔去，“砰！叭！”三妹开门，探进头来看了看，也不出声，便又退了出去。“侬想做啥？”他还问人家想做啥。

到了星期天的下午，更是叫人不舒服。冷清、寂寞，简直不像话。那种宽广舒展的、雄厚有力的音乐，没了，那种“一——二——三、四”的节奏和舞步，没了；穿戴整洁的、漂亮的、彬彬有礼的男女们，没了；摆在院子门口的好多辆崭新的、熠熠发光的自行车，也没了。

那些个休息日是多么的有意思呵！福金在院子里干活（他倒是难得上去的），而近在咫尺的，则是一种轻柔的文明，他要稍稍的一蹦，伸手就能摸到那生活的另一个高层次了。

“福金啊！依哪能不去参加舞会啊！”

每当人们路过，总要站一会儿，有的还会这样问他。

“唉！这种白相太花辰光，伲哪里来这么多辰光？”

问题的关键在于没有辰光。要是有辰光的话，他，福金，二十八岁，有着强健的体魄，上楼去转他几圈，蹦跶几下，有什么困难呢？

人们打着哈哈，走了。当然，也有不无妒意地给他几句的：“福金真是不得了，越来越‘洋’了。”

“再过几天，就要看不上我伲这些土人了吧！”

这时候，福金可不会生气，他只是憨厚地笑笑，依然干自己的活。他在种花。

可是现在呢？见鬼？他把录音机的音量放足，但是这也不解决问题。

邓丽君嗲声嗲气地哼哼，简直就是在火上浇油。

“又没有死人，侬吊啥个丧！”他自言自语地恨恨地说道。后来因为一棵小黄杨不经意地被刨成了两截，他便更受不了了。

“再唱！再唱！伲叫侬再唱！”他怒冲冲地回到屋里，一会儿，那盒磁带便被他踩得稀巴烂。

白天，他在厂里干活也是无精打采的。杨建国见他的气色不对，便问他出了什么事。他摇摇头，不搭理。

“今朝晚上，去和林月碰碰头，怎么样？”

“……”

“喏，抽一支！”

福金接过了烟，点燃。

“碰不着了，伊拉走了！”

“走了？”杨建国大吃了一惊，“伊拉的……房子问题……解决了？”

“解决个屁！”

“喔——”杨建国用指关节敲了敲桌子，“明白了，明白了。”

“明白个啥？”

“人家住不惯，不可能住得惯。”接着，他用眼神在福金的上下左右来回扫了个遍，就好像福金已非人类，是个不折不扣的牲口，而牲口栅里住进这样的房客，本来就是场误会。

“侬讲错了，是伲叫伊拉滚蛋的。”福金说出这句话不容易，他是拼命抑制住自己，才不朝对方的脸上啐一口的。

“嘿，嘿嘿……”这是冷笑，阴险得很。“呸！”福金终于将那半截子烟连同唾沫，一块儿朝那张讥讽着的、歪歪扭扭的脸上送去。

“作啥！作啥！侬疯了？侬这个无法无天的瘪三！”

“侬是瘪三！侬是牲口！牲口！”

但是到了晚上，杨建国竟然来看他了，还提了瓶“竹叶青”。

“来，老兄，喝个痛快！”他把酒瓶往桌子上一顿，拖着福金坐下。

这真使福金感到迷惑不解。难道是……为了讲和？为了表示歉意？但是那场冲突，谁错，谁不错，怎么讲得清楚？况且他还唾了人家一脸。

“喝吧，来，老兄，喝吧！”

福金仔细地看了看杨建国的眼睛，但是看不出什么名堂。那双眼睛弯成了两道弧线，遮住了光泽和其他的一些隐秘的意义。

福金把酒朝嘴里倒去，那热辣辣的液体顺着食道往下滑，然后在胃里作用开来。

“够意思，够意思。”他竖了竖大拇指，不住地点头，“其实也是伲的不对。唉！”

“不谈不谈。”杨建国伸出手去，把他的话截断，“事体过去了，还提它做啥，来，喝！”

“老杨，”福金来了劲头，“今后有啥要兄弟帮忙的，讲一声就是了。”要是现在还时兴结拜的话，他还真有可能拖着他的这位长兄当即举行仪式。

“有一事……”

“讲！”

“我伲的四间房间……”

“嗯。”

“我想……”

“讲！”

“也出借几年，倘使侬的房客来住，伲出最低的价钱，怎么样，帮个忙。”

原来如此。

“不去不去不去。”小萍萍在一旁听懂了。她摇着父亲的膝盖，焦急地嚷嚷着，“叔叔、阿姨要来咯，要来咯!”

三妹也在一旁把家什弄得乒乒乓乓地响，以示对来者的不满。

“滚！困觉去！”福金把女儿搡了一下，小萍萍险些跌倒。三妹赶紧抱起她来，抬腿把个板凳踢了个底朝天。

而客人，根本就无视这些。他只是瞅着福金，那张脸愈发的和善，愈发的可亲。

“哈！哈哈！”突然，福金放声笑了起来。因为笑，他被酒呛得直咳嗽。“咳，咳咳，咳……哈哈……咳……依，依……”他把手指点到了人家的鼻子上，“依的房间……咳……能够……咳……住人？……咳咳咳……像个……咳……猪棚……咳……咳咳……哈！”

杨建国提起酒瓶子，甩袖走了。

“看透了……咳……小人……咳……滚，滚侬娘的蛋……咳……看透了……咳……”

接下去，便是一片静寂。

当林月从产院出来的时候，她还继续处在那种纷乱惶恐的状态之中。阳光像泡沫似的朝她涌来，她的脸上感到温热，而手和脚，则是冰冷冰冷的。

“这真是……滑稽。”

这真是桩非常滑稽的事。他们是决定了的，三年里头不要孩子。可是突然的，就这么莫名其妙地来了。一个多么不可思议的事实。

她朝附近的一家公用电话间走去。

“我找梁谷。”她提着话筒说。

但是对方说梁谷不在。

“他去哪儿了？我是他妻子，有急事。”

“找房子去了，他已经找了两个多星期的房子。你不知道？妻子？喂，你是他妻子么？”

林月怏怏地把电话搁下，真是多此一举，他不是说过今天要去找房子的么？

两个多星期来，梁谷为这事忙得焦头烂额。他总是在晚上十点钟以后，才抽空上她这里来说说话，谈谈关于房子问题的进展情况。但带来的总是令人不快的消息，什么房租太贵啊，路途太远啊，等等。因为老是这些话，林月便有些不耐烦了。

“我说，亲爱的夫君，说些有趣的事好吗？”

“有趣的，呵呵……”梁谷苦涩地笑了笑，耸了耸肩，“好吧，就说个有趣的。我才走进院子，一条狗，这么高……”他比画着，“猛地朝我扑来。我掉转身子就逃，那狗也就在后边追，还叫，汪！汪！汪！因为听人说过，这种时候，只要弯下身，佯装捡石块的样子，那么什么样的狗都会放弃追赶。我试了几试，可毫无用处。完全是骗人的话。”

“后来呢？”

“后来我再逃，逃到了一群女人堆里，她们正在拣棉花籽儿。见我这副气急败坏的样子，便问出了什么事，我就说，狗在追我。”

“后来……呢？”林月已经快憋不住了。

“后来她们就笑，哈哈哈没完没了地笑！”

这真叫林月乐极了，她笑死了。这么些天来，她一直在赶写她的剧本，那个关于如何破译上帝发出的密码的剧本。她何曾从梁谷的奔波中感觉到了什么神圣的意义。

但是母亲是神圣的，人类的繁衍是神圣的，而霎时间，这已经和梁谷的实际的努力联系到了一起。

她已经把剧本寄给了一家制片厂。按照以往的习惯，今天正应该为本子的取舍与否而担忧。但是现在，她几乎已经把这事忘了。生活的、实实在在的无可抵御的冲击，把她撞了一个趔趄。她需要前头有个什么坚实的东西，能让她扶一把。

她感到双脚乏力，腰酸，胸部闷痛。历时好多天的生理反常，终于得到了合理的解释。她来医院，并没有对梁谷说，因为根本就没有想到会出这样的事。原来还以为，仅仅是疲劳引起的小毛小病呢。

“我已经是个……有身孕的……女人了。”是的，她的腹腔正在履行着一种伟大的变革，无数个细胞在分裂，在结合，一个小生命正在形成。而她，一个二十多岁的女人，必须为她的后代的诞生和成长，付出难以估量的代价。从现在起，她对这个尚且还未披露性别的孩子，负有崇高的、难以推卸的责任。女人在这个世界上基本运动的轨迹，总是千古不变的。

她的一只手下意识地按在腹部，那手有些轻微的颤抖。马路上的行人熙来攘往，她生怕挤坏了她的孩子。

到处都是孩子，在奔跑，在欢笑。一个个打扮得漂漂亮亮的，一个比一个健康。多么可爱的儿童。突然，一股激情在林月的内心荡漾开来：明年秋天，她的孩子就能呱呱坠地了——恰好在一个丰收的季节。再过上些个日子，孩子就能跑了，就能喊她妈妈了。妈妈妈妈，我要这个，我要那个。而她呢，什么都要满足他（她），绝不让孩子有一丝一毫的委屈。她要让孩子充分享受生活的乐趣，她要成为世界上第一流的母亲。她的孩子绝对地爱她，敬重她，感激她。而一旦当她自发苍苍，成了个老妈妈了，孩子仍然依恋着她，时时都可以把他（她）那年轻的手，放入她的手中。

生活在转眼之间，便把她带入了一个新的天地。林月的眼眶潮湿了。

她在家里坐着，等待着梁谷的到来。她不知道自己是如何挨过这漫长的几小时的。

梁谷今天回来得稍稍早了点，也可能因为事情办得尤其不顺心吧，他看上去有些发灰。

“你……回来啦。”她的声音在轻微地震颤。但是他根本没有感觉到。

“回来了。”

他坐着。她走上去，把他的脑袋搂在自己的怀里。

“听见了吗？”

他疲倦地把头靠在她的身上。

“你听见了……心脏的……跳动，心律齐整，毫无杂音。”

“你听见，他（她）的呼唤了吗？”

“……谁？”

“他（她），我们的孩子。”

梁谷顿时站立了起来，眼睛睁得老大：“你，开玩笑吧？！”

林月递上了病历卡，他匆匆地翻了翻，便呆住了，如同泥塑木雕。

“你应该，高兴啊！人家就这么来了，人家等不及了嘛。”林月的语音轻柔得就像一阵微风在树梢上掠过。

梁谷走到了窗台边，他的肘子支在了窗沿上，两只手插进了乱蓬蓬的头发丛中，过了好一会儿，他才转过身来。

“我们，不能。去做手术吧！”

“不！”林月昂起了下巴，“我要生！”

“可是，林月，房子，你知道；经济条件，你知道；那么多，还有……”他有些语无伦次了。

“你别急，别急，我的好丈夫。”她倒了一杯水，送到了他的唇边，“让我们认真她、现实地想想办法。生活嘛，哪有不艰难的？”

梁谷没有喝水，他看着自己的妻子，觉得陌生。

“那么，再说吧。”他好歹平静了下来，“首先，还是得解决这个……迫在眉睫的问题，明天就把这三户人家都去看了吧！”他掏出小笔记本，翻开，里头写了些不知从哪儿弄的乡村人家的地址，“你去吗，孩子他娘？”

但是林月并没有对他的幽默做出反应，她取出了一本地图册，然后开始工作。她用一把小铜尺仔细地丈量着，哪儿近，哪儿远。斤斤计较，毫不含糊。

梁谷倒被撇在了一边。他瞧着伏在图上的聚精会神的妻子，似笑非笑，不知道在想些什么，这时候，他的思想自然是很丰富的……

他们开始了长途寻找、比较——

第一户人家在北新泾还要过去。房子倒是可以，但是太偏僻了，晚上八点以后公共汽车便不通了。

梁谷倒没有一口回绝，他悄悄地在林月的耳旁说：“房钱倒还便宜，我们也不做三班……如果……”

“那怎么行？”林月说，“万一孩子有了病怎么办？附近又没有医院，刚才一路来我注意了，没有医院。”

说得极是。梁谷朝她送去钦佩的一瞥。

第二户人家在龙华。交通很方便，不过租金太贵，三十元。

“三十元？”林月眨巴着眼睛，“我们一个月的生活费要多少？”

她问梁谷。

“每月开支在一百元左右。”

林月吐了吐舌头。接着，她便掰开了手指：

“你、我的工资合起来是……一百十五元，加上粮食津贴和奖金……喂，奖金是多少？”她是连自己拿多少奖金都不知道的，反正每月领了钱，朝梁谷手里一塞就是了。

“如果全勤的话，我每月是六块钱。你是五块钱。不过奖金是靠不住的。”

“孩子每月的生活费呢？”她又问道。

“我看，起码得在五十块钱以上吧！”

“是呵！”林月点头称是，“牛奶，奶粉，还有其他的营养品。你知道牛奶多少钱一磅么？”

梁谷摇摇头。

“奶粉呢？可能挺贵的吧！”

“当然不便宜了。”

“多少钱一斤？”

梁谷又摇了摇头。

林月不满地撇撇嘴，那模样很有趣。梁谷有点儿感动，要是旁边没有人的话，他会亲她一下。

“我们总还要有点储蓄吧？”

“那是自然的，需要花钱的事多着呢！”

“我们还有……五百块吧。”

“你差不多添了个零。”

“怎么呢？《光》的稿费不就有二三百块么？”

“早被你花光了，刷！四桌，够体面的。”

林月咬了咬下唇。少顷，她抬起头来，无可奈何地对梁谷说：

“走吧……我们付不起……”

只剩下最后一家了。他们坐在车上，忐忑不安，默默无言。林月望着车窗外朝后掠去的景物，思虑重重。她终于感受到了生活的重荷。要在这个世界上合理地生存下去，那是多么不容易啊。任谁，哪怕是一个最普通的人，都能构成一部了不起的小说呵！林月由衷地感叹起来。

到了，这最后的希望。而显现在他们眼前的则是一间破败不堪的茅草棚子。

有一个强壮的、四十来岁的男人，正在房前劈着干柴，他冷冷地看了他们一眼。

“西头那间空着的，便宜，十块钱。对过有车，瞧见了吧，三个车站。别磨磨蹭蹭的……干脆点……年轻人嘛。不过，话得说清楚，俍是劳改释放犯，年初才回来，赌博，判了一年半。不少来看房子的人，都吓得滚了蛋！”

梁谷无言以对，他扭头看了看妻子，妻子的脸苍白中带着失望，她无力地靠在一棵白杨树上。梁谷不由地把她搂住。

“你为什么要赌博呢？”突然，她问那男人，“是因为没有钱？饿肚子？想去赌桌上捞一把？养家糊口？”

“不要门缝里看人，小姑娘。”说着，那男人狠狠地把斧头往下劈去。

梁谷赶紧拽着林月走了。

“我知道了，他有钱。”林月慵倦地靠在丈夫的身上，边走边说。

“他当然有钱，赌博的人个个有钱。”梁谷对答道。

“可是他为什么不……”底下的话林月没有说出来，但是她的脑海里已经突现出了一幅图景……那上头有一栋小楼，有一个院子，有些个忙忙碌碌的、精力充沛的人们。后来那图景又得到了丰富，桔红色的洗衣机搬上了平台，挺拔的雪松栽到了院子的中央……

“那里……多好。”林月嗫嚅着，声音很轻。

“是啊，不错、真不错。”这是一种难以解释的心理感应在起作用。他接着她的话往下说，他知道她在想什么，人在困苦之中的默契，是相当有意思的，也很值得研究。

前面是一条难以跨越的水沟，但不见能让人通行之处。他们刚才来的时候，并未遇上这条水沟。他们走错了方向。走不动了，林月感到累得难以支撑。她坐下了，他也坐下了。

眼前的水，清冽冽的，并泛着圈圈涟漪。他们的身影在水中晃动。他们嗅到的是泥土味，还有水藻味。他们觉得整个身子，在这气味中往下沉，沉。

林月把双手合在了脸上，渐渐地，泪水顺着她的指缝溢了出来。

“别，快别这样，瞧，来人了。”

“我，对不起你，对不起，孩子……本来，在那里，很好。可是，我，我……”

好多人扛着农具，从他们身后走过。匆匆而过。谁都没有对他们特别地加以注意。人家正忙着呢。

“我看……是不是……”梁谷舔了舔干裂的嘴唇，“再去，谈谈……嗯？”

又是一个下雨天。雨丝在走向不定的风中，拉起了一面硕大无朋的网。林月和梁谷紧紧地搂着，伞上渗出的水珠，冰凉冰凉的，滴落在他们脸上和衣领里。

有一声春雷在上空徐缓地滚过，接着便逐渐消失在遥远的天际。

天色将黑未黑，四周茫茫的一片，什么都看不清，除了他们，就再也见不到人影了。

“雨真大。”

“是啊，裤腿都湿透了。”

“……我真担心。”

福金他们一家谁都没有外出，他们已经早早地把大铁门锁上了。在这个风雨黄昏，人们哪会东走西窜？一家五口，围着饭桌，除了小萍萍，每个人都面带喜色。入春便落了场及时雨，今年风调雨顺，看来不在话下。

突然，传来了一阵敲门声。“咣，咣咣……咣咣咣咣，咣咣……咣咣。”在大铁门尚无遮拉住的底端的缝隙中，露出了两双胶鞋。一双是黑色的，毫无特点；但另一双则是湖蓝色的青年靴，泥水，未能影响到它们的光泽。

大人们都愣住了，面面相觑，一时不知如何是好。

唯有小萍萍尖叫了一声，接着便像一颗弹丸般地射向雨中。她没有想到首先该卸下那把挂着的锁。

“阿姨，伲，再也，不骂人了。阿姨，侬不要走了，不要走了……”

她把脸贴在大铁门上说，顷刻之间，便成了个小小的落汤鸡。

多么招人怜爱的孩子。

雨声，雨声，像是生活的节奏交织而成的，覆盖在这广袤的大地上和人的心灵上的，绵长而谐和的乐音。

（写于1984年，获首届上海市文学作品奖）

魔幻人生

我们能给这世界带来什么？这世界又能给我们留下什么？

——摘自某个精神病，人写给上帝的匿名信

一

章应诚愣愣地坐着，已达半个多小时了，他拒绝回答女主治医师所提出的任何问题。关于猫与狗的区别，关于苹果和梨的区别，这些纯粹的幼儿的问题，五十二岁的章应诚根本就不屑回答。每到春天，人们便要把章应诚送到这里来关押上一阵子，而春天，西郊的油菜花黄澄澄的一片，这正是他所期待的大自然所给予的暗示。显而易见的，大自然暗示他，是时候了，应该下最后的决心了，你解脱去吧！可几乎就在同时，他便失去了自由，每年都是如此。章应诚觉得自己是孤独的，他无法抗拒来自外界的压迫。他被送到这个监狱般的地方，心中懊丧不已，因为失去了黄澄澄的热烈的油菜花，也就意味着失去了他那最深沉的冲动。章应诚确信，他注定是应该安眠在那一片柔软的墓地中的。

女医生的眼神非常严厉，毫不倦怠地逼视着他。

"你到了哪儿？请回答。"

真蠢！应该把这种蠢问题留给那些白痴去。而章应诚则认为自己完全是个智力发育良好的脑力劳动者，也并不存在什么思维障碍的病症。当一辆乳白色的救护车悄无声息地驶进他住房前的那条砾石小道时，他便绝对清晰地意识到，又该去精神病院了。而以后，他便是主动的。主动地整理住院所必备的生活用品主动地下楼，登上车子；主动地拍拍驾驶员的肩头，说声："走吧！"

女医生开始翻他的病历卡。旧病史厚厚的一沓，哗啦哗啦的，够她翻的。阳光，透过一尘不染的硕大的玻璃窗射进来，把她的脸部轮廓勾勒得分明。章应诚注视着对方，认为她还俊秀，长得不错。脑门、鼻子、下巴，都不错。只是从这张颇为年轻的脸上能看出浅薄，不必有什么深入的对话，只消看她几眼就能读遍她的人生：大学毕业，工作忙碌、勤奋，以前下乡插过队，而在二十世纪五十年代，还不过是个重点小学的有着二三条杠杠的红领巾娃娃。喜欢在25W的台灯光下往书本上划重点符号；习惯用流行术语同老辈人说话，比方说一些“第二人生价值”、“调整心理结构”等，诸如此类的语言；不带手帕，用细棉纸擦鼻涕；厌甜食，好吃鱼，尤其偏爱海鱼。当然，她的生活并非轻松，那下斜的嘴角与过早出现的褶子，都说明了这点。某种现实而平庸的功利导致她时时处在焦虑状态。成功是短暂的，而焦虑则是永久的。无聊的知识的苦力……可那里是一片多么诱人的菜花地哪！

章应诚把手指的骨节按得叭叭作响，他专心致志地按骨节。动作完毕之后，他便觉得自己的手关节变得非常的松弛和灵活。

“怎么样，果真不打算开口吗？”女医生翻完了病史，便继续对他加以折磨。

突然，章应诚伸出手去，在对方的脑袋上拍了拍，随后便把那脑袋当作键盘，按了一组琶音——13572。他曾经学过几天钢琴。

“你呀！”他开了口，“你幼稚得只配做我的女儿。”

“一级保护，送静室！”女医生呼地一下站起身，厉声地对身边的护士命令道。

二

“文革”初期，人们便发现章应诚患了精神忧郁症。他对二十世纪五十年代忧郁的怀念已经完全到了失常的地步。新中国成立后不久，大学刚毕业的文科生章应诚被分到了一所中学教书，整个五十年代，包括六十年代的最初几年，他都在那里执教。他瘦高的个头，风度翩翩地在讲台上侃侃而谈，心头充满了对生活的感激。但是“文革”开始以后，自然也无例外地被推上了批判台。学生们狂热地围着他起哄，如同对待一个稀有的鸵鸟那样把他赶来赶去。

有一次，他站在批判台上，突然满怀深情地唱起了一首歌：

“晚霞中，有一个青年，独步徘徊在窗前……”

那是五十年代相当流行的一首歌，他挺喜欢这首歌。每当唱它时，他便觉得自己陷入了一个非常深邃的意境之中。纯净的湿漉漉的意境：黄昏是湿漉漉的；眼角是湿漉漉的；连他细软的头发也是湿漉漉的。一个好吃松子糖的姑娘，终于禁不住诱惑，一头扎进了他那意境之中。

学生们起先摸不着头脑，搞不清楚他究竟在耍什么把戏。“严肃一点！不许开玩笑！”有人拍拍他的肩头呵斥。但是他依然这么唱：

“晚霞中，有一个青年，独步徘徊在窗前……”

于是人们很快便弄明白，他精神失常了。

最初在医院里待了两年，症状有所缓解。但是出院之后，他悄悄地搞到了一瓶安眠药。到了春天，便揣着这瓶安眠药往油菜地跑。于是人们只得再把他送进来。这么有规律的反反复复持续了好多年。当然，曾经有过那么一个时期，他真是不错了。一个与他年龄相仿的对他富有同情心的医师，颇为乐观地在他那出院病历上“初步治愈”一栏里打了个勾：“行了，你可以去工作了。不过，得换个环境才好。”

消极意念没有了，他再也不往油菜地跑。他知道油菜仅仅是用以榨油的，既不曾带来什么暗示，也远非他的墓地鲜花。他击着掌心暗暗摇头，责备自己以往的荒谬。

这样，他便开始重新工作。生活环境是换了，由原来的城市换到了这座城市。当然，依然是干他的中学教员。老婆带着孩子早在十多年前便离开了他，因而赤条条的，无甚牵挂。在这个城市里，几乎无人知道他的精神病前科。

二十世纪八十年代的某个阳光和煦的早晨，章应诚躺在床上觉得一阵骚乱，随后，便有了一种对女人的渴求。明知是卑琐的，但这种渴求依然搅得他心乱如麻。于是，他只得去浴间冲了个凉水澡。浴间的那面亮闪闪的镜子把他照得分明，他看见自己胸脯上的肌肉，如年轻时候那般膨胀了起来，从肚脐眼至心口处的毛发，活似一溜复苏的小草，生生可爱。他抚弄着那些“小草”，呵呵地笑出了声。笑声带着水分在室内回荡。此时，他对自己做出了判断。健康了——包括灵魂，包括肉体。现年才满五十，有着扎实的文科基础与丰富的教学经验，蛮可以再干他一番。倘有必要，担任个领导职务也无不可，诸如教研组组长之类的。像他这样的老教师在学校理应得到器重。

这以后，他的日子便开始生动了起来。制定新的教学方案；上书教育局提设想与建议；不分昼夜地替那些差生补课；善意地而又毫无顾忌地指责东西，在某些公开场合，把那些浑浑噩噩的同事搞得下不了台。他整个地按五十年代那一套方式行事，而这以后多年的世情变迁，则似乎是被他那独特的昏睡割裂了出去。

不少人把他看成是讨人嫌的天真汉，也有人把他看作是野心勃勃的老怪物。“哪来的这么个老怪物，活像个窜上窜下的脱了毛的火鸡。”一个外语组的女教师把他联想为火鸡，而不把他联想为鸵鸟。这基本上是因为，诸多的翻译小说中经常有把人比作火鸡的缘故。

最初对现实的不解，是在评定年终奖的时候产生的。普遍的都达到了一般水准，唯独他要少去十元钱。起先他并未看重此事。十元钱的问题，对他来说，还远远提不上议事日程。但是领导找他谈了话。

“同志们对你的反应不佳呀！”领导说。

他那粗大的喉结滚动了几下，不明白发生了什么事。

“这是大家对你的意见，”几张薄薄的纸在他的眼前晃动了一下，“你初来乍到，应该尊重学校的传统，尊重大家。”

“可究竟是……错在哪儿呢？”他擦着太阳穴，“我向来是这么工作的，整个五十年代都是这么干的，那时候，我被评为一级教师。”

领导被他的话逗得发笑，笑得打嗝，“呃，哈哈……呃，好了，好了，好了，你去吧，去吧！经常翻翻日历，别忘了现在是什么年代。哈哈……呃，喔，对了，老章啊，有件事还得提醒一下，听说你常在家里给学生补课？搞到三更半夜？”

“嗯，有这么回事。”

“得慎重，注意影响……女学生……三更半夜……不妥吧！”

章应诚觉得他的脑袋炸了一下。出门之后，便赶紧朝嘴里填了几片阿米替林。以后，接连好多日子，他不忘服阿米替林。

也可能是由于阿米替林的兴奋作用，在学校里，章应诚依然以他的“老怪物”、“脱了毛的火鸡”的面貌出现。有一次，他居然借单位给他的疗养的机会，跑到了离疗养地更远的一个什么地方的学校吸取先进经验去了。

会计认为他的这笔费用不能给予报销。会计对他早有意见，因为章应诚曾经指出，她不该带着孩子来上班。撒一地的尿，让人脚下打滑。

“疗养就是疗养，放弃疗养那是你的事，可去那儿干吗？没有这个规定，不能报销。”

章应诚真正愤怒了。

“说是什么取经，话说得好听，可偷鸡摸狗的事我也见得多了！”

旁边有几个人不怀好意地嗤笑。

“啪”的一下，章应诚把桌上的一支笔掰成了两截，随后拖过把椅子坐在了会计的面前。他愣愣地看着会计，接着便对着她轻轻地哼起了歌。

“晚霞中，有一个青年，独步徘徊在窗前……”

五十年代——有多少过来之人深深地怀恋着那个年代。那个时候的人们，善良而真诚，只是为了一个美好的共同的事业。

他利用节假日替工人们扫盲。

他把新配的住房，让给结婚户。

周末，他去参加舞会。舞会之后，他可以与任阿一个小伙子或是姑娘在月下散步，交换工作中的意见。

校长对他说：“小章老师啊，你该注意休息了，看眼睛布满了血丝。”

他的心头热乎乎的，总是热乎乎的。

可那些个好日子去哪儿了？

于是，他只得等待着春天的到来，等待着油菜花盛开的时候……

三

杨淼被绳索保护在床上已有整整三天了。尽管他号叫不止，但没有心肝的护理人员依然无动于衷。他连嗓门都喊哑了。直到今天上午，他才被松绑，获得了手脚运动的自由。可那手腕子上和腿脚处被勒的红印，依然使他感到愤怒，并由此叹息国家法律之不健全。

这是个二十二岁的厚墩墩的小伙子，有一双火辣辣的细而长的眼睛。他被初步诊断为，妄想型精神分裂症。突出的临床表现是：不切实际地妄想。

杨淼的祖母死于精神分裂症，他的父亲也一度患有此病，因而他的父母在婚后，为究竟要不要生育而苦恼了好多年。后来因为某种避孕器具的质量问题，带来了他的胚胎。“有就有了吧，但愿运气好！”母亲说。这样，他才得以出生。

杨淼自幼便接受“精神卫生”方面的教育。

“‘精神卫生’？那究竟是怎么回事？”他的伙伴们问他。他们只懂得饮食卫生、起居卫生或用眼卫生。

“精神卫生嘛！简单得要命。”他向他们解释道，“喏，甘居中游，安于现状，心平气和，种种花，养养草，玩玩金鱼，玩玩鸟，懂了吗？”

但是杨淼注定无法实施“精神卫生”。他想入非非，并狂热地行动。

四

十八岁那年，他轻而易举地考上了工业大学，对杨淼来说，考任何一所大学，都好似探囊取物，出不了错。他那天才的记忆简直到了过目成诵、出神入化的地步。唯独父亲在替他担忧，切身的经验告诉他，他的儿子这种超乎寻常的记忆力，也是一种不祥的征兆。

大学的最初阶段，甚至有不少女同学因为他而争风吃醋，暗地里都称他为“巨人”，以为发现了什么奇迹。

但是，很快地，她们便意识到这仅仅不过是个骗局。

“他这么说，爱情应该是最高人性的体现，本着这个宗旨，必须同他签订一张什么协议书。瞧，居然有这么一项条款，男女双方的心胸应如大海般的宽阔与深情，任何一方在任何时候，都有爱慕任何异性的高度自由，见他的鬼去吧！他的最高人性。”一位心直口快的姑娘忿忿然地说。

“可他逼着我踢足球，”另一位姑娘说道，“他说，他爱我，就是看我能发展成什么‘自由中尉（卫）’，我可成不了他的自由中尉。我是踢毽子出身，要说踢毽子，倒是能踢出些花式品种来。‘女人向世界挑战’、‘个性发射’……真被他的话搞懵了。”

大学最末的一个暑假，恰逢社会改革之风兴起。杨淼原打算报考硕士研究生，但是他突然改变了主意。

“我改变主意了，没有比书虫子更为可悲的了。”

“什么？”某教授抬起头来，两个强烈的聚光点在眼镜片上闪烁。

“社会在召唤着我，更多的重要的岗位在等待着我，那么多的企业需要拯救，需要大量有头脑的，具有领袖才能的人物。我想，我应该走向那更为热烈，更为辉煌的人生。”

“好吧，我没意见，但愿你的幻想能付诸实现。”

不久以后，他参加了工作。这是一家生产电器的近千人的工厂，到处都显得乱糟糟的。厂领导混混沌沌，工人们怨声不绝。

他蹙紧眉头，视察了每一个角落；把群众的意见加以分析整理，并在此基础上拟定了治厂方案。真是做到了心头有数。

“你钻在这里干什么？”保卫组的一个壮汉把他从废品堆里揪了出来，并用审慎的眼光直勾勾地看着他。杨淼就废物利用的问题，在这里陷入了沉思。

“工厂的一砖一瓦，一草一木都是工厂的，懂吗？”

他依然陷在他的沉思中。

“去吧，厂长有请。”

厂长五十来岁，有一张典型的苦大仇深的脸，浑身上下油渍斑斑，双眼布满了血丝。

“新来的大学生？”厂长问道。

杨淼不作回答。他琢磨着对方，觉得他的人生错位。

“还有收获吧，这一个多星期来的厂史教育？好了，我们决定把你分配在工会工作，那里人手奇缺，去吧。”

“工会……可这，可我学的是价值工程！”杨淼这才清醒过来，惊恐万状。

“……工程，这儿没有你那个什么工程。工会嘛，文体活动，职工福利，计划生育，事情很多，也足够你施展一番的。比如说计划生育吧，今年就很糟糕啊！一车间的那个姓杨的，生了一个，偏偏还要再生一个。你要是能把这个堡垒攻下来，就算你立了一功！”

“可，生孩子的事，真是荒唐，我怎么懂生孩子的事？”

“不懂就学嘛！书本上的知识要学，生活中的知识更要学，没有书本知识不行，没有实际生活知识更不行。嗯？”

他真恨不得挥手给他一拳。

父亲和母亲感觉到儿子的性情变得从未有过的暴躁。两双忧虑的眼睛不时战战兢兢地交流着，并虔诚地替儿子的命运祈祷。

这一天，杨淼费了好大的劲儿才找到了一车间那个“老大难”的住处。专管此事的那个妇女同志请了长病假，工会主席意思是要他跑一趟，将市妇联颁发的一本小册子送去。

这个少妇长得不坏，挺清秀的模样，只是那微微鼓起的肚子破坏了整个形体的协调，由此给杨淼带来了审美上的某种不舒服。他想，要是用一枚针在那肚子戳个小眼的话，其结果它必然会像洋泡泡似的瘪塌下去，恢复原状。

“我姓杨，你也姓杨，”他清了清嗓门说道，“五百年前我们是一家，一家人不说两家话。我的感觉是，你很愚蠢，你破坏了自己的青春美貌……瞧瞧，”他指了指她的肚子，“这像什么话？”

“你或许连二十岁还不满吧？许多事你还不懂。”

自尊心驱使杨淼认真起来。他倒是要让对方看看，他究竟是懂还是不懂。

“欧美的一些学者与科学家们自愿组织了一个俱乐部，地点设在罗马，因而称该俱乐部为罗马俱乐部，”他说道，精神也随之亢奋起来，“《增长的极限》是罗马俱乐部通过数学模型提出的第一个研究报告，联合国大会曾为此作过宣传。报告中所提出的一个至关重要的问题，那便是人口问题。从整个世界的范围看，人口增长接近或者说已经达到了临界点了。要是再不加以控制的话，那么，组成生活质量的诸多因素的均衡将被破坏；地球维持生命的能力将被进一步削弱；人和环境方程两面的形势将趋向于严重地恶化；我们这个行星将走向毁灭……佩切依博士是这个俱乐部的首要动力。”

凸肚子的美丽少妇愣愣地坐着，无言以对。俱乐部，在她的脑际中不外乎是跳跳舞、下下棋之类的游乐场所。她对从罗马居然冒出这么个俱乐部感到惊诧。世界之大，真是无奇不有。

她这么垂着眼帘暗自思忖的时候，便愈发显得清秀，有一种沉静的美。杨淼眨了眨眼，心头不禁怦然一动，随即便有一种怜恤之情冒了出来。他站起身来踱了几步，于是便又把话反过来说。

“当然，不少人对这种悲观论调当不满……此后不久，美国赫德森研究所也抛出了一份学术著作——《今后200年——关于美国和世界的一幅图画》。有所耳闻吗？认为人的主动性势必不断地带来新的产业革命，而新的产业革命又势必给人口的增长带来光辉的前景。在他们的观点中，地球是个无限的馅饼。”

“是吗？”对方的眼波一闪，“嗯，听说过，无限的馅饼，不过，很想读读这本书，能借我翻翻吗？”

“可以，两本书我都有。”

“不，只需要后一本就行了。”

“那好吧。”

杨淼心满意足地走出了屋门，他得到了一种指导人生和把握世界的快意。

几个月后的某一天，工会主席忿忿然地将那本书和一个小竹篓子塞给了他。

“拿着吧！你的本家送的，这便是你的成绩。”

杨淼将篓子掀开：红蛋，还有几张馅饼，香喷喷油渍渍的馅饼。

“我说，小家伙，究竟你在这事上起了什么作用，究竟你还想不想在工会中干下去？”

“我？干下去？”杨淼的眼珠子转了转，“这正是严肃的问题，我早准备就这个问题与你谈谈了。来来，把房门关上，我们谈谈。”

工会主席反被他那严肃的面孔搞得摸不着头脑。

“你说，厂长是否该退位了？”

“……”

“你看我如何？我做厂长，怎么样？任期两年，创产值××万，赚外汇××万，不达此目的，任凭处置发配，哪怕割脑袋也行……”

工会主席不吱声，他料定这是针对他而来的一个什么恶作剧的玩笑。

“革命化、年轻化、知识化，我什么都不缺。马上就要改革领导班子了，你推荐我，鼓吹鼓吹，让大伙都推荐我。治厂的方案，我有了，瞧，方案。”

厚厚的一沓方案被杨淼从抽屉里拿了出来，工会主席傻了眼。他觉得这事真是离奇，只有在报上才刊登过这种离奇的事，至于眼前这事，那还真是头一回遇到。他无论如何搞不清楚，这个矮不墩墩的小家伙，怎么会萌生出这种奇想？而此时，他又觉得他实在是可爱，可爱得叫他恨不得用胡子去他那脸蛋上蹭蹭。

“哈哈！”工会主席笑出声来。杨淼的眼光依然是真挚的，杨淼愈是这样，工会主席便愈发地觉得好笑。他继续笑，终于笑得喘息不过来，捧腹跑出门外。

过不多久，整个楼面都发出笑声。一会儿，房门被砰地一下撞开，一些人挤在门口朝着他大笑。

杨淼把方案重新锁进抽屉，“阿Q！”随着这诅咒，一种不曾有过的力于丹田处发出，激荡着他的全身。

自此以后，人们便戏谑地把他称为杨厂长。

“杨厂长，吃饭啦！”

“杨厂长，大便啊！”

“杨厂长，你得物色几个副手啰！也少不了个女秘书啰！”

杨淼总是以沉默对付过去。他沉默，谁也不曾关心过这沉默的背后意味着什么。人们唤他杨厂长，杨厂长，以此为平板的生活加上一点调料。

有一天，杨淼夹着他那鼓鼓的皮包踏进厂门。他反常地绕工厂中心花园跑了两圈，随后便从皮包里取出一沓纸和胶水，于四处张贴起来。

一个操作工正在抽烟，杨淼把纸条贴在了他的工作台上。那纸条上写着：“对不起，您被罚款五元！”

夜班女工们刚从澡间出来，正嘻嘻哈哈地在车间门口晾那些洗净了的工作衣。但转眼之间，那些工作衣上都被粘上了纸条子——“对不起，您被罚款七元。”

于是，过不多久，到处都贴满了他的纸条子。

“对不起，您被款××元！”最厉害的一张，竟高达一百五十元，那被罚款一百五的管原料仓库的女人，捶胸顿足，号啕着要与他拼了老命。

当然，也有些略微客气些的：

“对不起，你该感到羞耻！”

“对不起，您丢尽了青年人的脸！”

人们簇拥着他跑东跑西，后来跑到了厂长办公室。厂长在，货真价实的厂长，看着他提拎着纸条闯进来，惊得目瞪口呆。转眼之间，“刷”地一下，厂长的脊梁上多了白花花的一条，湿淋淋粘糊糊地有说不出的难受。

“对不起，请您退居二线！”

直到厂长遭了殃之后，大家才明白，原来他的行为并不受命于谁。人们恼怒了，真是太不像话了，哪有这么开玩笑的？

吵吵嚷嚷的人群把他围得水泄不通，各种各样的指责与控告，如倾盆大雨般地朝他倒去。但是突然地，有人叫喊道：“你们都静静，看他的眼睛！”随着叫喊声，人群安静下来，注意起他的眼睛。

异样的光。偶尔有亮点迸射，跳出火星，但整个的，有如远天散漫的曙色，泛泛的，白蒙蒙的，没有焦点，流水般的随意。经验告诉说，人的眼睛里一旦闪出如此光波，那么确凿无疑，他已经走得很远了。去那遥远的童话世界中创造伟绩去了。多少人去了，不再归来。

五

静室。两张床。四壁涂满了橙黄色。章应诚才跨进屋门，便觉得这橙黄色太热烈，不静。静室，名不符实。

杨淼上前去同他握手。

“什么病？”他问道。

“忧郁症。忧郁症不是病，不过是一种情绪而已，我看不是病。”

章应诚说道，“你呢？你怎么回事？”

“我没病。我迈着巨人的脚步从二十一世纪走来，他们排斥我……我有光的速度，光的质量太轻，无法捕捉……改革需要气质，特殊的气质。”

“妄想型精分症。”章应诚用指头在他的脑门上戳了戳。

“你说什么？”

“我说，妄想型精分症，神经病！”

“小心点，懂吗？小心我揍你。他妈的，我这就揍你……”

护士的身影在窗前一闪。杨森的拳头滞在空中，没能落下来。

“休息吧，朋友，休息吧。当然妄想也不是病。没有幻想便没有革命，弗拉基米尔说的。”

六

女医师罗柯，今年三十六岁，她以精明能干而著称。1979年大学毕业，她就来这家医院，目前在病区任主治医师。但种种迹象表明，她是下任院长的强有力的竞争者。

罗柯的丈夫是个散文作家，能把散文写得使人以为他是个纤细的妙龄女郎。散文化的世界在他的散文化的心灵中充满了希望，他时时透过薄薄眼镜片仰视长天，遐想真善美如何超越一切，形成人生的真谛。

“我回来了。”罗柯敲敲他面前的窗。

“哦哦。”丈夫转过身来，然后细细地注视着她的脸，每次她下班归来，他都得这么注视她一会儿。看她的双唇是否鲜艳和湿润；看她的双眸中是否闪耀出柔和而欢愉的光彩。

但妻子往往是令他失望的，近来尤甚。那脸通常是苍白的，疲倦的，并透出某种焦虑和不安。这真叫他心疼。

“很忙么？”

“嗯，临下班了，又来个病人。一声不吭。我把他送入静室了。”

屋里零乱得很，罗柯看了心烦。常常这样，哪怕是一些最细小的事情，都能惹得她心烦。丈夫是没有能力替她排忧解难的。有时候，她对丈夫的那种赖以生存的雅兴简直不能理解，她不明白，那些卿卿我我的，虚无缥缈的文字究竟能解决些什么问题？可她是很想从丈夫那儿得到些扎实些的语言的，一句是一句，敲在她的点子上，一句能穿透一个问题。然而她所能得到的往往是毛毛雨似的絮语，细细密密的毛毛雨飘洒在翻腾的江面上，如此而已。

“又有什么麻烦事吗？”丈夫把双手搭在她的肩膀上，他永远保持着良好的自我感觉，这点也确实不容易。玲珑而清新，这是评论界给他的一贯评价。长此以往，他便也深信自己必是清新无疑的。把妻子也搞得清新起来，是他这个做丈夫的应有的责任。他时时都有把他的漂白粉剂撒向那混浊的漩涡中去的愿望。

罗柯轻轻地吁了口气，掠了掠披散在额上的发。

“听说，汤医生也被提名了。”

汤医生与她同一病区工作。主治医师，兼院的业务科副科长。四十岁出头，正当壮年。有一张永远堆笑的，菩萨般的脸。上下左右，人缘关系极好。名牌医学院毕业，有论文在学术月刊上发表，而这又是罗柯所不及的。这些年来，她重临床，不曾搞过什么论文，况且只是1979年毕业于普通医学院的工农兵学员。

“就为这个烦恼？”

“坦率地说，是的。此人我很了解，圆滑得很，且工于心计。在专业上又很浮，好图虚名，不干实事。他当院长，那医院更完了。就这七八十人的一个小医院，可乱糟糟成了一锅粥了。闲散精神病人满街乱跑，扰乱治安。可医院呢？空余的房子不增设病床，搞什么舞厅。我说过了，我当院长，就先拿这个舞厅开刀。”

丈夫燃起一支烟。以前他是不抽烟的，闻到烟味就要皱眉头，但后来不知怎么搞的也学会了。对这个，罗柯不多干涉，她反倒以为男人吸烟平添不少风度。但遗憾的是，她的丈夫怎么也风度不起来。他勾紧上身翘着指头吸烟，委实叫人倒胃口。

“……汤医生，我是熟的。对他，我的感觉是……”丈夫的语言中带着沉吟。他经常有事无事去她的医院。作家，去哪儿都受人欢迎。谁都想把他拉到跟前坐坐，听听文坛趣闻。但他则很少能提供什么让他们觉得有趣的事。通常他只是静静地听对方说，咪咪笑着，寻找着自己的感觉。

“汤医生，我对他的感觉是……我的感觉与你的感觉不同……那里有一颗非常安详的沉稳的灵魂，而谐和的外表与那温和的感人的微笑，恰恰又能使人联想到……什么呢？合欢树，是的，合欢树——请原谅我的书卷气。我是搞写作的，无论如何，希望你能经常地步入写作者的感觉的境界。这完全是一种足以让你信赖的真实，它往往能揭示出掩藏着的不可测的本质。汤医生……我说……”

罗柯把脸扭到了一边，她紧锁着眉，耷拉下嘴角。这时候，她便显得老气，看上去起码要比实际年龄大上五六岁。整个脸部棱棱角角，相当不和谐。丈夫赶紧中断话题，罗柯的这张脸简直是要了他那感觉的命。每当罗柯出现这种表情的时候，顷刻之间，他的心便揪得紧紧的。而理性则会突然冲破那感觉，层层递进，有条不紊地驱使他反思起他们整个恋爱生活与家庭生活中的桩桩件件。

他不得不把目光转向窗外。窗外有一株白杨，树梢上的那几片嫩叶，倒是玲珑剔透，活泼可爱。

“偏见的阴影往往干扰一个人对事物的判断，而偏见的阴影往往又是破碎了的对历史对人生美的信念的盲乱心境的被某种功利状态笼罩的时候的不准确不合理的投射。”丈夫加重了语气。但是罗柯并不觉得他加重了语气，她只是赞叹他在不换气的条件下，居然能完成如此冗长的句子，况且又是这般的流利。能这样说话的人实在是不多，没有文学功底怕是不行。她觉得好笑，但很快地，又转向恼怒。就像遭到了那不知好歹的老是挠她的胳肢窝所带来的恼怒。

“可是就一个正直的知识分子良心而言，我不可能对这种现状保持缄默。”罗柯回敬道，“你对干我们这一行是没有切身体验的，所有的一切是多么的糟糕！病员家属被拖得疲惫不堪，他们流着泪求我帮忙。而我呢？我毫无办法，毫无办法……在这个单位里我完全失去了自己的意志，任何事情都不能体现我的意志，哪怕多么正确的为众多的人所需要的意志。我不能忍受这个，生来，我就不能忍受这个，很久以前我就不能忍受了。”

很久以前……农场。她是连长。全连一百多职工接连几个月尝不到半点荤，于是她下令，洒下带“乐果”的谷物，猎一批野鸭子。第二天早晨，几十只野鸭子都跌落在农田里。人们欢呼着奔向小卖铺，所有的软性酒和烈性酒一扫而空，食堂弥漫出诱人的香味。但是来了个人，带着指令，把野鸭子全部拿走，说是违背了规矩。她眼巴巴地看着她的职工们空口将酒灌下肚去，禁不住当众淌下泪水。

她站起身来，走到窗前。草坪上有她那儿子。儿子已经九岁了，长得虎头虎脑，大手大脚。常和别的小朋友打架，扯碎了衣服便说是铁钉挂的。儿子的教育问题，早已是她的心病，关键是时间不够用。儿子正在一群小朋友堆里嚷嚷着什么，老师说他领袖欲很强，或许就是凭他这自信的理直气壮的嚷嚷声所判断的。

“社会发展到今天，”丈夫说道，“尤其是经历了这十年的灾难之后，我深信，人对自身的了解将更为清楚了。半是天使，半是恶魔。人们早已惧怕了自身的恶魔，更多的人开始走向人性的另一半的光明。”抑或他也是疲倦了，声音轻得几乎听不清，而这疲倦的听不清的声音反倒深沉了好多。

“基于这一点认识，我以为，你哪怕是处在多么卑微的位置上，只要不放弃对自我人性的追求，那么你的人格力量也能不朽。院长，非院长，那都是无足轻重的；你，或是汤医生，也都是无足轻重的，喔不，我的意思是说……”

“行了。”罗柯挥挥手，打断了他的话，“半年之内把新病区开设出来，这便是我的愿望，汤医生不可能有这个愿望。这需要勇气，需要社会责任感。而他仅仅为了自己的需要，这是个纯粹的既得利益者。当然，我也有自私的一面，但那远远不是我的全部……”

“你听我说，”丈夫的声音更轻了，嗡嗡的，与这晦明晦暗的暮色交融在一起，简直给人带来一种虚幻的感觉，“你听我说一段饶有深意的往事，我一直保留着，没向任何人吐露过……包括你……经过是这样的，多少年以前，一个清冽冽的夜晚，我走在山道上。小路蜿蜒向前伸展，山林滚出一种浑厚的啸声……还有……”

“行了行了！你行了！”罗柯难受得几乎要哭出来，“我求求你，能不能少来些辞藻，简单明了能达意就行了，这儿没有你的沙龙贵妇，干吗尽折磨人？”

窗外，儿子的嚷嚷声又高昂了起来，这是争吵。

“你什么也不懂，你只配给你爸爸洗脚丫子，他妈的，洗臭脚丫子！”

声音清晰地传了进来，一下子父母双方似乎被钉住了，大口地喘息着，忘掉了自己的存在。

“……他妈的，你根本成不了男子汉，他妈的，发育后，你腿上连一根毛都不会有！”

“冰！冰！”罗柯不得不扯开嗓门喊，“冰！冰！你给我滚回来！”

七

医院，坐落在城市僻静的一角。古雅的英式房屋结构，四季都处在绿荫之中。一条光亮洁净的柏油马路由东往西伸延着，很少有车子驶过。为了使一些敏感的病人尽可能少受刺激，院门前不曾挂牌子。远处来的行人偶尔经过此地，常会错把这里当作教堂或是外籍人办事的地方。他们好奇地仰起脑袋，望望那楼顶在阳光的折射下熠熠发亮的彩绘玻璃窗，如果遇到病人号叫起来，便匆匆离去，以为遭到了什么重要官员或是权威人士的呵斥。

过了晚上八点，这里便更静了。里头那活生生的存在，活生生的呼吸，在寂静中叫人难以置信。屋脊在夜幕下勾勒出的线条曲折有致，带着异国情调。而常常有的，那时断时续，如泣如诉，似乎来自遥远无际的歌吟声，又给整个环境平添了一层颇为神秘的气氛，不由得使你联想到西方中世纪的被种种传说丰富着的古堡遗址。

新中国成立前，这里是杰克逊医学院的一个附属医疗机构。前几年，杰克逊本人来过此地，与守门老人相见如故，泪流纵横。据说，他已是弯腰弓背，一扫旧日之风采，在生活上更是孤独一人，潦倒得很。守门老人得到了他的几张相片与篆刻有“Fraternity”（博爱）字样的纪念章，后来这守门老人硬是佩着这枚“博爱”纪念章被送入火葬场。

八

杨淼一夜都不曾睡好，他被章应诚的哼哼声搞得彻夜不宁。黎明时分，他感觉到尿急，于是便喊护士，但护士违反制度，睡去了。章应诚认为，同志们都劳累了一天，不该这么打扰。他提议，把尿解在室内的墙角算了。杨淼憋得受不住，也只得接受他的意见。

尿液很多，老也排不完。多年失修的墙壁被冲得酥酥的，石灰粉散落下来，屋里多了难闻的气味，这气味连杨淼自己都觉得受不了。他为今天落到这个地步而愤怒已极，他，杨淼，是不该被关押在这里的。有那么多的事情在等待着他去做。职工代表大会或许已经召开了，选举厂长的议程正在进行，作为少壮派的代表，他的竞选演说和施政演说即将开讲。历史，滚动着它的胸音："杨淼，我们呼唤你出山！"

可四堵墙把他围困着。在这狭小的空间内不知要被囚禁到何年何月，杨淼举起巴掌拍打墙壁，也不顾章应诚和同志们正在安睡。

那湿的墙角的石灰皮继续剥落，有一小块地方露出了绛红色的砖。

突然，一个念头跃出他的脑际。他愣了会儿，然后便趴到了章应诚的身上，笑逐颜开地在他的耳旁悄声地说道："……希望在人间。"

九

罗柯走进办公室，见汤医生正在书写病史。昨晚上他值夜班，早该回去休息了，但是他近来尤为好表现，其实也用不着如此表现嘛！

"看你的脸都肿了。"罗柯说道。

"喔，是吗？肿吗？"汤医生掏出小镜子，用手指在自己的脑门上按了一下，一个小坑，久久地鼓不起来，"是的，我该走了。"他放下病史，然后又从抽屉里取出一沓厚厚的写满了的纸装进提包里。

罗柯心里不禁咯噔一下。

"又写论文吗？"她忍不住地问道。

"嘿，嘿嘿，把一些资料整理整理，也说不上是什么论文，不过是因为值夜班，闲着无聊，消遣消遣而已。"

“汤医生的雄心真是可敬可叹，在这个小小的精防院，真是屈才了。”

“说到哪去了，说到哪去了，都四十五啦！还能干几年呢？说到底……又不想做官，是啊，做官，我也不是那块料。”

“这倒是可以理解的。就目前这个社会状况，只有傻瓜才犯官瘾，纯粹是吃力不讨好的行当，不把你拖得半死才怪呢！”

“要我说呀，为这种事情鸡鸡狗狗的，多半也是精神不健全了，得接受治疗才对……不过，话又说回来，像罗医生这样的巾帼俊杰，各方面条件具备，要真有可能的话，也还是当仁不让的好啊！”

“开玩笑了，汤医生。都是老同事了，我的斤斤两两你也该有所知的，我可是连自家都照顾不好的呀！哪还有那份精力。”

“那是，那是，彼此一样，彼此一样。”

话来话去，争着把话推往相反的极端。一番虚伪的坦诚，连罗柯自己都觉得恶心。但事情往往就是这么复杂，你愈是想得到什么，你愈是得表白对这事的不屑与无所谓；愈是想做官的愈是得表示你不屑于此道。要是不忌粗俗的话，最好能把古往今来长于仕途的，一个个骂得狗血喷头才好。这样，你的成功的可能性或许更大。

“静室的那两个，有什么异常吗？”罗柯换了个话题。

“一般剂量用药，效果不显著。我的意见是加大药量，对那个狂躁的，可考虑上电休克，估计家属那头问题不大。”

罗柯踌躇片刻，然后说道：

“这样吧，把他们交给我，由我负责，你看行不行？”

“怎么，你有兴趣？”汤医生多看了她几眼，敏感得很。

老是用药用药，罗柯想到，除了用药还是用药，口服不行便用针剂，针剂不行便上电休克，多少年就是沿袭这道公式。那么心理治疗呢？国外现在普遍采用精神疗法，可在这里怎么都开展不起来。就此，罗柯早就想搞些临床试验了。章应诚和杨森的病例很典型，一个突出忧郁怀旧，一个突出狂躁妄想，行为紊乱，但意识清晰，发病诱因明显。除了遗传素质之外，外界的干扰更加剧了人格的变态，就此情况，在心理上加以“反向刺激”，想必不会有什么坏处。再者，目前搞这项试验……也正是时机。

“那好，我没意见。不过，你可千万别把自己搞得太累了。”汤医生脱下白褂，准备走了，“喔，对了，你丈夫……与他的散文……还好么？”

“很好。谢谢！”

十

杨淼莫名其妙地看着自己面前堆放着的那些东西。规格不一大大小小的矽钢片，粗粗细细的一轱辘一轱辘的漆包线，牛皮纸，黄蜡绸，还有小锤子，小螺丝刀等。

罗柯背着手站着，很多病人都怕她这么背着手站着。这种医生的气度，对他们有一种威慑力。

“杨淼，你听好了：外面有一台电休克仪，我们用两个电极片贴在你的太阳穴上，110伏特以上的电压，在二秒之内足以把你击晕，感兴趣么？”

杨淼真是不解，我堂堂具有五千年文明史的古国，怎么现今还留有如此秘密的残酷刑具？

“当然了，要是你能够服从我的安排，把你手下的这些东西组装成变压器，每天一个，那么电休克的治疗便与你无关了……任你选择。”

杨淼下意识地摸了摸矽钢片和漆包线，后来他又摸了摸螺丝刀，那螺丝刀很锋利。

“你想抽烟，但是你没有钱，家属也不能帮忙，这是医院的规矩。可是你每制作一个变压器，就能得到一些钱。四五天以后，就可换得一包普通的烟了。这是我允许的，请相信，绝不是戏言。如果你要想得到一包上等烟的话，那就不得不在规定的时间范围内付出更多的劳动。当然，你用劳动换得的钱，也可由你另作安排，可以买些好吃的，也可以买些你急切需要阅读的书籍，这我没意见。”

杨淼是懂得变压器的。但是他活到今天，并不曾完整地制作过一个变压器。那极细的线必须齐整地排列在芯子上，那矽钢片必须一片一片严格无误地插起来。真是无聊，这种乏味的无聊的活儿绝不是一个厂长所应该干的，完全是对人的才能的扼杀，他猛地一下站起身来。

“我不干！”

“你，选定了吗？”

电休克器。二秒钟以后你就会像死猪一样被人从治疗台上拖下来，嘴里还得鼓鼓囊囊地塞上一些什么乱七八糟的布，免得舌头被咬掉。想到这些，杨淼又不得不坐下去。

“可是医生，能不能先给几支烟？”在杨淼的脸上第一次出现了可怜巴巴的神情。

“不行。首先应该是过程，凡事都得有个过程，有了过程之后，才能有目的。工业大学的高才生，想必是能够懂得这个道理。”

罗柯走出了给杨淼特备的这个小间。

“你注意观察他。”她对一个老护士说，这老护士被称为蔡胖子，是卫生局长的夫人，仗着这特殊的地位，常常在病区里干出些不得体的事情来。罗柯一定得好好地敲打敲打她，不过那是以后的事。“唯独你是最能信赖的。”她继续说道，“我想，在这项新的工作中，我们定能合作得很好。”她朝她笑笑，尽可能地笑出些谦恭味来。

十一

一副耳机贴着耳朵夹在他的脑袋上，感觉就像脑袋被铁钳子钳住，并被往上提似的。耳机里交替轰响着现代爵士乐和摇滚乐。章应诚向来认为类似的音乐只能留在动物世界。

那个浅薄得无与伦比的女医师，居然要求他每天四小时以上接受此类音乐。这种非人道的对待，在五十年代真是闻所未闻。

对于音乐，章应诚可有着高雅的艺术趣味。他熟悉键盘乐器，对忧郁的旋律有着特殊的感受能力，能在音乐厅大颗大颗滚下泪珠，让那些多血质的，除了廉价的奔放的热情之外别无他长的人们对自己的性格产生怀疑。

他喜欢协调的和弦，规范的曲式，与有条不紊的节奏。整个年轻时代，他的音乐把他心灵净化得宛如一泓清泉。在语文课堂上，只要有机会，他便会向学生们宣传音乐。他认为音乐和文学是不可分割的孪生姐妹，而严格地讲，音乐比文学要更为高贵。如果把文学比作象牙之塔的话，那么音乐恰似那象牙塔尖上的明珠。“爱好音乐吧，”他把教鞭当作指挥棒似的在空中富有弹性地点来点去，“音乐能完成你的修养。调整你的语声语调；能帮助你选购衣着；能提醒你注意发型和修理指甲；使你意识到自己是一个多么美好的音符；温文尔雅的，合情合理的，与其他美好的音符组成诗一般的乐章。简言之，音乐，能把你的心灵净化成一泓清泉。”

他班里的学生，早就能掌握一泓清泉这个词了。而其他班里的学生，则常常把一泓清泉，念成一弦清泉，或误写成一“轰”清泉，一“哄”清泉，一“红”清泉。

可耳机现在传出的这些声响，究竟能给人带来什么呢？它唯一的作用就是鼓励人重新沦为猴子。乱吵乱闹，乱蹦乱跳，任其本能发泄。章应诚想起他的楼下花园里，每当黄昏时分，便有两个沉湎于猴拳的男人面对面地撮着手指，往对方身上乱捣乱挠。把个晚霞中青年踱步的意境，破坏殆尽。

有二十盘录满了现代乐曲的磁带等着他去欣赏，不仅如此，还要求他最好能一个音符不漏地把这些旋律记下来。

“我还是服药吧，多少剂量的阿米替林我都不在乎。”他苦恼地说道。罗柯坚决地摇了摇头。

“你去努力感受它，不要畏惧。”

“可我不理解，这‘阿西，阿西’究竟是什么意思，连一句起码的歌词都听不清。你听、你听，阿西，阿西，嘭嘭嘭嘭，嚓嚓嚓嚓。”

罗柯想笑，但是她忍住了。

“舒伯特的梦幻也被糟蹋了，他那梦幻曲中被塞进了如此多的跳蚤……劳动剧场举行落成典礼的那天，市乐团指挥送来两张票……我与我父亲深深地沉浸在这梦幻曲中。往事历历在目……可是如今，它在迪斯科舞场中被打击乐敲得粉碎……人死了，可我相信人的灵魂安在，灵魂在游荡，我听见舒伯特的灵魂在哭泣，我能听见……”

章应诚的眼角溢出泪来。

有一片刻，罗柯似乎被这病人感染了，竟怀疑起这精神疗法的可行性。她伸出手去，默默地把录音机音量调小。但这片刻的犹豫很快地又被驱走。

“无论你是多么留恋你的过去，但这一切终究不复再现了。”

十二

灰蒙蒙的，说不上是一种什么天气。太阳隐在稀薄的云层后面，泛着黯然的光辉。从三楼小会议室望下去，穿紫色长衫的病人们的一举一动尽收眼底。正是“放风”时间，修理得很好的园子被挤得满满的。这里人人都拥有一个独特的，难以理喻的世界。他们绝不轻易舍弃自己的世界，宁可与整个人类为敌，以无畏的勇气去努力完成其悲剧的人生。一个年轻的小伙子在仰天长啸，一个更为年轻的姑娘在暗自窃喜，他们默默地在这片巴掌大的天地中宣泄着自己的青春。任凭胡思乱想去颠倒时空，颠倒次序；去解释生活与自我。起码有二分之一以上的病员，罗柯是熟悉的，她熟悉他们紊乱的精神状况与行为动作：感知觉障碍——辨不清颜色气味，视听幻觉，自恋欲膨胀——不顾廉耻地吹嘘自己，被控制感及被洞悉感，牵联观念，强迫性思维，自责的消极意念——打算以一死得以解脱，情感低落，焦虑恐惧，谵妄，嫉妒妄想，疑病妄想，被虐待妄想，被钟情妄想，性暴露狂——见了异性便脱裤子……迄今为止，还没有谁解开精神病病因的谜团。生化代谢障碍的研究，现代电生理学脑电图的实验，原始性本能压抑的假说，但凡此种种还都不曾得出完全令人信服的科学的结论。

去年春，瑞士著名精神病学专家哈里博士来此访问。也就是在这间屋里，罗柯问他：“您这一行干了已近半个世纪，请问您最深的感受是什么？”哈里博士当即答道：“神秘难测。”后来博士也就这个关于感受的问题反问她，罗柯大体上还能记得她当初所说的话。

“作为一个普通的临床医师，我对原始病因学各种深刻的命题并不曾有过更多的研究……七八年来，几百个病人在这里接受我的治疗，以现有的医疗手段征服他们……这便是我的唯一愿望。把这些迷乱的灵魂弄得清醒过来，或许这亦构成了我的今天与我的将来的最大的乐趣。”

好多年以前，她作为医学院的实习生，到这家精神病防治院。一个剽悍的男性病人在墙壁上画满了匕首，与之同来的几个女学生尖叫着逃散开去。唯独罗柯不曾恐惧，她用抹布把墙壁上的匕首擦去，冲动的病人朝她怒目而视，而她则激昂地对他说道：“能压倒一切的是男人，而不被一切所压倒的便是女人。”话说得不伦不类，现在想来，不免显得幼稚，以后有人还戏谑的赞扬她：“怒向刀丛觅小诗。”

然而这便是罗柯。

是的，关键在于征服。她要把某种现实意识强制性地灌输给他们。

绕变压器，一圈一圈地绕，一层一层地绕，一丝不苟地、兢兢业业地绕，即便是满腔的委屈情绪与愤懑情绪，也还是不得不绕。生活便是这么绕出来的。人的任何愿望，最为恢宏的愿望，或是最不值一提的愿望，也都是这么绕出来的……必须赶着他们去拥抱今日这生活。舒伯特，那真是太遥远了，舒伯特少年般的悠闲以及苍白的梦幻，也实在太奶油小生化了。大鼓在对擂，巴松管在对嚎，长笛与双簧管早已抛掉了那羞羞答答的“SOLO”，不顾一切地歇斯底里地尖叫，争风吃醋的性感女郎们不知疲倦地扭动着，而毛茸茸的硬汉为自己强健的体魄得意忘形。

力量、个性、对抗、冲突，所有的这一切只有一个解释：生命。

刚才在业务会上，不少人对罗柯的试验持怀疑态度，而罗柯自己则坚定不移。她认为，至少不会带来什么副作用。老院长倒是对她表示赞赏，觉得她的确是块好料子，也更为她不曾有汤医生的论文而暗暗叫屈。

下雨了，蒙蒙的细雨，飘在罗柯的脸上，凉津津的。病人们从园子内鱼贯而出，又被收容了起来。大嗓门的护士在嚷嚷着什么，可以听得出，声带已经充血。“要是新病区一旦如我愿能开设出来的话，那她们将会更累了。”罗柯想。

十三

哪儿都不欢迎蔡胖子。她先是在药品室干，以后又到了挂号室，新近才调到罗柯这病区来。来了没几天，便同病人打了一架。病人确认她是暗杀列宁的刺客，出于义愤，便给了她一记耳光。而她便也毫不犹豫地把手中端着的一碗汤，一滴不剩地灌入对方的脖子里：“连我男人都不曾碰我一个指头。”这便构成了她的唯一的理由。

其他护理人员对她意见很大，有人提出应该取消她的每月十元钱的保健费。当然，这也不过是说说罢了。罗柯向来讨厌这一类人，不学无术，却又自命不凡。但出于种种切实的功利考虑，又不得不对她表示出某种热情。很难，不过罗柯终于还是适应了。她从对方给予她的态度中看到了自己的成功，尽管她深深地感觉到，这成功有多么酸涩。按时髦的“自我本质”一说，那她的自我本质肯定是出了毛病。

但是局长夫人给她带来的好处也是显而易见的，她常常能把一些床头新闻悄悄地带给她。局里边这么说，局里边那么说，这悄悄话里满是床头的气味：烟味、脂粉味、被褥味，还有其他的一些说不上来的味。

“罗医生！”这又是在叫她，“下班啦，一块儿走吧！你没带伞吧，我带啦！”

罗柯一边抓紧更衣，一边酸不溜溜地自言自语道：“我可得赶快像猫儿那样钻入她的腋下。”

雨在下着，瓢泼大雨。自行车在马路上驶得飞快，而汽车则慢慢吞吞地走，仿佛是因为干渴久了，决不能轻易错过这个机会似的。

两人共一把伞，本来就困难，可是蔡胖子偏偏又把她那庞大的躯体朝她身上又挤又靠。不过，罗柯心里明白，这就意味着又有话可说了。

“……看你很忙啊！”

“是啊，总有忙不完的事。”罗柯应酬道，等着实质性的下文。

“没写论文吗？”

“什么？”罗柯警觉地扭过头来看着对方，她的心被提了起来。

“瞧人家汤医生，尽搞他的论文。”

“可总不能误了病区的工作吧？”

“哎呀，我看你真是够老实的，真是老实得到了家了，世上哪儿还有你这般老实的人。论文是最主要的嘛，连局里头都知道汤医生的论文了。上星期，局里头传阅他的论文……我看你也不笨，也够聪明的，聪明过人，世上哪儿找你这般聪明的人去。论文，论文，我看也没什么大不了的，这边抄抄，那边抄抄，拼拼凑凑，不就行啦？”蔡胖子使劲用肘子杵她，差不多要把她整个地杵到雨水中去，“少了论文，你无论怎么忙，总还是矮上一截！”

话已是明明白白的了，罗柯不免忧心忡忡起来。雨点打落在身上，似乎也不曾有什么知觉。

“我接受你的提醒……当然，我是不该忘了你对我的帮助的。”罗柯说。

“什么话？说什么帮助不帮助的。一定要说帮助么……那也是有来有往的。你们的局长大家是知道的，凡是牵扯到我的事，他屁都不放一个。这不，又到发奖金的时候了。每次发奖金我都头疼，倒不是单单为了那几个钱，钱算什么？你是了解我的，我这人向来瞧不上物质享受。主要是咽不下那口气，凭什么……”

“你放心，”罗柯接口道，“工作总结由我来写，我会注意到你的。依我看……近来你的工作……也不错。心理疗法的试验，也离不开你的努力……不过，最好，我们这新的探索，局长是否也能关心关心。”

“当然，当然，这不会有什么问题。搞事业嘛，就得靠你这样的既年轻又有精力的。我们都老啦，老啦，得让位给你们啦！要什么事都由我们包办代替，那么年轻人也就不好成长了。你说是不是？”

积水的路面上跳跃着各色霓虹灯的光斑，古怪得要命。

十四

“你觉得怎么样？老兄。”杨森问章应诚。

章应诚躺在床上，四肢都在抽搐。虽说不再有耳机，但他的脑际整个的还在被刚才那杂乱的节奏与音响控制着。有一块肌肉很奇特地在他的眼睑下部跳动着，滑稽得很。就像某些个跑江湖的做着习惯性的鬼脸。

直到杨森将一把螺丝刀捅了捅他的腰部，把问话又重复了一遍之后，他才意识到有人正关怀着他。

他痛苦不堪地看着杨森，真是欲哭无泪。

就一个老资格的多少年如同家常便饭似的出入于精神病院的内行来

说，对于这种花里胡哨的治疗方法，实在是难以适应。完全不得要领。

以往的住院治疗，在他的记忆中，多少还保留些同志式的平等关系，多少还讲究点起码的人道与民主。一日吃三顿饭，服四次药，上午花半小时回答医师的提问，午睡二小时，除了这些集体行动之外，其余的时间便都交付自己安排了。

选择一个僻静的角落（完全有这个条件），在那里不紧不慢地踱来踱去。谁都不会来干扰他，连那些智力发育不全的都不会来干扰他，至多不过远远地站着，朝他毫无意义地翻白眼，因而章应诚从不对住院抱有任何的恐惧心理。撇开那片金灿灿的油菜花地不谈，一般地说，在哪儿对他都一样。没有什么外界的刺激可以破坏他的思维活动，封闭的心灵完全归自我所有。而现在，好像有一种棍棒之类的东西在敲打他的灵魂，如同乡间的那些洗衣妇用棒槌棒打衣物一般；又有一种溶剂在朝他滴来，他的灵魂，完整地存满了五十年代桩桩件件的档案般的灵魂，无可奈何地在这溶剂中慢慢地解体，慢慢地化去。有一个声音，也就是那个没完没了地唱阿西阿西的中气十足的男人的声音，开始幸灾乐祸地在对他说道："你没有了，你什么都没有了，你不过以一种真空的形式而存在，你没有了。"

以前，每一次住院，章应诚总能荣膺"模范病员"的称号。他的忧郁，常常叫那些医护人员对他抱有好感。他忧郁地占据了冷僻一隅，从不惹是生非；他忧郁地对病员同志们中为了一个苹果或是为了两支香烟所带来的分歧与冲突，深深地叹息；他把笤帚与拖把搁在枕下睡觉，每天早早地起来，一边清扫走道，一边对不注意公共场所的卫生行为忧郁地晃着脑袋。这可是真正的忧郁，货真价实的忧郁，完全是由于孤独而深沉的内心世界得不到知音所派生出来的忧郁，与那种见了月光和夜来香花便以为自己忧郁的忧郁绝然不同。曾经有一个男医生于月升中天的时候，在自己的窗前这么忧郁过，但是他后来则听见一个小护士笑话他学章应诚，笑话他连章应诚的一点皮毛都没有学像。

但是这回住院，"模范病员"的称号怕是必丢无疑了。以往的一切习惯与经验，都不再为他所有和为他所用。一旦戴上耳机，便如同完全进入了殴斗场，而当耳机被取掉之后，周身又开始了无法控制的不自觉的抽搐，还有下眼睑处的那块肉的恶作剧般的跳动。病床被他颠动得格格作响，刚才倒水的时候，热水瓶又从手中滑出，跌得粉碎。这难道还能说得清楚吗？在全体病员的总结会议上，人们有足够的理由对他加以种种指控，“对现实不满”，“蓄谋已久，有纲领，有步骤的破坏活动”。“利用小说反党是一大发明，利用摔打热水瓶反党又是一大发明”。他想起来了，是的，除了五十年代那值得怀恋的一切之外，他又想起了好多。类似的有口难辩的误解，在好长的一段时间里，他所经历的，所耳闻目睹的许多事，又都在他的脑际泛了出来。他真不知道自己还会闯出什么祸，但看来，闯祸已是在所难免了，因为已经完全自我失控。

他一把捏住了杨淼的手：“我不行了……”语调深沉，感情充沛，“柯察金仅仅是躯体背叛了他，而对我来说。还远远不止如此……你还年轻，革命没有成功，尚需努力。听着，一个真正的‘模范病员’，需要有崇高的牺牲精神，得时时处处想到他人，想到工作。你得做个榜样，榜样的力量是无穷的。”

“狗屁榜样！”杨淼高声地嚷嚷了起来，“中华民族之所以如此多灾多难，完全就是因为遍地都挤满了你这类的窝囊废，十足的麻木不仁的蠢货！”

“你说什么？”章应诚抽搐着坐了起来，双拳不住地拍打着床沿，热血在往他的脑门上涌。对他来说，这是一种难得的精神状态。

杨淼沉醉在自己的激情之中，完全无视于他的状态。

“我绕线圈，就这么一圈一圈地绕，他妈的只有婆娘才这么绕线圈，整个世界都在为我哭泣。而你则落井下石，拿什么‘模范病员’之类的破烂玩意儿往我脑袋上砸……我说老兄，你的身上从头到尾弥漫着一股腐朽味，瞧你，就像个脏不拉几的古董，从烂泥塘里刨出的破碎片拼凑起来的不值钱的古董。你的脑袋活像上百年前哪个丫环舍不得丢弃的破水罐子。”

章应诚再也控制不住，他伸出抽搐的手掌在杨淼的脸上撸了一下。若是以前，遇到这种情况，毫无疑问的，章应诚会哼哼他的《晚霞》。而这次超乎寻常，他跨出了他有生以来的第一步，奇迹般地给了对方一下。可遗憾的是杨淼根本没在意，他还以为这是章应诚的某种求和的表示，给他擦擦鼻尖上的汗水什么的。

“……五六个变压器才能换得一包烟，无聊的买卖。”杨淼似乎平静了些，“可是我决不屈服，只有在一种情况下能使我屈服，那就是，停止呼吸！除此之外，我没有任何理由放弃我的权利……必须攻击，不断地攻击，冲破这所牢笼……”

章应诚张大嘴，愣愣地看着他。

“有什么……切实可行的打算吗？”

“用这个，”杨淼将手中的螺丝刀在他的眼前晃了晃，这时候，他显得更为平静了，好一段日子以来，不曾有过的平静。“那个角落，瞧见吗？”他压低嗓门说道，“掏一个……洞，能抽动十二块砖就行了，我们悄悄地干……每天掏一块砖，整个工程十二天为期。”

章应诚嘴张得更大了。

“关键是，多喝水……他妈的你怎么把热水瓶给砸了？喝了水就往那个角落尿，有了尿便有了一切……当然得把床头柜移过去，绝对不能暴露。”

“好！”突然之间，章应诚大叫一声。

杨淼被吓得一哆嗦，然后便赶忙蹿到门前，谛听外面的动静。

“你他妈的嚎什么？”他低声地呵斥道。

而章应诚则在体验着一种从未有过的兴奋。爵士乐和摇滚乐又在他耳边轰鸣起来，强烈的节奏鼓励他与外部世界的任何一种异己力量冲撞。瞳孔放大，充血，那个潮湿的阴暗的角落使他兴趣盎然。真有趣，从哪冒出来的这么有趣的事情。

“给我们的这次行动取个名吧。”

章应诚笑了，笑完之后，便说道：

“就叫……刘胡兰行动计划吧！”

杨淼极不满地瞥了他一眼，然后便去那个角落尿，边尿边说道：

“红色超人行动计划，怎么样？真够漂亮的。红色是血，是暴动，并象征着权力。而超人……请你记住，我不是一个普通的人，绝对不是。”

他把裤子整理好，转过身来，然后升起两只胳膊叫章应诚看。

“你看着我……你看我像什么？”

“鸟。”章应诚答道。

“错了，鹰！”

接着他又把手臂放下，侧过身来，笔直地站着。

“你再看，你又看见了什么？”

“……木桩。”

“又错了，里程碑！”

“那你瞧我是什么？！”

“破古董，破水罐，狗屎蛋！”

十五

接连两个夜晚罗柯不曾睡好，她在构思她的论文，“无论如何得把这个缺陷补上。”那天的谈话，使她终于下了这个决心。

论文的标题已初步拟定：《妄想型精分症及忧郁症患者非现实心态矫正的可能性》。

然而丈夫对她的这种做法很有意见。他认为实验才刚刚开始，其效果究竟如何还很难测。若仅仅是从什么院长不院长的角度出发，那实在有损于科学的严肃性与纯洁性。

“没有真诚便没有科学，正如同没有真诚便没有艺术一样。”丈夫刚从郊外的一个苹果园回来，周身都散发着一种甜甜的果子味。

罗柯一声不吭，她咬着他带回来的苹果，默默地看着他。他依然穿着初恋时她给他织的那件毛衣，尽管好多年不曾拆洗了，硬邦邦的，但他对此毫不计较。他认为这毛衣在说明和完成着某种永恒。

“……当我躺在苹果树下，大自然的各种色调在温馨的晚照下合成。林子的芬芳不断袭来，令人心醉……晃过摘苹果的姑娘们——请原谅我的书卷气。于此，我想了很多，我想到造物主把我们置在这个世界上，谁都希求着自己能有所成功，无聊的匆匆过客是不能让人忍受的。然而成功的意义又怎么来解释呢？学位，地位，权力，金钱，人们通常把这一些作为尺度。是的，你是如此；我承认，有一度我也是如此……”

罗柯继续咬着苹果。她好久不吃水果了，但是她应该多多地吃水果。每天说好多的话，下班回来，咽喉总免不了又干又燥。

“可是她们……”丈夫继续说道，“我指的是那些摘苹果的姑娘们，她们对成功的意义有完全不同的解释——无论是自觉的，还是不自觉的。有条不紊的节奏；默默无闻而又不乏实际意义的劳动生活；幽深得如同湖般平静的果树林子……”

“这是散文……”罗柯打断了他的话。苹果吃完了，苹果核在她的手中旋转着。

“是啊，散文。我为这美妙而成功的人生，谱写诗篇，用心写……”

“加上泪水，”罗柯补充道，“如同一个迷幻在乌托邦世界中的流着泪的少年。”

丈夫感到很尴尬，他为自己成了她的少年而感到尴尬。

罗柯顺手把苹果核扔出窗外。很快地窗外便传来哇啦哇啦的吼叫声，苹果核一定是落在了什么人的脑袋上。罗柯走到窗前，做了个致歉的手势。

“在那个时候，我真希望你……”他顿了顿。

“说吧。”

“我真希望，你在我身边……”

“我倚着你，你倚着我。在苹果树下，我们默默地沉思，对吧？”

“……”

“你健忘了。”罗柯把手背到身后——职业的习惯姿态，“听着，我在苹果园待过……两年，六百多个日日夜夜。”

丈夫张皇地睁大了眼睛。

“你是知道的，在农场的时候，我去过果园队，那里不仅仅是梨树，枇杷树，也有……苹果树。”

“喔，是的是的，是的。”

“……纯粹是一种杜撰，你是没有依据的……你的作品，你的真诚，而事实上的虚假，给一些简单的小脑袋瓜子带来热情。但这浮浅的热情恰恰是他们走向人生的最大障碍……苹果园……我说苹果园……曾经有一个姑娘自缢在苹果树上……后来我亲手解开绳索，把她掩埋在那棵果树下。

到了秋天，突如其来的风暴，把所有的成熟的果子一扫而光。当地的老乡们把这悲剧归咎于那死者给村子带来了鬼魂，于是便有了晚间的恐惧。恐惧出门。姑娘们纷纷打报告要求离开这个鬼地方，哪怕去更苦一些的连队。当然，那是从前的事了。可是我可以断言，哪怕就是今天，事实与你的描绘，与你的感受，依然存在很大的出入和距离……”

摊在桌上的几页稿纸被窗外吹来的风掀动着，笔者神情黯然地垂着头。良久。

“我承认这事实，我也曾经有过类似的经验。但艺术万不该张扬丑陋，规劝上吊，规劝投河，规劝死亡……我往阿尔卑斯山脉的峰巅上推着石球，尽管它一次次往下滚落，这毕竟说明了生的意义。古希腊神话，你熟悉古希腊神话吗？”

他的脸因为庄严的完善人性、拯救人类的使命感，变得有些苍白，这苍白更给他带来了一种别致的俊秀之气。他的面貌与气质自成一格，虽构不成时髦，但至少不同于一般。他很纯净，似乎干干净净而又切切实实地标志着某种优秀的文化——某种业已过去了的，或者是人们尚不曾普遍接受，但终究有一天会被人们普遍接受的崭新的未来的文化。

罗柯静静地无言地看着他，她觉得自己的心潮渐渐地涌动起来。讲不清楚为什么，此刻的丈夫在她眼里比以往任何时候都来得可爱，真该吻他，从头发梢到脚后跟，上上下下吻个遍。这真是极少有过的感情涌动。

十六

从两地分居到朝朝夕夕的相处，这种转变，一下子叫罗柯难以适应。这半年多的时间里，唯一的收获，似乎仅仅是使她领会到了什么叫做失落感。尽管一个活生生的大男人每天依傍着她，把她多年来的思慕变成了伸手能触摸到的真实，但是以前的两地书的生活倒反而能给她带来更多。那时候，信来信往，从不间断。她的信总是报流水账式的，一二三四地说些这几天都干了些什么，然后在句子的最末处，加上“吻你”，单调得很。而他常常是以她的流水账为基本素材，洋洋洒洒写来，熔抒情性与哲理性于一炉，酣畅淋漓，绚丽多彩，以至使她有时候觉得提笔给他写信都颇为艰难。长此以往，她便以为自己远不及他。她不过仅仅是个提供素材的人，或者说她本身就是一堆杂七杂八的构不成什么深远主题的素材。而他则可以把她的素材搞出许多名堂来，得心应手，也用不着花力气，使什么劲儿。然而正是这种浅浅的自卑心理，使她对他产生出许多女性的温柔的依恋之情，遥遥相隔，常在心底深深地呼唤。

但完全是出于无可奈何，她还是不得不把这颠倒的事实，重新颠倒过来。在他的面前，她对自己有了愈来愈多的发现。她发现自己拥有的世界比较他的那个世界毫不逊色，甚至于更有声色，也更为实在。那种纵向的距离感很快地便荡然无存，取而代之的是同一条平行线上的反向运动轨迹，真是令她失望。

不过，话说回来，罗柯从不曾把爱情强调到如何致命的程度，在一般的情况下，她总还能继续正常地生活下去。而不少女人把爱情当作生命唯一要素，没完没了地分析，分析。这些女人的手大多是常年冰凉，神经质的，湿淋淋的。罗柯手是干燥的，到了冬天还免不了要开裂。

罗柯当然也作分析，只是这分析并不常有。没有太大的意思，还得耗去时间。她的分析简单明了，在她看来，夫妻之间的种种不和谐，多半是由于恋爱的草率所带来的。比如说吧，他们就是因为草率。他与一个朋友来这座城市的一个什么地方体验生活，后来那个朋友癫痫病发作，他把他送入她的医院。接着便是天天来探望，大约持续了有两三个星期。这两三个星期他的目光时时跟踪她，后来便赠了她一首小诗。罗柯生来对诗没有什么兴趣，当然，这首诗她是记住了，至今也不曾忘却。诗的第一行是这样的："你是一片轻柔的、又负着重荷的云，白色的云。"——如此云云。诗无题。以后罗柯开玩笑说，完全可以加上一个标题。比如说《白衣姑娘之歌》，等等。因为诗的内容并不难解，无非是看她巡视病房的时候怎么样怎么样；开药方的时候怎么样怎么样；戴上帽子怎么样，取下帽子又怎么样；无非如此。那个时候，罗柯岁数已不小了，又刚刚开始新的工作。忙碌，好胜，因为好胜又加剧了忙碌，也实在是分不出身来解决——"个人问题"。可是个人问题也只得由个人解决，旁人想插手也很难。鉴于如此具体情况，加之求爱者的殷勤，一眼看上去的正派相与好的性格，以及学历、工作、社会地位等各方面条件的无可挑剔，事情便这样匆匆地定了下来。

后来，在他回去的时候，分别之际，她握了握他的手。

于是，他们很快地结了婚。一切就是如此草率。

此外，罗柯分析道，她之所以对她的丈夫在感情上有着某种程度的保留，这同她的心底深处对另一个人的眷恋有关系。另一个人，另一个男人。他们从前是邻居，整个小学和中学时期一直是同学。什么都有过——默默的，或是公开的。但是后来，鬼使神差，终究未能结缘。可直到今天，罗柯还是这么认为，最适合她的不是现在的这个散文作家，而恰恰是那个人。他姓谷，很早以前，人们便称他为老谷。在罗柯的记忆中，这真是个犹如山谷般深沉浑厚的男人。他几乎能洞悉她的全部心理奥秘，而她则从未穿透过他。他后来也搞了医，罗柯从别的渠道得知，他目前已是某个医学杂志的副主编了。

他们已经有好多年不曾相见，恍如隔了几个世纪。可是每当罗柯在分析自己的爱情心理的时候，总免不了要联想到她的老谷。而一旦想到了老谷，她便陷入一种深远的沉思，进入一种无知觉的状态。偏偏散文作家经常要在这种时候来打搅她，他觉得这是他的妻子最美的时刻，净化了的美，升华了的美。

“你真美……告诉我，你在想什么？”

她叹息，摇头。

“你得满足我，柯，不会比你此时此刻的心迹的流露更为感人的了，你不能让它就这么过去了。”

“我在思念我以前的情人，真的，我不会撒谎。”她实在烦了，便如此回敬他。

“……”

这一定是够他受的。

“……老谷吗？”

她不由吃了一惊。她不明白，他怎么会了解这底细，因为从来都不曾提及过。

“……请原谅，请原谅。你的思念是不该被打断的。每个人的心灵深处总有一个隐秘的角落，它往往属于过去的美好的岁月。谁都有保留这角落的权利，它能使人生更为悠长，并富有诗意。”

罗柯原以为他会吃醋，皱着眉头来回踱着疾步，或是歪着鼻子暴跳如雷。可是他居然平平静静地说出这么些话，扯什么角落不角落的。真想扑上去狠狠地咬他几口。看来只能这么解释：类似的思念在他来说早已不足为奇。他把他的那个角落打扫得干干净净，随时随刻都打算在那儿美美地溜达几圈。

是的，这就是她的丈夫。套着她织的毛衣，带着苹果味儿的丈夫。没有一点见不得人的心机，成天忙忙碌碌地寻找着他的美，没有人比他对自己的追求更为执拗的了，一个多么真诚的理想主义者。真是个大孩子，十十足足的大孩子，可爱得叫人心疼。你完全可以坦坦然然地把他搂在怀里，松弛，再松弛；均匀地呼吸；休憩，熟睡；唯独在他这里，你方才能把所有的烦恼彻底地抛开。你用不着烦恼，没有陷阱，没有恶念，没有虚伪和讨厌的给人带来苍老的一切。只有羸弱的女人，才企求从丈夫那里得到力的扶助。而她，罗柯，并不羸弱。她完全可以凭借自己的能力来应付这嘈杂尘世。但是她常常累得头昏目眩，委实需要放松一下……多么难得的散文，多么美妙的散文，一小块一小块的。闭着眼睛闻一闻都能感觉到它的清新……

她晃晃悠悠地走上前去，把他的脑袋搂在怀里……

十七

在不值夜班的情况下，罗柯一天的安排通常是这样的：

早晨五点半起床。挤菜场，然后回家。将满满的一篮子东西处理干净，做三人吃的早餐和父子俩的午餐。

六点四十五分到七点十五分早餐，在这同时检查儿子的作业，进行必要的训斥和起码的社会观与人生观的教育。

七点十五分到七点四十五分，等车，挤车。在车上翻阅最新出版的《医学动态》。

八点上班。晨会。晨会后查床或是门诊。

十二点午餐。在食堂的圆桌上与同事们聊，听些什么或讲些什么。

放弃一小时的午睡，将昨日的晚报与当天的日报浏览一遍。然后根据《医学动态》提供的线索，去图书室收集资料。

下午，书写病史，疑难病例讨论，院务会等。

四点下班。晚十分钟走，对接班的人员作口头交待。

五点半之前到家。做晚餐，洗衣服，料理些零零碎碎的家务。

七点钟晚餐。打开电视机，正值中央台《新闻联播》播放。

晚上全部用于业务学习。或去医学院听讲座，或读书做卡片，或是拟定重点病人的治疗方案。而十点钟到十二点的外语学习更是不可缺，她觉得这两个小时为记忆最佳时间。

十二点上床。入睡前还得将白天所有的事在脑子里过一遍。

近日来，赶着写论文和病区总结。论文写得艰难，这当然事先就估计到了，因而再艰难也还是往下写。病区总结倒挺简单，一踏上社会她便写总结，那八股似的格式早已烂熟于心。帽子，数字，好人好事，不足之处，加个尾巴。哪一次都是这样写。

可是有关蔡胖子的那一节，还是给她带来些麻烦。费了脑筋，也还是想不出这个蔡胖子究竟有什么可以值得鼓吹的。她把一碗用于佐餐的菜汤，灌入病人脖子内，怎么说呢？总不能说反击有力，灌得好，灌出了三中全会以后当代医护人员的志气。那不成笑话了？她上班打毛衣，夜班睡觉，迟到早退，经常不遵医嘱，发药片像发扑克一样随便，所有这一切都是有目共睹的。但是除此之外，这个蔡胖子几乎就没什么可说的了。罗柯的笔尖在纸上划了半天都未能划出个名堂来。

后来她好歹有了个主意，能否虚构一段病人家属的评语给她。一般对病人家属的反映是很重视的，往往以此来衡量一个医务人员的工作好坏。也只能这样了。可是这段语言也并不容易搞，它必须是“虚”的，而不能是“实”的。“实”的就麻烦，经不起推敲与核查。而“虚”呢？唯独“散文”和“诗”才虚。严格说来，散文也不行，散文至少还有它的逻辑性，可是写这个人物，怕就怕逻辑性。因而只能是“诗”了，诗把一些词东拼拼西凑凑，提供你一个模模糊糊的印象，张三可以这么解释，李四可以那么解释。

所以唯一的办法必须是，蔡胖子与诗。然而这种组合，这种没有办法的办法也实在令罗柯难受。况且罗柯根本就没有诗，除了丈夫给她的那首具有特殊意义的小诗之外，她还记得住的，仅仅是“床前明月光，疑是地上霜……”“月落乌啼霜满天，江枫渔火对愁眠……”“砍头不要紧，只要主义真……”很少的这么一些。当然，“红旗飘，战鼓敲”之类已经完全不能用了。

作家和诗人都是说不尽的。提到莎士比亚，便是“说不尽的莎士比亚”。但是医务人员被他们三言两语便说得无需再说了。就诗的角度而言，罗柯很难跳出她丈夫的关于“白色的云”这个比喻。穿着白大褂，在病区里忙来忙去的，也只能是“白色的云”了。其他的什么白色的雪啊，白色的藕啊，尽管也不失为白，但都远远不及云来得妥帖。罗柯翻来覆去地形象思维，也思维不出新的更好的形象，总结第二天就得提交院部审阅，没有更多的时间等待灵感了。出于无奈，她只得把丈夫赠予的那首小诗作为依据，稍作改动之后，便插了进去。

“你是一片轻柔的，又负着重荷的云，白色的云。”被她改作，“你是一朵勤快的，不知疲倦的云，白色的云。”她本想以云能降雨，能给干旱的大地带来甘霖为着眼点去考虑，但觉得这太过分了，蔡胖子要是能带来甘霖的话，那这世界早成了蜜罐了。再说她本人或许也读不懂，弄得不好，她还会以为有谁在对她作什么影射，把她诬陷成闹风闹雨的乌龟星什么的。

以下的句子好办。抽掉两行，调整一下秩序，添上些护士专业的工作术语，有个大概的意思就行了。

没有工夫多考虑这么干会带来什么麻烦事，她累得都快支撑不住了。

十八

蔡胖子对这赞誉自然喜出望外，满意地咂着嘴，品诗。

“瞧你，瞧你……说别写别写，偏偏还是写。不就是工作吗？谁都是这么工作的。”蔡胖子说着便捂着罗柯的耳朵，悄悄地进言。关于论文如何如何，关于试验如何如何，关于局里头如何如何。

这时，罗柯实在感到厌倦，尽管她知道这情绪很快就会过去，但此刻确实厌倦，难受得要命。她闪开她，然后挥了挥手："好了，忙你的去吧！"言毕，又后悔。于是只得再冲着她笑，笑得牵强……

十九

红色超人行动计划在继续往前推进……

第十一次尿。

第六块砖。

应该说这是一个非常艰巨的工程。

他们在半夜起身。一个望风，一个便埋在潮乎乎臭烘烘的角落里，挥着螺丝刀不停地捣，不停地抠。就这么轮换着干。这真是够乏味的——既不是妄想也不是怀旧。有好多次，他们都已经打算放弃此道了。仅仅是为了把几块青砖和红砖搞得像搁在书柜中的书本似的，可随意抽进抽出，仅仅是为了这个，便被拖得疲惫不堪。

两人的病情现在已由没完没了的紊乱，进步为呈周期性的表现。夜间可以有部分清醒的时候，但是夜幕一旦拉开，光亮依然给他们带来不自觉的困惑。

"他妈的，我们究竟是在干什么？"

"谁知道，上帝也不知道。"

窗棂上已泛起曙色。外头的两棵玉兰树的轮廓已隐约可辨。

这个时候，哪怕工作的条件由地下转为公开，他们也不会再干了，死活也不会再干了。

好在白日的变压器与现代音乐的强化心理训练，在很大程度上抑制了他们的病情发作。而由此集聚起来的某种力，又在较为清醒的夜间活跃起来。是的，再怎么乏味，再怎么疲惫，想想那层层叠叠的线圈和疯疯癫癫的鬼哭狼嚎般的音乐，便也觉得是可以忍受的了。

作为管理这个病室的护士，蔡胖子慷慨地为他们提供了作案工具；由于他们注意床头柜的保护，所以谁也不曾发现这里的阴谋。

"哗——"又是一泡尿。

第七块砖开始松动了。

二十

在完成了《妄想型精分症及忧郁症患者非现实心态矫正的可能性》的最末的一个标点之后，罗柯便捂着嘴跑到厨房的水池边，大口地呕吐起来。不用温度计也能知道，体温起码在三十八度以上。她用凉水匆匆地擦了把脸，便回到屋里，挨着早已熟睡了的丈夫躺下。

尽管昏昏沉沉的，但还是不能马上入眠。她不得不考虑论文的出路问题，如何在尽可能短的时间内得以发表，想来想去，不由地想到了老谷。

唯独把它送给老谷才是最为合适的。医学界名家刊物，副主编，加上那么一层关系，无论从哪个角度考虑，都是最为理想不过的了。

她知道，老谷并不曾忘却她。老谷的婚姻是甚为不幸的，婚后没有多少日子，爱人便离去了。有人传来老谷的话："如果我能再生，那我绝不放弃罗柯。"

想起来，真是难以忘怀啊！早晨，他总是在对面的阳台上锻炼身体。仅穿一条运动短裤，舞石锁，哑铃什么的。而她就在这边的阳台上读书，那个时候读俄语，小舌头音怎么都发不好。老谷就在对面笑话她，说她咕咕的就像鸽子叫。而她便说鸽子叫就鸽子叫，鸽子叫呼唤和平，哪像他，吭哧吭哧的，活似牛在呻吟。当老谷汗淋淋地结束了锻炼之后，她便把绞好的冰凉的湿毛巾扔过去。

后来他们便考上了同一所中学。罗柯的父母建议她考女中，但是她坚持了自己的主张。在班上，他是班长，她是学习委员。每逢班干部开会遇到争论的时候，她总是铁了心站在他的一边。要和他分辩，不成为他的应声虫，也确实很难。她说她不同意他的意见，夏令营活动不该去森林，而应该去海滨，蓝色的海水才是新中国青年最为需要的。可是只消他看她一眼，她马上会不由自主地放弃自己的意见，认为森林更好，新中国的青年更需要篝火和萤火虫。

初中才毕业，他便去部队了。上了水兵学校，很远，得坐两天两夜的火车。她买了一个小小的笔记本送给他，作为留念。他说谢谢，然后便接过笔记本，打开皮箱。于是她发现，皮箱内已装满了笔记本。好多人都送了，连女同学都送了。一些女同学送的笔记本比她的更大，更漂亮精制的，绒绒的面子，还有凸起的烫金的伟人头像。这样，她的心里便酸酸的，怅怅的。

几个月之后，他给她寄来了一张相片，相片细而长，宛似书签。他着一身水兵服，英俊而潇洒。她慎重地把相片珍藏好，把它当作人生最可宝贵的东西。可是后来又知道，好多人都得到了这张相片，而他们也并不看重它只是把它用作书签。数学课本第三十五页，文学课本第四十八页，哪儿需要往哪儿搁。她委屈得真是无以复加。

第一次探亲回来，他来她家吃晚饭。他直挺挺地端坐在那里，脸色黝黑，身上似乎还隐隐散发着海腥味，"我明天就得走。"他对一桌子的人说，而她则一句话也说不出来，只是默默地替他夹菜，胸口间堵得难受。

但是后来，他暗暗地从桌子底下塞给她一张小纸条。她的心怦怦乱跳，偷偷地瞥了一眼小纸条，"我要吻你"，简单而明了。于是她便觉得幸福极了。她悄悄地离开餐桌，折到一间小屋里，一会儿他也跟了来。起先是一番眼神与眼神的交织，碰撞，紧接着他便把她搂在怀里，吻她。可在慌乱之中，不慎把一个小茶杯给碰落了。砰！天，整个世界都以为出了什么事。

……

无法以道德的尺度对她和老谷的分开作出裁决，他们谁都没错，没有陈世美，老谷不是陈世美，她也不是陈世美，但是毕竟分开了。咳，人世间的许多事都是说不清的，男女之间的事尤其如此。

这逝去的梦，这深深的遗憾，这温馨的怅惘……多少年来，这一切不可摆脱地丰富着她的人生，哪怕是在最孤独的时候，她也能得到某种暗示："你曾经有过……"是的，时空范围内的任何东西都免不了消失，关键在于是否……"有过"。罗柯能够意识到这一点，她以此而宽慰。生命并不浅薄，她从遥远的岁月走来，带着往昔富有的生活色彩……

但是如今要去面见老谷，这对她来说，实在是桩颇为难堪的事。那些虚幻缥缈的，然而又切切实实沉淀在心底的东西将又被重新捏起来，捏成一个通过眼球的晶体便能直观到的有机体。如果一个活生生的老谷再次出现在眼前，她真不知究竟如何是好。

“老谷，多年不见，时时想念。人生就是这般荒唐，唉！人生啊人生！”这样说，还妥当吗？那么老谷又将会怎么说呢？也许老谷会附和她，也跟着她摇头悲叹人生。也许老谷并不附和她，他只是鼓励她向前看。

“算啦！罗柯同志，”他拍拍她的肩头，“过去的一早已过去，过去的就让它过去吧！我们应当……向前看！”想到这里，她不禁想笑。是啊，无论怎么说，总不免是疙疙瘩瘩的。

她辗转反侧，丈夫被惊醒了。

“怎么？睡不着？”

“……嗯。发烧。难受得很。”

“是吗？家里还有没有克感敏？”

“算了，还是抓紧睡吧！明天一早还得去找一个……人。”

二十一

江边。呈紫灰色的氤氲在游荡。水波粼粼，船只来来去去，林荫道沿江伸展，隔三五步远即有一条石凳。到了晚间，这些石凳大多被双双对对的男女占着，颇有情调。白天则不同，白天谁都去坐，有的干脆躺着睡觉。此刻他们坐着，不远处一个卖竹篮的老头的鼾声，隐约可闻。《精神科医学杂志》设在中华医学会大楼内，这栋大楼比其他建筑物要高出一截。其倒影漫过他们，落到江心。

“做梦都不曾想到你会来找我。”他说。

“我也不曾想到。”她说。

接着，他们便默默地看着前方。看挂着小旗子的船桅，江对面的一些乱七八糟的东西。

“儿子，有多大了？”他问道。

“九岁多了，念小学二年级。调皮得很。”

飘来了一朵云，挂在了船桅上。

“总的来说，你还好么？”

“……总的来说，也还凑合。”她看了他一眼。

她的心很乱，乱得把先前准备好的一些词语忘得一干二净。因为靠得近，他身上的那股独特的气息搅得她头晕。多么熟悉的气息，熟悉得叫她周身打战。“你往边上挪一挪，你挪一挪。”她暗自命令自己。

“你还是，一个人过？”她不知自己为什么会这样问。

“嗯，是的。”

“她扔下你跑了？”问话显得幼稚，蠢。可是在他面前，她向来如此——由他取笑，由他指导，由他把她当作一个小女孩。

“嗯，是的。”

“她很漂亮吗？”更幼稚，更蠢。

“怎么说呢？说不上来，脸形和身材与你都有些相像。电影演员，尽演主角。后来跟一个法国人跑了。”

她慢慢地吁了口气。

他的目光在她身上追寻起来，来来去去，如同扫描。她突然为自己出门前不曾好好地修饰一下而后悔不迭。她是有一件翻领羊毛衫的，紫罗兰色的翻领羊毛衫，可就是不知道塞哪儿去了，真糊涂。她不由缩紧身子，紧咬住下嘴唇。

睡在不远处石凳上的那个老头醒了，他提着一大摞竹篮子，上来动员他们买。说他的竹篮如何好，能长期使用，用到他们夫妇俩到了他这把年纪，篮子依然像新的一样。罗柯苦涩地摇头，请他走。

“悲剧往往由误会造成，生活免不了悲剧，也就是免不了误会……也都怨我……听说你坐牢了……又听说你结婚了。后来才知道你并没有……只是因为怕连累我……”

他一声不吭。既没有对她的悲叹加以附和，也没有鼓励她“向前看”。

“女人总是被生活支配，女人的本性就脆弱……我常常谴责自己，要不然的话……你现在孤身一人，有空来我家坐坐，就像自己的家一样……我常常买田螺，还是你喜欢的那种烧法，焖许多时间，还放辣酱……”突然，她发现他的眼睛迷蒙了起来，似乎很快就要滚出泪水，于是便赶紧把话收住，她的心愈发惶乱，他怎么会这样？过去，无论怎么说，他也不会这样的。

又是一段长时间的沉默。

“看那个小食品店，”他终于开了口，“生意很兴隆的。”

左边，掩映在树荫下的小食品店，不时地有顾客进进出出。那个时候，他们常来这里喝汽水。他提小食品店，自然也因为想到了这些。

“……有一回，我买好了，筹码，可是你突然跑掉了。”她说，“那两个小筹码……还在。”

“是吗？谢谢……”

就这样，无目的地，断断续续地聊。时间过得很快，罗柯看了表，已近中午十一点了。下午得上班，正事还没谈。可现在她实在难以启口，看此刻的气氛与心境根本容不下其他的，似乎一开口就会失去一切。

“你来找我，有什么事吧？”他也敏感。

“不不，没什么事，只不过想找你……聊聊。”

他侧过身来：“不，你有事，说吧，没什么不好说的……你丈夫，我倒是听说他不错。”

“不不，与他无关。”她赶紧解释，她知道他想偏了。

“我丈夫，他确实不错，不过，当然了，谁都不可能没有缺陷，谁都免不了。可是他毕竟还是一个……男子汉。我说是个男子汉……可我们谈这个干什么？这有什么好谈的呢？”她语无伦次，满面臊红。

“是啊，谈你应该谈的吧！”

已无路可走，被逼到悬崖边了。

她硬着头皮，迅速地从挎包中将论文取出，嘟嘟嘟嘟，连珠炮似的，一口气把事情说完。随后，脑子里便呈出一片空白，如同犯了什么重大错误，无可奈何地等待着处理。

他接过她的论文，很快地翻了一遍，然后便起身，往前走了几步，伏在围栏上久久地出神。

江风把他的头发吹得倒向一边。稿纸在他的手中翻飞，仿佛很快地便能从他的手中挣脱出去，落入水中。

望着他那宽阔的凝滞着的背影，她心脏阵阵紧缩。论文，论文，论文，非现实心态，忧郁症，精分症，矫正，杂七杂八，颠三倒四，真该让这一切见鬼去，见鬼去吧！她突然意识到自己会喊出些什么，便赶紧把嘴捂住。

他好歹转过了身子，又朝她走来。可以看见他脸上是在笑着，这是从早晨到现在第一次泛出的笑。笑得很随意，也很简单，仿佛是出于某种礼节性的需要。这随意而简单的笑，把他脸上的沉重一扫而光。

“是这样的，罗柯，”他掸了掸手中的纸，“稿件很挤，年底之前都排满了，不过无论如何，我设法把它……”他又掸了掸那些纸，“尽快刊出。”

“下期？不，随你，你看着……办吧。老谷，说心里话，你我之间……”

“下期，行，下期也行。”他打断了她的话。

是不是该谢他一声？她有点犹豫。

“不过，罗柯，类似这种芝麻小事，你不必特意跑一趟。把稿件寄来就行了，真的，寄来就行了，我全明白……你原不必来的……”

“你……”她感到一阵晕眩。江水在流动着，她真恨不得跑上几步，一头栽下去了事。

“对了，你既然来了，有一件事想请你帮忙。我的一个姨妈，精神病患者，还望多多照顾，最好能收进住院……”

她什么也说不出，又想呕吐，寒热似乎又回升了上去，她颓然地看着他。

“我还有事，有许多事，当然，你更忙。一上午就这么白白地过去了。我该走了……至于，至于从前的那些事，又何必再说，何必……”

“知道了……我全明白……”没有分辩的可能，找不到一句可为自己开脱的语言，她只能这么说。

“再见！以后有什么新作，邮寄就行了。我会认真处理的，请放心！”

他走了。

她觉得自己的五脏六腑都被掏空了。

二十二

第十八次尿。

第十块砖。

如若没有什么意外的话，那么只需两个夜晚就能大功告成。

“胜利在望。”杨淼趴在章应诚的耳边兴奋地说道。

“让我们迎接这个伟大的黎明吧！”章应诚想起了小说《红岩》中有这么一句，脱口而出。

夜。这漆黑一团的夜能保护他们，但是也来不得半点麻痹。一个凿墙，一个望风，两人的分工还是如此。走廊里只要稍有风吹草动，望风的便赶紧发出信号。于是赶紧把工作停顿下来，翻身上床，尽可能地发出鼾声。

章应诚在望风。他目不转睛地看着护士值班室。值班室有护士和护工，医生在夜间可以在楼上的休息室睡觉。医生不是关键，关键的是值班室。

突然，从哪里发出了一个什么声响。章应诚赶紧咳了一声，于是两人便慌乱地跳上床去，睁着眼睛拼命地呼噜。

提心吊胆地过了好一会儿，但什么事也没有。

“你怎么老是神经过敏？”

“小心谨慎为好，小心谨慎为好，胜利前夕得愈发小心谨慎。”

没有工夫与他多啰唆，杨淼趴到那个角落去，继续干他的。

章应诚接着望风。值班室的房门已被掩上了，隐隐地能听见一些说笑声。这说笑声渐趋平静，准是在打瞌睡了。夜班打瞌睡，是这家医院不成文的常规。章应诚抹了抹头上的汗珠，松了口气。他用眼角瞥一眼，黑暗中的杨淼正撅着屁股吃力地又凿又扒又刨，他的工作效率要比自己高出几倍。章应诚不由地对他喜爱起来。这小家伙要是能加以好好引导，将是个很有出息的人才。他要是当爵一乐队的指挥，没准这个乐队会成为世界第一流的，起码不会比PSP乐队差。不会，绝对不会。PSP算个什么乐队，要激情没有激情，要节奏没节奏，软不拉儿的，哼哼唧唧的，像患了营养不良症，连舒伯都不如。PSP，见他的鬼去吧！

正这么想着，他的眼前飘起了一层白翳。起先以为是花了眼，揉了揉，依然是白乎乎的一圈。突然间他看清了，这原是白制服。那人正贴着他们的房门站着，并堵住了瞭望孔，模糊了他的视线。章应诚吓得差点没举手投降。

“完了，我们完了。”他躺在床上压着嗓门绝望地说道。

“他妈的，你又见到什么啦？”

话音才落，房门“叭”的一声被打开了。

于是，两人的鼾声此起彼伏。

不能亮灯，一亮灯便彻底完蛋。章应诚暗自胡乱地做着祷告，而杨淼则在诅咒他的愚笨，杨淼甚至已怀疑起这老东西原本就是个奸细，从来就负有监视他的使命。

但是灯依然亮了，满屋通明。一个巨大的“溃疡”暴露无遗，那“溃疡”又臭又龌龊，不堪入目。鼾声戛然而止，他们紧闭着双眼，静候着宰割。

然而，很快的，灯又灭了。房门被轻轻地带上。转瞬间，又恢复了宁静。

真是莫名其妙。

幽灵？鬼魂？还是通常所说的什么，视幻觉，听幻觉？

黑暗中，四只眼睛对视良久。

第二天，一切照旧。没有任何人来麻烦他们。昨夜那真真切切的恐惧好像仅仅是一个梦，一个虚幻。似乎也可以解释为，两人在同一个时间内犯了同一个视听知觉上的错误。

算了，把这神奇的谜留给那些有兴趣的人去侦破吧！而他们的兴趣远不在这里，红色超人行动计划应排除任何干扰，继续往前推进。

医生值班表填得倒是清楚：

27日夜——汤。

早晨罗柯来，汤医生又同她寒暄了几句。提到了她的临床试验，他认为那实验是有价值的，并祝愿成功。而罗柯只是端详着他的那张脸，她觉得那张脸浮肿得厉害，比以往哪一次都厉害。

二十三

丈夫把一些什物往他的那只硕大的深蓝色的帆布包里塞。罗柯注意到了，把书本合上。

“又要去哪儿吗？”她问道。

“是的。”

“去哪儿？”

“很远。”他说了一个她不曾听见过的地名。

“去多久？”

“说不清楚，可能几个月，也可能更长些时间……”

她感到一阵心烦。

“怎么也不商量商量？这个家使你感到腻味了吗？”

他不吱声。她觉得他的情绪不对头。

“说说吧。究竟出了什么事……说说你的理由。”

他还是不吱声。

“看来责任在于我啰！”

“或许是吧。”他转过身来，一屁股坐在旅行包上，“你给我带来了毁灭，除了毁灭，还是……毁灭。”

她万万没能料到他会说出这样的话，事态真是够严重的了。她连忙把里屋的门关上，以免儿子介入他们的冲突。

“这些日子来，我忍受着。我忍受着你的欲望，你的习惯，你的骚乱不宁、颠来倒去的内心状态。但我总相信人是可以被感化的，我勉强自己忍受下去。多么希望能看着你一步一步地从低层次的境界走向高层次的境界，妻子，唯一的知音……”他哽咽住了。

她也心酸，说不清这心酸究竟因为什么，只是心酸。

“当然，我当然……一步一步地走向境界，高层次的境界。可是，毁灭……怎么能说，毁灭……”

“不！你在毁灭，你只能是毁灭。”他很快地抹了一把脸，然后便站起身，大步地在屋内绕着圈子。活像个绝望的王子，像哈姆雷特在痛苦地道白。

“你把什么都亵渎了，任什么东西都被搅进了你的名利场中去……哪怕连我最初献给你的那片纯情，都不能幸免。一首多么好的小诗，我的全身心凝聚而成的晶莹透明的小诗。我的天，人心是多么的芜杂，芜杂得可怕……”

她被震惊了，事情怎么会让他知道的？他当然受不了，当然。她能理解他。

“不仅如此，你把你的，初恋……也毁掉了。”

她觉得手脚一阵发麻。

“初恋，谁都有初恋，那最为神圣的一页，怎能为功利所用？多么愚蠢，简直叫人难以置信。我，作为你的丈夫，也为此汗颜不已。听着，你所付出的代价将是无可估量的，失去对往昔的追忆，失去了静静的遐思，失去了这遐思带来的柔情。”一阵酸痛袭来，他把十指插进了乱发中，但是他依然坚决地往下说，“你把这个失去了，也就失去了作为一个完整的人的可能，单调乏味，破败不堪。你把什么都当作手段，那一生中最为美好的东西都被沦为手段，除了手段还是手段，环环相扣而来，再环环相扣而去，如此而已。老谷，是的，我说老谷，对他，我不曾有什么了解，没有这个愿望也没有这个必要。当然，话说回来，如若有一个什么合适的机会，作一番心与心的交流，也未尝不可。老谷，我想老谷，倘若他的感情确有深度的话，如果他能够注意到人格的崇高的话，那他将会毫不犹豫把你从他的心，心……”他舔了舔干裂的嘴唇，“……把你赶出去，赶走，赶得远远的。或许，你们今后还会有，接触。不过仅仅是为交换而接触，交换，交换……”他似乎走神了，“自私有制起源之后便有的交换，那时候……羊成了媒介……”

切中要害，罗柯被深深地刺痛了。他说得对，好多东西已经不存在了，好多东西已不会再去想它了。老谷的那些话，已足够她想一辈子的了。自责的悲哀沉重地压住了她。

“谁把这些告诉你的，谁，我求求你……谁？”

他没有直截了当地回答这问题。

“关键在于……”他说道，“你总好把别人往坏处推，他人即地狱，萨特的瘟疫。常常是自我烦恼，竖起一个假想敌，以为遇到了什么难以跨越的障碍。然而事实并非如此，比方说老汤吧，汤医生，我就从不认为汤医生对你构成了什么威胁。他对生活的看法远不如你一样。这次我们交谈，谈得很畅，也很深。他对我是理解的，理解我的作品，某些段落甚至能一字不落背诵下来。对艺术的这种酷爱，对艺术的这种非凡的感受能力，恰恰能准确地说明他的精神世界，我不能不为之而感动。”

“他找过你了？”

“不，是我去找了他。”

明白了，一切都再明白不过了。她，罗柯，被洞悉，被揭示，身后的一双眼睛，时时追踪着她。

“在这个环境中，我的心理平衡遭到破坏。乱糟糟的，什么东西也写不出，好多日子不曾写出满意的东西了。原谅我，我得去外头把自己调整一下，自我调整，对谁来说都是不可少的。”

“马上就，走吗？”

“是的……现在就得走。仅一趟火车，天一亮就得开，还得去买票。”

“多，来信。”

“那当然，那当然。”

他匆匆地吻了吻她的前额，道声再见，便去了。

里屋的房门开了，儿子光着脚丫子走到了她的身边。

“妈妈，他去了才好呢！他走得越远越好，他来我们家，讨厌透了。”

“你给我好好听着，”她用手指戳了戳儿子的脑门，“你得学乖，做个乖孩子。他是你爸爸，你得尊重他，一辈子都得尊重他。懂吗？睡觉去！”

儿子噘着嘴睡觉去了。

写字桌上的镜子是椭圆形的，她的整个脸正好被框在里边。

“你只剩下工作了，”她默默地对自己说，“只有你的医院，你的病人，你的事业……才需要你。”灯光聚集在她的脸上，每一条细小的皱纹都被照得分明，“不会有谁来理解你，原谅你，唯独只有你自己去理解自己，去原谅自己。你，可无论如何，你得坚持住，万不能半途而废。是多是少，你总该做成些什么，好歹，也算有个安慰。”

就这么坐着，想着，感伤着，后来打起了盹。早起的人开始在窗外说话，她醒来，粗略地把自己整理了一下，走出屋门，去医院……才四点钟，从未有过的早。

二十四

轻轻的一声响，十二块砖全被推了出去。杨淼把脑袋探出洞去。啊！天多高，地多大，空气多好！只需使劲地往前一蹿，便能拥有这一切。多日来的努力，终于有了结果，他浑身的每一个细胞都在扩张。

章应诚把他拽了进来，然后他自己占据了洞口，呵哈哈哈！呵哈哈！瞧那星星，瞧那月亮，瞧那风，嗞溜嗞溜的，就像一片小舌头，舔着你的脸。来了，这伟大的黎明终于被迎来了。

他们早已商议好了日后的安排，必须求得法律的保护；必须将这精神病院的真相公之于世；毫无疑问，整个世界的舆论都会倒向他们。人就应该有人的自由，有思想的自由和支配自己行为的自由。让他妈的这种中世纪的地狱般的黑暗见鬼去吧！

“准备一下，二十分钟以后行动。”杨淼命令道。

摸黑，心慌意乱中，干什么都困难。两人急促地分辨着，哪一双袜子是你的；哪一条短裤是我的；互不相让。而章应诚的牙签又跌落下去，洒了一地。他摸索着，一根一根地把牙签重新拾起。

二十分钟的时间很快地就被他们搞掉了，而章应诚还是在摸他的牙签。

“能不能抓紧些，你这个老笨蛋！”

“快了，快了，就快了，什么东西也不能给他们留下，我的东西就是我的，属于我的我绝不放弃！”

“好吧，那我先走，不奉陪了。”杨淼转身朝洞口钻去。

“不行！”章应诚呼地一下蹿起，紧紧地拽住了他，

“你不能撇下我，你要是敢于撇下我，我就敢于喊人，”他的眼睛在黑暗中冷冷发光，“现在，我什么事都干得出来，我喊捉小偷，我喊

抓逃犯，抓强奸犯，什么都可以喊。听着，我现在就喊……”

杨淼猛地把他的嘴捂上，然后无可奈何地拍了拍他的肩，接着便颓然地坐床上，大口地喘着粗气。要是这时候他能够去帮章应诚一手，出于对共同命运认识的自觉，也去摸一些牙签，那么这一次的努力将能取得完全辉煌的成就。但是杨淼是不会委屈自己的，任何有失尊严的委屈，哪怕最为细小的委屈，就一个现代强者来说，都是不能接受的。他只是忿忿然地等待着，并诅咒着这个愚笨而又无礼的老家伙。这样，事情的结局就完全不同了。

地球以它千古不变的速度自转并公转，地平线在渐渐地往前推移，推往太阳坐落的地方。光，慢慢地扩大着它的区域，慢慢地扩大着它的作用的对象。

窗外的两棵玉兰树已呈现出它们秀丽的轮廓，顶端枝梢上的叶瓣已能看出其本色，绿，微微地带点黄。

晚了，一切都晚了。白昼交替周期性发作的规律，就在这时候，又把他们拧了过去。

杨淼侧过头，看见一个洞，很诱惑人的，便钻了出去。脑袋撞在砖角上，生疼。他坐在了洞口，揉着。

“应该用小榔头在每个消极怠工的家伙的脑袋上敲几个肿瘤，”他想，“应该让他们摸着肿瘤意识到自己的责任，”他想，“产品应该靠质量打入香港，进而打入西欧共同体市场……在谈判桌上决不能为了点小钱而斤斤计较，优秀的企业家着眼于长远的得失。风险人生，人生的风险，唯有风险才有成功。那些小商小贩们还制什么名片，妈的！”他就这么坐着，没完没了地想。

章应诚也挤了出来，说了声“是早晨了”，又做了几下护胸运动的姿势。后来他觉得这个洞很不美观，破坏了这栋小楼的整体感，就像一个打扮得很好的人，居然露出了屁股眼。接着他便意识到自己也参与了这次破坏活动，这怎么可以呢？为社会主义的高楼增砖添瓦，起码的觉悟。五十年代，每遇寒暑假期，他便去沸腾的工地，出力流汗，呼号子，写报道，喝大碗香喷喷的决明子茶。真不像话，我这么做，真不像话……他赶紧蹲下身去，将散落地上的砖石往洞口填。

突然，两人都抬起头来，愣住了。

罗柯站在一边。

多么不可思议的一幕。

惊恐和兴奋同时在她心头聚集。要是他们跑了，重大医疗事故与重大责任事故并举，她有无可推卸的责任，其后果不堪设想。而他们终于没能跑掉，留住了。这个硕大的犬牙交错的窟窿，多么了不起的工程！绝非一个纯粹的忧郁症患者加上一个纯粹的妄想型精分症患者所能完成。这需要精密策划；需要有条不紊的步骤；需要对抗精神和不折不挠的意志；最主要的是，他们已经开始恢复了能将自己的意愿付之于现实的有效的行动，而这正恰恰说明她的试验，她的心理疗法，是可以成立的，起码是有希望的。

天已经大亮了。

她的病人沮丧着脸，等待着她的宣判与惩罚。

她一仰脖子，将短发扬到脑后。

“我感谢你们，”她说道。接着她搓了搓脸颊，仿佛要捋去一夜不眠的倦容，“是的，我感谢你们。”

二十五

两个月后，三十七岁的罗柯医师被任命为院长。

三个月后，能容纳四十五名患者的新病区开设出来。

半年以后，以几百封病人家属的表扬信为基本依据，她的医院被评选为市的先进医疗单位，她个人被评为模范医务工作者。

紧接着，她的集基层保健单位资金增设新病床的经验得到推广。于是，精神病人的防治管理工作，在全市范围内有了新的突破，开拓了一个新的局面。作为重点作者，《精神科医学杂志》每期必赠。

丈夫常来信，告知动向，寥寥数言。

……

有一天，某个精神病人递交给上帝的一封匿名信被她攫取——

我们战胜了什么？我们失去了什么？我们赢得了什么？我们能给这世界带来什么？这世界又能给我们留下什么？……

（写于1985年，获第二届上海市青年文学奖）

八音盒

当初我和苏娅结婚的时候，因为找不到其他的更为合适的住处，便决定投奔舅舅去了。我的舅舅独身一人，住一栋楼，住得挺宽敞。

我怎么也弄不清楚，这栋小楼竟是坐落在这个城市的哪个角落，我无法在地图上指出它的方位。在我回家的时候，通常是坐一种没有标号的米黄色的客车。我在客车的终点站下，然后往前走五百米；再往右拐进一条七零八碎的拥挤不堪的弄堂；穿出弄堂，不多一会儿，便能到达这栋小楼了。

大体上讲，小楼由上下两大间构成；当然还有厨房，卫生间，阳台等。我和苏娅来了之后便住楼上，舅舅住楼下。小楼深深地锁在近三米高的围墙内，终年湿气沉沉，难以见到阳光。舅舅无论如何都离不开他的大火炉，火炉烧煤饼，因为这栋楼里未能安装上煤气，所以我们每月可按计划购买到煤饼。火炉的烟气通过楼壁间的管道，于楼顶上飘散开去。在南方的这座城市里，除了我们这一家之外，大约没有烤火炉的了。小楼的外形几乎是无法描述的，线条曲里拐弯，随着昼夜的交替，变幻莫测。

然而搬到这里来不久，我和苏娅便发现这一步是走错了，我们陷到了一个困境之中，颇为尴尬。

苏娅在广播乐团任小提琴演奏员，她是属于那种性格十分活跃的女子，有着广泛的兴趣爱好。她的活动范围大都囿于市中心一带。在那个区域中，她社交，参加舞会，抢购时装，啜咖啡，看外国影片，看新上演的戏剧，等等。在等待开演或拉幕的那一刻，苏娅时常幸福得不能自制，她把那一刻理解为人生最美妙的最有魅力的时光。

我十分理解苏娅婚后的不幸，她把这栋小楼视作荒野中的坟墓不是没有道理的。她说她住在这里的唯一目的，就是为了尽早使自己成为文物，以便有朝一日得以出土让人观赏。这个居住点实在没有她的施展余地，所有能使她感兴趣的一切，都离她远远的。城市的中心区域与这里毫不沾边，剧院的灯光，犹似被厚厚的云翳遮住，既不可望更不可及。

而我对这栋小楼的厌恶，则是由于这里夜夜都要闹鬼。听起来荒唐，然而我又实在无法摆脱这么一个基本的事实。

没有一个夜晚能够平平安安地度过，有一种莫名其妙的音响使我惶恐不已，这种音响搅得我长期失眠，神经衰弱。

夜晚的黑幕把小楼裹得紧紧的，不知为什么总也不能看到月亮和星星，而在其他的地方，夜晚的月亮和星星总是免不了的。风带着一种潮湿的发了霉的味道，从缝隙中钻进屋内，风的流动使人晕眩。

当我躺在床上，起先只是感觉到冷，随后便恍恍惚惚地走入梦境。梦自然缥缈，然而却又非常完整，大都是一些与我的身世有关的故事。这些故事最初平平淡淡，到了后来便被注进了紧张的情愫。比方说我正坐在考场上准备答卷，起先一切都是好好的：考场内秩序井然，卷子上散发着新鲜的油墨香味，我信心十足地拧开笔套。然而就在此刻，突然有人站起来冲着我大喊一声："抓牢他！他作弊！他的胸脯上贴满了现成的答案！"于是所有的人都拥了上来，顿时把我扒了个精光，果然我的胸脯上包括屁股上都贴满了现成的答案。

那种莫名其妙的声音往往便是在这种濒临绝境的关头渗入了我的意识中并将我惊醒，而一旦当我从梦魇中醒来，声音便清晰地在我耳际游荡不止。

"啊唉——啊唉——"最初的时候，我总以为这不过是苏娅的叹息声。确确实实就是一种叹息声。我甚至想到爱情最后的升华，其意义大约就在于有了某种不可思议的感觉。哪怕在睡眠的时候，这种感觉都在运行，在无知觉的状态中，苏娅以其恰到好处的叹息声给我的拯救。

然而很快地我便觉察到事情并非如此，苏娅总是睡得死死的，她沉醉于她自己的梦幻世界与我毫不相干。有好多次当她并不曾躺在我身边的时候，我依然是无可摆脱地经历着这么一种难以解释的过程。

"啊唉——"

稀稠的黑暗裹着我随着那声响高低上下起伏，我感受着这一神秘的事实张皇失措。这个世界确实有冥界有鬼魂，过分的离奇使我对这栋小楼的存在产生了深深的怀疑。

每一个深夜我都是在这种恐惧和怀疑中度过的。因为不堪忍受，我无数次地不得不放弃睡眠逃离小楼，在那个不大的深锁的天井中来回踱步，以聊度这漫漫长夜。

我想蒲松龄写《聊斋》大约多少总有那么点根据吧！人类的想象毕

竟是有限的，有许多东西，仅仅是因为科学无法测定，仅仅是因为一般的人难以遇见罢了。坦白地说，在如是个不眠之夜，当我在思考这个问题的时候，偶尔也有过片刻的带有光明的希冀。我希冀能有一个艳媚入骨的狐女突然飘然而至，然后脱衣解带，实实在在地和我云雨一番。随之在某种超然的意念的操纵下，最终编织成一个悲欢离合的感人至深的故事。

这栋小楼的历史是无法确定的，就好像我永远也无法确定它的方位一样。舅舅说你不必问这问那的，你既然来了，安安心心地住下去就是了。

我说我失眠，他只是淡淡地扫了我一眼，他的眼神古里古怪的，莫测高深。

舅舅满头白发，已到暮年。他不断地调整火炉的风门，他的头和身体的一些部分在火的作用下闪光。苏娅说你和你的舅舅长得很像，我说这是自然的，血缘关系嘛！来这里之前，我并未和舅舅有过见面的机会，母亲偶尔提及舅舅，也是三言两语。母亲说你舅舅一辈子未能婚配，有一度，他曾在博物馆当文史官，不过很快地便离职了。这么些年来，母亲与舅舅之间居然没有来往，我不知道这是因为什么。

无论是男人或是女人，倘使一辈子能够坚持不婚的话，那么他们轻而易举地便能赢得我的崇敬。我想在意志和诱惑的整个冲突过程之中，意志始终占据上风，一般的人自然很难做到这一点。

舅舅寡言少语，不到十分必要的时候，他不说话。他没有朋友，也从不坐车出门。他与外界的唯一的交往，便是在黄昏的时候，拄着一根拐杖，去不远处的那个小巷中溜达一圈。在这个时候，他或许会买一些日常生活的必需品诸如肥皂啊牙膏啊之类的东西；或许什么都不买，似乎仅仅只是为了肠胃功能的运转需要而溜达，以保证晚间九点半钟的那次大便的通畅无阻。他与小巷一并地交融于黄昏的暮色，从头到脚披上了一层厚厚的诗意。

我和苏娅多次鼓动他换房子，然而他只是摇头："这儿不是挺好的吗？"苏娅性急，苏娅把他称之为老怪物，说这个老怪物一点儿都不通情达理，丝毫也不替我们着想。而我则以为干什么事情都不能性急，既然房产权不在我们这儿，那么其他的指责都是难以成立的。老人毕竟是老人，有他多年的生活习惯。现在我们首先要努力的是，找到合适的换房对象，然后再慢慢地做工作。只要功夫到家，希望还是有的。

我今年三十三岁，在一家文学刊物当编辑，平时也免不了写一些散文小说之类的东西。有一部散文集和一部小说集在去年和前年分别得以出版。然而在新华书店，任何人都无法找到这两本小册子，唯独在那些降价书市上，它们方才有可能出头露面，它们被安置在某个角落里默默地放着异彩。

不会有人来关注我究竟都写了些什么，我写作的意义似乎仅仅是为了让自己有点儿活干。这个世界上能够运用形容词写几笔的家伙实在是多如牛毛，大量的文学垃圾因此而出笼。文学市场日益膨胀，光怪陆离，在这之间我所扮演的角色自然也不甚名誉。

我在写作的时候，习惯于把屋里的光线搞得暗一些，然后没完没了地抽烟喝茶，且一并煞有介事地胡思乱想；在必要的时候，用文字将那些胡思乱想固定在纸上。我想所谓文学不过就是如我这般的无聊的人，所干出的一些无聊的事情。文学是一回事，生活则完全是另外一回事。生活绝不会受这无聊的行当的干扰而有所变化，生活实实在在地往前推进着；无论是喜还是悲，宿命般地往前推进着。

那一天主编把我叫到他的办公室里，主编已经五十多岁了，然而依然风采可人。

“有一个问题，我们谈谈，”主编说，“想不想入党啊？”

我说：“想。”

其实这根本构不成问题，因为我从未想过这个事情。只是因为主编问想不想，于是我便答道“想”，如此而已。倘使我说不想的话，那么一定会令主编十分尴尬。一般地来说，我这个人总是尽可能避免地说一些令人尴尬的话和做一些令人尴尬的事。

主编说党的素质太不像话，党的素质需要我这般素质的年轻人去加以提高。

任谁与我谈话，大约都能意识到我这人有一种思想不能集中的毛病，突然走神，突然抛开谈话的主题，自顾自地去考虑一些不太相干的事情。比方在这个时候，我便不合时宜地在“素质”这个词上打转转。我想自小我就是个乖孩子，乖孩子所结交的朋友自然也都是些乖孩子。注意清洁卫生，注意食品营养的摄入，在高蛋白和维生素的滋育下，养得白白胖胖，不骂人不打架，学习成绩优秀，拾金不昧。我想这一切或许都隶属于“素质”的概念范畴。这些素质可以使任何一个党的素质，出类拔萃，不出纰漏。

主编说，你是不是能牺牲一点自己的写作时间，多多地考虑考虑编辑部的工作，挑挑重担？我点点头：“嗯。”我想“牺牲”这两字左形右声，实在是非常巧妙，典型的形声字构造。多少人如牛马般地牺牲了，血流成了河，这才换回了今日的文明。牺牲自然是必不可少的。而在更早以前，牛马被宰割，祭天祭祖，原始的赤诚，庄严神圣。

我在写入党申请报告，从奶奶教我数星星那一天写起，习惯使我写任何东西都不能不注意情感与形象。苏娅坐在一边的沙发上发愣。她问我写什么？我说我写入党申请报告。她以为我说的是玩笑话，于是仅仅是嗤了一声。后来她又问我换房交易所去过没有，我说这几日事情多，还没有来得及去，她敦促我抓紧点。

在换房交易所，我向一个工作人员要了张表格，然后将调进调出某几个栏目填得满满的。那个工作人员看了我的表格之后摇了摇头，“难。”他说道，“住房面积太大，几乎没有和你的面积相般配的对象。”后来他问我为什么要换房，这么好的住房，人家想住都住不上。我说我想换自然有我的理由。他说你大概不领世面，你到那边去领领世面。

那边张贴着许多表格，朝南朝北，楼上楼下，大卫生小卫生，二换一，一换二。我把这些表格粗粗地浏览了一遍，的确都是些小面积，大都十五六平方米，有二三十平方米便已经是了不起了。而我却有一栋楼。

有人注意到了我。“换房吗？”我说换。“谈谈条件。”我说我有一栋楼。对方甩甩手转一边去了。

“你有一栋楼？”又有人上来问我。

我说是啊。

他说他是一家什么公司的，即使我有再大的面积他也能换。我瞧着这人不由地来了点兴致。

“家住哪儿？”那人问我，并从口袋里掏出小本。

“挺远。”

“哪个地段？”

我说不知道。

“哪个区？”

“不知道。”

那人把本子塞回口袋中去。他大约以为我对他有所戒备，而事实上我的确不知道。

“为什么要换房？”

我说一则是因为离市中心太远，二则是因为那屋子在晚上闹鬼。

“闹鬼，闹什么鬼？”

我说什么鬼倒是从未见过，只是有一种像鬼的声音，我被这声音搞得疲惫不堪，神经衰弱。我顺手撸了撸头发，立刻便有十来根落发沾在了我的手掌上面，我把头发抖落给他看。

他瞧着我，无言以对。

我说事先还是把这些讲明的为好，免得换了房之后，你又后悔，搞得双方都不愉快。

他还是无言地看着我，突然他冲着我的前胸猛推一把，然后他说道：“你滚。”

不少人围了上来看我们的热闹。所有的围观者很快地便与我势不两立，并对我抱以咒骂和嘲讽。还有一个带着袖标的老头斜着眼瞅着我，并举着喇叭冲着人群嚷嚷：“小心坏人捣鬼，注意你的钱包！”

好不容易，我才得以离开了这个住房交易所。在返家的路上，我的脑海里突然泛起了这么一个类似诗的句子：“我给世界以微笑，世界却回报我以拳脚。”

那天晚上，我把一个录音机搁在床头。我要是不能通过录音机，把这种声音真正搞到手的话，那个交易所大约永远不会有人相信我的坦白与诚意。

苏娅说你在搞什么鬼名堂？换房的事你以后不要再插手了。苏娅要是能出马，自然要比我强百倍。

那天我在街上走，迎面遇上金涛，他是我大学的同学。我知道他毕业后被分配到一家什么企业里任秘书，我们一别好多年，从未有过来往。

“你好，大作家，常在报纸上见到你的名。”

“是吗？”我略略地感到一些欣慰，随后我便问他是不是还在干秘书的活。

“不，早辞职了，我现在做买卖。”他说道。并顺手掏出了一张名片。名片芬芳扑鼻，太平洋亚洲什么贸易公司，他是副经理。“有空上我家来玩，坐车挺方便的。”

我说我现在就有空。

“那……”他顿了顿，“走吧。”

走进他家门，屋里的摆设和装饰使我惊讶。我说你发了。

“毛毛雨。”他耸了耸肩，很洋派的腔调。他取出一双很精致的绣花拖鞋要我换上。

“免了吧，”我说道，“我这脚的气味和霉干菜的气味差不多。”

有一个女孩子给我端来咖啡。当她弯着腰在我面前摆弄来摆弄去的时候，她的连衣裙松松垮垮的里面都露了馅。现在大概不时兴戴乳罩，我想。随后女孩子出去了，便剩下了我和金涛俩。

“日子过得怎么样？”金涛问我。

“马马虎虎，如此而已。”我答道。

“写一个中篇拿多少钱？”

我说了一个数。他沉默片刻，然后摇摇头：“真是够可怜的——”他说他在一个晚上便能赚这个数字的十倍。

“不过——”他继续说道，“你起码是功成名就，不像我光有钱，精神的富有才是真正的富有。”随后他便笑，笑得挺有意思。

我说各有各的活法，富有或是贫穷很难说的，很难统一的。不必去说它了。

那女孩子又走了进来，手上端着盘子，盘子里堆满水果。这回她没有走，搁下盘子以后，便在一旁坐下了。

“你妻子呢？”我问金涛。那个时候，金涛的妻子在外语系念书，擅长演话剧，扮演过江青。喊一声“春桥——”挺来神的。

“喏。”金涛冲着身边那女孩努了努嘴，那女孩扭扭捏捏地挪了挪屁股。

我未能想到事情的变化很大，因而便有些惘然。

“你觉得她怎样？”金涛嬉皮笑脸地问我。

我说挺不错：“大概是搞舞蹈的吧！”

这是我的绝招。初次与陌生姑娘见面，过分阿谀的话难以启口，后来便想出了这么个绝招。“大概是搞舞蹈的吧！”如此试验了几次，成功率很高。

金涛说她之所以能够看上他，完全在于他有钱。

“又胡扯！”

“怎么是胡扯呢？”金涛陡然色变，“我用足够的钱买了你这个躯体，你身上的每一块骨骼每一片肉每一根毛发，他妈的我都买下了。事情就是这么简单。要不然你早滚蛋了，你说你能不滚蛋吗？”

“尽胡扯。”那女孩两颊绯红，眼里噙着泪。

我说好了好了少说几句不行吗？

“老兄！我送你一句箴言。”金涛喘息着，抛给我一支烟。

“学而优则仕，仕而优则商……关键在于钱。听不听由你。”

我说钱当然重要，这个道理我懂。

“不——你根本不懂。”金涛喷出一大口烟，并舞着双臂做了一个夸张的戏剧性的动作，我想这动作一定是从他前妻那儿学的。

我起身告辞了。金涛跑回屋里接电话，那女孩便送我。

“三百对比利时式环形沙发，你要吗？”她突然问我。

“……”

“回扣百分之五，亏不了你。这事金涛不知道，你得保密。”

我说倘是做买卖的话，大概先要在单位提出辞职吧。

她问我是干吗的，在哪个单位？

我说我是搞文学的，作协的。

“做鞋的？”

到了雨季，小楼四处滴水，棉褥子都是潮的，那滋味真不好受。这一段日子，苏娅为了换房子的事整日在外跑。有一天，她喜滋滋地对我说，找到对象了。

对象是三间一厅的新公房。好设施，好地段。我去看了之后觉得十分理想，这一回我没向人家提什么闹鬼不闹鬼的事。苏娅说你得学聪明些。

下一步就看如何打通舅舅这个关节了。

“去那儿，不好吧？”舅舅说。

我说绝对不会有什么不好，无论从哪个角度讲都要比这儿好。“您老了，万一得了什么病，在那儿也要方便些，离医院也近一些。这里连一个打针的都找不到。”

舅舅无言。

“门外就是商店，货色俱全，什么都有，您老人家没事了，去大街上走走，买一些好吃的吃吃。”

舅舅笑了。

我说您好好想想吧！

舅舅靠近火炉，搓着双手。

过了几天，我问他：“您决定吗？”

“这可是个大事啊！”他说，随后他便拄着拐杖出去了，临出门前，他站在门口，默默地扫视一遍屋子的四周。

“他是不是对新公房不满意？”苏娅问我。

我说有这个可能。

“可是洋房和老式公寓房子去哪儿找？”

我说你再努努力吧，多找几个对象，由他选择，这样或许能行。

苏娅说时光要是能倒流，倒退一些年就好了。

我说我不明白这话的意思。她说如果那样的话她就可以不嫁给我，而去嫁给一个没有舅舅的家伙了。我说舅舅是舅舅我是我，苏娅说你们两个一脉相承。

“你对舅舅的重视远甚于我。”

“是那样认为的吗？”

“关键是你们两个骨子里十分相像，你老了，也就是你舅舅那模样，我能预料。瞧你窝窝囊囊懒懒散散的样子，这么下去你还能干什么？”

老实说苏娅的话不是没有道理。

舅舅的屋子暖暖和和的，永远是那么宁静，永远有一股熬稀饭的香味。我躺在火炉边的椅子上，解开衣扣，伸展四肢，我想人生为什么不能这样呢？

舅舅问我：“你晚上还失眠吧？”

我说是的。

“慢慢的就好了，从前我也失眠，可慢慢地就好了。相信我的话吧！”

主编对我说：“你得多干点活，积极主动一些，争取入党嘛！另外，领导也有提拔你的打算——这事你可千万不得往外说。”

我说感谢领导的信任：“至于提拔的事，您尽管放心，即使是打死我我也不会说。”

“你能不能去哪儿拉几张广告，或者是拉几家赞助单位。编辑部经费开支实在太紧，下个季度恐怕连奖金都发不出了。”

“经费问题的确至关重要，这个问题一定要抓，抓，就要落到实处一抓到底。钞票自然不会大把大把地从天而降，钞票会从天上落下来吗？”我问主编。

主编愣愣地张着嘴看着我，他那一脸的苦恼相突然使我感到恼火。

可是当我从编辑部出来之后，又感到了茫然。从哪儿去拉广告拉赞助呢？后来我想到了公共关系事务所的施莹莹。

“啊咦——”施莹莹见到我发出一种频率很高的极怪的叫声。我说我不是稀世动物，你用不着这般大惊小怪的。

“怎么想到来这里？请我吃晚饭吗？”

“请你吃晚饭。”我说。

在餐馆里，施莹莹一个劲儿地似真非真地冲着我笑。她似乎是蛮漂亮的，可是下眼睑很厚重，那是年轮和岁月的积淀吧！我想要是用一把小刀轻轻地把那片肉割去，她大约可以显得更年轻更漂亮些。

那一年我在一个文学沙龙里大讲作家与良心的时候，她也就是这么冲着我笑。后来她便三天两头给我来信，旨在与我探讨关于活着究竟有什么趣味的问题。后来便干脆跑到编辑部来找我，说请我散散步，去好玩的地方玩玩。我说别扯了，我都是有老婆的人了。于是她便给我点燃了一支烟，她说她这辈子只给两个男人点过烟，我至今还不知道那个能与我享有同等待遇的家伙究竟是谁。她说她有耐心等我，等我有朝一日能从昏睡中醒来。

我要了一桌子的菜，菜吃不完。我吃得很少，施莹莹吃得更少。我说浪费了。招待员递过一只食品袋，我便把菜装进食品袋，提拎在手上。

走在马路上，施莹莹对我说："你托我办事，你得付出些代价。"

我说乐于行善而又不索取报酬那才是真正的善人。

"你错了，我不是什么善人，"她说。她甩着手臂走路，她的手随着走路的节奏不住地敲打着我的胯骨，我只得往一边躲，也不好说什么。有几回她敲打在我的食品袋上，食品袋便晃荡个不停，我说当心油腻。

"我瞧不起那种理性过分的男人。"我注意到这回她用了瞧不起这个字眼，而以前她通常只是运用讨厌这个字眼，我讨厌什么什么。那个时候我还能以一笑应付过去，可是现在我要是再笑的话便显得不太对劲了。

她带我走上了一条我说不上名来的僻静的小道。一会儿她把手伸到我的袖筒里去了，我说哎呀，你别这样。我在说哎呀的时候连我自己都意识到，只顾大惊小怪，毫无风度可言。

"你知道我现在需要什么？拥抱，抚摸，随你的摆布，撕碎，嚼烂，怎么都可以。我的船长……"

她总是这么叫我："我的船长。"真是见鬼，我怎么就成了她的船长？这辈子我连海都未能见过，即便在风和日丽的日子坐内航轮，我都要呕吐个昏天黑地方能罢休。至于水上作业，我连想都不敢想。

我说："行了，你别这样，怪痒痒的。"

她悻悻地把手从我的袖筒里抽了回去。

她身上洒的香水有股子特殊的气味，突然我有了一种去好好地闻闻这气味的欲望。我侧过脸去瞧她，我见她也正在无精打采地瞧着我。我在心里暗暗诅咒自己："妈的，你这个窝囊废。"

有一回我的一个很好的朋友十分感慨地这么说："从小到大，这辈子循规蹈矩就是没有犯过什么错误，现在唯一的愿望就是犯一次错误，尝尝那究竟是一种什么滋味。"

"下周六晚上我等你，再给你一次机会。"施莹莹说。

我说来，一定来："错误它一次，尝尝滋味，哪怕坐牢，哪怕杀头，哪怕来自地狱的火焰。那个思想者走上了断头台，他说，主啊，你那伟大的谜底即将揭晓……下星期晚上，你等着我。"

说完之后，我雄赳赳地向她道别。

苏娅问我手里提拎着什么，"鸡头鸭尾，什么都有。"我说，"明后天不愁吃的了。"

"你请客了？"

"是啊！"

"请谁了？"

"一个朋友，求人家办点事。"

"男的女的？"

"女，女的吧！"

"这个月的工资还剩多少？"

"差，差不多了吧！"

"日子怎么过？还有，那皮靴，你不是诅咒起誓在这个月给我买来的吗？"

"这个年代，这种事免不了的吧。"我怯生生地说道："你不老把我看作迂夫子吗？"

"谁跟你说这个。"苏娅蹙着眉心甩了甩脑袋。

我清理食品袋，把一大砣油腻腻的东西倒在盘子里。

"你把它端出去，我闻了恶心。"苏娅尖声嚷嚷道。

我愣看着没动。

"端出去——听见没有？"

"不端！就搁在这儿！"

“那我走！”

我拦住她的去路，并顺手将一只玻璃杯盖子扔得稀巴烂。当苏娅把我逼急了的时候，我有这种借着火气顺手扔东西的习惯。我这么做当然十分注意分寸，扔什么怎么扔都想得好好的。所扔的对象无外乎是一些玻璃盖啊小酒盅啊小碟子啊之类的东西。我把这些玩意儿顺手抄起，往桌上顿顿，然后垂直往地下扔。屋内的那些值钱的物品绝对不会因此而有所损害。

地上的玻璃碴熠熠闪烁，从前这就是结局了。在这时候，苏娅多半能有所收敛，让我一让。然而没能想到的是，这回她却一反常态。

她扭过身去，从装饰厨里取出一把紫茶壶，她把我那心爱的紫茶壶高高地举过头顶。

“你敢——”我吼道。

“砰！”紫茶壶平行地擦着我的头皮飞过，在我身后发出响声。

转眼之间，她又将一个唐三彩捏在了手上。我的老天爷，那唐三彩是我千辛万苦托人从江西搞来的呀！

“别，别，你怎么能真干哪！”

话音未落，唐三彩便已裂成了几截。

我捏紧了拳头，朝苏娅逼过去。

“挺好，来吧，打，你打吧……懦夫！”

我逼过去。

她的视线从我脸上移开，投往另一处。电视机！我打了一个哆嗦。然后便什么也不顾了，赶紧倒身将那大家伙护住，紧紧地抱在怀里。

“要离你就离吧，”我嘟囔着，“反正我是什么也没干，不过是吃了顿饭，同志式地交谈了几句。她说了些过了头的话，我还批评了她。”

那一夜的叹息声格外的沉重，一声又一声，接连不绝。这叹息声从我的每一个扩张了的毛孔中渗透进去，带动着我随着那音律的起伏而起伏。我觉得我在这深沉的夜中被逐渐地肢解，周身鲜血淋漓。我感到呼吸困难，头痛欲裂。痛楚中我期待着拯救；期待着能在这冥冥中有一个奇妙的神灵为我揭示出这恐怖的叹息声赖以存在的整个背景；我期待着有一双手能够牵引我走向安乐之土，哪怕是给我一个祯祥的预兆。我听见我在呼唤着什么，后来我听见我在呼唤舅舅。

“叮”的一声，确确实实的，我听到了它——如同一个冰块投进了玻璃杯内啷当作响，毫不含糊。在此之前，它从未在任何时候任何状况下进入过我的意识。我敢肯定它绝对不是出自某种人为的撞动。随着它的瞬息的介入，我的眼前渐渐地泛出一片蓝光。起先是一个白点，然后变大，变蓝，以至扩展到我视野范围内的整个空间。那蓝是如此的柔软和明净，随后它便很快地稀薄，逐渐地浓缩依然复归为一个小白点。

“苏娅，苏娅！”我猛推睡在一边的苏娅，“你感觉到了什么没有，啊？你感觉到了什么没有？”

“我感觉到你有点精神失常。”言毕，她又倒头睡了过去。

然而这奇妙的片刻未能再现，夜，依然如旧……

我看见舅舅在小巷中溜达。刚下了雨，地上龌龊不堪。小巷两边低矮简陋的住房的门开开合合，人们进进出出，十分忙乱。有一个女人穿着内裤举着拖把追赶着一个小孩，舅舅被那小孩撞了一个趔趄。他稳住了步子，朝那孩子的背影笑了笑，然后继续往前溜达。人们大约都习惯了这个古怪的老头，没有人给他一个招呼或是一个眼神，人们似乎仅仅只把他当作一株会移动的植物。

我出于职业性的想象的习惯，突然想象到舅舅会不会与这小巷有什么特殊的历史性的瓜葛。比方说在这里曾经有过他的梦幻，悠远的情歌，失落的爱意，一个跌宕起伏的悲剧事件。

苏娅说在那个小巷中她似乎还不曾见到过一个像模像样的老太婆。“不过，你要是能把这个案件给侦破了，那么关于换房的难题，我们就可以对症下药了。”

我去拜访老太婆们。在有阳光的中午，老太婆们纷纷地把自己端到屋檐底下的太阳。

“喔，他呀，你说的是那个老头，那是个孤老头子。”

我说是啊，是个孤老头子。

“那是在好久以前，他那院子里种满了果树，苹果树，梨树，多啦，什么果树都有啊！院子很大，比现在可要大多了。还有一眼井，那井水清亮清亮的。”

“是吗？”我兴趣盎然。

“到了秋天，小孩子们便翻进他那院墙内，摘那果树上的果子吃。起先是偷偷摸摸的，后来便再也不偷偷摸摸的了，因为那老头根本不管不问，尽他们吃个够。那些果树折了，秃了，后来便都死了，被人当柴禾劈了。”

“那……井呢？”

“井水是清亮清亮的，有人在他那院墙上打了个洞，进进出出的，去用那井水。后来院墙坍了，老头把那些碎砖破瓦整理整理，花了几年的时间，慢慢地又砌成了一道院墙。院子要小多了，可他把井留在了外头。忘了那是哪一年，井水变浑了，发臭有气味，后来便被人用土填了。”

“没有人替他说说话吗？”

“没有人替他说话，那老头肚子里盘算些个什么没有人知道，连警察也不知道，警察对他说呀，要是有人欺负了你呀，你就来报告我们。”可老头只是冲警察摆摆手，也不把警察的话当作一回事儿。

“他年轻的时候，有没有……有没有同这弄堂里的哪个姑娘有过瓜葛，我是说，关于那种爱情的瓜葛。”

“哦，你说的是讨女人的事吧！……没有，没有哪个姑娘家能看上他的。大伙都在背后笑话他，拿他取乐，寻开心。大人们对小孩说，你要是再不听话，以后就把你嫁到那栋楼里去。”

“可他，毕竟是个善良的，有知识的人啊！”我感到忿忿不平。

“善良是善良，知识是知识，可他总离人远远的，那可怎么办好啊？……只是在吃晚饭的时分，来这儿走一遭。也不认识谁，也不招呼谁。时间久了，小孩子们便这么唱：早晨出太阳，晚间出月亮，傍晚出来个老先生，老先生不说话，踩泥巴……后来怎么唱的，忘了，连我们都唱过。”

“他很久以前就显得老吗？”

“好像一直就这个样。以前我们看他老，现在看他又觉得他年轻了，反倒是我们老了。人不伤神，就这么活着，倒也好。”

“还听说过有关他的什么传闻没有？”

“哦，对了，听说他很早以前是出过洋的，后来不知道怎么弄的吃了几年官司。”

“这传闻确切吗？”

“那就说不清了……还听说他吃官司出来后，得到了一个值钱的宝贝，后来他便守着那宝贝过日子。”

“宝贝？什么宝贝？”

“也记不清是在哪一年了，他在这弄堂里走，那宝贝从他的怀里掉了出来。好多人都看见了，可都没有能看真切。有人说是方的，有人说是圆的，还有人说是那宝贝能蹦跶。真真假假，说来说去，可谁也弄不清楚。”

“谢谢你们了。”

那一天主编要我去参加一个什么作品讨论会议，我便匆匆地去了。因为挤车的缘故，当我跨进会场的时候已经迟到了。

有人给我端来茶水，还有糕点啊什么的。我想今天看来多少得说上几句了，吃了喝了不说上几句真是对不住人家。我听见有人在大谈当前文学创作的语言诲涩问题，说语言诲涩之风犹如瘟疫般蔓延着，它使得文学远远脱离群众，使文学成了一小撮人的精神奢侈品。“心迹的弧线挂上云的破布圈住了乞丐夜晚褚色的呻吟，”发言者举例。“能这样运用语言吗？不顾起码的语言规范，令人百思而不得其解。这句话究竟是什么意思呢？心迹、云、乞丐，究竟是一种什么关系呢？十分荒唐！”发言毕。会议主持人把目光扫向四周。

“我说几句。”我清了清嗓子。主持人对我报以微笑。

纯粹只是为了说几句，在这种文学讨论会上，你想说上几句实在是桩极容易不过的事情。最近几年来，大量的文学讨论会逼得我掌握了这种随意地说上几句的本事。只需接过谁的话头，然后换一种说法，那么我的发言准保“也是一种观点”，从而得以成立。或许在会议之后我还能听到些赞誉之辞，诸如“有理论”“有想法”云云——尽管我早已把我的那个什么理论什么想法忘得一干二净了。在这个文坛上，所谓理论，不过就是用三十六种方法，把黑的说成白的，把白的说成黑的，相互对峙，各说各的，如此而已。比如对方说，怎样生动地去反映广阔的社会生活毕竟是整个文学赖以生存的母题。那么你一定要说，文学的多元性的价值系统和价值尺度，使得文学的本体意义有了多种的解释；而这无定的解释不断交替地概括着某一历史时期的文学想象，所以什么反映生活的母题不母题都是扯淡。反之，如果对方说，现代主义文学的建立使得现实主义文学蜕变成了干巴巴的新闻摄像，令人乏味不堪。那么你一定要说，生活之树常青，只有站在生活的土壤上写作，文学之箭方能穿透自我与时代，在遥远的彼岸与流动的时间相垂直。还有什么比生活来得更为重要？

现在是讨论语言。

“关于语言诲涩不诲涩的问题，我有我的看法。”我稍作停顿，一般地来讲，我还能够掌握住节奏。“文学是什么？文学就是语言的构建，就是在一定的语言系统中的言语的符号的排列与组合。”我把能搬的尽可能地往上搬，“的确，语言是先验的，我们无法趋纵我们这渺小的头颅去解释它的先验性。比方说，‘我打他’，我打他就是我打他，主旨是很明确的，我，打，他，”我做了个我打他的动作。“就得这么说，在我打他的时候你只能说我打他而不能说他打我如果说他打我那就和我打他的意思正好相悖，他打我的时候就说他打我而不说我打他。”上了年纪的会议主持人冲着我直眨巴眼睛，我想他一定被我搅得稀里糊涂了。“然而以我之见，言语则不同，构成诗的意象和小说世界的言语完全有它的可变性。诗人或是小说家的责任，就在于赋予特定的语言系统中的言语以新的模式，进而造成一种言语在传递意义上的召唤形态的结构，再由时间和读者的习惯完成最后的整合。白话文取代了文言文，但是白话文有朝一日也将被另一种文体所代替，这是一种颇有宿命意味的必然趋势。如果我们这渺小的生命能够在这世界上存活五百年的话，那么我们便可以用事实对我今天的话加以实证。因此，总而言之，以我之见，从某种意义上说，文学的使命，就在于改写传统的语法教科书！我想我的发言完了，谢谢！”

“等等。”刚才那个发言者示意我继续站着。

“你现在能不能解释一下，心迹的弧线挂上云的破布圈住了夜晚乞丐褚色的呻吟究竟是什么意思？”

“这句话并非如您所以为的那么费解。意思还是蛮清楚的，那意思就是说……乞丐情绪不佳，乞丐觉得自己的心情犹如夜晚的云，破烂不堪。”

会场发出笑声。我来了劲，又说了几句：“多少年之后，当人们再谈到这个句子的时候，人们势必能够很快地针对乞丐做出反映。联系到乞丐的身世、命运、从而对乞丐报以深切的同情，多少年后，我相信，不会在任何场合中有类似您刚才所提出的那个问题了。”

又是笑声。

“不要轻易用诲涩这个词，涩，还说得过去，涩，说明它不成熟，还有待于进一步的成熟。比如水果，未成熟之前都涩，可是成熟了便香甜可口了。但是诲字十分不妥。诲，诲淫，诲盗，让人往那方面联想。”

会场上笑成一片，有人鼓掌。

两三天后，我见到主编。主编说你来，他的神情很严肃。

“那天你在会议上都说了些什么？”他问我。

“随便说了几句，我也记不太清了。”

“这是会议记录，都打印了，你看看。”

我看了看。

“大致不错。”我说。

“你知道那是个什么会议？”

他这句话问得简直多余。

“反自由化，懂吗？最近没听广播没看报吗？”

我说最近几日神经衰弱愈发厉害，什么也没听什么也没看。

“你呀，你让我说什么好呢？上面有人对你发生兴趣了。入党、提升、关键时刻。党员必须和党保持一致，懂吗？原想近期内就开审批会的……”

“那是，那是。”

“党员作家不能混同于群众作家，党员作家有党员作家的规矩。群众作家能写的党员作家不一定就能写，群众作家能说的党员作家不一定能说，群众作家能干的党员作家不一定能干，事实明摆着嘛！”

“那是，那是。”

“什么呀那是那是，你究竟弄清楚了没有那是？”

“那是，既然要做个党员作家，自然就得听党话，跟党走。一时糊涂，下不为例，你就瞧我以后的吧！”

“唉！”主编深深地叹了口气，不知为什么，他的这声唉把我搞得好心酸。“难哪！事事都得注意身份，注意影响。比如说吧，这次作协分房子，按你我的条件，完全可以轮上了。可就是身份啊影响啊，只得双手供奉。眼巴巴的，总不能也去争啊抢的吧！唉？！”

“分房子？什么分房子？”

“两套住房，上头给了我们编辑部。”

有一股子热流直冲我的脑门，我一下站起身来。

“主编！”我听见我的嗓门走调，“今天我们俩一对一，话可要说明白。”

“怎么啦？怎么啦？你这个年轻同志怎么啦？坐下，坐下。”

“房子，我肯定是要的！能不能入党，这个，你看着办吧！”

有人在叫我的电话。

话筒里传出施莹莹的晦涩的声音：“先生青春尚在，并不健忘吧？”我突然想到今天是星期六。

“今晚我等你。”她又换了一个腔调。

我说我来。

“Keep a poem in your pocket…The night will never stay.”

我说我听不懂你的话。

“在你的口袋里藏上一首诗……夜晚永不会久留。”

她有那种搜集糊言乱语的恶习。

下班之后，我便去她处。

老是有影子跟着我。无论是走在路上，还是坐在车上，身后老是有影子。在一家儿童用品商店的玻璃门前，我站住了，通过玻璃的反光，我观察那究竟是什么影子。那人的个头和行走时的味道，简直与苏娅一般无二。是苏娅的影子不会错。苏娅在跟踪我，我觉得心脏一阵紧缩。

我装作没事似的走进店内，东瞧瞧西看看。店内很空，几个服务员在闲谈。有一个经理模样的人跑上来问我买什么，然后他取出了一把玩具手枪，说是新到的货，再不买就迟了。他试着往一边打枪，子弹嗖嗖地往外飞，挺像那么回事儿。于是我便掏出身上仅有的一点钱把玩具手枪买下了。我买这把手枪只是为了做给影子看的，意在表明我进这家玩具店的确就是为了买手枪。当我立于柜台前的时候，我的第六感官十分清楚地意识到影子在朝我靠拢。我等待着影子的最后呈像。后来有一个女人擦着我的肩膀而过。那女人长得很像苏娅，但并不是苏娅。我松了口气，把手枪揣进兜里，赶紧往外走。

然而又出现了影子，这回的影子十分露骨，就那么堂而皇之地跟着我，等距离地跟着我。我动它也动，我不动它也不动。我觉得那影子十分熟悉，一定是有过接触的，后来我想到了那次会议上的那个发言者。对，就是他，没错，大脑袋，矮墩墩的个头。现在他如坦克似地从我的身后驶来，或许，我会被他碾成粉末。我想我绝对不能让他抓住把柄，否则的话我便完了。丑闻如核爆炸的辐射，轻而易举地便能置我于死地。我加快步子，随后控制不住便跑了起来，脚板拍打着柏油马路，劈劈啪啪作响。恐惧挤压着我的心脏，兜里的手枪被我捏得滚烫。我想这种幽会实在是够浪漫的，我将以一个被追捕着的黑手党骨干成员的面貌闯入施莹莹的洋溢着脂粉气味和浓浓睡意的居所。然后她把我塞进壁橱里，或者并没有把我塞进壁橱里，而是毫不含糊地携着我翻窗越墙，远走高飞。她那柔嫩的臂膀和白亮的大腿在黑夜里闪光。从来美女爱英雄，自古亦然。

影子开始行动了，影子靠在前边的一盏路灯下，那是我的必经之道，已经没有退路了。一片空白的意识，我机械地往前走去。影子升了起来，渐渐地犹如一只大鹏伸开双翅遮住了其他的一切起伏着朝我压来。我拔出手枪，扣动扳机，子弹出膛……

然而什么事也没有，一切都是好好的。

借着路灯的光亮，我摸索着寻找子弹。一个男人跑来问我你寻找什么？我说我寻找子弹，他吓了一跳。后来我把那一枚枚的樱桃般的小颗粒摊在掌心让他看，他笑了。他说这玩意儿弄丢了麻烦，不好配。他说他儿子五岁了，他问我的儿子有多大，我说到目前为止我的儿子还是液体。

我走进了不远处的一家咖啡馆，找了一个空位子坐下。

我感到浑身无力，周身的关节犹如被焊住了一般。咖啡馆里绅士与小姐们成双结对，讷讷自语，轻松愉快。这是周末的夜晚。我想到此刻施莹莹正在等我，但是她并不曾给我提供一个轻松愉快的氛围与心境。男人和女人在一起，按理说应该是轻松愉快，幸福无比才对，才有意思。就像眼前的这些人儿一样。否则的话，那不是自找麻烦，自寻烦恼吗？我这么想着女招待跑来问我要什么？我要了杯清咖啡，但是我后来突然意识到兜里已经没有钱了，于是趁女招待不注意的时候赶紧溜了。

将来有一天，这个世界上的男男女女们在大街上自由自在地碰撞。他们高大，强壮，美丽。如意地去兑现上帝赐予他们的幸福的支票。他们说，有一种不可思议的关于家庭，关于道德，关于丈夫、妻子，关于流言蜚语，关于阴影的神话……那个时候的男人在周末的夜晚，时常把自己扮演成黑手党党徒去和他们的姑娘幽会。

——然而此刻拜拜，姑娘。

此刻拜拜，我的姑娘。
待到山花烂漫时，我们再相会，我们再相会……

我叼起一支烟，哼着小曲，拖着两条麻木的腿，往家去。

那个犹似冰块去打玻璃杯的声音又出现了。这回不是一声，而是三声。声音是在叹息与叹息的间隔中掷入的。声音似有高低，并不都是一个频率，但是质量和效果却是相同的。同样的那么清亮悦耳，带出蓝光，令我心旷神怡。那蓝光前后衔接，几乎已经有了一定的长度。我伸出手去试图将它挽留，然而它毕竟消失了。夜不再是那么死气沉沉唯有滋挠和恐惧了，那新奇的片刻尽管转瞬即逝，可它多少使得我那疲倦的灵魂有了些许安宁与依托。

我坐在舅舅的屋里。

“你要是累了，就来我这屋里坐坐，烤烤火。”舅舅取出一条毯子，盖在了我的腿上。然后他递给我一杯清茶。舅舅的手瘦骨棱棱，然而高洁白皙。外头下着雨，雨声把这屋子衬托得更为宁静。我想起了陶潜的《桃花源记》和吉辛的《四季随笔》。

“下雨了，今天你就不要出去了吧！”舅舅说。

“忙啊！有许多心烦的事在等着我。”

“你啊！”舅舅瞧了我一眼，“你千万不要再卷到那些事里头去了，心能不烦吗？”

“什么事啊，舅舅，您指的是什么事？”

舅舅意味深长地摇了摇头。

我突然怀疑他是否有一种特殊的本事，我的所言所行他都能了如指掌。

屋子里空荡荡的，家具简陋，甚至没有一个可以上锁的抽屉，一切都袒露在外。我想起几个月之前苏娅曾经给过他一张通知单，那是一张有关退赔“文革”期间被抄物资的通知单，既然在那个时候这里也遭洗劫，那么现在当必能有不少钱财可以退赔的。

可是舅舅说：“算了吧！”

“通知单呢？”我问道。

“被风吹了吧！”

我觉得这老头已经迂腐到了不能容忍的地步了。现在物价飞涨，对外界的事，他几乎一无所知。

“舅舅，您听我的，找个老伴吧。”我十分认真地说道。

舅舅乐了：“开玩笑吧！孩子。”

“不，是真的，一旦我们搬走了之后，您年事渐高，孤身一人，难以生活。”

“你不见得就能离开我吧！”

我走到了窗前，天还下着雨。

“这院子原本是很大的，舅舅。”

“是的。”

“有果树，还有井。”

“你都知道了。”

“可是它们都被糟蹋了。”

“……我愚人之心之，也哉，沌沌然兮……”

舅舅大概是懂哲学的，他把他的哲学搞过了头——或许事情就是这样。我突然想到了一个句子：“运伟大之思者，必行伟大之迷途。”

“舅舅，谣传您的宝贝，您有什么宝贝？”

早晨，日光把屋内廓清了，我注视着熟睡的苏娅。这时候她像个婴儿，十分安详。突然她睁开眼来冲着我笑，叫我心肝。原来她是醒着的。今天她的情绪似乎很好，似乎有些什么话要跟我说。

“心肝，有件事，要同你商量。”

“说吧。”

“我们别在这儿待了，出国去吧！”

我说去哪儿？

“美国，加拿大，哪儿都行。”

我说怎么突然想起的。

“想了好久了。昨天我去算了卦，那个算命的老先生叫我去西头。西头有鸿运。那老头真是个魔鬼，他的预言没有一个不应验的。”

“你去干什么？”我问道。

“当然是继续搞音乐，不过得换一种玩法，我想拉二胡，反正二胡我也会点儿。”

“那你就去吧。”我说道。

“不，你也去，一起去。”

“我去玩什么？我既不能玩西乐更不能玩民乐。写作吗？现在连中文怎么个写法都忘记得差不多了，更别提英语了。至于英语，目前对于我来说大约只相当于小学三年级的程度了。”

“可是我已经把你给设计好了。”

“真有意思，说说。”

苏娅将我的头发编成一个个小辫，她这时候柔情似水，致使我简直想同她干那个了。

“知道培培吗？”

我的感觉顿时没有了，情绪降至冰点。

“怎么不知道，心肝这词儿你不就是在他那儿操练的吗？”

“别这样，心肝。人家现在才不把我放在心上呢！”

“他在那边？”

“你知道他在那边干什么吗？”

“不知道。”

“做大饼，他发财了，买了一幢别墅和一辆福特。你没想到做大饼能发财吧？培培来信说了，你去可以在他那儿赚钱，当然了，我想你多少得在国内学点这方面的手艺，对吗？”

我终于明白了，原来她一个早晨施尽手段绕来绕去，其目的就是为了把我塞到她的那个什么培培的大饼铺里充当一名伙计。

“妄想！”我吼道。

“别这样，心肝。”苏娅一点都不来气，看来她已经有了充分的心理准备，准备与我拉扯一阵了。

“关键是要站住脚，赚钱，有了钱什么都好办了。念书做买卖，怎么都行。”

苏娅是属于那种一旦有主意便可以不顾一切地把她的主意变为现实的那种女人，她坚韧不拔的意志远胜于我千百倍。

我愣愣地瞧着苏娅，我突然觉得她的鼻子长得十分有气势，犹如峻岭峭壁。结婚这么多年了，我怎么就没有注意到她的鼻子。我搓起五根手指，顺着她的鼻峭滑溜了几下。

我从身边的床头柜上拈起一枚硬币。我把硬币往空中抛了几个来回，然后我对苏娅说：“掷一下，怎么样，决定去和留。”

苏娅不置可否。

于是我掷出硬币，硬币在地板上滴溜溜地打了几个旋之后，倒下了。

去。

我说看来是天意。苏娅说的确是天意。

我叹了口气。苏娅说心肝，别烦恼，一切都会成功，一切都好好的。她把我搂得很紧。

然而我还是十分烦恼地把她掀开，因为我的脑海中突然呈现一只热腾腾金灿灿的大饼。

“大饼？为什么是做大饼？为什么偏偏要做大饼？就不能做些其他的吗？哪怕是做做麻花啊，做做年糕啊粽子什么的，也比做大饼强些。”

“为什么不能做大饼呢？”苏娅软软地问道。

是啊，为什么就不能做大饼呢？

小时候，我们家并不富裕，早晨，便吃大饼。三分钱一只大饼，热乎乎香喷喷的。大饼的表皮被烤得焦黄焦黄的，有大量的芝麻粒以及点点葱花。大饼师傅说，呃，拿个热的去！那个时候的大饼香脆可口，真正的中国文化的代表杰作。现在的大饼粗制滥造，既无芝麻粒也无葱花，死面一块，连形状都看了不舒服，方的。大饼不制成圆的而制成方的，那大饼还成其为大饼吗？

苏娅整日待在家里拉她的二胡，《二泉映月》，没完没了地拉那个曲子。她问我拉得怎么样，我说不错，还有那么点意思。我突然冲着苏娅笑，她说你笑什么，我说笑你像只螳螂。不知为什么，苏娅拉小提琴我倒没能觉得她像只螳螂。而一旦拉二胡偏让我想到了螳螂，就是螳螂捕蝉黄雀在后的那个螳螂。

我不再写作，只是学外语。苏娅问我你今天背了多少单词了，我说五十个，“咖啡叫coffee，可可叫coco。”她问我旅游者怎么说，我说：“toilet。”她说那个词不是旅游者，而是厕所。

苏娅带我去见春光饮食店的老板，在此之前，苏娅已经给他送去了两条万宝路卷烟。老板五十开外，满身满脸的肥肉，典型的老板模样。老板上下打量我，问我多大啦，我说二十五吧，他说长得老相。又问我以前是干什么的，我说做鞋的，“做鞋一月能挣多少钱？”“百八十吧。”他说少了，还不如做大饼。他问我准备把店铺设在哪儿，我胡诌了一个地方，我说在那儿租到了一间房子，他说好，好地段。然后他晃晃我的肩头，试试我的臀部，我实在怀疑他是否还想看看我的牙，牙口嫩不嫩。

“你来吧！”他说道，“早晨三点来。”

我想三点就三点，反正我也睡不着。

三点整，我准时到了饭食店。老板扔给了我一套工作服，我套上工作服，走到了一面镜子前，我看见我活像个抬死尸的。我想美国的那些做大饼的，大约穿得要比这个好看些。我在镜子前比画着，帽檐的这只角只要往上翘一翘就要好看些；还有上衣的领子，这么开，斜着开，这么一来也要好看些。我正独自比画着，老板在我身后大吼一声："干活呀！又不是婆娘等着上轿！"

我拜了师兄，师兄姓汪，于是我便叫他汪师兄。汪师兄示意我劈柴，提水，擦面板。我想这都不过是些下手活，他应该让我干上手活才对。汪师兄在和面，他大约得了感冒，清水鼻涕如注，并不断地被和进面团里。我在一边看了恶心，便递上手绢，他手里有面，无法动作，于是我便替他擦鼻涕。好了，可一会儿又来了，于是我只得拿手绢再去替他擦。但是他很快地便不耐烦了："去去去！搞什么名堂？哪有你那么啰唆的！"

汪师兄把面揉得光光的，面团被他的手掌拍击噼啪作响，他在拍击面团时，身段、动作、节奏，浑然一体，令人着迷。我想这可不是一朝一夕可以学会的。和完了面之后，汪师兄便切面，然后他便把小面砣挤压成方形。对这个形状我当然不能满意，但是因为刚才挨了训斥，因而也就不便再说什么了。

我用一把小刷子往大饼的表面上抹油，老板跑来看了会儿，说是抹得太多了。我说不多。

"太多了，照你这么抹下去，店里便要蚀本了。"

我想他真是个不错的老板。

店里好像只一个女的，其余的便都是男的。这不仅使我想起了高尔基的那个名篇《二十六个和一个》。那女的伙计倒还年轻，她就坐在我的斜对过，眼神老是冲我这儿拐。我想她如果要使那二十六个失魂落魄的话，大概并不费劲。

八点左右，店铺打烊了。老板端来吃的喝的，汪师兄其实是很能说笑的，不断地说一些俏皮话引得哄堂大笑。他说一个小偷如何往女人屋里钓鱼的事，我笑得几乎就要岔了气。

当我从店铺内出来的时候，我觉得周身轻松。天是那么蓝，云是那么白，孩子们都像花朵般的可爱。我觉得心里和胃里都很充实，我痛痛快快地打了几个饱嗝。刚才大碗喝了豆浆，此刻余味缭绕，绵绵不绝。我想我这人生来就是个做大饼的料，这辈子当什么编辑，写什么小说，实在是阴错阳差，走错门了。

主编板着脸对我，他问我这阵子都在干什么，怎么连人影都见不到。我说我同样见不到你。主编说就要评定职称了，你还想不想要职称。我说想，怎么能不想。主编说像你这样的工作态度如果一直再这么下去，那就困难，群众会有反映。主编居然没有提关于分房子的事。

这一天我就坐在编辑部里写什么评点文章。据说写了评点文章就能评中级，不写评写文章只能评初级，以后评点文章越写越多，这样逐渐地便到了高级。我吭哧吭哧地写，人家好好的一篇小说被我随心所欲地在屁股后面按了条尾巴，顿时就变得索然无味了。我想要是每一篇小说后而都按上条尾巴，那么这个文坛也就不成其为文坛，倒活似个壁虎陈列馆了。

苏娅说你要什么职称？我说我想捞他个中级，像我这个年龄，要还是个初级的话，怎么说得过去。苏娅说中级就糟糕啦，中级连护照都打不下来。我说护照？什么护照？她说出国护照呀，出国能没有护照吗？我说你真以为我能出得了国。她说你这个人究竟是怎么啦？神志恍惚还是怎么的？

“这几天你那手艺学得怎么样？”

我说不错，感觉很好，在大饼店比在哪儿都觉得好，说着我冲着她的脊梁噼啪做了两个汪师兄的动作。苏娅笑了，随后便往我的嘴里塞进一小片什么东西，她说那是白参，慢慢含着，不要吞下去。

有一天，我正在做大饼。我听见店门口有人喊我的名字，我看见那是一家信息报社的记者。

“怎么回事儿，你？”他睁大眼睛问我。

我赶紧放下手中的活，拽着他往僻静的地方躲。

“别，别，你千万别大声嚷嚷。”

“哦——我明白了，体验生活。”

“是，是，体验生活。一点不错。”我说。

“哎呀，你穿得很少呀，冷不冷？”

“冷是有点冷，不过，还好，还好。”

“又想写什么呢？反映这种底层的生活吗？”

“想法是有了，当然，不过，还需要素材补充。”

他点了点头，似乎还没有要走的意思。

“你吃大饼吗？”

他说他就是来买大饼的，“不过你瞧，”他指了指长长的顾客队列。于是我便赶紧跑回店内，取了几个大饼，然后塞到了他的怀里。

“好货色，刚出炉的，”我说，“你赶快回去趁热吃吧！”

他说真是天大的幸运，要不是有我在这儿，他今天上班准保又要迟到了。

老板问我：“他付钱了吗？”

我从兜里掏出足够的硬币递给老板，老板把硬币朝钱箱里扔去，叮当作响。老板说要不是关系户的话，在这种时候少拉扯。我说是个关系户，没问题，他是个运煤的。

几天以后的夜晚，苏娅回家她从挎包里取出一张信息报，“我念段消息你听。”她说。

“深入改革第一线，旨在写出新生活……”

“报道的是谁呀？”我问道。

“你呀，还能是谁？”苏娅说。

我大惊失色。

“……他在春光饮食店一头扎了下去……一部全方位多视角反映饮食战线的长篇小说已经酝酿成熟……我们希望能尽早地读到他的这部力作……我们相信他的这种与劳动群众血脉相连的创作路子，必然越走越宽广……”

我听着苏娅念。

第二天，老板在门前迎接我：“哎呀，这么早就来了，其实也用不着这么早嘛！累坏了吧？”老板满脸堆笑。没错，昨天的那张报纸他是读了。

我说我去和面吧。

"歇歇，歇歇！"他把我强按在板凳上要我歇歇。倒茶，点烟，一套复杂的程序。"我们这个店啊，"老板把话引入了正题，"自从三中全会以来，当然啰，大家积极性高思想觉悟高，一切为群众着想为顾客着想……自从三中全会以来，收到了不少表扬信，当然啰，还要戒骄戒躁，我就经常说，要戒骄戒躁……至于我这个经理……"

"老板，你是不是……"我实在坐不住。

"唉！扯淡，什么老板，那是资本主义的叫法。大伙叫着玩，因为是叫着玩，我也就不计较。社会主义叫经理怎么能叫老板。"

"老板——老板——"汪师兄边喊边从外间探出脑袋。

"你就不能正经些嘛！"老板正色道。

汪师兄一脸的茫然。

"至于我这个经理呢，文化水平不高，虽说也念过书，但与你们这些大知识分子比那可差远啰！我呢，就凭那么一股子劲头。只要有劲头，就没有干不成的，你说对吧？我八岁就跟我老子跑买卖糊口养家，八岁就从早干到晚……唉！说到我老子那话就长了，我老子那时候也不过二十出头。家里十六口人，我爷爷六十多岁，我爷爷的爹，我的太祖，那时候八十多岁……我那太祖一路要饭，把这一家子拖到这个地方……"

我把指关节摁得嘎巴嘎巴的响，恨得牙只痒痒。那个女伙计出来进去，躲着我的视线绕道从我的屁股后面走。我感到心里头恨恨的，好像是那种失落感。

店铺的门开了，顾客涌了进来。老板起身去招呼顾客，他扭过头来对我说："明天我们接着谈。"

一切都完了，我想。"果然要写小说的话，我非得把你和你的祖宗八代都写成同性恋者。"我瞧着老板的身影，忿忿地自言自语道。

有一天，我突然惊恐地发现，我居然把写字的事情彻底忘了。哪怕是连最简单的字，我都不能把它们给写出来。事情是这么发生的：我想给远方的一位朋友写信，他寄给了我一部小说，希望我能帮他发表。我读了觉得蛮不错，于是便打算给也写回信，但是写出的字连我自己都辨认不出来。比如说写个“你”，明明知道“你”字的写法，可偏偏写成“亻ou”。再比如说“好”字，它在我的笔下居然成了“女od”。我急得浑身冒汗，苏娅不在，我只得跑到舅舅的屋里去。

“什么事把你急成了这样？”舅舅问。

我说我不能写字了。

舅舅说不能写就不能写吧，何必急成这样。许多不会写字的人，不都活得好好的。

我说舅舅你太不理解我的心情了，不会写字你叫我在编辑部怎么干下去？后来我突然想到苏娅曾经说过，你现在学外语，应该像戒烟一样地把中文戒掉。是不是因为苏娅说了这话的缘故？

主编笑着拍着我的肩头，夸我干得好。他说那篇报道很及时，连上头那些人现在也都刮目相看了。不过他批评我以后干什么都应跟他打个招呼才对。

“房子的事你放心好了，至于其他的嘛……也还是有希望的。唉？！”

主编说你是否抓紧赶写一篇深入生活的情况汇报上来。

我摇了摇头，我沮丧地对主编说，我可能要提出辞职。

主编说你瞧你，怪脾气又上来了：“你现在已不是小孩子了，怎么还老是小孩子脾气？”

我说我现在连一个字都不能写了，主编说他现在没有时间跟我瞎扯。

苏娅说你无论如何要坚持去饮食店把手艺学成。我说当然要去，你不说我也知道，我不把那手艺学成今后能干什么？

店里所有的人都把我视作怪物避而远之，只要有我在场的地方便是一片沉默。汪师兄也绝对不再指派我干这干那的了，他那感冒似乎还未痊愈。所不同的是每天他的胸前都别上一块十分干净的花手绢，这使我联想起了托儿所的那些娃娃们。在他干活的时候便十分艰难地运用这块花手绢，我想他一定是对我恨之入骨。

我在店里绝对自由，想干什么就干什么。有一次我突发奇想，我想大饼是不是可以换换味道。多少年来，就这么一种味道，吃多了，总有厌的时候。应该不断地翻新才对，比如说糖果啊，冰淇淋啊，每年都有新品种上市。于是我便在一些大饼上加些佐料，胡椒面、辣酱油、醋，反正把店里有的佐料都往上加；而每一个加了佐料的大饼在佐料比例上都有所不同，比如说这个侧重于醋，那么另一个便侧重于胡椒面。当然这些大饼被放在火炉里烘烤的时候，有一种怪味，然而我觉得它并不难闻。

像往常一样，当店门一开，顾客们便首先跑到大饼炉前排队。我注意着收回我的试验品，别让它们被顾客取走。但是因为拥挤，我的手脚有些乱。

“这是什么怪味？”一会儿，有个中年妇女尖叫起来，她坐在那个角落里吃大饼，吃得好好的，突然尖叫起来，“经理呢？你们的经理呢？”

老板闻声跑了过来：“什么事？有话好说。”老板笑容可掬。

“这叫什么味？你闻闻，都发了酸。”

老板认真地闻了闻，然后老板说不酸。

“你尝尝！”

老板小心翼翼地拈了一小块搁到嘴里尝了尝，咀嚼了半天，然而他还是说不酸：“不过，你要是觉得不满意的话，店里可以退钱，退钱。”

“你们这个店里怎么回事，啊？怎么回事儿？”又有一个男顾客在吼，老板赶紧朝那个男顾客跑了过去。

“你这个大饼是臭的。”

“你这个同志说话太不负责任了，怎么叫臭的？”

“怎么不臭，一股子大粪味，是不是有人往你的面团里拉了屎？”

有好多人都把鼻子凑到那张大饼上去闻，都说臭。老板的额角上沁出了汗珠，但是老板说绝对没有大粪，怎么会有大粪，厕所在外边得拐好几个弯，而且这个店里从来就不准随便拉屎。

“那你吃，你当众吃给我们瞧瞧。”

老板挺直了脖子，不吃。

“吃呀！”

我想我该替老板解围了。我上前去对众人说，这个大饼是我做的，因为搁了些其他的佐料，所以烤出来就成了这个味。初闻有点臭，但到了嘴里就不臭了，而且还挺香的。其道理就像臭豆腐，臭冬瓜一样。我把大饼撕碎，一块块往嘴里扔，吃得津津有味。

老板瞧着我，爆着两个眼珠，脸色惨白。

于是那些人便开始对我有了兴趣。

“你可真能异想天开，啊？”

“你学徒几年了，怎么好像以前没见过你？”

“是啊！什么时候来的？”

“他是作家——”汪师兄突然在一边大声嚷嚷道。所有的店员都大笑起来，我注意到那个女伙计笑得东倒西歪，一头栽进了汪师兄的怀里不住地喊娘。

下班以后，老板叫住了我，老板说：“我们这个店小，情况嘛，也就这么些，你也都知道了。你是不是再去其他的店走走看看，写东西的，总不能老是在一个地方挪着不动吧？”

我知道他是在下逐客令了。我尴尬地挠着头，我想我的模样大概够狼狈的。

“这是——”老板说着从兜里掏出了钱，“小意思，小意思，每日按三块算，总共四十八块，按劳分配嘛！”

我说谢谢，随后便把钱收了起来。

“这是单子，”老板又递过来一张纸，“你在上头签个字就行啦。”

“我已经不会写字了。”我说。

老板笑笑：“字总还是要签一个的，这是手续问题。”我拿着笔在那单子上比画了两下，我说我没说假话，实在是不会写字了。

老板冲着我恶毒地眯缝起眼睛，然后他的下巴往上抬了抬：“你究竟是干什么的你？”

那种叮叮当当的声响敲打了八下，八个音符，一点儿不差。每一个音响的击打都给我带来了一种难以形容的快感。温柔的蓝光在更长的时间内伏盖着我；我贪婪地吮吸着那光波和音素；我听见我的战栗的灵魂在呻吟着，上帝啊！你把我埋葬在你的那片净土中吧！

苏娅说培培从美国寄来的“I-20”表格已经收到了，她说她明天就去申请护照。护照一批下来便去签证，争取能在秋季到来之前办完这些手续。她说我的护照由她去替我办，至于签证问题也不大，她可以通过关系在领事馆找到熟人。现在问题的关键在于人民币，两个人的机票加上其他的零零碎碎起码要八千块钱。“你能不能找谁借上一笔，去了美国之后就还。”苏娅问我。

我去找金涛。

在他的家里，金涛的那个小姑娘对我说：“你要找他晚上九点以后在花园酒家舞厅，现在他每晚上都在那儿跳舞。”

“你会跳舞吗？”小姑娘问我。

我说我不会跳舞，从未上过舞场。

在花园酒家，看门的拦住了我，问我有没有票。我说我没有票，我是来采访的。于是我便掏出工作证，记者证，作协会员证，我把一沓证件都递了上去。看门的说这些顶个屁用，你没有票就请回吧！后来我便说你能不能把一个叫金涛的给我叫出来，看门的说你原来是找金涛啊，那你进去吧。

灯光在飞转，烟雾蒸腾。乐队、舞池、酒吧。我找了把椅子坐下，点燃一支烟。现在大概是到了舞场休息的时刻，所有的人都不在跳舞，都坐在椅子上，抽烟，喝酒，喝饮料。金涛一定是待在哪个昏暗的角落里，使我一下子不能找见他。有人在唱歌，我没想到她们都穿得那么单薄那么少，如果在其他的地方她们也这么穿的话，那么一定会遇到麻烦的。她唱你为什么遗弃了我。她痛不欲生，满头是汗，大有撕裂胸膛，亮出肝肺的架势。“这里一张舞票值多少钱？”我问身边的人，然而没有回答。

跳舞了，一对一对地下舞池里去。唯独我伶仃一人，干坐着。我看见了金涛。

一个女孩偎在他的怀里，他俩踏着节奏摇来晃去。我想金涛这家伙真是够幸运的，他居然会跳舞。因为跳舞，他就可以与任何一个女孩子靠得近近的，胸贴着胸，手拉着手，堂而皇之。女孩子的手一定是非常的小巧，非常的柔软。女孩子把手伸过来，你轻轻地提起，就像提起了一块丝绸小手绢，随意摆布，任其飘落。而我恰恰是因为不会跳舞，所以这个舞场那些漂亮姑娘的存在对我来说都没有意义；而此刻我又是多么希望能有一个姑娘偎依在我的怀里，在音乐的旋律中摇摇晃晃踏入梦境。是的，什么也不问，什么也不说，什么也不想。只有那梦境只有那芬芳；只有那眼波的流动和心的照应

——那是一种多么了不起的人生啊!

一曲终了，我站起身来。我机械地挪动着两腿，朝那些姑娘们走去。此刻姑娘们都坐着，都有男士陪伴着。她们一个个娉娉婷婷，风姿绰约，艳丽无比。我冲着一个姑娘伸出手去。

“你好，我是记者，采访的，认识一下吧！”我握住了她的手。然后我又换了一个，换了一个再换一个。

终于有人把我给拽住了，我扭头一看，是金涛。

“你可真够忙的。”他说道。

我说我是来采访的。

金涛把我拽到一边坐下，递过好烟。

“这是蛋蛋明星。”他把他边上的姑娘介绍给我。

握手。

“我的固定舞伴。”

握手。

“今晚上我让她陪你跳。”

明星露出白白的细牙冲着我笑。

握手。

我说我十分感谢你们的好意我可不会跳。明星看看金涛又看看我，似乎挺有点儿过意不去的样子。

“听说你要出国了？”金涛问我。

我说是啊，我正想为这事找你呢。

“有什么需要帮忙吗？”

我说想借笔钱。

“多少？”

“三五千吧。”

“好办。”

金涛顺手从衣兜里掏出一沓钱，“这是二千五人民币和五百元兑换券，你先拿着。要不够的话再来取。”

我将钱一把抓在手里。我问他是不是需要签字啊什么的，我担心这个。金涛摆了摆脑袋：“签什么字。”

我十分痛恨他的这副派头。

金涛问我出国打算干什么。

我说可能要先做一阵大饼。

“干那也不错。”突然他大笑起来，笑完之后，他说，“我再向你提供一条生财之道。”

我说那当然好。

“知道避孕套吗？”

“当然。”

他说你只要把那货色带出去，就能赚钱。现在国外避孕套紧俏，在美国卖到一美元一个，在阿根廷卖到三美元一个。

“那是因为外国人都怕染上艾滋病，”明星插言道，“染上了艾滋病可不了得。”

我说用那玩意儿就保险了吗？

明星说那当然，好像她挺有体会似的。

“要搞到那玩意儿怕不容易吧？”我说。

“你去药房取呗，免费供应。多跑几家店，喊，那还不容易？”明星说。

那天我坐在舅舅的屋里，我看着舅舅，我看他一如雕塑般地凝滞着，纹丝不动。“舅舅是天国之民。”我在心里头默默地说。

“舅舅，您是天国之民吗？”我单刀直入。

舅舅微微地晃动了一下。

“天国之民从来就没有胃囊和生殖器，您是天国之民吗？”

舅舅缓缓地转过身来。舅舅长时间地凝视着我，他的脸上是那样的一种气象——古墓般的肃然与荒野般的苍凉——这便是舅舅的脸。我突然又看到了在这张脸上挂着泪珠。泪珠玲珑剔透，一颗又一颗，不分彼此，没有区别。我想这串泪珠要是不挂在这张脸上，要是挂在另外一张脸上，哪怕是挂在一个婴儿的脸上也同样合适也同样能够成立。人老了。人的有机体随着时光的流程逐渐衰竭，当人一无所有的时候唯有泪珠可以炫耀；唯有它一如当初那么饱满，那么丰硕，熠熠光彩永不黯然。人生被注定了要带着这么一笔用之不尽的财富来到这世上，每日每时都有那么多被称之为人的生命号哭着挣扎着诞生到了这个世上，有哪个新生儿能在路上的笑声中脱离母体呢？

我被通知去公安局一趟。

苏娅说那一定是关于护照的事。我说我怕与警察打交道。苏娅说怕什么，警察有什么好怕的，你这人怎么越活越糊涂了。

小时候，母亲总是用警察来吓唬我。母亲说你要是不听话你要是不乖就把你交给警察，让警察带你蹲监狱去。

我走进了公安局，一个老警察接待了我。“我们谈谈。”老警察说。

我问是不是关于护照的事，老警察说不是，他这儿和护照没有关系。

可苏娅还说是有关护照的事，苏娅是想暗算我，是想陷害我还是怎么的了？

老警察问我是不是熟悉一个叫金涛的。我说是，熟悉。

老警察取出记事本要我谈谈有关金涛这个人的情况。我说情况实在无从谈起，你有什么问题你就问吧。

“他已经被我们拘留了。”

我说这实在是桩不可思议的事：“前几天还好好的，怎么突然被拘留了？”

“金涛的问题十分严重。”

我从文件橱的玻璃门上看到自己半张着嘴一脸呆相。

“他是不是有一笔款子在你这里？”

我说不错，的确是借了他一笔款子。

“你要这批款子干什么？”

“出国去。”

“出去干什么？”

“不知道，可能去做大饼。”

老警察很温和地抬起头来，并冲着我笑笑：“你——一个文化人，出国去做大饼，仅仅是为了做大饼，可能——说不过去吧！”

我把握不住自己了，我心里直发怵，手脚开始颤抖。老警察燃起了一支烟，愈发温和地冲着我笑。他愈是温和我愈是打颤，怎么也控制不住，而在这个时候偏偏又走了神，我十分后悔以前怎么就没有想到给晚报写一篇有关母亲、孩子与警察的文章。我想实在是太有必要告诫天下为母亲者，千万不能以警察去恐吓那些弱小的心灵。大灰狼、狐狸精、老鸦、老鼠、河马、大象怎么都可以，但是绝对不能是警察。

"究竟还有什么动机？"老警察骤然色变，并强抑制着没能往桌上猛击一掌。

"如，如果，可，可能的话，还想，卖，卖卖避孕套啊什么的。"

老警察长吁出一口烟，然后在本子上认真地写了几行字。

"那笔款子有多少？"

"二千五人民币，五百元的兑换券。"

老警察摇头："哪止这么点？"

我说就这些，若有疑义的话可以调查。钱就在我老婆那儿，还都在，原封未动。

"行啦——"老警察说道，"金涛本人的交待，我们所掌握的情况……"他的手掌一翻一翻，阴面阳面，颇有节奏感，"都不止这些。"

"那，那可怎么办？"我实在是感到有口难辩，无所适从。

"怎么办？怎么办就看你怎么办啦！知识分子，又是写文章的，怎么办，还用得着问我吗？"他露出了真面目，我想这一定就是他的真相。

我的心往下沉，沉，沉到了一定的程度顿住了。这时候周身开始发热，有一种力渐渐地凝聚了起来，然后又渐渐地扩散开去。我的手脚停止了颤抖但是直痒痒。

"你要是再用这种腔调跟我说话，"我凑上去，鼻尖对着鼻尖靠上了他，"我叫你纵然有移花接木之技，断鹤续凫之术，也无以复归！"一个茶杯被我掷得粉碎。

"苏娅，苏娅，你别睡了。我们唱个歌吧，瞧你，像个懒猫似的，来，唱歌。我唱，你瞧着，你只需瞧着我唱就行了，你瞧，我唱了：

看破浮生过半
半之受用无边

半中岁月尽幽闲

半里乾坤宽展……

“怎么样？我这嗓门，抽烟多了，倒了是不是？别管它，继续唱。唉，你别尽瞧着，你得伴奏。二胡呢？给，二胡，伴奏！

心情半佛半神仙

姓字半藏半显……

“伴奏呀，猪，不明白我唱什么是不是？你应该明白，你应该明白我唱了什么。出国？嗤，去你的你去吧！不要作践我，我唱，唱歌！”

一半还之天地

让将一半人间

半思后代与沧田

半想阎罗怎见……

“我的心肝——”苏娅呼啸着朝我扑来，“静静，你静静，心肝，你需要治疗，你听见我的话了吗？我一直在怀疑在担心你的精神状态，果然如此啊。可是天啊，你还这么年轻，才三十出头一点儿。好好治疗抓紧治疗你听见我的话了吗？”

我看见她的脸上也挂起了那么一串晶莹的小东西。

现在那八个音符带着蓝光在我的意识的水中游曳，如同蝌蚪在嬉戏。我一直努力地想摁住它们，并弄清楚它们的来历……但是它们溜滑，它们欢蹦乱跳，轻而易举地便粉碎了我的企图。它们只是逗我，或者挠我痒痒；或者冷不防地撞我一下；或者在远处扭来扭去，卖弄风情。我被它们逼得直想发笑，有好几回我边笑边把它们唤作小赤佬，缺乏教养的小赤佬，只图自己快乐而不懂得尊重别人。然而它们并不生气，它们分明知道我溺爱它们，离不了它们。是的，它们的确为我做了事，它们把最初的那种“啊唉——啊唉”的鬼哭狼嚎般的声音搅了个稀巴烂，并逐渐地把它驱赶得无影无踪。

终于有一次，在这些小赤佬闹疲倦了准备隐遁了的时候，我躲过了它们的视线，踩着它们的影子走上了它们的归途。

我跟着它们走。它们拐出了门外，上了楼梯口；然后通过西窗又到了天井；在天井里它们升高，升高，高到了几乎让我目不能及的地步了；然后它们又以极快的速度往下游荡，擦着地皮，划了一个圆润的弧形；最后它们在空中静止了。好大一刻，它们静止着，一返以往的性情。它们乖乖地战战兢兢地仿佛在等待着某个召唤。忽然，打头的一个“突”地一下往舅舅的房里去了，尾随的那些也一个一个地往那里去，它们很快地便游弋到了舅舅的怀里。舅舅躺着，似乎是睡着了的。

——原来是这样。

白天，我找舅舅谈话。我想与他认真地聊一聊。

“舅舅，您能不能把那个事情解释一下？”我说。

舅舅伸出手掌按了按我的脑门：“孩子，是到了可以解释的时候了。不过一旦说穿了，也不过就那么点事罢了。”

我敛声静气，呆呆地坐着。

“你瞧瞧这所房子，你仔细地瞧瞧，你觉得它像什么？”

尽管我对这房子的每一个角落都已是十分熟悉了，但是此刻我还是顺着舅舅的意思再一次打量这所房子。然而我并未看出什么新意，一切还都是老样子。室内方方正正，没有一块砖一块木用以修饰。这所房子的内部构造与外观造型极不协调，当初在我刚搬到这里来的时候就对此产生过疑问了。房子的外部造型是那样的奇巧，不尽其烦的雕饰；而它的内部却恰恰是如此的简陋，简陋到了就像兵营的宿舍。

“你觉得它有什么特殊的地方？”舅舅问我。

“是的，我觉得它很特殊，起码在这座城市里我未曾见到过第二幢类似的房子。”

“不可能有第二幢了。”舅舅摇了摇头，“这所房子是我设计的，是我把它设计成了这么个样子。它原是按照一个盒子的模样设计的，可以这么说，它就是一个放大了的盒子。”

“什么盒子？”

“八音盒。”

“啊……”

“你们猜测我有宝贝，事实上，哪有什么宝贝。从前我是一个富翁，也有过一些稀世珍宝。但是到了今天，我已经是一贫如洗了。哈呵呵……如果一定要说还有什么宝贝的话，那么就是这个八音盒了，呵呵呵。”

“它在哪儿？”

我看见舅舅的手往怀里伸去，他艰难地从怀里掏出了那个盒子。

是的，是的，他的话一点儿不假。这个盒子，的确就是这幢房子的模型，每一根线条每一片色调包括气韵都完全一模一样。其造型古雅别致，尖锐的楼顶，雪浪般的屋檐，门和窗成穹形，以荷花瓣似的挑出阳台为对轴线等距离地相开两边；工整的图案构成条状，既有所同又有所别，依次排列，明暗交织，富有节奏。说不清它是属于哪一国的建筑式样，抑或是歌德式的翻版；抑或是西班牙式的引鉴；抑或什么都不是，仅仅是出自谋种即兴的创造，某种对美的天然的感应和理解。

我小心翼翼地从舅舅的手中捧过了盒子。盒子是温热的，盒子将舅舅的体温传递于我，进入了我的体内。

“那一年，我蹲了监狱，”舅舅继续说道，“当我从监狱中出来之后，我万念俱灰，我已经找不出任何一种继续生存下去的理由了，我觉得我活在这个世上已经是毫无理由了。”

“你究竟为什么去蹲监狱？”

“绑架，孩子。人们出于强大的思维惯性把我视作他们的敌人而把我投入监狱，这个世界不可能有法律而唯有暴力。你永远要记住，孩子。”

“……但是您终究还是活着。”

“我活着，那是因为我后来得到了它，就是它，八音盒。它提供了我另一个天地给我以慰藉，我的心脏因为它而继续搏动，我的血液因为它而继续流淌……我的生命在延续着，多少个世纪过去了，多少个世纪啊！我浮在时间的河流上恒贯千古，蓬勃不息。”

“您永存吗？我的意思是说，事实上所有的人都被宣判了死刑，只不过缓期执行而已。我的意思是说，上帝已免去了对您的刑罚，而让您以如此形式永远逗留于这世上吗？”

“恐怕是这样的。”

“那么我呢？”

“你已经处在边缘，但还得继续努力。”

“您的这个转折竟是如此的奇妙，我实在是想知道这个八音盒以及与它相关的这幢房子的全部奥秘。您是如何得到这个八音盒的呢？”

“那是我的一个同窗难友，我们同日入狱同日出狱。有一天，他带着我走进了一家商店。我记得那家商店很小，很冷落，店的四周果树成林，还有井。小商店里卖画，卖一些手工艺品，店主是个长着一对绿眼睛的老妪。当时，这个八音盒被置在柜台的第二层搁板的角落里，很不起眼。我的难友对我说：‘就是它了，请接受上帝的福祉吧！’”

我抚摸着手中的魔盒，可是它的魔力究竟在哪里呢？

舅舅用他的食指在它的某个部位轻轻地点了一下。

“你听。”

我听到了一段悠扬的乐曲声：“这就是它的全部魔力所在吗？”

“是的。”

“它的声响竟是如此的轻微。”

“所以便有了这么一桩房子，现在你该明白我造这栋楼的用意了吧！犹似一个大的音箱，乐曲悠荡绵绵不绝。它们忠实于我，竭尽全力地服务于我。它们早已经习惯了我给它们提供的这个大的空间，在这个大的空间里它们有了更多的施展余地。通常，到了夜间它们便跑出来工作，它们工作得极为出色，令我满意。”

“舅舅，您指的它们……”然而我未能说下去，因为我已经恍然大悟。它们，不就是那八个小调皮鬼那八个小精灵吗？此刻它们颇为安分地待在这个小盒子里，不厌其烦地规规矩矩地翻来覆去地敲打着一个曲子。它们终于被我捏在了手里，我晃了晃那个小盒子，想笑。

乐曲声似曾相识，好像从前在哪听到过。它那平缓的旋律与节奏，悦耳动听。然而它对于我来说，仅此而已，仅仅是悦耳动听而已。

“舅舅，您能向我解释一下这个曲子吗？”

舅舅摇了摇头：“这不是我所能干的事，你自己去理解吧！”

“可是我怎么去说服它们也给我演奏这样的曲子呢？它们只是跟我胡闹，完全不像对待您那样的来对待我，它们似乎没有把我当作一回事。”

“慢慢地就好了，它们已经把你视为朋友不再排斥你了，也不再制造恐怖去恫吓你了。”

“舅舅，我需要得到那曲子理解那曲子，我需要步入您的境界，一如您那般的去愉悦人生。看在上帝的份上，舅舅，继续给我以启悟，指点迷津吧！”

舅舅把他的手压在了我的手上。

“我的孩子，你是我的后裔。我是江河你是小溪；我是山脉你是丘陵；你和我相似，是因为我们血缘相连。我爱你，孩子，我见你在这嘈杂尘世中受苦受难，十分难受。我当然要给你以帮助，切不必多虑。”

他站起身来，在屋里来回踱步。然后他扭过头来对我说：“回忆去吧，唯有这条途径。你顺着这条小径走，渐渐地走到你该去的地方。坚定你的信念，往回走，不要抬头。”

“回忆？”

“是的，回忆。”

苏娅把我带到了一个地方，我后来才意识到那是医院。

“见鬼！来医院做什么？”我急急地问道。

苏娅说你可千万不要闹情绪，你应该配合治疗。我摇摇头，我说对你的偏见和执拗真是毫无办法。

主治医师姓吴，吴医师请我坐在一张柔软的椅子上。我原是完全可以一走了之的，但是我突然来了点兴致，我想看看所谓的精神科医师究竟能搞出些什么名堂。

起先都是一些普通的问题，姓名、职业、籍贯、出生年月，等等。后来他问到我感觉怎么样。我说什么感觉怎么样？哪方面的感觉？胃？肝？盲肠？他说指的是精神方面的。我说这个东西很难讲，很难感觉。他问我你是不是时常有忧虑情绪。我说我们不叫“忧虑情绪”叫“忧患意识”，中国文人惯有的传统，自屈原便开始了。他说事情坏就坏在这里。我问他你是不是认为屈原也患有精神病。他笑了，便不屑与我说话。

“两系三代史？”他问苏娅。

苏娅说她不清楚。然后吴医师便和苏娅在一边谈了片刻。

“今天就到这里吧！”吴医师开药方。

就这么结束了，我觉得很不过瘾。我问吴医师是不是还需要进一步做其他方面的检查，比如说验验血啊，拍拍片啊，做做脑电图啊什么的。

“一般的精神病人在生化系统和机体的器质性方面与正常人没有不同，”吴医师说道，“因而通常而言对一个病人的诊断与此无关。”

“那么你的诊断依据是什么？”

“反常意识反常思维与反常行为。”

苏娅在一边催促我可以走了，我说等等，我说我十分有兴趣和吴医师探讨一些问题。

“什么是反常，反常到了什么程度便可视作病变了。我想知道反常这个概念的准确含义，它的内涵以及它的外延。”

“与众不同便是反常，当病人的意识、思维、行为一旦为所有的人都不能理解都不能容忍了，那么病人也就成为病人了——大概是可以这么说吧。比方视听幻觉，有一个女病人老是说她在晚间看到她已死去了的前夫站在她的床前，并能听见他在呼唤她的小名。遇到这种情况我们便可以判断她意识紊乱，我们便把她收进住院。注射、服药，并给以适当的保护。”

“太残忍了。”我说道。

“你说什么？”

“我说太残忍了，谁给了你这样的权利？”

“我是医生。”

“江湖骗子！”我咒骂道，“你没有任何权利干预一个人的灵魂和行为，懂吗？每一个人都有他自己的精神世界和行为目的，这是他自己的事与别人无关。如果有谁爱喝尿你就应该让他喝尿去，尽管所有的人都认为尿液不能喝，尽管所有的人仅仅只是喝茶喝咖啡喝汽水。他喝尿液一定是觉得甘甜可口，自有他的乐趣，而你却仰仗着人多势众对它横加限制并滥施淫威。至于有人看到了什么，听见了什么更无必要得到你的认可，所谓幻觉那是你的解释。你以自己的经验以及其他的通常的经验为参照面为准则，随意地指责这个为幻觉那个为幻觉，而这恰恰说明了你的浅薄和无知……对于你是幻觉，而对于我恰恰是一种真在，它们如蝌蚪般地在我眼前穿梭并叮叮当当敲打出音响，你能说那不是一种真在而是什么幻觉吗？”

要不是苏娅死死地将我拽走，我真想再好好地开导开导这位吴医师。

一瓶红的药水和两包白的药片。苏娅说我一定要按时服药，对自己的疾病一定要有充分的认识。我说把它们扔了吧，我能有什么病？舅舅把这些药水和药片拿了过去，他说“交给我吧”。苏娅说交给你了舅舅，你一定要劝他按时服药，他听你的。以后苏娅继续不断地从医院里拿来药水和药片，她把这些都交给了舅舅，但是舅舅从未因这事而麻烦过我。

我回忆。我从哪来，再退到哪去。

大学，校园，校舍，图书馆，眼镜的炽光点犹如被剥落的白内障晶体，雄心勃勃的男生以及姿色平平的女生，一个老先生哼哼唧唧没完没了地叙叨，刘勰，李商隐，李贺，李白，巴尔扎克，托尔斯泰，勃朗苔三姐妹，黑格尔，柏拉图，崇高，悲壮，宿命观，仁，道，礼，有意味的形式，考试，考试作弊，手掌上写满了字把定义抓在手上，揭发，检查，分配，方案，去向，反目为仇，哭哭啼啼，农场，平房，水塔，雨水，蛇，蛇肉发甜火油炉上煮着土豆，双体客轮，对过的贫下中农大嚼干蔗满地花白，有人跳江，浩荡的江水，大江东去浪淘尽，淘尽千古风流人物，红旗，红领巾，二条杠，背书，撕碎了的电影票，刀不磨要生锈，水不流要发臭，七岁生日，溜冰鞋，跌了一跤，骨折，打着手电半夜抓蟋蟀，翻围墙，禁闭，一只胶木红碗上蹦着牛筋，轻轻一拨，嗡嗡嗡，嗡嗡嗡嗡……

嗡嗡嗡嗡，到了，是尽头了。

“坚定你的信念，继续走下去，不要抬头。”

“不，舅舅。”

“走下去，瞧，它们出来了。”

它们出来了，八个，一个不少。它们还是像往常一样，在蓝色的背景下，朝我跑来。

扯着父亲的腿，去动物园，夜尿，一摊冰凉，肥大的花里胡哨的棉裤，不要跑不要跑慢慢走，奶瓶？尿布？？摇篮？？？母亲少女般的面容，母亲哼着摇篮曲，母亲的摇篮曲来自她的家乡来自那泯河流域，全曲只有两个乐句没有词只是曲，母亲用她那甜润的嗓音轻轻地哼，她是这么哼的，唔——嗯……外祖母也是这么哼，唔——嗯……

对了，对了，突然我豁然开朗，一切的一切便在片刻之间完成了。

是的，摇篮曲。

一片纯蓝，它们呈金色。此刻它们循规蹈矩地排成一个队列。

紧接着它们又转换成另一个队列。

就这么两个队列它们来回交替着，丝毫也不会搞错。

这实在是太妙了，简直妙不可言。

大地在微微摇荡，阵阵奶香袭来，物物我我，渐趋浑沌。唯有乐声荡漾，无始无终。迷蒙中我意识到，这便是幸福了。

此刻我终于成了婴儿，我历尽千辛归于极境。但愿我永远这般混沌迷蒙，但愿我的脸庞永远这般柔嫩，但愿我的双腿之间永远只是这么一个白嫩的小蛆，但愿这摇篮和摇篮曲永远归我，不再被我忘却。

我把铺盖扛到了舅舅屋里，我说舅舅我与您住一屋我俩做伴。

“你还忙吗？”舅舅问我。

我说不忙了。

“那好，那你就睡在这儿吧。”舅舅替我张床叠被，一会儿，他用食指点着我的鼻子说，“你妈妈知道了会高兴的。”

我伸了伸胳膊，转了两转跳起了一个《狼外婆》的舞蹈。

舅舅说别闹了，坐这儿吧。于是我便坐在了他的身边，紧紧地挨着火炉。火炉上有一锅水，水里搁着米，渐渐地便熬成了稀饭。稀饭滚动着小气泡，我拿了个小碗，舀了一碗喝。我边喝边说道：“好香啊！”舅舅说是香。喝完之后我还想喝，舅舅说不能再喝了，只能喝一碗，每日三餐，每餐一碗。“你要是觉得疲劳了，你就睡觉。”我说现在就是想睡觉。

傍晚，我随着舅舅去散步。舅舅说你这样走太费劲，照你这么走法，走不了几步你便要累了。“你得看我怎么走，学着点儿。你稍稍弯曲膝盖，后脚掌按着银河的弧度往侧前方伸长，你瞧见了没有？这样。”我说这是恐龙的走法，他说是的，你现在真是越来越聪明了。

有个小孩子朝我扔碎石子，我从未遇见过这种事。我问舅舅这该怎么办？是不是应该找他谈谈。“原谅他吧！”舅舅说，“他老了，他被折磨得身心交瘁糊涂了，对于老年人我们要宽恕，记住我的话。你瞧他多老啊！”

我说的确是老，他已经老得萎缩，他以前自然不是这样的。“而我们是多么的鲜嫩啊！”我感叹道。

更多的时候，我和舅舅在那小精灵的队列的昭示下进入摇篮，在那纯蓝色的灵光下让意识随着摇篮曲的旋律起伏。舅舅说，我们滑行在地母的双乳之间，我们只是婴儿永远是婴儿。此时，他只用“a”“e”的单音节跟我说话。然而我能理解他的意思，我用“u”这个音表示我完全明白了。

有一天，苏娅跑来跟我说：“我们有房子了，我们搬出去住吧。”

“房子？哪来的房子？什么房子？”我问道。

“市区新公房，二室一厅。你们主编在电话里说，钥匙都已经拿到手了。他还问你最近的情绪怎么样，单位里有很多事等着你去干。”

“请你代我问候主编，并感谢他对我的体恤，但是房子我不要了，我住在这儿挺好。哪儿都不如这儿好。”

“可是你一直期待着能有套新住房的。”

“那是史前期的事了吧！我都快忘得差不多了。”

“不行，必须搬走！”她的那种不讲理的脾性又上来了。

“苏娅，你老了！”我说。

也可能是我的这句话得罪了苏娅，对女人是不能说老的。“你大概是搞舞蹈的吧！”只能这么说。我犯了大忌。苏娅对我的报复是不择手段的，我被绑架了。是她干的，她纠集了一伙匪徒，强制性地将我送到一个遥远的地方并扣押在一间陌生的住房里。这简直就是个秘密监狱。

“这儿不是挺好吗？你瞧，家具都是新的，组合式的。”苏娅装模作样地跟我搭讪。她实在是够虚假的，我一眼便能识破她的虚假。她居然堕落到了这个地步，我感到十分痛心。

“苏娅，你要为你的行为负责，你会受到惩罚的。”

苏娅每日每时都看着我，不让我越雷池一步。最为使我不堪忍受的是，我每日必须在她监督之下喝药水，吞药片，药物给我带来的后果实在是很难用言语来加以形容的。我已经感受不到舅舅给我提供的那个境界，整日整夜犹如困兽烦躁不堪。入党、提干、职称、写作、金涛、施莹莹、大饼，所有的这一切又都朝我压来。然而我实在不需要这些，实在不需要。药物使得我周身滚烫，肚子胀鼓鼓的，一个劲地打响屁。药物居然还驱使我不得不同苏娅干那个事情。我越是厌烦苏娅，便越是想同她干那个事情。而苏娅却推波助澜，一次又一次地对我大献殷勤。

我说苏娅，求求你，看在夫妻的份上，你饶恕我。我不需要这个，你走吧，走吧。

“是的，宝贝，我的宝贝，我要走了，我就要走了。在这个地方，我待不多久了。我走了，你会想念我吗？”

那天，苏娅对我说：“舅舅死了。”

我哑然失笑。

“真的，你别笑，他的确是死了。”

“死？他不可能死，除非他遭到了谋杀。”

“几个房修工人发现他死在床上。”

“房修工人？他们去那儿干吗？”

“大修房屋，那房子需要大修了。楼顶需要改建一下，原有的火炉通气管道和烟囱也要拆除，因为那个地段可以安装煤气了。”

我感到一阵晕眩。

在殡仪馆里，我果真见到了舅舅的尸体。他像所有的死人一样，躺在那儿，毫无知觉。他的一只眼睛半开着，白乎乎的没有瞳仁，像鱼。鼻孔很大很深，牙齿尖细且长，稀稀落落。他的腮帮完全坍陷了进去，颧骨的轮廓分明。有人在那上头抹了红色，很红，像两片贴上去的红纸。

我突然感到了胸闷。于是我便赶紧跑到了外头，大口地呼吸着，控制着自己。

从火葬场的烟囱里飘散出袅袅青烟。一会儿，舅舅也将要化作一股青烟飘散到远处去了。一阵悲痛袭来，我默默地呼唤道：“舅舅！”

苏娅果然要走了，我去机场送她。一路上苏娅沉默不语，只是把她的脑袋靠在我的肩上，紧紧地攥着我的手。我想到我们毕竟相爱一场，今日一别，不知何时才能相见。想到这个，心头便有不尽的怅然。

在候机大厅里，我见苏娅头上的发卡松了，于是我便将它别好。我对苏娅说，到了国外，你要注意身体，不要过分劳累，有空来信。我也会去信，在圣诞节的时候，你会收到我的祝福卡片。我心里怎么想的，我就怎么说。我说的都是真话。

苏娅眼圈发红，一会儿她啜泣道：“我等着你。一年两年，三年五年，我等着你。你一定要来，你听见了吗？”

我机械地点了点头。

飞机起飞了，很快地它便像蜻蜓似的摆脱了我的视线，消失在远处。

我踩着自己的影子往回走，唯有影子与我做伴了。

十月的一个早晨，我在路上遇到了吴医师。他像老朋友似的拍拍我的肩头，他问我去哪儿。我说我哪儿都不去，只是随便走走。他问我看了今天的报纸没有，关于抢银行的新闻，我说看了，挺触目惊心的。

“你现在好些了，”他说，“不过还是应该坚持服药，坦率地说吧，我们怀疑你的遗传基因。”

“我不能明白你的意思。”我说。

“医院调查了你的家族史。在市精神卫生中心的病历档案室里，我们发现了你舅舅的入院记录。不过病历很不完全，字迹也都模糊，我们无法确定他的病情性质。只知道他有过消极自杀行为，未遂，其后便为了造房的事四处奔波，闹出了很多笑话。这些事好像都发生在民国战乱时期。从当时的病情调查记录上还发现了一个有关什么盒子的事件，我们猜测那是意识的交织中心点。你母亲对他的事也不了解，你母亲说他自小离家，后来知道他发了财，去了欧洲，至于在欧洲的那段历史便难以查明了。要是有可能的话，我们想与国外的有关机构取得联系，最好能够得到他们的协助，要是仅仅属于心因性问题的话，那么对于你的治疗，我们也便有把握了。”

一辆公共汽车驶来，吴医师向我告辞。我说你用不着这么急，我还有话想说。他说不行啊，今天无论如何，不能迟到。院长要来科室，宣布职称评定的结果。他终于挤上了汽车，他的挎包被车门夹住了，我听见他在车厢里大声嚷嚷着。

我意外看见在一个书刊亭里有我的书出售，于是我便买了两本。有一个小姑娘在翻画报，我见那小姑娘挺可爱的，便决定把我的书送她一本。

“喜欢读书吗？给，我写的。”

小姑娘惊诧地看着我，发愣。

“的确是我写的。”然后我在书的扉页上签了名。

她喜出望外地接过书，转身离去，稍倾她又跑了回来，朝我鞠了一躬。

“谢谢你，叔叔。”她说。

（写于1988年）

大地的仲裁

傍晚，每当父亲屋里的那口座钟敲过五下之后，我的脑袋便开始发胀；手掌、脸部也都会泛起潮热，而左胸的“牵引感”则更为明显，并隐隐地有些作痛。出院已经六十三天了，“雷米封”及其他的一些药物也未断过，但这些症状还是没有完全消除。

我是在下乡的第六年染上肺结核病的。据医生们讲，如果当年能及早发现、抓紧治疗；如果能够好好休息、注意锻炼和营养的话，那么疾病就不至于侵入得如此之深。但是一听到这类话我就来气。“如果抓得紧”，“如果注意锻炼”，怎么“如果”？在那里，照一下X光要坐两个多小时的长途汽车和一天一夜的渡船。而且又怎么可能离开工地，躺上那么一年半载呢？去了解一下看，当时的医务室是如何掌握病假标准的：三十八度以下给你几片感冒药；三十八度以上给你个半天一天的休息还得经过工地指挥部的同意。而就我这类的“孱头”来讲，一点头晕，咳嗽，低热，又怎么会踏进医务室的门呢？我常常听见老外婆这么说：“为什么当年一定要逼着你下乡去？为什么得这么重的病也不给你好好治？比起小时候……真叫作孽哟……”在学校的时候，乒乓、足球、长跑、溜冰，什么体育活动少得了我？“这孩子就像牛一样结实。”老人在邻居间常常这样炫耀她的外孙。可是现在呢？当然，我知道医生们今天的这种责备是属于职业性的，并没有什么恶念。但是在我听来就好像指责我是有意在作践、糟蹋自己似的。

整个花园被夕阳涂上了一层暖色——“非那更”糖浆似的暖色，这使我想起了苦、涩、甜交加的滋味。围篱的投影以香樟树和苹果树为切点形成了一个半圆，十一分钟以后这投影将罩向那口枯井；十五分钟以后，整个大理石台阶都将被吞没——六十三天来，我从未放弃观察，这是最新记录。藤蔓上，两朵粉红色喇叭形小花在落日的余晖中闪光。在这百花凋零季节的强劲秋风中，它们顽强的生命力令我不解。从上月二十五日早晨睁开眼睛看到它们起，我就试图解开这个谜。

六十三天了，我卧在这张二尺多宽的小钢丝床上，靠思念、追忆、自责、嫉妒消磨时光。如果有幻想，那可能还好些，但是没有，挤都挤不出来。穿衣镜中，那张埋在鸭绒枕头里的苍白的脸，每时每刻都在提醒说：他是二〇一研究所的一个实实在在的伙夫，一个彻彻底底的窝囊废！不过，三十岁了，也该为幻想的失落而凭吊了。

花园的小木门“咯吱”地响了一声，邮递员沿着沙砾小道走了过来。她叩叩玻璃窗，笑笑，然后将晚报塞进窗缝里。上星期六，她给我送来了大炮的一封信。大炮笔头很懒，即使写信也是三言两语，草草了事。这次也是这样：“徐炤，请几天假，来一次。你早就说过要来，为什么还不来？”

回上海四年了，我没有回农场去看过他们。这主要是因为抽不出时间。可是这次我决定了。去。至于身体能否经受得住旅途的颠簸；病假期间作此远足是否会在单位里引起什么非议和责难，我都全然不顾。

这两天外婆时时在我耳旁唠叨不止。她劝我留在家里养病，说在外面如果没有人叮嘱的话，我会把吃药的事忘得一干二净的。我从她汪汪的泪眼中，看出不安、忧虑和怜悯。作为一个感情长期处在饥渴中的人来说，我对这些格外珍视。我把这些感情作为最宝贵的东西收入内心。“你放心吧，就要回来的，三两天就要回来的。”但是我自己知道，这仅仅是宽慰话而已。如果那里的阳光、土地，那里的山山水水、草草木木，依然能够给我亲切感，依然能够与我和谐在一起，那么为什么不多待上一阵子呢？

当然，现在还说不清楚，去了以后能得到些什么。“这座城市不需要我，躲开它！”我的行动意图仅此而已。前天晚上，我大叫大嚷了一通，第二天便托人去买了船票。是的，那天晚上我打了他，我无法克制自己。不后悔，直到现在我也不后悔。他太过分了——我说的是弟弟徐焰。

疾病把我的思想逻辑完全破坏了，思路常常在错综复杂的往事中纠缠不清。现在，要我对一桩事件、一个人物不受干扰地进行思索，看来很难，也不习惯……这是一种病态的意识流，随它去吧……

徐焰今年二十岁。在我下乡的那年，他只不过是个拖着鼻涕、才齐我肚脐眼的小学生。可是现在他的身高已超过了一米八〇。“我能达到一米八三。”他曾经断言道。一米八三，现代高度。他超过了我，并将永远俯视着我。每当我晃着才一米七几的个头擦着他那结实的肩膀过的时候，我就觉得自己像白鼠一样怯懦无能；并感到有一种宿命的无可违拗的力量在支配着我俩的关系。

没有比这个S大学动力专业的高才生更值得自傲的了。他什么都不缺：才智、相貌、机会。命运给他所有的通道都亮起了绿灯。

他常常谈“哈佛大学”，“牛津大学”，“麻省理工学院”，和他的同学们一起谈，谈得眉飞色舞，忘乎所以。起先，我还以为这仅仅是一种普普通通的聊天而已，如同我们平常谈及某某女明星漂亮，某某小说有趣一样。但是我错了。那次，我好不容易弄来了一些细木头条子，准备把客厅的水门汀地板铺上一层。我干得满头大汗，精疲力尽，于是便招呼他过来帮个忙。可他把两手插在裤袋里，踱来踱去，吹着口哨；还嬉皮笑脸地问我肯出多少手工钱。我火了，便不管三七二十一地乱说了一通，什么家庭成员的义务，栽树和乘凉的关系等，反正乱七八糟，语言随口而出。但是他用一种异样的声调把我的话打断了：“够了！”他的手臂抡了个圈，“这里的一切，客厅、卧室、厕所、马桶，还有那边所有的破碗烂碟，都归你！叫父亲立个遗嘱，都归你！我用不着，将来我绝对用不着，我起誓！”他看着我。那目光绝不是充满幻想、柔和可爱的，而是坚定有力地朝着远处一个目的地。我一下子理解了他的全部意思。我承认，他的豪情壮志、傲气和自信，当时完全把我震慑住了。

我是“唐K”。他第一次用这个外文称呼我是在去年夏季。有一天他从学校给我来了个电话：“喂！你把书橱里的那本《高等数学》给我拿来。立刻拿来。要考试了……喂，听见了吗？喂！”我“吧嗒”一下把电话机搁上了。他把我当成了男仆，可是对男仆也应稍稍放得尊重些，不叫哥哥，但至少给个称呼吧？“喂！”“喂！”——什么腔调！可我这个人生性犯贱，一想到他那副每逢焦虑就会变得红亮透明漏得进光的耳朵，我便控制不住自己拉开橱门为他寻找那本该死的《高等数学》。可是我怎么会知道他要的不是我所拿的这本，而是要一个什么姓樊的编的那本呢？我怎么知道这本黄底红字封面的书，其中的一些定义、公式都早已过时了呢？我怎么知道呢？我不是连平面几何中的两条直线的问题至今还都未弄清楚吗？当他把书扔还给我的时候，最初是左嘴角不满地抽搐了几下，而后就是：“唐K。”

“唐K，牛奶热了没有？”“唐K，早晨五点钟叫我。”“唐K，我那件滑雪衣呢？”——不久，这便成了习惯。他说“唐K”是“绅士”的意思。“绅士派头，”他亲昵地拍拍我的后脊梁，“我越来越羡慕你这副派头。”可只有鬼才相信他。他肚子里什么馊点子没有？“毛脚蟹”、“西瓜牙”、“大拼盆”——自小，他就有替别人起绰号的嗜好。前两个月，中学里的一个老师来看我。好多年不见了，这次听说我身体不好，她特意跑来，真叫我感激不尽。我们随随便便地聊。她谈起过去班上同学的一些情况，我听来津津有味。可就在这时，徐焰闯进来，要我帮他回忆一下他第一次坐火车是在几岁。这么点屁大的事不能等客人走了以后再烦我吗？可是他偏不，偏要在这个时候缠着我，而且就当着人家的面，“唐K”，“唐K”地叫得别提有多欢。“他是怎么称呼你的？”等那小子滚蛋了以后，老师问。我苦笑了一下，摇摇头，然后就把来龙去脉简单地说了说。她起先捧腹大笑，可接着便陷入沉思。“说下去呀，你刚才提到了那个谁……”我提醒道。“是呀，是呵……是呵……”可见她已经神不守舍了。一会儿，她便起身告辞。在临出门的时候，她似乎是漫不经心地对我说：“唐K——donkey，译成中文为‘驴子’的意思……你弟弟比你有学问，也很幽默。”而后，她抿了抿花白的鬓发，头也不回地走了。

可是我直到今天，才把我的老师当时的心情完完全全地感受到。

寒假，徐焰是什么地方也不去的。这样，到了晚上，我俩就在一个屋子里待着。他钻研他的学问，我翻我的工农业余中学初等教育课本。据说拿不到初中文凭就不给加工资，我这是被逼上梁山。但是在这种晚上，也少不了有矛盾。

不知怎么搞的，每当我被那些数学题弄得头晕目眩的时候，随着一声喟然长叹，我左右两手的拇指和中指便会弄出“噼啪、噼啪”的响声来。“准备跳西班牙舞吗？”于是，他就在一旁用这种尖刻的语言来制止我。在生活细节上，我在小时候有过许多不良之习，比如：“呲”一下可以把一口痰飞出几尺远；再比如：吃饭的时候，常常把嘴唇咂巴出母猪嚼食般的声响。但是这些都改了。以前我没有意识到自己有这个打响指的习惯。如果有人对此感到讨厌的话，我这个三十岁的人完全有能力克服。首先，这是我的不对，我承认。思路被打断，灵感被驱走——他确实受到干扰。可问题是，哪一个做兄长的能够接受这种语言呢？他就不能像个人样地好好地说吗？“今天就是要在你面前跳几下西班牙舞又怎么样？怎么样？你能怎么样？你这个乳臭未干的黄口小儿！”我大声嚷嚷着，可只是在心里头嚷嚷，而在行动上却从不敢造次。我总是老老实实地重新趴上写字台，埋下头去。对于自己的这种乖顺，我也不止一次地骂过。不过，那也是一种无声的咒语罢了。可是反过来说，他又怎么样呢？他在休息的时候，哪一次没有打开过录音机呢？“换换脑子。”他是这么说的。可考虑过我吗？人类的那种将知识朝里扒的行为本身，是有同等价值的。这个道理不能不说清楚。就此，我找他谈过，我一本正经地把事情摊在桌面上，希望他能够严肃地阐明自己的观点。可是他怎么样呢？他捧起我的书，挠着后脑勺，装模作样地蹙着眉，嘴里还“咝”呀“咝”地倒抽着气。“你真有本事啊，这么难的题你都能做啊！”我是使足了劲才拼命克制住的。但事实上，那时候就该给他一下子。

用不着他来提醒我，就我对自己存在的认识而言，从未有过待价而沽的时候。我知道自己值多少钱，“自身是最遥远的星球。”这种说法我向来就不信。

在那所职工业余学校，三门功课考试总分相加不满一百分的共有五人，而我就是其中之一。看起来就像是有意在捣蛋一样；似乎对现行的职工教育政策有何不满，以此来表示抗议。但事实并不如此。在那四堵墙壁围合的课堂里，一种强烈的自卑感，一种绝望情绪，把我的脑子完全搅成了浆状。我还学什么呢？上课铃响了，门“砰”地一下被踢开，许多人一齐涌进教室。“操娘的，儿子踩到爸爸的脚啦！”“操娘的，爷爷偏踩孙子！”——这种顽童般的骂娘声，把我的年龄一下子否定了二十岁。课桌椅是低年级用的，腿必须叉开才能安置得当。桌面上刻着某某是坏人，某某是好人的七歪八倒的儿童体，而那上头的油漆味和口水味又引起了我嗅觉器官的反应。我的同桌有一张低能儿的脸形：尖脑、斜白眼，非但两个鼻腔吸溜吸溜个没完没了；而且脚丫子还散发着“阿莫尼亚”气体。“王老师今天嗓子不行，王老师感冒了，上课时要安静些，听见了吗？”站在讲台上的，看来要比我小上整整一辈的王老师把下面的听众都当成了布娃娃。而她的那张脸则又使我想起在农场的时候，一个常在我们宿舍门前玩泥丸丸的小丫头。记得有一次我塞给她一块糖饼，可刚巧被她母亲撞上，于是便不由分说地被抽了一顿屁股。“……听见了吗？”可爱的王老师居然有时候还用教鞭点着我的鼻子问。“听——见——啦——”我真应该尖起嗓门这么回答；而且还该向她做出保证：两手臂保证放在身后；书写格式保证从左到右；作业本上保证没有墨团团……就这样，一旦被这种气氛笼罩住，我的胸口便会隐隐作痛，眼眶里溢满泪水，整个大脑杂乱如麻。

孤独，在家里甚至比在外面还要孤独。母亲早在十多年以前便死去了。我想如果她在世的话，也未必能够驱散我心头的乌云。外婆把对我的侍候当作她晚年唯一的事业；把对我的怜悯当作她仅有的情感输出，但是她绝对成不了我的知音，成不了我倾吐衷肠的对象。而至于父亲，这个某公司的经理，他给了我一些什么呢？不错，他曾经对我的婚姻表示关心。那是在一个星期日的午后，他醉意朦胧地靠在躺椅上抚摸着母亲的遗像，“炤炤，你该结婚了吧，都快三十了……”他突然这么说道。我不作声。“我看那个挺好，那个常来的谁谁谁……”我等着他谁出个名堂来，但是他拍拍后脑勺就算完了。这种记忆的错误会使一个没有母亲的儿子感到伤心的。三年多来，可以说我没有和一个像像样样的姑娘有过接触，而那个什么“常来的”又从何谈起呢？一条用自卑感和反抗意识构筑成的大坝，把我同我所爱着的以及我所可能爱的女性彻底隔开了。有时候，我觉得自己就像个殉道者一样，漫游在茫茫的苦海之中。

过去可不是这样的。过去，大炮称我谓“情种”，说凡是有姑娘的地方就有我的沃土良田。这小子！

这里，玻璃台板下，有一张集体照，是我在离开农场的时候同大伙合的影。坐在前排的那几个姑娘，现在看来简直个个都能闭月羞花，沉鱼落雁。可是以前，我却对她们竭尽所能地百般挑剔。右三的那个叫李蓉蓉，多美，如同天仙一般，而性情又是那么温和，艺术情趣又是那么高雅，好久以前就知道毕加索、海明威。有一天，支部书记丁老头跟我说：“小徐呵，你这个团干部是怎么做的呵？她们，”他指了指李蓉蓉同另外一个女青年，“她们不是两个身子一个脑袋吗？这几天怎么啦？去，做做工作去……”于是，我便找了李蓉蓉。起先，一切都懵懵懂懂的，费再大的劲，也无法搞得清楚她们两人之间究竟发生了什么事。后来，在一个晚上，一个月白风清的夜晚，我同李蓉蓉坐在河边的一棵水杉树底下，一开始仍然是颠来倒去地说那几句话，什么要多多自我批评啦；什么都是来自五湖四海啦。后来，因为倦了，我才安静下来。这时候，夜莺在柔声鸣啭，河水在汩汩流淌。突然，我的"帮助对象"轻轻地捏住了我的手，旋即一串泪水洒上了我的手臂，那泪水，如同露珠一样冰凉。"你别说了，我对她没有意见，只是，只是……你坦率地告诉我，你喜欢她吗？"

当时，我只觉得她的风度不够，也就是这个原因，导致了我的无动于衷。可是"风度"，方的？扁的？真见他妈的鬼。人们常常宽恕自己过去的感情和行为，但是自身的宽恕并不意味着可以逃脱事实的惩罚，我现在不正面临着一个事实的审判台吗？在择偶的人生大事上，多年来，我总是盲目地着眼于未来。未来，在我的想象中异彩纷呈，并充满了无限的可能。不知为什么，我确信无疑地认为，一个巨大的幸福正安卧在前面的什么地方，并静候着我的拥抱。正因为如此，我才盲人瞎马，使许多珍奇无比的芽苞在身边枯萎、死亡。

没有一张大学文凭，没有一个五位数的存折，没有一个骑士般的身材和风度，一个因受恩赐而被收养的弃儿，一个蜷曲在大都市石阶下的小湿虫，一个呆滞在高级文化科学中心的低能儿——看吧，这，就是未来，我的昨天的未来。"不错的，对方说你不错的，可人家有对象了。怨我，全怨我……""去吧，"我挥挥手，朝着好多事的婚姻介绍人忿忿地说道，"你是窝藏犯，窝藏了耻辱，我的。不管怎么样，我还没有到那种连真实都可以丢弃的地步。"

但是去年三月我同"唐朝大美人"勾搭上了。那是食堂里的一个比我大六岁的洗碗工，眯眼、肥腮、尖嘴。可竟有人认为这全都出自于唐伯虎的画册。"过了三十五，还没有一个主……"我知道这是由于她那一百六十来斤体重的原因。她缠着我讲故事，每当值夜班她就死死地缠着我不放。于是，深更半夜，我就给她讲鬼的故事。出于恐怖，她便将身子朝我移来。渐渐地，这个胖女人在我眼里变得妙不可言，终于有一夜，感官驱使我做了一个莫名其妙的动作。事情很快就张扬了出去，没有几天，全所上下便沸沸扬扬了。"现在没有五千块钱办不成事……"而大美人居然也就赤裸裸地同我办起了交易。我谴责自己，但并不过分，事情搞得不名誉，仅此而已。但我却有更多的理由来为自己辩护：既然高级思维已不能给人带来丝毫的安慰，那么人就不得不去运动他的低级本能。既然人的意识范围受环境的压迫缩得如此之小，那么在这个缩小了的圈子里所感受到的一切都会变形。既然……但是没有，说得清楚些，没有辩护。不想耗费那份精力。回想起来，后来我竟公然同大美人亲亲热热的，为的是用一种对生活、对众人恶作剧的快感维持那荒凉而又冷寂的内心平衡。

还是让我用这散漫的思维继续抬着父亲走一段吧……

我早就不能忍受他对我的漠视了。这种漠视与他对徐焰的藏而不露的感情形成了鲜明的对照。他们之间时常争吵。体制改革、政策变动、国际形势以及所有一切生活现象都能成为纷争不休的起因。但是毋庸置疑，那小子是父亲的骄傲。我时常觉得父亲对他滔滔不绝的宏篇大论很有好感，而那种疾言厉色的训词往往只是为了对不易外露的父爱做作些掩饰而已。可我们俩呢？我们之间除了大段大段的沉默之外，那就是寥寥可数的，和家庭妇女口头上挂着的一般无二的对话："吃了吗？""吃了。""晚上回来吗？""回来。"还有就是："我看那个谁谁谁……"早就想过了，没有父爱，也完全可以过得下去，这在我所失去的当中，还算不了什么。但是不，我们之间的骨肉之情并未泯灭：当他在码头为我能回到上海而闪烁起泪光时，当他在病房里小心翼翼地测试我额头上的体温时，这种感情曾以它的古老和神圣使我激动万分。但恰恰是通过这层温暖的软膜，我透视到了我们关系中的一种更为深刻的东西。

说得通俗些，这个级别不算低的党的干部，在考虑国家的命运，接班人的培养上根本就不把我当作一回事，我的课本，工农业余教育初级教材《语文》上下二册；《数学》上、中、下三册，几乎都成了他夏天拍蚊子的工具。书的底页和封面上很少没有沾上死蚊残骸的。有一次我见他又跳上了凳子，便有意把《高等数学》塞到他的手中，但他立刻就觉察到了："唉！怎么搞的？这是焰焰的书呀，那两本呢？不用的那两本呢？"记得我的回答是："撕了，做手纸了。"八月，徐焰参加了学校的一个什么旅游社，于是便伸手向他要一百块钱。这要求立刻就得到了满足。"名山大川、历史文化，好好看看，了解了解，要爱祖国，希望在于你们，懂吗？”话说得一本正经，而且很有气派。后来，我也打算出去遛遛，自小我就有一个去一次青岛的夙愿。当我把这个想法告诉他之后，你听听他是怎么说的：也就那么回事嘛！没啥多大意思嘛！你身体不是不行嘛！我真是气得差点没有当场向他宣布“一刀两断”！

要说的还多着呢！那天，他敲敲我房门：“炤炤，有人找。”话音才落，便进来了一个摩登女郎。我吃惊地打量着这个素不相识的来者：粉脂、口红、指甲油、项链、耳环，一条很短的色彩相当热烈的连衣裙紧紧地绷在身上，胸脯很高，在我的感觉中已经超过了东方人的可能，估计是做了手脚；裙子的领口很大、很低，整个背部几乎已被裸露到了最大的限度；并且从身上散发出的那股浓郁的香味很快就把我屋里的药棉球味挤了出去。这可算是上海城里在服饰上最有勇气的探险者了。可是奇怪，父亲为什么没把她挡在门外？据我所知，他对这类女性向来是深恶痛绝的，用他的话来说：“这是吞没灵魂的魔影。”有一次，为了S大学外语系的两个打扮稍稍有些出格的女学生的来访，他同徐焰大干了一仗。我非常清楚地记着他最后说的那些话：“只要还有一口气，我就不允许你与这种女人来往，如果你不能坚持到我死之前的话，那么请滚，立刻就滚！”

“对不起，我使你难堪了。在这个革命家庭，怎么容得下我这样的女妖。”说着，来者洒脱地坐到了我的面前。对付这种性格的姑娘，我有经验。我沉住气，两眼逼视着她，不吭一声。果然，她顶不住这压力，不得不用一种真诚的语气叙述了事情的真相。她说，我弟弟是她的lover，他们已经接触好长一段时间了。她经常上我们家来，但如果偶然撞到我父亲的话，那么就按照我弟弟的计谋，说是来找我的。她说他们已经实践了四五次，效果很灵。“你是自由的鸟，而你弟弟却成了笼中雀，这是不是你们的父亲认为他还太年轻了呢？”最后，她这样问。

“这是我们家里的事！”我强压住怒火，才使得这句话的音量不至于使她叫起来，“徐焰不在，你究竟要干什么？”

“今晚的舞会票子，我舅舅给的，他刚从旧金山回来。”

“给我吧……”

“Thank you！”

“你说什么？”

“谢谢，我说谢谢。”

“是的，你应该谢谢。”说着，我接过了那张绿纸片，把它撕得粉碎。

我不是因为无人管教而感到委屈，更不是哈巴狗摇尾乞怜地恳求着什么什么的庇护。撇开其他的一切不谈，叫人受不了的是那种对人的无所谓的态度。父亲，如果在这个世界上，我们能互相换个位置的话，请您想象一下，您受得了吗？

但不争气的是，我自幼就有的那种斗志，那种为了荣誉可以不顾一切的拼命精神，不知怎的已经荡然无存。记得在念小学三四年级的时候，为了战胜学校的“棋王”，我每天来回走两个多小时拜师学艺，坚持了一年半时间。六年级时，我得了全区的乒乓球少年赛冠军，那还不是起早贪黑硬练出来的？可现在，我完全没劲了，垮了，就像稀泥一样糊在什么地方。侮辱、嘲笑、轻蔑、无所谓，一切都朝我涌来。可是我呢？只能躺在床上胡思乱想、胡言乱语、呜哩呜哩……还有就是神经质地突然给人家一个耳光。或许是这个多变的世界把我征服了，各种新兴的、强大的势力逼得我乖乖地缴械投降。也有可能是病魔把我压倒了，我现在连续看书不能超过半个小时，否则的话，就眼冒金星，恶心不已。

打耳光的事是这样发生的。前天，伯父、伯母到我们家来。吃晚饭的时候，话题不知怎么的一下子转到了他家“千金”的那门婚事。对于女儿现在定了的这个对象，这两个做父母的简直是痛恨已极。我听了半天，唯一的缘由就因为那倒运鬼是从农村抽上来的。农村上来的，分配在生产组缝纽扣怎么说得出去；农村上来的，工资还不及十八岁的小五头多；农村上来的，屁文化都没有，屁事都不懂一个；农村上来的，瘦骨嶙峋，病病歪歪，看上去足足有四十来岁……

说实在的，我当时就想把这两个老东西轰出去。这简直就是冲着我来的，又没有挨到你们什么，干吗要和我过不去？农村上来的，农村上来的，我在农村待了整整十年！十年，可不是闹着玩的；十年，生命的五分之一（我料定自己最多活满五十岁）。干吗要和我过不去？你们难道没有看见，一个再也不能城市化了的乡巴佬，就坐在这里！

父亲在一边沉默不语，只有我知道他的这种沉默的真正含意：他是百分之一百地赞同他们的呀！

“都是处理品，都是处理品，”这时候徐焰搭上了腔，“赌博、偷窃、酗酒，他们整天都干这个，据说有的地方还是男女混合同寝，这和原始部落、蛮荒时代有什么……”他看了我一眼，终于刹住了。

所有的杯盘碗碟都在眼前纷飞乱舞，我搁下筷子，张开虎口，掐住太阳穴……一个盘子朝我面前悄悄挪来，这又是外婆的怜悯，紧接着她便朝我的碗里夹菜。“干什么？！”我叫了一声，随后，便将一个鱼丸子朝汤碗里扔去。菜汤飞溅到周围人的脸上、身上。“农村上来的，还懂得吃，还懂得喝，农村上来的，还不至于丧失掉这个权利！”

“唐K！”话音刚落，我挥手就是一巴掌，很重，“啪！”的一下。起先他愣住了，而后便猛扑了过来，于是我们就扭成了一团。当我俩被拖开之后，父亲训斥了他。他是不会训斥我的，从来不会。他指责徐焰狂妄自大，恃才傲物，多嘴多舌，说话没有分寸，不能体谅他人的心情等。但是我丝毫不领他的情，“爸爸！”我跨上前一步，胸脯在上下起伏着，呼吸急促得就像要窒息。“你们都一样，一样把我想象得那么肮脏、无耻，他讲的，就是你想的，这是明摆着的事实……你早就把我当作废物抛弃了。你，还有你们，”我指了指那两个老家伙的鼻子，“你们眼里哪还有我、我们这些、这些……”

“徐炤！”父亲终于咆哮了起来，我见他脖子通红、青筋突露，好，这个模样意味着我对他还有些作用，能使他血管扩张，心跳加速。但是他很快地便平息了下来，然后做了一个手势，那是一个礼节性的“请坐下”的手势。但是我不会坐下，我用一种乡下人的姿态叉腿站着，等待着他的回答。后来，他是这么说的：“炤炤，这两年来我总觉得你有一种怨气，这种怨气是由于某种要求得不到满足所造成的。很不对呀，回城了，应该心满意足了，还要怎么样呢？平心而论，这么多年来，你给社会创造过些什么？你们还能给社会作出什么了不起的贡献？不要再索取了吧……”——这样，他的真实思想就袒露无遗了。

他的话还没完，我就开始咳嗽，拼命地咳，屋子里的烟雾太浓了。我来到花园里，深秋的夜晚，寒气袭人。但是我不管。无论怎么样，外头比较好些。一会儿，父亲给我端来了热水和“非那更”糖浆。我喝过药，见他还站着，于是就挥挥手，意思是请他走开。后来，我就独自踱步到深夜，看着对过大楼的灯一盏盏地熄灭，听着马路上的喧闹慢慢趋于平静，任凭自己的耳朵、脚趾渐渐地变得麻木……而脑海里尽在考虑如何购买船票的事。

天气不好，没有阳光。雾，愁惨惨的，如同我的心情。六号客轮在茫茫的江面上小心翼翼地行驶着。客舱里弥漫着难闻的机油味和呛人的烟草味，“扑扑扑”的轮机声也在无休无止地震荡着，朱红色的装着滑轮的舱门不住地被人推来推去，江风带着水腥味一阵阵地吹来。海蓝色的麦克风就在头顶上一刻不停地响着，这会儿播音员在用普通话宣读旅客注意事项，接下去应该用方言。以前就是这样的。

船往东驶，顺水而下。我的心底里泛起一种“返乡回家”的感情。于是，我便为自己萌生出这种感情而忧伤。过去，可不是这样的。过去，只有当船向西去的时候，我长期绷紧的神经和肌肉才开始松弛，那种甜蜜而又疏懒的倦意才开始升起，而我站在甲板上可以迎来大片的晚霞和璀璨辉煌的灯火。可是现在呢？现在如果没有雾的话，那么我一定能看到海关的尖塔已被远远地甩在后面，而黛青色的山峦也在前头隐约可见。这是一种多么不可思议的感情嫁接呵！

邻座是一个同我年龄相仿的青年人。我见他的行李卷上扎着一把小提琴，琴盒的皮质很好，全新。回想起来，我初次到那片陆地去的时候，也带着一把小提琴。在下乡以前，我已经是个远近有名的青年业余提琴手了。我已经结结实实地拉完了《小顿特》。而据我所知，即便专业拉琴的，能练完《小顿特》的也为数不多。但就是因为我妈妈的那个冤案，好多艺术团体都不敢要我。不过当时我并没有灰心，不知为什么，我总以为任何事情总有破例的时候，问题就在于你是否坚持得住。

我太适合搞音乐了，上帝赋予我的才能在这方面表现得太充分了。记得当年就坐在那里，那边靠窗的第四排还不知是第五排的座位上，有人怂恿我“来一段”，我是不会放弃这种机会的，船上所有的人都被我征服了。他们送给我一个雅号“金火腿”——多么响亮！但是后来呢？后来我参加了农场办的橡胶厂的建造。一个草棚住五六个人，怎么练琴？开头两天还好，大家觉得新鲜："来个催眠的！""来个开胃的！"但是很快就腻了，就厌烦了。有一次大炮躺在床上辗转反侧地睡不着，突然他一咕噜跳起来朝我吼道："你再拉，再拉我就把你们通通丢到海里去！"把我丢到海里去不怕，我会游泳，但我的琴可不行。于是，我不得不先把摊子收起来，把琴锁到了箱子里，然后才一把揪住他的衣领子，呵斥他把刚才的话再说上一遍。要不是周围的人上来相劝，还不定我俩谁的脑袋瓜子要开瓢。这事过后，我在练琴的时候，身上总是暗藏了一把铁器。不过大炮倒好像开始退让了，休息的时候也常常避而不见。但是有一天，他突然满面血污地被人抬了回来。他躺在一堵还未砌好的围墙下午睡，猛地围墙被什么东西撞倒了……他怕我的琴声，累了，不回来，而是胡乱地捡个什么破烂的地方就势一躺……事情就是这样。人是有良知的，我的良知狠狠地鞭挞了我。其结果，就不必多说了。我没有把琴砸了，砸琴，那是无论如何下不了手的。我们是渐渐地分离的，渐渐地，我把它逐出了我的世界。直到这两年，我才能够借助那些美妙的旋律使自己得到一些安慰和解脱。而在过去，即便是再舒缓，再轻柔，再动人的小提琴演奏也不能给我丝毫的美感。四肢麻木，心梗喉塞，回肠寸断，那琴声对于我的效果，仅此而已。

回想起来，如果当时的条件再好一些，要求不高，有个二三尺见方独立的小草棚，或者诸如一小片枝叶茂盛的树林子、一个无人嚷嚷的井台边，那么，我现在绝不会落到这步田地。但是没有，根本没有，煞费苦心也未找到。说来几乎不能使人相信，不信就不信吧！尽管，于今连我自己也时常怀疑，我这个人是否生来就缺乏那种战胜环境的能力，但是我这里所说的一切则完全是真实的，而且看来是任何意志都难以解决的。三合土、水泥、脚手架、升降器、工作服上白花花的汗斑、团成一堆的破袄烂衫、落入飞蛾的喝剩的菜汤、喜怒无常的大海，闭上眼睛，我的脑际闪过的就是这些。

我被毁掉了，一方面是由于生不逢时；另一方面则是因为我后来对那个农场、那个耗去我十年青春建造起来的厂子过分的眷恋。早先我认为：感情丰富、缠绵一些算不上什么不好的事，即便是作为一个男人，也未尝不可，但是如今我知道，这是一种致命的“性格损缺”。在人生的三岔道口，决胜阶段，我往往感情泛滥，意气用事，最终弄得后悔莫及，抱憾终身。这就是由于那种“性格损缺”。记得恢复考大学那年，我和许多人一样跃跃欲试，“考得上吗？”丁老头问我，“考上了放不放？”我不作正面回答。“放，当然放。为国家输送人才，应当高兴嘛，哈哈哈……”这是假的，那笑声掩饰不住其中的虚假。只有傻瓜才相信这老头会高兴，他离不开我，离开我他心里就不踏实，这是明摆着的。没了我这个电工班长，说不定什么时候他的机器就成了死铁一堆。再说，还有“车、马、炮”呢？没有了我，他从哪儿找对手去？“暂时叫大炮接替你的工作，另外再招收一个本地人进来……好好温习吧，好好温习，还年轻着呵……”听了这话，我心里既酸楚又感激。可是后来正如我所料，出事故了。大炮这家伙，我说他不及我的一个脚趾头，他还同我吵。配电间出了故障，全厂机器停转，那么多橡胶呵，完全报废了。出事的时候，我还不知道，那晚，我在厂区后面一条田埂上踱来踱去，背着淝水之战这边出多少人，那边出多少人等乌七八糟的东西。后来透过夜色，远见一个人影在一堆黑黝黝的原料旁徘徊着。上前去，才看清楚是丁老头，那老头哭呵……我当时破口大骂，污言秽语，脏话连篇，感情轰然决堤。后来，便下了这样的决心：不把那两个蠢货教得聪明些，就绝不交班！

事实上，我才是货真价实的蠢货，徐焰的“唐K”。看，就这么莫名其妙地，完了。眼泪，老年人的眼泪算得了什么？他心里难受，就通过眼泪排解掉一些，没有比这个更为一般的了。世界上有多少人在流泪，我就在流泪，心在流泪！可也没见到有谁肯为我牺牲点儿什么。而至于那些损失，比起现今所知道的一些无度挥霍与侵吞，又算得了什么呢？就我那么高尚，那么无私？可是这种廉价的献身精神，在现代来说，不成为社会的消费品，难道还能获得什么绝对价值吗？

机缘，一生中能遇到几次机缘？都说那年考大学容易。数学：有理数、代数式计算占去近三分之一；语文：写篇记叙文——《一件小事》。对于这种考题，只要有时间突击一下，完全可以应付得了。可现在你再去试试，不把考卷看作天书，就算你不错了。再说，又有多少人在竞争？像我弟弟那样的，比你年轻十岁，一口气能背五十多个英文单词，写文章就像做游戏一样随便，你斗得过他们吗？机缘，人的胜利就在于能够瞅准机缘抓而不放，道理都懂，我那本抄录格言的小册子中，这种道理比比皆是，但生活的实践则完全又是另外一回事。

想到这里，我开始对自己的这次行动感到不可思议。是呵，这是朝哪儿去呢？再过几小时，就可踏上那片土地了。那里的水是咸的，空气是腥的，风是凛冽的。那里文化落后，愚昧不堪。那里耗去了我整整十年的生命，而留给我的则是一个不光彩的鉴定和一个意志崩溃了的躯体。我这个才满三十的人，已经看不到前途了，甚至还不及老年人。老年人往往还可以靠一些能聊以自慰的回忆安度晚年，但我没有，我的一切都被否定了。是的，我应该恨那个四面环水的岛子才对，怎么恨都不过分。如果当年不去那里，就在城里死乞白赖地不走，或者是在那个什么第二故乡燕子戏水般地掠一下，而后就翩然而归，那么我现在就可能已在艺术领域里赫赫有名了。

在中学毕业分配的时候，我是不想下乡去的。那两个要好的同学倒是老在我耳旁嚷嚷，什么“城里待腻啦！”“家里没意思呵！”可我的思想一开始就同他们大相径庭。我梦想着进我的艺术殿堂，而全国赫赫有名的交响乐团和我的艺术导师距离我家才几站路。可没想到，后来倒还是我第一个打起背包“开路”！当时，父亲是怎么说的我忘了。反正他是劝我走。记得我曾经还冲着他这么说过：“我走了，你也就有资本了，人家也就会说你保持老革命的本色了，对吧？”还有伯父伯母，他们也来过，还说“四清”的时候在那里过得如何如何舒坦，精力旺盛了，胃口也开了，大便也通了，总之把那里吹得天花乱坠，神乎其神。然而给我印象最深的则还是一个姓白的女人。这个每月拿国家三十五块钱工资的里弄干部，那阵子天天迈着她那两条肥短的腿朝我们家跑，而且一坐就是几个小时，她老是揪住我那个红卫兵的身份不放，“红卫兵呵，要带头呵！”如果我窝窝囊囊地嘟哝几句，她马上说：“红卫兵呵，怎么能说这种话呵？”这样，一下子就把我的嘴堵住了。后来，这女人干脆来个先斩后奏，纠集了一批王八蛋，趁我不在的时候，敲锣打鼓地把什么喜报糊到了我家门口。可是就在前年，我才回上海没几天，由于工作一时没有着落，便跑了几次安置办公室。在那里，我碰上了她，看得出，她早已把我丢到九霄云外去了。她对我很反感，这一定因为几次询问给她带来了麻烦。“早年走的时候，口号叫得震天价的响，现在又来没完没了地缠，你们这批小爷叔也太难侍候了。”我当时差点没扑上去把这老太婆掐死完事。

我在那里的时间待得太长了，如果不是因为身体实在不能适应那里的生活、工作条件的话，我还会傻待下去。这种人生的迷惘太不像话了，为什么不早一些觉醒呢？考证一下吧，那些在逆境中自学成才的，有所作为的，以多少多少分考入什么什么学府的，几个像我这样长年累月、没日没夜，为了一个几百个人的场办企业呕心沥血的？当然，我说这些话绝不是对那些同志有什么看法。他们是智者、强者，是祖国的骄傲，民族的光荣，他们一开始就非常有远见地认准了一个目标，然后坚韧不拔地在极为艰难的环境中奋斗不息。但是话再说回来，我弟弟这种人算什么？初中一年级，正赶上“文革”结束，接着考学制度恢复，学校一切都走上正轨，学习条件俱全，教材、书本、导师，什么没有！分数面前人人平等，每一扇门都敞开着。他有什么资格那么骄狂？聪明，是的，不否认他聪明。但是聪明又算得了什么呢？十年以前，我也聪明，而且聪明绝顶。一架钢琴摆在那里，五个手指按下去，别人听来浑沌一片，而我却能分辨出它的音阶、和弦。夜晚，风在絮语，我能找出其中的旋律，而后把它整理成小夜曲。可这又有什么用呢？许多胜利除了属于个人的之外，更多的是属予社会的。别看你身上五光十色，但那大部分是属于时代的折光。别老是把社会的功绩朝自己身上拉。用不着耀武扬威，用不着趾高气扬，用不着……我太激动了。可能是由于神色，也可能是由于某种下意识的动作所致，对面的一个乡下人突然朝我问了声：“做哼？”“哼！”——多么熟悉的口音。那里的人们把“啥”念成“哼”，“啥事体”叫“哼事体”，“啥东西”叫“哼东西”。“做哼？”我哪里知道我在做哼？我不是以我的行动在对那里的山山水水、草草木木表示着什么吗？我爱你们。我离不开你们。你们是最好的，比城市好上千百万倍，你们哺育了我，把我从小苗苗养育成了参天大树，我来啦！让我们亲吻吧！拥抱吧！做这些，行了吧？在一个人意识不清，情感紊乱的时候；在一个对自己的行为不知所措，而又无能为力的时候，还粗声大气地“做哼！”瞧！人类彼此之间就是这么沟通的。

第二天下午我上了岸。可能是由于在上海的柏油马路上走惯了，下船之后，我感到脚下的土质非常柔软。土是赭红色的，上面铺着一层细沙，其中掺杂着一些五光十色的贝壳和造型漂亮的卵石。这些玩意儿在上海还是蛮值钱的，而在这个码头上遍地都是。如果这片陆地还有骄傲的话，那么可能就在于此了。以前，每当下船之后，我便会有饥饿感。不知是什么道理，可能是条件反射，在家里拼命地塞，以至见了油腻腻的东西就想呕吐。但是一下船我还是想吃，最好是马上让几块肥肉顺着食道滑下去才过瘾。但是现在没有，现在胃里一阵阵发潮，不住地嗝酸，但这不是“饿”的信号。

故地重游，按理说应该有许多“文章”好做。这里看看，那里摸摸，饶有兴致地同一些老农聊聊，对一些新修建筑发发议论和感叹。但是我没有，我勾头缩颈仅顾自己胡思乱想。对于我的到来，人们会持什么态度呢？我现在才考虑起这个问题。当然，住大炮那里是肯定的。但总不能深闺小姐似地避而不出，藏而不露吧？“混得不错吧？”“官运亨通吧？”一定有不少人会这样问我。尽管对这些问话难以作答，但只要对方是善意的，总还好办。可如果出现其他的情况怎么办？不是如果，一定会有的。我当时的人缘并不怎么样。我打过派仗，把持不同观点的对方一个个骂得狗血喷头。我耍过威风，凭借电工班长的职务，不顾他人的自尊心狠三狠四、吆五喝六。我还老对那些在领导面前提我意见的人耿耿于怀，动不动就给人家小鞋穿。更为严重的是，我还扣押过人，把人家关在一个小屋里，剥夺其几天几夜的自由。这些人见了我会持什么态度呢？那个孙瘸子，他会怎么样呢？这个多年的对立派不狠狠地咒我才怪哩。“呸！”他一定是先狠狠地唾上一口，然后便一瘸一拐地扯着沙哑的嗓门大声嚷嚷：“这个瘪三来做什么？这个瘪三还有脸来？把这个瘪三赶跑！”这都能料到了。还有一个叫什么“冲头”的，就是他被我无辜扣押了四天四夜。当时大炮的一块手表被窃了，不知怎么的疑点竟排上了他。于是我就同几个民兵一起搞逼供信。后来，真正的盗贼被捉拿归案了。就这样，他便发誓：这辈子一定要请我吃一刀子。可能因为我当时在农场不是个等闲之辈的缘故，他终究没敢轻举妄动。这回好了，这回可以无所顾忌地干了，动刀子是不敢的，可是动动手，动动脚呢？当着众人的面吭哧吭哧挨那么几下才漂亮呢！

我在田埂小道上踽踽而行。四周的田野所给我的只是模糊不清的色块：黄的、绿的、赭色的……我这个人属于主观意识非常丰富的那种类型。这可能是出于遗传或者是其他等说不清楚的原因。我喜欢印象派的作品：莫奈笔下的太阳，多么有趣，还有德彪西的交响乐，那个海。是的，作为一个天生的印象派艺术家的我，如果现在思想开朗、心境很好的话，那么周围朦朦胧胧的色块，不定会变得多么清晰，多么艳丽，一切都会大放其光彩。

前头，一片树林子挡住了我远眺的视野。但是我知道，只要过了不远处的那座石拱桥，一个拐弯，所要见到的一切都将尽收眼底。身子在打着寒颤，脸颊泛起潮热，心脏一阵阵紧缩——对着担忧、悔恨、酸楚以及与隐痛掺和在一起的某种希冀的压迫，心脏开始保护起自己。

那么，就算看到了：灰白色的厂房，排列齐整的宿舍楼，红砖墙以及连接着厂区和生活区的绿色林带……还有水塔，三十多米高的水塔，高高地矗立着，似乎象征着什么值得纪念的东西，但这肯定与我无关。现在回想起来，没有从那上头一命归天，还真算万幸。当然，这指的不是坐在箩筐里悬在空中往塔顶上涂写厂名的那次。那次，当我涂完最后一笔之后，大炮他们突然一松手中的绳子，把箩筐连同人猛然下坠了十来米，吓得观望的人群哇哇乱叫。那不过是个别出心裁的玩笑，厂房落成了，太兴奋了，以此来表示庆贺。而我要说的是那个夜晚……那晚上，我攀在脚手架的最高层安装电器线路。突然，脚底下晃悠了起来，起初，我还以为是疲劳过度，头脑发晕的缘故，便闭上了眼睛。但我很快意识到根本不是这么一回事，为了躲避这陡然间压来的灭顶之灾，我本能地朝着水塔顶上跃去，当我的身子还在空中腾着的时候，“轰隆”一声巨响，整个脚手架全都倒了。冷汗，冒了出来，周身上下湿淋淋的像被水洗过一样，我开始虚脱，瘫软地倒了下来……夜空是邈远的、湛蓝的，星星在闪烁着，似乎在同地面上的生物进行着神秘的交流。月亮被云层掩映着，弥漫着朦胧而又柔和的光晕。远处，静憩的海就像一条狭长的银带，被晚风微微地吹拂着……那时，我躺在三十多米高的钢筋水泥板上，在逃脱了死神的拥抱之后，想了些什么呢？如果现在需要的话，我可以毫不费劲地用文字把它重现出来。这并不全靠记忆，还得靠理解，我说过，对自己，我很理解，无论是现在还是过去。

死神，对一般人只光顾一次，来了，就把他带走了。可是对我则特别恩宠，不断地探头探脑，在整个建厂时期，我三次被电击休克，一次从高空摔下来。可事后，我绝不会想想什么"人的价值"、"人的真谛"。只有现在，人们才习惯于从自己身上找这个、寻那个：什么目的达不到了——"我活着的意义在哪里呵！"；和丈夫过过没味了——"女人呵！不幸的女人呵！"那个时候，我们是愚蠢的、麻木的。不说其他的，就是死亡的威胁都不能使我有一丝一毫的苏醒。对于生命的本身，根本就没有过问的意识，而从死亡的边缘走过之后，除了骂娘，除了自认晦气之外，就是凭借着幻想编织一些感人的故事……那晚，美好的大自然一定又引起我这样的幻想……我死了，大理石般地躺在地上，于是人们失声痛哭。大炮发疯似地号叫着，小陆子的眼睛哭成了两个"红桃子"（那时候他的眼睛还没瞎），李蓉蓉则一开始就晕厥了过去，而一旦苏醒过来，便不顾一切地扑向我，在我冰冷的颊和苍白的唇上和着泪水拼命地亲吻起来……然后，哀乐、花圈；再然后，众人们宣誓……是的，我当时的脑袋瓜子里一定是这么回事，不会再有其他的。现在想来，这不仅可笑，而且令人恶心，催人呕吐。这就是死亡光顾之后的痕迹。对于这个，我弟弟以及我父亲这般人一定是难以想象的。而这种天真无知、单纯幼稚，一旦为公众所知，又怎么样呢？除了耻笑、讥讽、嗤之以鼻之外，难道他们还会从中发掘到一些闪光的东西吗？

秋风萧瑟着。一排排围着墙根的茅草和野艾此起彼伏，流经厂区和生活区蔬菜田的那条河中的水，泛着粼粼的光波。东面，在墙角处有一个小小的湾，那里我们曾经竖过一个石碑以纪念小陆子的那双眼睛，那双大而明亮、清澈如水的眼睛。"师傅，师傅。"这个比我小三岁的徒弟，在我屁股后面转了两年。他长得非常高大，是我们电工班里最高大的一个，但言谈举止又完全像个孩子，喜欢听故事、咬指甲，喜欢撅起屁股朝大炮他们的嘴里打屁。除了我以外，谁都要惹他，和他闹着玩。但是后来，他的两只眼睛被电弧击瞎了。提起这事来，我的心感到刺痛。我把一个深重的罪孽，狠狠地压在自己心上。尽管谁也不会责怪我，因为对于这个事故我没有直接的责任。当时我俩的师徒关系已早告结束。但是我毕竟还是被他唤作过“师傅”的。我这个连狗屎都不如的师傅为什么不早些告诉他隔离开关起火的时候，应该先关总电门，而不应该用木板去扑救？为什么不早些指点他如何正确地安装保险装置呢？当然，我也不懂。我除了从一个退休老工人那里稍稍了解了一些电工知识之外，从未受过系统的学习和训练。但问题不在这里，完全不在这里。当一个人的亲人、好友，遭到了巨大的灾难，那么他的痛苦很可能会导致自我谴责。这种谴责随着受害者的存在而存在。他只有具备了一颗自责的满载负荷的心灵，才有资格为对方分忧。

当小陆子离开这里的时候，农场问他有什么要求。他拍拍衣兜说：已经拿了二百多块补助费了，什么也不需要了。如果以后遇到困难的话，再说吧！但后来据我所知他仅仅来过一封信，仅仅是要求开一张什么证明。过了很久，建厂之后，有一天黄昏，面对着漫天的晚霞，我们为他失去的双眸竖了一块小小的石碑。这不是他的要求，他想不到这个，从来也没有一句“记着我”、“别忘了我”之类的语言。那个时候，他们太慷慨了，什么都不要。说起来，小陆子的牺牲还不是最大的，还有转眼之间就一命呜呼的。我曾目睹了一幕惨剧，升降器上的钢缆突然断了，几个知青被摔得惨不忍睹。人死后，家属大哭小闹，要这要那，而这些人自己要什么呢？他们什么也不要。不乞求社会给他们一些荣誉，不奢望在人们的心灵中占有什么地位。或许，正是由于他们太慷慨、太简单的缘故，现在，大家对他们的功过是非的评价，仅仅是套上一句“时代的牺牲品”便算完了。

是的，现在谁还相信我们曾经做出过些什么，做电工？学过物理学，电工学吗？懂得马达的转速与极数的关系换算吗？会运用最起码的欧姆定律、焦耳定律、基尔霍夫定律吗？在哪个师傅的门下当过学徒，懂得实践操作规程吗？不懂！我们什么都不懂！但是不应该因为这个就把我们的过去完全否定掉，为什么一定要用对现代青年的要求去套当时的我们呢？这不同！时代不同！我们所做的是另外一番努力，经过的是另外一种更为严峻的考试。如果把过去和今天相提并论、等量齐观的话，那至少是一种神经错位的表现！

“电工，拉一路照明线！”“电工，接个水泵！”“电工，换个水银灯！”这么多年过去了，可在睡梦中，有时我也会被这喊声唤醒。那时，基建工程、设备安装同时进行，几乎每一刻都少不了我们这几个“天之骄子”。我们确确实实是当过电工的呵！我们犯过许多错误，耽误过许多事情，给国家带来了许多损失，但这能怨我们吗？为了摘掉农场的亏损帽子，确保七一投产，就是为了这些目标，请上帝作证，我们是怎么豁出命干的呵！

记得就在试产的前一天，我突然在一台炼胶机旁倒了下去，脑袋被撞出了一个大血瘤。这刚巧被丁老头看见，于是我腰间的“皮册子”不由分说地被解开了。“给我立刻回去，躺下！”他声嘶力竭地叫道。但是后来我走错了门，走进了就在我们隔壁的一个女宿舍。这夜，太黑了，而由于几天几夜没睡觉的原因，眼前的一切都已经恍惚不定了。在一张不知谁的空床上我一头栽了下去，丝毫没有觉察。但我的女同胞们没有撵我走，十几个小时都未撵我走。当我醒来的时候，我发觉那脏不可言的鞋袜被脱掉了。身上盖着一条簇新的线毯。她们端来了漱口水、洗脸水和糕点，同时还笑吟吟地告诉我，试产成功啦！她们还说：“你放心吧，你就休息吧。”“你太累了，再睡一会吧。”“没有关系的，我们都出去。”

“瞧！不错吧，你睡过来，我睡过去。”如果这事让徐焰知道了，他很有可能会这么说。他怎么能理解呢？我们的年龄相差得太多了。十年，多么漫长而又无情的岁月！

厂门口，一个不相识的女青年拦住了我。我告诉她，我找大炮，“找谁也不行，有制度，你没见吗？”她朝着门房间挂着的一个玻璃镜框示意了一下，“下班以后吧！”下班时间是五点钟，那就是说，还得在外头逛几个小时，而我现在是多么想喝上杯热茶，好好地睡上一觉。船上的一天一夜，从码头到这里的三里半路程，对于我这个有病在身的人来说，难道还不够受的吗？我火了，提起旅行包，径直朝里走去。女青年一把拽住了我，而后就像喊捉贼一样地喊了起来："抓牢他！"一下子。过来了七八个人，团团把我围住了。一股浓烈的橡胶味呛得我喉头痒得难受。这些人全都穿着工作衣，整个身子和脸部都被"炭黑粉"粘住了，根本分不出张王李赵。他们之中应该有人认得我的，应该有人站出来打个招呼："喔，来了。"不图别的，只需这一声就可以了，就好办了。但是没有。"出去！"还有人竟敢提着我的衣领重重地拖了一下。我不动声色地站着，咬紧牙关，不说一句话。绝不自报家门，绝不作任何解释，这就是我现在能够做出的唯一的反抗表示。我承受着一切，冷峻而又木然。

"老徐！老徐！你怎么？干什么？滚开！老徐……什么时候……滚开！都滚！"

我听出来了，这是大炮。

他汗水涔涔地挤到了我的面前，他有些变了，瘦了，那个粘粘乎乎的双层下巴有了棱角。

"不许走！"我突然用一种命令似的口吻对周围的人说道。然后便一把拽过大炮，朝他问道，"是我变得认不出来了吗？"话尽管问得有些莫名其妙，但他还是一下子就领悟了。

"你们，都不认得他吗？这里三个我知道，这里呢？你呢？"

"不，不认识。"一个黑面人怯生生地答道。

"这里两个呢？你们呢？什么时候进厂的？"

"前，前年。"

大炮朝我看了看，但我仍不想罢休："我说过，是找你的。""啊？"他猛地又扭过头去。

"咯……"看大门的女青年突然笑了起来，"我可不知道你叫什么大炮，大炮，咯……"

除了我，所有的人都笑了起来，连大炮自己也忍俊不禁了。他挥了挥手，人群便一哄而散。

我们朝着生活区走去。

"老兄，怎么也不来封信？""老兄，能住多长时间？"他老兄长老兄短地问个没完没了。大约是我回话时的厌倦情绪引起了他的误解，于是他便就刚才的那个不愉快的事情作起解释。据他说，厂里的人员变动很大，随着考大学、上调、顶替的走了一批之后，老职工剩下不多了。目前，绝大多数工人都是从连队里新抽来的。而至于他本人的那个“大炮”的雅号也早已不用了。“现在是老马，动力车间主任老马！”说完，他又哈哈地大笑了起来。

宿舍里摆着两张床，一张写字桌和几把椅子。房间显得干净、舒适，帐子雪白，床底下的鞋摆得整整齐齐，墙上还挂着印有桂林山水风景的日历，桌上的书籍用白布蒙着……他手忙脚乱地为我倒水、泡茶、铺床……一会儿他叫了起来：“妈的，这是我的洗脸手巾，你怎么拿去揩脚了呢？哈！哈！哈！”直到这时候，我才附和着他笑出声来。

松软的被褥，除了散发着棉絮被日光晒过之后的气味之外，还有大炮身上特有的那股油腻味。这太熟悉了，我们过去常常挤在一个被筒里过夜。一方把自己的臀部嵌在对方的小腿弯里，这叫“套裁”。每当冬天的夜晚，这种“套裁”是绝对少不了的。

一种早已被忘却了的松弛而又宁静的感觉在我的躯体和四肢间慢慢地弥漫开来。我一把抓住这种感觉，生怕它溜走，并且闭上了眼睛细细地品味着。这就像那些搞作曲的在一片毫无色彩的音响中，突然把一个辉煌的若隐若现的精灵狠狠地按住了一样。我似乎是成功了，但也可能这本身就是个误会。这种每日都有的，临睡前短暂的安分，只是因为同过度的紧张、劳顿、疲倦相比较，才有了不同寻常的价值。一下子，我又圆睁双眸，驱走了那徐徐罩来的睡梦。无论怎么样，我还是努力想使生命在这种状态中保持清醒，更多地享受享受……枕边有烟，我燃起一支，慢慢地吸着。接着，又打开了床头的一架半导体收音机，很巧，收音机里播着我所喜欢的交响曲——斯梅塔那的《伏尔塔瓦河》。渐渐地，我随着畅流的河水，穿过森林，绕过田庄，奔向平原。但是突然，人们开始战争、拼杀，一会儿，胜者振臂呐喊，败者落荒而逃，而我却落到了一个深水湖中，温暖而又多情的湖水，轻轻地在我耳畔细语，直到我完全失去知觉……

一阵激烈的敲门声惊破了我的梦。还未待我欠起身来，门“通”的一下被撞开了，紧接着涌进了好多人，这些人我全都面熟，但不一定都唤得出姓名。

“怎么一来就睡大觉呀？”随着话音，我被一双有力的臂膀拖了起来。屋里闹开了。

“胖了，呵呵呵，胖了，瞧气色多好！”

“老婆呢？不是听说结婚了吗？”

“早把我们忘了吧？”

“怎么可能呢？这不是来了吗？包里一定还有许多好吃的，不信，你就翻开看看。”

真是该死，来的时候，我是想过要去食品店买点什么的，但后来居然把这事忘得一干二净。旅行袋被拉开了，一套换洗衣服、一双拖鞋、两双在船上换下的还未来得及洗的臭袜子、药品、书……去年春节，我空手去一个同事家里吃了顿饭，后来，被人戳着脊梁骂小气。现在真是变得越来越“马大哈”了。那个记忆的仓库甚至连生活教训都储藏不了了。我窘得面红耳赤。但是还好，从他们的充满善意的笑骂中听不到其他的味道。我放下心来。

“喂，给了你多少奖金？”突然有人这样问我。

“什么？”我不懂意思。

“W型遥控器，评上了发明奖，连收音机里都广播了嘛！”

天大的玩笑！“没有，没有。”我连连摇手。

“别瞒着啦。去年三月，那个几号……正是吃晚饭的时候，我儿子先听见……”

去年三月，对我来说那是个什么季节呵！

“算啦！算啦！刚见面就缠这些干什么？”插话的是个我非常熟悉的炼胶工。他看了我一眼，那眼神似乎在说：“真是少见多怪，一个W型遥控器对你来说又算得了什么？”

很奇怪，当我应该对此做出明确解释的时候，居然没有了这种勇气：“哪里……没有……嗯……比起你们来，差远啦……”什么话？含含糊糊、支支吾吾，就像是一个真正的发明者的谦恭之辞。

为了摆脱困境，我提出到外面走走。如同领袖人物一样，身后居然形成了一条长长的龙。过去，这种情景是经常有的，我领头，大伙儿尾随。这里，去几个铺动力线；这里，去几个修照明灯；这里，去几个小工干什么干什么；就是这样，一段一段地把我的尾巴割掉。尽管在这几年中，我不止一次地在梦中重温这失去的天堂，但是现在，我却又非常不安，就像突然发现失落已久的某种珍品时的不安。欲拾又怕，顾虑重重，甚至还疑心其中是否暗藏着什么欺骗。于是，我站定了，突然说了句："大家有事，请，请回吧！"但是我的话被"徐炤来啰——"一声喊，割得七零八落了。

"徐炤来啰……"这喊声打破了乡村黄昏的静寂，震得垂落的暮色微微发颤。宿舍楼窗户的插销"叭叭"作响，一个个脑袋探了出来。我一下子觉得自己已经沐浴在许许多多小太阳的光耀之中。

"够了，够了。"我在心里狠狠地说道，"你不该成为注意中心，不该得到这么多的光明。这没有好处，收场吧，趁早！"但这已经是不可能的了，有许多人在朝我招手……突然，我看到了孙瘸子，他趴在三楼的一个窗口上，两只瘦长的手臂在空中舞动着。"别走啦，别走啦，还上哪去呵？那十来瓶够你喝的了，还上哪去呀？"没有比这个更使我不能解释的了，这究竟是怎么回事？

"你可真来劲呵，真该谢谢你这老朋友啦！"大炮话里带刺，但孙瘸子曲意逢迎，毫不尴尬：

"呵哈，哼么瘪三话？哼么瘪三话？""真不要脸。"大炮无可奈何地嘟哝了一句，但是我却狠狠地捏了他一把，接着便在他的耳旁悄声而坚决地吐了个字："去！"

那一年，我们在辩论会上争吵了起来，他点着我的鼻子骂我是狗崽子，而我却无中生有地诬蔑他"轧姘头"。后来，我们的关系便从未能够解冻，并时有摩擦发生。过去那些事情他能够忘却？我绝不相信。不过这个人是很直率的，我知道他具有奔放的感情都是真实的，那么，也就是说，我身上一定有些什么东西，驱使他把往日的嫉恨压到了心里，而在时隔几年后的今天，纵然朝我张开手臂。我被感动了，但弄不清楚是因为他的友善姿态，还是因为对自己有了新的发现。但是，晚餐最终还是在厂部会议室里举行的。这是丁老头的决定，听见有人讲，知道我来，他忙了整整一个下午，连蔬菜队和养鸡场都跑了一趟。

十五六个人把二十来平方米的小会议室挤得满满的。狭长条的桌子上摆满了酒和菜，人们笑语喧哗，欢聚一堂。过去，我往往能够成为这种场合中的灵魂，人们情绪的高低，餐桌上气氛的渲染，如果有兴致的话，不是吹牛，我完全有能力一手操纵。可现在尽管我朝南居中而坐，尽管人们用那些欢声笑语圈出了一个广场，等待着我尽情发挥，但我却无论如何也活跃不起来了。在座的，我大都认识，不过也有不认识的，那边坐着的几个很漂亮的姑娘就不认识。按说至少在这些不熟识的异性面前我总得稍稍地自我表现一下吧？可在她们彬彬有礼的询问下，我张口结舌，脸红脖子粗，连个完整的句子都组织不好，弄到后来连自己家里有几口人也说不清楚了。尽管在这种气氛中我很高兴，但我还是为幽默感、诙谐感，为能从肚子里掏出一篓子一篓子俏皮话的才能，为一切能使我身上增添光彩东西的远离，而萌生出一缕悲哀。

“吃呀，吃呀，怎么客气起来了？这都是招待你的呀！”丁老头不住地朝我碗里夹菜。

“呵，谢谢，我自己来，太麻烦您了，谢谢……”但是话刚出口，我便窘住了。这种客套话太不上台面了。怎么谢？这种盛情，这种洒向荒芜心田中的甘霖，怎么谢？三跪九叩？还是肝脑涂地？

好在大炮把话题转向了另一对男女青年：“怎么样？”他扯着嗓门大声嚷嚷道，“今天就算是你们的订婚酒吧！哈！哈！哈！”

“定下来，趁今天徐焰在场定下来。谈，还是不谈？谈，就三对六面讲讲清楚，不谈，就别一天到晚眉来眼去的，哈——”立刻就有人凑起了热闹。

“男的先表态，男的先表态，简单些，喝酒三杯，就表示，你爱她；三杯不足，那就是另有所欢……阿芳，你别紧张，好，预备——开始！”

多么好的主题，这比谈我要有意思多了，尽管我这双0.3的近视眼看不清楚那对幸福的年轻人是谁，但我还是从心底里替他们祝福。

有人嚷嚷下酒的菜不够了。

“到食堂去看看。”说着，大炮便朝外走去。

“搞几个热炒。”丁老头吩咐道。

“懂了。”

但一会儿，一个穿着食堂工作服的傻头傻脑的饭师傅推门进来，“丁书记，大炮要炒小锅菜。”

“呵？喔，好哇，那你就快去相帮相帮吧。”

“丁书记，制度是不是你定的？”

“是呵，是我定的呵！”

“违反制度要不要扣奖金？”

“要呵，要扣呵！”

“那怎么办？”饭师傅挠着后脑勺。

“那就扣我的奖金呵，可小锅菜还是要炒呵！”

屋里发出一阵笑声。丁老头站起身来，上前搂住了饭师傅的肩膀，在他的耳旁叽咕了几句。很快的，饭师傅便把脸转向了我，并且不住地点头：“嘿，你好，好……”我也只得欠起身来一次次地回礼。好不容易，他磨磨蹭蹭地走出门外，可转眼间又返了回来。扶着门框，他大声问我：“回锅肉吃不吃？放大蒜！上海人好多都不吃大蒜，你吃不吃呵？”

又闹了个满堂彩。但我被他的热心肠所感动，于是便一本正经地说，我吃大蒜，生熟皆可；另外，如有大葱的话，也可以来点，最后，我谢谢他的诚意。没想到，这几句话把整个宴会的气氛推到了最高潮。这个成功是意外的，我可没料到。

宴会散了。在结束的时候，人们为我的住宿问题又争执了一番。大炮被指控为有“饲养臭虫癖”，这使他大为恼火，说谁要是能够找出一个，他就当众吞掉，找到多少，他吞掉多少。后来，还是丁老头出来拍板定局，他说当晚我就与他睡在一块儿，而以后究竟如何，则完全由我自己决定。

人们都走了，但我的身上继续存留着某种激动，某种恬淡的纷乱。丁老头来到了我的面前，长时间地审视着我，然后用两只粗壮的手托住了我的腮帮，“瘦了，”他摇了摇头，“瘦多了，也变了。有心事了，看来还不小。”我俩相距这么近，可以看清楚他脸上的每一条皱纹，和饮酒之后眼里冒出的血丝。他老了，整个脸上的皮肉比过去更松弛了，眼睑下面垂着两个鼓鼓的囊。突然，我离开了他，然后仰躺到了床上，借着酒兴，让抑制不住的泪水在面颊上纵横流淌。丁老头有些慌乱地问我是不是因为酒喝得太多了？我摆了摆手。

“那为什么？唼？为什么？”

我翻身坐了起来，抹了抹眼泪，擤了擤鼻子，长叹了一声：“唉！你不理解啊，不可能理解。”

他慢慢地走到了窗前，烟火在灯光和夜色的交融之处一明一暗。一会儿他自言自语地说道：“是呵，不理解，老啰，看着你们在难受，也无能为力啰……”这样一来，我竟开始怜悯起他来，于是，便主动提议是否下几盘棋，但是他摇了摇头说：“睡吧！”

我们关灯上了床，以前他是一落枕就打呼噜的，但是今天没有。不知过了多长时间，他欠起身来凑着我的耳朵说：“没事的话，明天就干活吧，把过去埋的那几条电缆线挖出来，给你二十个人……”我知道这是什么意思。“都干活去，都干活去，一闲下来就给我捅娄子！”从前，他老是朝着那群捣蛋鬼这样嚷嚷。尽管我的身体还完全不适应野外作业，但我仍然在被窝里“嗯”了一声。

睡不着，无论如何睡不着。我爬起来走出门外。建筑物在夜色中只剩下了轮廓，厂区中心的水泥道被月光照射着，泛着水似的白光，办公楼前花园里的棕榈树、香樟树在晚风的吹拂中窸窣作响。前头，只有一车间的灯还亮着，并传出了炼胶机嗡嗡的滚动声。我朝那里走去。可是在车间门口的高压水银灯下，我突然看到了李蓉蓉，她正在往记录卡上填写着什么。没有料到她也在做夜班，如果知道的话，我一定不会上这儿来。以前，技术员是不做夜班的，不知是什么时候改的章程。躲过去是来不及了，我只得硬着头皮朝她走去。

当她看清了是我的时候，轻轻地“呵”了一声，紧接着，我感觉到她打了个寒战。

“李蓉蓉，你好吗？多年不见了，怎么样？是呵……天冷了……天一冷这橡胶……你怎么做夜班了？……”我呼吸局促，心慌意乱，不知道说了些什么。

“你这次来……”她朝我仰起了脸。那双黑森森的眸子依然像过去那样恬静、幽深。

“看看大家，怪有些想的……”我答道。

“这真好。”她微微地点了点头。

“嘘——”有人推着一辆小车，用哨子催促我们让道。

“走走，好吗？”她朝我笑了笑说。我赞同地点了点头。这时候，那种惶恐的心理已经消失了。

我们朝着厂区外走去。在流水淙淙的河边我看到了那棵水杉。于是，往事一下子充塞了我心灵的全部空间。我不由自主地停下了脚步，她随之也停下了。

大树沉浸在河水的哀诉之中，挺直的树身和伸向夜空的枝杈散发着一种使人倍感惆怅的油脂味。它的内容还有什么呢？李蓉蓉背对着我站着，经过改装的工作衣裤使她的身材显得分外窈窕，而那些柔和的线条又充分透露出女性成熟的魅力。一切悔恨、痛苦都朝体外涌来，似乎已经找到了归宿，找到了能够理解它们并可以容纳它们的地方。猛地，我又意识到了什么，于是赶忙警惕地注视着内心中的一切变化，生怕那里会出现什么万万不可再有的东西。

“生活……好吗？”这是她在问我。如果她不这样问我，那么待我稍稍平静了一些之后，也会这样问她。生活，我们当然要谈谈生活，我一贯把生活理解为命运。而把人类所关心的归结到一点，那也就是命运——自己的，他人的。但这一切又是多么令人难以启口呵！

“还是你先谈谈吧。”憋了好一会儿，我不得不这样说。

“我吗？我，已经有个孩子了，小男孩，你知道吗？我给他起的名字叫什么？你猜猜看……叫召召，不是你的那个‘炤’，是召唤的‘召’……呵，他长得有些像达芬·奇笔下的小天使……我们这里住房很宽敞，二十八平方米一套间，这比上海要好多了。嗯……他——他不怎么爱好艺术，他的性格主要特点是……‘肯定’……对什么东西如果爱上了，那就非常专一。另外，他喜欢吃辣椒，可是我们这里却很少能买到辣椒，所以他就……”

“就这样吧！”我突然打断了她的话。不能听下去，太难以忍受了。什么小天使？什么“肯定”？什么爱吃辣椒？这些甜腻腻的充满了生活情趣的语言对我来说，真是太残酷了。

“怎，怎么了？”

“你是有意的，李蓉蓉……我知道，你恨我，讨厌我，看不起我，于是你就用这个惩罚我、嘲笑我……”她吃惊地抬起头来，但是我不管，继续往下说，“可你知道……蓉，蓉蓉……对死者应该，宽，宽恕。是的，在爱情上，我已经死了，彻底死了，你不是问我的生活如何吗？那么就听我说说吧，那个……唐朝大美人……”

于是，我就说了一遍。

突然，我的手被握住了，紧紧地握住了。一股巨大的暖流，几乎使我失去知觉。

“不，徐炤，你错了，我不恨你，从来都不恨你，你比我强，强多了……后来，是我主动离开了你，不是吗？你想想看。我爱你，永远在爱着，一刻不停地在爱着……这，超过了一切，懂吗，包括丈夫……”

我的脑际打了个闪电，在这一瞬间，我陡然看见了一个崭新的天地。

“你们……”

“别问，千万别问……生活，总有遗憾；可遗憾，也是生活的一部分……好像是你说的……”

“现在上海的离婚率很高。”这简直是赤裸裸的强盗语言。

“这是不可能的，他爱我，于是我也就感到满足了。当然，这满足是由于他幸福，而不是出自我的……爱，是呵，我们太……算了，不说这个了。但是，徐炤，你应该知道，你身上有一种非常耀眼的东西，我不怎么说得清楚。反正，你永远是我心中的……请原谅，我太激动了……不行，得上班去了……”她抽回了手，但是并没有走，“知道吗？小陆子，结婚了。”

“他……”

“去年，来过了。单位里安排他去无锡休养，但他利用假期到这里来了。还是什么都看不见，性格完全变了。我问他为什么这样沉闷，他也不说什么，只是摇头……可是年初，他托人给我写了封信，说是已经结婚了，很愉快，爱人很健康，体贴他，而且每当提起他的那段生活，总是感动得流泪……”

我长长地“吁”了一口气，然后讷讷地说了句：“祝他幸福。”

“可我也，祝愿你……”

我们坐了下来。传来了摩托车声，起先是远远的，很快地就近了，接着，车子在不远处停下了。这是场部夜间巡逻的，以前就有。一道很强烈的光柱在我俩身上晃了一下。

“太晚了，该休息了！”一个粗嗓门喊道。

“走吧，轮不到你管。”这是另外一个声音。

“发喜糖时，别忘了武装部啊！哈哈！”还是那个粗嗓门，随后，摩托车便驶远了。

“真有意思，真美，你觉得，美吗？”

我沉默着，黑暗中我闭上了眼睛。

“你是要散喜糖的，明年，行了吗？可别太节约了，再怎么，喜糖也是要散的嘛。我知道，这里好多人都惦记着你……”

梦境。我似乎在一种甜美而又虚无的梦境中浮泛着。河对岸的树丛中，一个什么鸟禽扑楞了一下，又一下，也是梦见什么了吗？都入冬了，河床边偶尔还是有“叽叽”、“嚯嚯”的叫声。哦，这些恋夏的痴情的小虫子。

我把脑门磕在膝盖上：“说吧，再说吧……随便什么，都可以……只要能，说……”

没有回答。她已经离去了。

我的心里就像有一团火在燃烧着，我把上衣的领扣解开了。“失去的，就算失去了，永远也无法追回。”然而此时，我并不为这而感到特别悲伤，因为我深深地觉得今晚上我所得到的，要远远超过那失去的……

似乎没过多久，天便亮了。东方，一片霞光穿透云层，旋即，太阳便贴着地平线驮着黑云的重负站了起来，而广阔的田野就像是歌颂这个伟大生命的诗篇，葱绿而丰润。我掬起河水洗了把脸，精神不禁为之一爽。接着，我又趴在水面上痛饮了一阵，这样，昨晚喝酒过量引起的喉头干燥及肠胃间的种种不舒适也就一扫而光。

在厂区门口，我看见一群手拿铁镐、铁锹的人已在集合了。

事情是这样的：这个厂在电力输送上完全用地下电缆线取代了高空

线。这样既能使整个厂区显得美观，又减轻了在排线时的劳动强度。长长短短的地下电缆线我们拉了不少。但是这么多年过去了，随着机器设备的增补、拆除，一些车间和科室的变迁，有些电缆线便失去了效用。日久天长，无人问津，渐渐地就在地底下被人遗忘了。现在，说是为了增产节约，准备把这些东西挖出来。这当然少不了当年排线人的指导。事实上有些活，大炮也是一块儿参加干的，但是他说：年代久了，好多线路记不清了，弄得不好，一锹下去，损坏了正在用的电缆，造成事故，他可担当不起。后来，不知怎么的，这事又落到了已被调到生产组工作的孙瘸子身上，据说他为此急得“哇哇”乱叫，一再声称，他是锅炉工出身，尽管也算是这个厂的“元老”，但从未和“电老虎”打过交道。话说得倒也是事实。

我带着众人来到了厂区最西边。那里有一条土垅，上头满是绿色的苔藓和飘落的枯黄树叶，而这下面就埋伏着这个厂子的血管——过去的和现在的。工业的命脉！我感到有些骚乱不宁，周身的血液循环仿佛被电流造成的磁场破坏了。

我用一个装满石灰粉的勺子在地上划着。土垅带着人的记忆笔直地向前延伸。有一刻，我突然觉得又回到了多年以前。当时也是这样的季节，也是这样的场面，人们都在一边站着，等待着我给他们安排好工作的线路……但很快的，这种思绪便没有了。不同了，完全不同了，瞧，他们轻轻松松、嘻嘻哈哈，不带一点重荷。有那么多姑娘，烫着鬈发，穿得干干净净，有的连泥都没有挨，脚上的皮鞋油光铮亮。而那时候呢？“不要女的！”“一个女的都不要！”记得当时我就在这里大声嚷嚷，喊得脸红脖子粗。丁老头给了我二十个人，可竟有十五个娘子军。这不是开玩笑！一般情况下，小伙子堆里如果有那么几个活活泼泼的姑娘，那对工作无疑是一种动力。大炮就是如此。每逢干重活的时候，我常常叫一个什么“芳”或者是什么“芬”的和他搭档。好了，那你就瞧吧。他不把事情干得叫你目瞪口呆才怪哩。“下班啰！下班啰！”我们催他。“早咧早咧！”他在远处不耐烦地答道。于是就引起这里一阵开怀大笑。但是挖电缆沟不行，十天，十天必须完成。指挥部的命令下得不通人情，但却不容违抗。我要求派来的人个个都是三头六臂，可结果，却来了娘子军。“回去！你们都回去！”大炮走上前去，气急败坏地舞动着手臂。被驱赶者朝着大炮和我用鼻子哼哼几声，便一窝蜂地走了。一会儿，丁老头跌跌撞撞地来了，还拖着他的那个不满五岁的孙子。他站在我的面前，呼哧呼哧喘着粗气：“我发高烧，半月不退，你是知道的，不过嘛，你拿去。”他顿了顿，然后吼了声，“我是男的嘛！”接着，又将小孙子拽了过来，“还有……他！给你！也是个男的，怎么？不信？……不信就脱下裤子给他看看嘛！”小男孩当真战战兢兢地解起了裤带，我不得不犟着脑袋转过身去。“情况你不是不知道，你是存心不让我老头子再活哟！”

后来，我恭恭敬敬地把娘子军们请了回来。动工之前，我叫所有的施工人员都排成一列。我要讲几句，按照当年时髦的说法，就叫“思想动员”。从红军长征到世界上还有三分之二的人没有得到解放，我发挥了一通，自己也觉得有点浮泛。但是效果极佳，我明确地感觉到，一种气氛，一种在大干之前的，准备豁出去的气氛已经形成。所有的人都沉着脸，身子像弓一样绷得紧紧的。娘子军们看着我，脸上黑黝黝、浊乎乎的，衣服又脏又旧。大冷天，但都把裤脚管卷得老高，没穿袜子，一双双沾满泥污的球鞋上，是毫无血色的被冷风刺激得惨白的小腿杆子。我突然觉得她们是那样陌生，每一张脸似乎都未见过，这些人都好像来自另一个时代，而且简直分不清是男是女了。有两幅油画，画名都叫《红旗》，头一张：三个抱着炸药包的勇士在破损不堪、沾满鲜血的军旗下宣誓，不远处，是敌方的一个火力点。后一张画：三个红领巾流着泪在五星国旗下举着右手，不远处，是一座圣洁的英雄墓碑。是的，当时，我脑海里浮现出了这两幅画。尽管我知道，这之中不存在什么必然的联系。没有这么壮丽，这么伟大，我们的工作永远不能同那三勇士的事业相比拟。但是一种激情，一种从自己同伴们的精神状态中所得到的激情，确实使我产生了如此联想，并且，还直想朝她们每个人的肩头狠狠地捣一下：“好样的，真是好样的！”

真是好样的。十天，完成了，没有一滴眼泪。

现在，我看着一个腮帮下有颗痣的十八九岁的姑娘，踮着脚尖，跳来跳去的样子，不由得想：我是永远不会再有朝人家肩头上捣一拳的欲望了。

孙瘸子一拐一拐地走了过来："呵呵呵，辛苦了，徐师傅，辛苦了！怎么挖呀？"

于是，我告诉他，怎么怎么干。"那边不能动。"我指了指白线以外两公尺的地方，"三根电缆，1978年扩建时铺的，正带着电。"

"好吧，来呵来呵都来呵！"随着孙瘸子的招呼，人们走到了指定地点，纷纷举起了铁锹、十字镐……赭红色的泥土翻了上来。我也想凑一份子，但孙瘸子坚决拦住我，"歇着，你是客人，是客人。"不知为什么，听了这话，我心里很不是滋味。

工间，有人哼起了小曲，曲调很轻松，有南国风味。

一个渔家女等待着她的出海郎君归来，歌词内容估计就是这些。可是渐渐地，我的耳畔响起了《大路歌》的旋律……

五六公分粗的铜芯电缆线绕在一个巨大的轱辘上，然后牵出头来，背着、搂着、拽着朝前挪动，雨夜，一步一步地朝前挪动。后来，所有的人都唱《大路歌》，吭唷吭唷个没完没了，而且歌词总是随意篡改。我现在还记得这么几句：一天当成两天干哪！汗水落地成八瓣哪！睡觉也睁一只眼哪！背上一条黑皮蛇哪！走上一条独木桥哪！旁边一口土棺材哪！徐炤这个大混蛋哪！没有我们他神不了哪！吭唷吭唷……

晴朗、风小、气温偏低，这种日子很适宜野外作业。人们拉成了长长的一排，在灰蓝色天空的映衬下拿着工具，做着仰上俯下的运动，非常好看。

"谁叫这么干的？"突然，一旁有人这么问道，这是个矮墩墩的中年人，满脸怒气。

"我叫干的，怎么样？"孙瘸子敞着怀迎了上来。看得出，平时，针尖麦芒，他们少不了摩擦。

"出了事故你负责吗？"

"我负不负责，与你哼关系？"

"当然有关系。动力电的输送，人的安全，这难道与我没关系？你还承认不承认我这个副厂长？"

孙瘸子用胳膊肘杵了我一下，便扭过脑袋一声不吭了。在这种时候，不出面是不行的了。于是，我走上一步，自报家门一番，最后便用肯定的语气说道："不会发生什么事的，你就放心吧！"

副厂长的脸色稍稍缓和了些，但仍然摇着头这么说："青年人，不能太自信嘛！这么多年过去了，万一你的记忆出了点差错怎么办？我就不行，前年才搞的那张什么施工图，今年就对不上号了……听说了吧？那个什么厂，两个见阎王，两个重度烧伤，就是因为太大意，太自信了嘛……乒乒，呐，完了……"

我只感到胸中的怒焰腾腾地往上蹿了起来。

施工的人们大都中止了干活，静观事态的发展，所有人的目光都交织在我的身上。我突然问起自己，这个世界上还有没有自信可言？

很长一个时期了，我心慌气短、头晕目眩、低温不退、咳嗽不断，所以开工后的第一天，就有些力不从心了。而这时候却有好几个膀粗腰圆的娘子军憋足了劲向我挑战："来吧！分段包干，我们比一比，别把人都看扁了。"协商下来，从大门口至宣传栏这一段由我负责包干。冷泵间、食堂、浴室过去了，我的体力也消耗得差不多了。记得那天拂晓，我拖着两只重似千斤的双腿来到工地。"九点钟以前要到达第四盏路灯。"我暗自计划着。路灯还亮着，不过很快地就被泛起的晨曦吞没了。这天，我感到特别不行，一抡起十字镐，就浑身发颤，冷汗如雨。"怎么样？认输吧！"一个健壮的简直能进入斗牛场的姑娘，站在沟沿边俯下身子同我打趣。"输？不会不会，怎么会输呢？不会输，不会！"尽管嘴里这么说，但是我听见悲歌已在心中升起：支持不住了，你完蛋了，你的躯体已经背叛了你的意志，就像那个那个……谁一样，这是毫无办法的。路灯，好像还亮着，在召唤着你呢！可是你这个丢脸的家伙……

刚到锅炉房，我便瘫软了下来。须臾间，眼前只有一根铁管，明确些说，是一段非常清楚的铁管局部，而其余的什么几乎全都模糊不清了。如果在平时，这根安装在炉子间顶端的蒸汽管是不会引起我丝毫注意的。银粉漆没漆好，露出了一块棱形的土红色，还有几个微微突起的像小奶子一样的东西，其中有一个特别大些……时至今日，就是这些影像还都莫名其妙地存留在我的脑海中。后来，我拼命咳了一阵，吐出一口痰，喉咙里感到有一种异样的气味，但未加注意。无论怎样，我还是想着第四盏路灯。我撑着站了起来，挥起十字镐："一，二……五十！"到了二号厂房："一，二……五十！"越过第一扇窗口；"一，二……五十！"——眼前有无数黑蚁在飞舞，然后就是旋转，我倒下了。

是李蓉蓉把我唤醒的。醒来之后，我又咳嗽，接着就咯血了。"可能是肺结核。"我还记得她当时说这话时的那双忧心忡忡的眼睛，"马上去医院检查。"以往，我总把身上的不适和疲乏、劳顿连在一起。当我精疲力尽地躺在床上之后，常常这样安慰自己：明天就好了，睡一觉就好了……现在晕厥和咯血终于使我看到了问题的严重性。但是我依然决定，再拖它几天。"你没看到这在竞赛吗？你不要替我咋呼出去，听见了吗？"她点了点头。我总是相信她的。

但是到了下午，娘子军们便一反常态。她们围着我嚷嚷道："不比了，不比了，累得受不了，而且一点没意思。""单干不如合作，我早就说过了嘛，早就说过了嘛！""徐炤一人就能抵我们两三个，女的总是女的，男的总是男的嘛！"

我完全清楚是怎么回事。我看着她们，她们编着谎话，神态是那么认真，但是真情实感，还是通过那真挚的眼睛告诉了我：我们知道了，什么都知道了，你太要面子了……唉！你呀……我走出了她们的圈子，不能再待下去了，再有一刻，泪水就将滚落下来，这是断然无疑的。

一段真正的生命历程。不可磨灭的，尽管只有十天。但是我料定，有的人十年的道路，都不会有它那么绵长，那么丰富、充实，震撼心灵，如此久远……是的，站在这条神圣的土垄子上，我拒绝向副厂长同志作任何解释，我不知道他是不是有这个资格可以得到关于我的佐证。

我从孙瘸子手中拿过铁锹默默地走开了，而后看准了一处便将铁锹狠狠地插下去，我听见了枯枝烂叶的破碎声，以及沙土与铁器的摩擦声。

"我看还是停电吧，呵？保险些，保险些……"孙瘸子走上前来，凑着我的耳朵说。他也在怀疑我了，这个笨蛋！"停电？"这不就等于停产吗？亏他说得出口。"走开！"我推了他一把，然后将铁锹拔起，接着又用力斩下去。这里在挖地三尺，任何人都阻止不了。泥土顺着我熟练的手势左右纷飞，我慢慢地往下陷去。我感觉到，这就好像在挖掘我自己——那个以前的徐炤。他太孤独太可怜了，埋得太深太久了，但是他有眼睛，有鼻子，有骨骼，有皮肉，有毛发，有灵魂，什么都有，他是完整无缺的，一旦出土，他还可以干上一番。

一会儿，丁老头气鼓鼓地朝我走来，二话不说，一把夺过我手中的铁锹，自己便哈哧哈哧干了起来。突然，他朝着面带窘色的副厂长喊了一声："死不了的呀！"接着便又勾下头去只顾干。

才两个小时，就看到了黑色胶皮。又过了十几分钟，四根无用的电缆线就全都裸露出了头。有人用钳形电流表量了一下，指针纹丝不动。我是准确无误的。休息时孙瘸子端了一碗水来："我敬你一碗，徐师傅。"我看他的表情丝毫没有戏谑的成分，"昨天晚上，你没来吃饭，我知道你还对我……"我急忙作解释，但是他摇摇手，制止我说话，"你别说了，哼话也不要说。我这个人，你晓得，心直口快；你晓得，我过去是傻瓜、瘪三；你晓得……我想来想去弄不懂，过去作哼要和你作对。你晓得，你是上海人，到这里来做了这么多事，流了这么多汗，但后来呢？两手空空回去了，哼东西也没带。你晓得，我是本地人，要不是你们知青来，我现在哪能到厂里来工作，哪能住这种公房，想也不要想，想也不要想……"我见他眼眶湿润了，"现在，我敬你一碗白开水……你不要见怪。有一次，胡耀邦讲了句哼么，哼么……"

"君子之交淡如水。"我提醒道。然后便接过了粗瓷大碗，将白开水一饮而尽。

在下班的时候，助理工程师——一个新来的大学生又叫住了我。

"徐师傅，啊呵，对不起，再麻烦一下……这是一张全厂电路图……"他在我面前摊开了图纸，"可是六号厂房的动力线和冷泵间的照明线怎么走的，始终搞不清楚，听他们说，这些活当时都是你干的，不知是不是能把你的图纸……"

"我没有图纸……"

"呵，徐师傅，这个……我们都是这个……为了四化……"从他那掩藏在厚厚的镜片后面的眼睛中，我看出了他对我有所怀疑，但不知道在怀疑我什么。难道就我现在来说，还会搞什么"技术封锁"之类的鬼名堂吗？

“真的没有……不会画，图纸不会画，就是这么回事……”我坦然地说，“当时我们在一张小纸片上胡乱涂几笔，就照着干了。你不要不相信，事实就是这样。为此，国家耗出了代价，但你应该清楚，责任不在我们，我们也付出了代价……”

他不住地点着头，突然又说了句：“你们有个叫小陆子的……”

“是的……”尽管小陆子现在已经有了个美满的婚姻，但一提起他，我仍然不能平静。一会儿我又说道：“不过，我还是可以帮助你的。”我告诉了他线路是怎么排的，如同在讲一件昨天发生的事情。

“以后如果有什么问题的话，再来麻烦您……徐师傅，我非常钦佩您的记忆力。”

为了那个“钦佩”，我狠狠地握了握他的手。

我带着满身泥污走进了炉子间的小浴室。浴室里已经没有人了。我脱光衣服，拧开了莲蓬头。顿时，细密、温热的小水珠便轻柔地洒在了裸着的四肢与躯干上。没有比这更惬意的了。一会儿，我把浑身上下搓得满是皂沫，接着，又让水将这皂沫带着满身的污垢冲走。于是，我的肌肉便显得分外光洁，并带有一种白兰花的香味。不知不觉的，我轻轻地哼起了什么，我的嗓音本来就不错，而现在，这嗓音在水和白瓷砖墙间回荡，便显得更浑厚，更清亮。我觉得，不要用一点力气，感情就能很自然地通过声带的震动，非常艺术地表现出来。这样，起先是哼，渐渐就成了唱，而到最后简直是放声高歌了：

……啊，我是大自然的儿子：
我属于土地，属于太阳，
属于广袤的天空
如今，我来了…带着裸着的躯体
啊，你拥抱了我，你说我……啊……
——像个褐色的小英雄……

是的，是我在歌唱，用的是中西合璧的发声方法，还做着富有浪漫气息的戏剧动作。比方说，突然的，把双臂笔直地伸起……难道我是被圈在一个几尺见方的小浴室里吗？难道我的周围不是个无限的空间吗？我感到，我已经置身在辽远的大海之中了，已经成了一个自由自在的元素了。哦！这怎么会是我呢？

夜幕又降临了，我踏着轻快丽富有弹性的步予在路上走着。突然，听见远处有不少人在呼唤我：

“徐焰——你在哪里——在哪里——”

于是，我就用两手合在嘴前，使足力气呼应着：

“喂——我在这里——在这里——”

一会儿，大炮便急匆匆地从前面跑来：“你上哪去？我们到处找你找不到。”

我暗想：怎么跟你说呢？我洗了两个多小时澡。

“都在等你，全厂的人都在等你。”

“什么？！”

露天广场上待满了人，坐着的，站着的。装着小太阳灯的那两根水泥柱子上拉了一块白幕，我被大炮拽着，挤过人群，挤到了白幕底下。

“这是谁呀？”有人在问。

“徐焰呵！”

“怎么和我想象中的不一样？”

“你想象？你的想象力也太丰富了。”

“开国元勋！徐焰同志，大家认识认识吧！”丁老头拍着我的肩头朝人群大声说道。

笑声、鼓掌声爆发了出来。

突然，左前方又发出喊声：“他发明了遥控器，收音机里都广播啦！”

“什么机呵！”丁老头用手掌罩着耳朵问道。而我却赶忙用求饶的目光朝那边投去。但是“遥——控——器——”声音比刚才还提高了一倍。

“呵，我知道了……”丁老头看了我一眼，点点头，接着，便比画着手势，大声说起话来：

“为什么呢？为什么他能造出这个这个遥控器，而你，对，说的就是你，你就造不出呢？没有这种精神嘛，你今年多大？二十？就是嘛！二十岁那年，小徐呵，你不是已经负责所有的电器设备安装了吗……那个艰苦，没亲自经历过的话，是品味不出来的咧！不是有人在说什么干儿子不干儿子的吗？哈哈，好吧，小徐呵，就让我认你做个干儿子吧……凭良心说呵，比较起来，我就是喜欢当年的那一批嘛，没有他们……又要唱老调了……没有他们，这厂子建得起来？可是现在有的人呢？你，我说的还是你，分配任务还讨价还价，哈哈，没有？怎么没有呢？上月底你还不是在背后骂我是什么'老甲鱼'吗？你们哪！我觉得你们身上总缺少着一股奋斗精神，这可是一个人最宝贵的固定资产呵。有了这个固定资产，什么事情不好办？这不，那个，什么机呀……不就这么一下子，出来了吗！小徐呵，你就谈谈吧！那个放电影的，再晚个十分钟吧。"

"说什么呢？"我惶惑地看着他。

"什么都能说嘛，就说说那个……土豆嘛！"他用手比画着。

土豆？好家伙，这老头子怎会什么都记得？

投产后的第二年，原材料没来路了，产品质量上不去，不合格率超出规定指标，人家对我们失去了信任。有关部门发话说：许多老厂都吃不满了，你们就歇歇别干了吧。消息传来，全厂哗然，感到受了侮辱愤愤不平，但面对现实又无能为力。供销员如同热锅上的蚂蚁东跑西窜，但窘况依然如旧。不知是哪个透露的消息，说我在那边有几个熟人，于是丁老头便急如星火地把我召去。而我对自己是没有信心的。不错，化工局里有母亲的几个熟人，但事过境迁，家母落难已久，人家还领你这份情吗？但是为了本厂的利益，我考虑再三还是决定走一趟，临行前，供销员特意关照我要带些土豆上去："上海蔬菜供应不足，土豆更为紧张，你带些上去，就好说话。"想想有理，我就装了一小麻袋。

我是扛着麻袋上一个什么叔叔家里去的。"叔，叔叔，"从牙缝里挤出这一尊称之后，我"砰"地一下把麻袋搁在地上，"刚从农场回来，知道你们……很紧张，带了些……土豆。"效果很好，我受到了款待。"家里有困难吗？""家里，过得去……不过嘛，有件事……"于是，我就把正题说了说。"争取争取看。"一阵沉吟过后，对方这么说，"争取争取看，三天后你挂个电话给我。"事情好歹有了点眉目，我千恩万谢地退了出去。

但是希望还是成了泡影。"不行呵，通不过，主管部门通不过，我看就算了吧，你们就歇歇吧……”三天之后，这声音通过听筒把我的脑袋震得发蒙。

回到农场还未歇脚，丁老头就抓我去汇报事情经过，于是我就一五一十地如实道来。“那三天中你在干什么？”他紧锁着眉头问我。“不知在干些什么，那三天，我战战兢兢的，心怦怦乱跳。”“你混蛋！”突然，他猛地拍了一下桌面，朝我吼道，“逛马路去了吧？轧女朋友去了吧？三天？光那么抖呵抖呵抖呵吗？”真是天大的冤枉，我本该反诘几句，但考虑到这老家伙已经急昏头了，便硬是把这口气吞了下去。

没过几小时，他就又来找我了：“怎么样？上海还不错吧，冷不冷？船没误点吧，船票还好买？”他在我的宿舍里背着手踱来踱去。这就算打招呼了，就算对先前的那种态度有所反省了。但我还是沉着脸。

“哈哈哈，算啦算啦，别气恼啦，革命的乐观主义嘛！”他拍了拍我的肩头。继而，便就我由于经验不足造成的工作失误心平气和、有条不紊地作了分析：

“已经有苗头了嘛，他不是同意争取争取看了吗？这个时候你就应该抓住时机、趁热打铁，通过他，找到几个关键人物，继续做工作嘛！才那么点土豆，像什么话？为什么不挂个长途给我？我这里土豆有的是，当时就应该看出来了嘛，这是少不了的……可是三天，没一点行动……好了，好了好了，不谈不谈了，以后多多接触实践，多多学习……”

这一回，我被他说得心悦诚服，我不由得懊恼起来：是呵，农场的兴衰大事，毁于我的疏漏和无能。“怎么办？”我无精打采地问道。“我，去一次！”“你！还行吗？”“有希望的！不过……得带足‘枪粮弹药’，小伙子……”“对！”

我估计那足足有一吨，把个小卡车都堆得差不多了。蔬菜连和其他队全力支援，那是没说的。谁都清楚，我们厂如果关门倒闭，那无异于一棵摇钱树连根拔起，“十天后回来！”

临走时，丁老头坐在车厢中的土豆堆上朝我招着手。

十天，叫人等得好心焦。

终于，这老头子回来了。风尘仆仆，满面土色。还在厂部楼前，好多人都急不可耐地围了上去。我上前搂住他的肩头问：“怎么样？怎么样？”“干什么？”他粗鲁地把我的手扒拉了下来，接着便脑袋也不回地径直走进办公室。大伙儿面面相觑，心知情况严重。

一会儿，他又从办公室里出来，双手叉腰，眼睛盯着地皮悻悻地说：“不给就不给吧，还他妈的说我是什么，什么……土豆老板！”“土豆呢？”有人小心翼翼地问了声。“光啦……可换回来什么？啊！土豆老板！这合不合理呵！啊？都愣着干什么？说说嘛！这合不合理嘛！”他摊开两手叫大家给他评评理，见无甚反应，便又转身进屋，“砰”的一下把门关上了。

这真叫人啼笑皆非，传出了“嗤嗤”两声，可马上就被咒语淹没了。“晚上开会，誓师大会！去！通知去！”他在里头大声喊道。用不着通知了，晚上，放电影，能来的，一定会来，不过……难道……还有什么挽救的可能吗？

我记得那个晚上比现在要稍稍暖和些。也是在这里，这个露天广场，老头子讲话的位置似乎也无甚大变；电影放映机、白幕、碘钨灯、都一样。

“我是土豆老板，我看你们大大小小就全都是土豆，一号、二号、三号……”他点着坐在最前排的一个个数过去，我是第六个，于是入编——“土豆六号”！“我们是有骨气的！”他挥着拳头嚷嚷道。

“后来，我，嗯？土豆老板，把本钱蚀光之后，找到了他们的一把手。我说，合同到期还剩三个月，三个月中我要把质量翻一倍，你信不信？他说不信，但是又表示，如果真有此事的话，那么就保证继续供给原材料，就这样，订了个君子协定……怎么办？土豆们！三个月！”

三个月，为了确保机器正常运转，检修、抢修，简直把小命都搭上了。雷雨天，带电操作，听说过吗？但是我干了，捏在手上的火线都麻酥酥的。我还背下了几十张电路图，一旦什么地方出了故障，那么抢修就有了速度。三个月中，我除了去上海参加了一个“质量评比会议”之外，几乎就没有离开过车间。

按理说，我是不该去参加什么质量评比会议的，但是丁老头死活不去，而技术科的那两个家伙又不知怎么弄到了几张病假单。天知道有什么病。这样，便轮到了我，理由是，我已经成了“质量攻关领导小组”

成员之一。

如今，一想起这个会议，我的头皮还要发麻。这个在我心上留下深深烙印的“饥饿会议”！

来的都是市里各大厂的技术人员，能说会道，气度不凡，一个胜似一个，一个比一个强。对此，我不该挑剔。人家有资格。如果我的产品质量也达到了国家规定指标的话，那么我也完全能够风度翩翩，悠然自得地在会议桌旁谈笑风生。但是不行，包装箱子“砰”地一下打开，我感到自己的身子便整个地小了一圈，其次，除了两个眼珠子战战兢兢，惶惶恐恐地扫扫这里，瞅瞅那边之外，还要赔着笑脸，当然，这个不去谈它了。而事情的关键在于，为什么我的饭量这么大，要吃他妈的什么“五两”！

在农场，早餐三两，中午、晚上两顿各半斤，夏季稍减。这已经习惯了。工作量这么大，但营养却很差，脂肪不够，蛋白质也不够，再不多往里扒点饭能撑得住吗？是要吃嘛！或许，我的胃囊已经失去了弹性，任你塞多少东西都可以，而这个器官又不得不与我结伴而行。

记得会议头一天的那顿午饭，起先大家都是默默地进餐。后来，旁边有人开始对话：“吃得不多嘛……几两？”“二两！”“老兄你也太少啦……不都是三两嘛？”“谁说的？”这时候第三者插嘴道。“有一个五两的嘛……喏。”大脑神经已经预感到了什么。我埋头缓缓地，用力地咀嚼着、等待着……果不其然，一双竹筷子捅了捅我拿碗的胳膊：“是啾！农场小将啾！吃饭得和干活成正比啾……”这纯粹是老子教训儿子的口气。我的反映也很快，一秒钟都未延误，叭！当即把碗扣了个底朝天。

以后，整整一个星期，我顿顿二两。女服务员问我：“多少？”“二两！”我把声音提得整个餐厅都听得见。应该说：这既是对自身的鄙视，恼怒，又是对众人的挑战。

路程太远，我不能回家住。到了晚上，也不想待在招待所里，便饥肠辘辘地漫游在马路上。饭馆、酒家、点心店。鳞次栉比，但是我抑制住了自己尽情饱餐一顿的欲望。是的，那时候我正处在一个爱走极端的年龄。

第一次，黄浦江在我的泪眼中模糊不清了。

是呵是呵，我不该忘了那段日子。那么多“第一次”，第一次感到自己无能；第一次意识到自己的地位；第一次尝到了被侮辱、被轻蔑的滋味……但是与现在不同的是：这所有的一切，当时都撞在那个“卧薪尝胆”的典故上，化去了……

后来，在回场的旅途中，我不住地担心，又做错了吧？又得挨批了吧？大丈夫能屈能伸，我似乎应该忍气吞声才对。五两？五两又怎么样？他们说他们的，我吃我的，吃完了，抹抹嘴完事，什么后患都不会留下。这不很简单吗？唉！我可真是个成不了大器的黄口小儿。

上了码头，我看见了丁老头，他这算是接我来了，一定是以为我会带来些什么好新闻。“骂吧，打吧，怎么的都行。”我沮丧着脸，耷拉着脑袋站在他面前说道。但是他竖起手掌，在我的眼前有力地摆了一下：“不！知道了，我什么都知道了，做得对，一百个对！只是苦了你了……你这个……小王八蛋。”

在车上，他掏出了饭盒子。偏偏没有其他的。偏偏尽是些土豆，土豆！

三个月后，我们毕竟是去报喜了。一张鼓，几面锣，从淮海路的这端，敲到南京路的那头。敲得累了，他们便嚷嚷着要我请客，我想了一下，便答应了：“好吧！”所有的人都跟着我来到了红房子西菜馆，然后挑最好的菜叫，叫了一桌子。整个菜馆被我们这批人又吼又叫地闹得乱哄哄的。但是红葡萄酒正喝得上劲，有两个菜还都未能端上来，我便又把大伙儿往外赶：“走吧走吧，别误了大事，走，都跟我走！”我的用意何在？难道还不清楚吗？我们的进食向来是少少的——即使有这样丰美的佳肴，而我们工作的成就却是大大的。这里，没有饭桶！我要让上海城里所有的人都这么看我们。当瞧见邻座的那些白脸小生、妙龄女郎一个个全都满脸狐疑、目瞪口呆的时候，淤积在我心头几个月的那口气，总算慢慢地扩散开去了。

但遗憾的是，晚上他们全都是“五两”。晚上人家请客，人家对我们的成绩表示赞赏、钦佩和祝贺。可全是“五两”！“五两！”你想阻止都阻止不了。“谁叫你中午不让我们吃饱呢？”居然还有人这么反诘我。后来，我觉得这事很好笑，于是我便独自哈哈笑了起来。

那张喜报，那张彤红而巨大的喜报的底稿是我草拟的，具体怎么写法倒是忘了，但最后的两句还想得起来，一句是："谨致以土豆的敬礼！"另一句是："伟大的土豆精神永存！"

是呵，那一年土豆真多，食堂里都堆满了。开饭的时候，到处都是香喷喷的，馋得人直淌口水。炊事员们把土豆切成丝、片、丁、块，有的是用酱油烧的，也有不用酱油仅用盐和咖喱粉的。而我最喜欢吃的是一种土豆泥，记得葱和油总是放得很多，那味道就颇似外婆常做的沙拉。一有土豆泥，我就买一大碗，有时候，饭也不吃，光吃它……

太多了，关于土豆，那真是太多了，怎么说得清？

我默默地站着。我知道，成百上千人的眼睛看着我，等待着我启口说话。后来，不知怎么的，一阵冲动使我忘掉了其他的一切，我只是发狠劲地表示：一定要把那个该死的遥控器弄出来！弄出来！弄出来！完全彻底地弄出来！说完，我就神情威严地离开了广场。

大地，在我脚下伸展。我茫无目的地走着、走着……突然，一脚踩空，我滑进了白天挖的那沟里。我没有立刻爬上来，因为那种碱性的泥土味，我觉得很好闻。而一股极度兴奋过后的疲乏，又使我就势坐了下去。但是当我仰起头来的时候，我发现在被月光映照着的天幕中，印着两个偎依在一起的剪影，是谁呢？

"哦，徐师傅。"在我跳上泥沟的时候，那个男的看到了我，"冲头"——待我们相距很近了，我也认出了他。

"你们……"我不知道说什么好。

"我们，哎……定了……想……今年十一办……其实，我们年龄，嘿，都不小了……"

"是呵是呵，早抱儿子早得福。"我胡乱地搭着腔。

"徐师傅，要不是昨晚上……这事情看来……还要拖呢！真得谢谢你。刚才，她还在说呢，说你是什么……爱情的使者……是吧？阿芳？"

原来是这么回事，好苦。这0.3的眼睛。昨晚我居然没把他认出来。

"十月一号，你能再来吗？"

"争取来，一定争取来。"我真心诚意地向他俩说道，姑娘长得并不怎么漂亮，但是脸上那种满足和幸福的神态却显得相当美。这时候，我真想好好谢谢她和她未来的丈夫。其实，不是我给了他们爱情，而是他们给了我很多，至少，给了我信任，并承认了我有付出的，为他人服务的可能。我怀着无限感激的心情离开了这对恋人。

下雾了。大团大团的雾朝我游来，似乎伸手就能触摸到。远处，连绵起伏的山脉，近处的厂房、烟囱，渐渐地收回了它们献给夜的简洁的线条。没有风，空气是清冽的，并含着一种樟树和薄荷的香味，我大口大口地呼吸着，整个肺部就像被洗过一样感到舒适。周围的一切都显得那么安静，耳朵里，除了能听见时断时续从露天广场传来的几声电影插曲外，还有就是从“35”KV变压器中发出的电的嗡嗡声。俱乐部的灯光透过雾，透过茂密的冬青树叶流了出来，我踏着被柔白的灯光印上琥珀般图案的水泥地朝那里走去……突然，门“嗵”地一下打开了，两个男青年吵吵闹闹地跑了出来。一个小个子“哈哈哈”捂着肚子穷笑：“服了吧，服了吧，老子说能赢你就能赢你，哈哈哈，老子说话从来算数，哈哈哈！”而大个子则翻来覆去只一句话：“有种的再下一盘，有种的再下一盘！”但小个子则笑得没完没了。终于，大个子恼了，一下子扑了上去，把对方的手扭到了身后：“下不下，你到底下不下？”

“哎哟，干吗？狗急跳墙啦？哎哟哟……下，下！你放手，放手！我说下嘛！”于是两人便又回到了俱乐部，门“砰”地一下关上了。

多好！生活，多好！在这个深秋的夜晚，他们下棋，小个子赢了，为自己的胜利兴高采烈，可大个子不服输，上去拧他的胳膊，而后两人又热热闹闹地再杀上一盘。多好！

多么富有生气！我真想跟着进去也加入他们的战斗。但是我现在非常清醒地意识到，有更多的事情在等着去做。我决定了，明天就回上海，趁现在有空，得赶快准备一下。是的，没有丝毫理由再待下去了，大家都很忙，人人都有工作，我在这里干什么？那枚尘封已久的勋章已被寻回，我佩着这枚勋章迫不及待地想返回我那人生的第二战役。此时，荣誉感、自信心、战斗力，所有的一切都在我体内发酵，已经想象不出还有什么不能得到了。为什么不能得到最高的工资和最好的文凭？不是讲按劳取酬，不是有同等学力的自学考试吗？为什么不能得到最纯洁的爱情？马路上，每天走过那么多我理想中的温柔善良、有着一种东方风姿的单眼皮的姑娘。为什么把自己看得那么卑下，不敢要回自己的尊严？现在，许多东西已被唤醒，而大地已给了我最公正的仲裁。

（写于1982年）

圣职

是星期六了，晚上文伟要回来。直到临下班了，他还决定不了究竟要不要把事情告诉文伟。下午，宣传科科长在电话里对他说："文伟的事情办成了，叫他星期一报到吧！""喔，谢谢，真得谢谢了。"他嘴里这么说，但心头却别有一番滋味。他还真有过这样的念头，让事情在什么地方搁住，于是告吹，于是拉倒。但偏偏是这么顺利，他和文伟的冷战还远未结束，怎么开口呢？

局办离"新华园"不远，才一站多路。下班之后，他往往步行而归。路，很好。平坦、洁净、溜滑溜滑的；没有痰迹，也无甚纸灰。两旁高大的梧桐树互相倾斜着，枝丫相交。如果在夏季，那浓绿色的树冠盖在路的上空，就形成了一条湿润而凉爽的长廊；而现在，深秋的晚照几乎是无遮无拦地洒在地上，泛着温暖的光辉。

行人寥落。从一幢法兰西式的小洋房中飘出的炖肉香味，使他感到胃略略有些空。他缓慢地走着，显得既沉稳又疲惫。抬腿下脚，都好像要找准一个地方似的。他感到自己的双脚像灌了铅。以前，每逢周末，心绪总是很好。下班，回家，然后喝点什么。但是自从他同文伟的决裂明朗化了之后，那么周末的这个晚间的时空，无论怎么说，都成了他沉重的负荷。

文伟今年三十岁，倒瓜子脸，短鼻子，笑起来嘴巴咧得老大，而长得又高。都说他们父子俩不像，他自己也这么认为。五十年代，在他还年轻的时候，就因为他那个线条毕露的狭长脸型和那挺直的隆起的鼻子，机关里好多人都说他像当时的一个苏联电影明星；一个叫什么"诺夫"的。而他的个也不高，一米七〇，远不及现代青年人所追求的高度。

但不容否定的是，他们之间仍然是有相像之处的。他个性中的给他带来二十年悲剧的素质，那种倔强和执拗；似乎也过继给了文伟。而他看到，文伟与他分庭抗礼，南北对峙，也完全离不了这些本能。怨谁呢？

他承认文伟是吃得起苦的，那种忍耐精神不能不使他钦佩。做锻工一年，整天挥十二磅的榔头，干得胃出血两次。但星期六晚上回来仍然对他母亲说，那活儿怎么怎么有意思，他又学会了一个什么什么甩榔头的新花样儿。当然，文伟是经过农村锻炼的，但他的身体也是外强中干，经不起折腾。失眠，肝区痛，特别是那个胃，动不动就要出毛病。

做锻工，这不荒唐？但一个荒唐的事情往往由另一个更荒唐的事造成。这里面有个解不开的“环”。

那次，文伟胃出血，四个“+”，住进了职工医院。他去看他，得到的是一个微笑，一声谢谢：“谢谢，你太忙了，就别来了。”他点了点头，围着病床绕了一圈，便出来了。但是文伟在他母亲去看他的时候，居然哭了。

“眼圈儿一阵阵地红，后来就当着那么多医生护士的面抽呀抽地……你呀你呀你呀，不就这么一个么？”素芬向来不善于言表，但话往往说得很有分量。千真万确，就这么一个，唯一的一个。曾经还有过一个，但未出世便夭折了。而如今，这一个长成了这么大的汉子，为此，他们历经了千辛万苦。他应该继续保护他——为了仅有的这一个的健康和生命。文伟的那张苍白的倒瓜子脸；那两片开裂而失血的唇，时时在他的脑际回旋。一股怜恤之情无尽地在心头泛滥开来，他被折磨得难受。

这样，他便暂且扔掉了那以前发生的一切，去找了宣传科长……

但是文伟呢？他跨出了这一步之后，便扭头看文伟。他多么想看到一些他想看到的东西。不苛求，一些神情就可以了：感激、愧疚、理解……这并不困难，也用不着说话，五官那么一动就能行。但是没有，没有丝毫的他所希望得到的信息反馈。出院后，除了星期六晚上之外，文伟平日照例不归家；偶尔相见，照例是不理不睬的样子。

“文伟什么事都不知道吗？”他问素芬。素芬先是胆怯地看了看他，但终于还是点了点头。

“什么也没说？也没什么……表示？”

“没，没说什么，但是为什么一定要说呢？”

他的心冷透了。他太累了，没有比这种情感的跌宕更累人的了。可是就在今天，突然来了这么个电话……叫他卷进了这旋涡的更深处。

路过咖啡馆，再朝左拐，就能见到他们的那栋尖顶的灰色小洋房了。他停下了脚步。还不想拐过去，他怕见到文伟。一个做父亲的怕见到自己的儿子——无理的事实。他看了看旁边一家钟表商店的橱窗，在玻璃的反光中他瞧见了自己瘦削的身影。他微微地用手掌抚了一下鬓角，秋风中，那灰白的头发就如同一丛纷乱无章的闲花野草。

“葛局长……”有人跟他打招呼。常常有人——相识的或不相识的——在马路上跟他打招呼。刚恢复工作那会儿，他不习惯。在这种时候往往不能自然，甚至显得很尴尬。这当然不能怪他，二十多年了，谁叫过他局长呢？老葛，老葛，那还是好的。有几年干脆就喊他葛噋，就连三岁的小孩子都叫他葛噋。他看见面前站着一个年轻姑娘，名字叫不出，不过他知道姑娘是他们下属公司的一个会计，住他家隔壁，也是才搬来不久的。

“局长，采购什么啦？快点吧，客人都来啦！”

“客人？”他反应不过来，什么客人？

“呵呵……阿姨忙得仔么似的，你还慢慢悠悠……呵呵……”姑娘笑着走了。

不，非年非节的请什么客？就是逢年过节素芬也怕请客。二十多年来，她跟着他，他的那种对外部世界的冷漠习性也腐蚀了她的性格。如今，他似乎缓过来了，而素芬却依然如旧。“现在好啦，翻身啦，以后，来个亲朋至友的，你总得热情些啊……”尽管他这么说了，素芬还是改不过来。有客来了，她便去买几斤肉，切成大块，然后抓几把霉干菜，塞上满满的一砂锅。而待肉煮烂了端上来之后，就什么也不想干了。有时候干脆就依在床上打盹，一副沮丧不已，疲劳过度的样子，往往搞得他哭笑不得。不可能，素芬是不会有客的。那么就是文伟啰！什么意思？不是已有近一年不带朋友上家了吗？那么今天是怎么搞的？难道是……葛噋想控制住自己不往下想，但是不行……他什么都知道了，谁告诉他了：星期一报到。于是他就……设宴、请客，并以此来表示对他老头子的……他的心怦怦地加速搏动起来。他是爱他的儿子的，爱的。尽管他在内心曾竭力地想否定掉这一点，并且常常讨厌自己这粘粘糊糊的心肠，但隶属于天性的爱，是很难抹去的。他老了，再过个三四年就到六十了。有了地位和事业，这算是个安慰。但是他也明智地懂得，在这里，所能得到的，已不会太多了。他需要儿子，他需要在这个血肉之躯上系住自己的寄托，看到自己的繁衍。从某种意义上讲，文伟这个小混蛋，是他这生中惨淡经营，倾注了最多心血的作品。

他不停留了，朝前走去，并且加快了脚步，一反常态。

西边，被高楼切割了的不大的天，因为桔红、青紫、灰白几种色调柔和着，显得相当好看；一些树木的枝蔓以此为一背景编织不少丰富的图案；一条用水泥铺成的小道委婉地朝前伸展着。尽头那栋楼的二层，便是他的家。如果连同卫生设备算上的话，有将尽五十平方米。很宽敞了。果然，楼前摆了不少自行车，亮晃晃的一排，尤其是那镀铬的部分，在浓密的冬青树丛中闪烁个不停。

跨进楼门，就听见了一阵阵欢声笑语，还有吉他的弹拨声。够热闹的。葛暾走进了自己的房间。屋子里空无一人，素芬也不在。他有些焦躁地来回踱了几步。好不容易，素芬才进来，系着围裙，端着搪瓷盘子，见到他，不禁“哦”了一声。霎时，葛暾见她眼里透露出一种光彩，尽管这种光彩在素芬年轻的时候也有那么几回，但在葛暾的意识中已是相当的陌生了。

“怎么啦？”他的口气微微显得有些急迫。

素芬转身，胡乱地将盘子往沙发垫上一搁，随后便凑近他，压着嗓门，颤声地说道：

“考上啦……”

什么考上了，考上什么了？他怎么一点儿都听不懂？他把身子朝后仰了仰，很不满意地看着妻子：“连话都说不清楚了吗？”葛暾用眼神这么责备道。

“考上啦，研究生，通知都拿到啦！”

“谁？谁……你是说，你说是……文，文伟……”

他把句子拆得七零八落的，然后，才又使劲地把它们胡摆在一块。

“不是他，是你？”素芬嗔了他一句，随后便“扑哧”笑了，“几十个人才录取一名，读两年，出来就是硕士，然后还能考博士……”

硕士！博士！天！他一下子怎么也无法把这些绚丽夺目的桂冠同他的儿子联系起来。没有一点儿兆头。假如在前几个小时，有人对他说，你儿子将会成为硕士，那么他一定会相当生气，他一定会以为这个人是在有意地挖苦他。

“怎么，考上的？会不会在什么地方，弄错了？”

“怎么啦？你！”素芬似乎受到了很大的委弱，她把嗓门抬得老高。葛暾意识到了自己的紊乱。

“体重下降了二十来斤，眼睛都近视了整整一百度，你都不知道。”

他的确不知道。关于体重，关于眼睛，他怎么会知道？他们父子俩近一年来连句话都没说过。他只晓得文伟好看书，橡胶厂的党委书记也同他提及过这一点。不过，他那时候料定文伟是不会有多大成就的。

隔壁又爆发了一阵笑声，还有叫声，叮叮当当的碰杯声也响了起来。声波，进入了他的耳孔，震动着他的鼓膜，他真真切切地听到了这些声音。是的，他们家的这个犟头倔脑的锻工，摇身一变，竟成了研究生了。

葛暾的文化程度其实也只能称作中等，虽说跨入过工科学院的大门，但连第一学期都没能念完，便投奔革命去了。而素芬的老家则祖祖辈辈种田。直到进城之后，苦了好多年，她才勉勉强强地通过工农速成中学的考试。而突然间，他们家飞出了个凤凰，说到哪儿都使人羡慕。当然除了羡慕，人们或许还会为他对儿子的培养和教育赞叹不已。“啧，不愧为局长，瞧，养个儿子……硕士，啧！”但是叫他如何作答是好呢？儿子连个过问的权利都未能给他。考什么？什么时候考的？怎么准备的？他都一概不知。他纯粹被甩掉了，甩到爪哇国中去了。

“上哪儿？”终于，他这么问道。

“去厨房，还都等着哪！”素芬停住了已经移动了的脚步。

“问的是你那儿子！什么专业？哪个学校？几号……报到？”星期一报到！下午的那个电话通知说是星期一报到。葛暾的心里说不出是个什么滋味。

“都被你搞浑了。北京的，人民大学，今天晚上就走，九点钟的车，很紧。”

葛暾倒抽了一口凉风，他转过了身去。完了，他不会再回来了，他会一直这么犟下去的。出国、留学，皇家学院的最高学位，他会越走越高，节节胜利的。他如同一枚冲出了大气层的火箭。哦，葛暾明白了，临走之前，文伟有意这么闹一下，闹给他看，以示自己的骄傲；以示对他的轻蔑。“可是为什么要这样，为什么一定要这样做嘛……”他抽出一支烟来，拧断了，又抽出一支。素芬在一边看着他，像个木偶。

“怎么什么东西都往沙发上搁，你看看，你看看，还不端走？”他指着素芬随意搁在沙发上的盘子突然发起火来。素芬便拿起盘子朝屋外走去。

“你别走。”他又叫住了她。

暮色不受丝毫干扰，循规蹈矩地默默地降落。葛暾站立在窗前，渐渐地形成了一个剪影。

“就我们，俩啦！”他长叹了一声。

“你应该高兴呀，你怎么就不高兴呢？”素芬急得什么似的。但是他成了一尊风刮不倒的石雕。

先传来了一个女高音的歌声。歌声停了之后，又是一个男中音在唱，这男中音很像是文伟的嗓子，一定是他，那嘶啦嘶啦的喉音在他的第一声啼哭中，就已经有了。待这嗓门停了之后，葛暾将身子扭了过来，他先异样地看了看素芬，随后便朝文伟的房间走去，素芬想拉都没能拉住他……

很难说清楚这隔阂是从哪一天开始的，很难了。

他记得那个时期文伟变得很难看：上衣老是吊在裤腰上，短得不像话；裤子也是那样，又短又瘦，门襟处还老爱敞开着，也不扣扣子；吃饭总是大口大口地吃，稀里哗啦，风卷残云，一转眼便把满桌子的菜扫得精光；走路呢，旋风般的，跌跌撞撞的，有时候简直能与醉汉同日而语了。那个时期文伟一下子窜得很高。

有一回，一个熟人问他：

“上午同你一起走的那个男人是谁？”

男人？没有呵，他想来想去没能想出来。

“肯定是有的，个头同你差不多高。”

他总算醒悟了，不就是文伟吗？什么……男人？

那天晚上他一进家门便拍了拍文伟的肩膀，叫他走到镜子跟前去。父子俩背靠背站着。文伟头发蓬着，占了便宜，但是葛暾穿的却是皮鞋。儿子显得有些别别扭扭的，说他是“怪人”。

文伟的这种变化，使他一下子很难适应过来。他还是喜欢文伟小时候的那副模样，肉团团似的，整天没完没了地笑。见他来，没有不扑到怀里的，爸爸长爸爸短的一个劲地缠。但是现在。文伟连喊声爸爸都有些羞于出口，有时候只是在喉管里这么咕噜一下，便算过去了。当然，就一个“男人”而言，那些敬语尊称的使用是得更慎重一些了。这种早期的青春期心理状态葛暾曾经也有过，但是在印象中，他觉得自己要晚得多。

葛暾记得素芬那个时候还是很高兴的。“瞧瞧，又不能穿了。”她提拎着文伟的衣裤蹙着眉说道。尽管是蹙着眉，葛暾仍然可以完全感受到她的那种母性的搏动。“瞧瞧，又不能穿了”与“瞧瞧，又长高了”“瞧瞧！长得多快”有什么不同呢？素芬的感情是合理的。她不带什么政治问题；不欠孩子一点债。作为母亲，她百分之百的合格。她完全可以为衣裤“又不能穿了”而自豪。她用不着怕。

但是葛暾对文伟懂事得太早却免不了有些恐慌，他真希望儿子永远就那么大一点，跟在他的身后滴溜溜地转。在恋爱的时候，素芬曾经说过一句挺有水平的话，“我掌握了心灵交感术。”那意思也就是说，她能够揣摩出葛暾的任何心思。真是这样的么？

文伟真的懂事了。他的兴奋与哀伤；他的满足与不满足，喜怒哀乐，种种情绪，已经明显地开始成人化。为了一盘跳棋的胜败而睡不好觉；因为逛了一次公园而絮絮不休好几天；诸如此类的事情，已经过去了，不复重现了。

有一次，文伟突然朝他这么说了一句：“你真不行。”什么地方不行？他想不起来了。或许是因为弄不到毛主席纪念章，那个年月，有本事的人纪念章都大把大把地往家拿；或许就是因为他没有草绿色的时装；也有可能是为了几部看不到的批判电影。但是在葛暾的印象中，在这些事情上，他都曾做过努力。像章后来是有了，尽管不怎么漂亮，但好歹还是弄到了不少。他还自制过，将红色塑料片剪成一长条一长条的，一面粘住别针，一面用金粉写上标语口号。军装，后来也找到了代用的。他内弟很久以前送给他的那件，尽管已被他用咖啡色染了，但还是从箱底下翻了出来给了文伟，他对文伟说：“坦克装甲兵穿的都是这个。”文伟也就穿了。而至于为了看那部电影，好像是一部叫什么《球迷》的，他曾替当时组里的一个扁鼻子的小伙子值了整整两个夜班，才换来了一张票。后来是上当了，文伟看了回来说，不是什么《球迷》，而是《地道战》，可这也不应该怨他。

儿子说他不行，那是因为儿子大了。他已经有这个能力将他周围的任何人放入社会加以比较和分析，并打上他自己的分数。而幼时的文伟是什么都不顾的，他常把葛暾比作大象，“爸爸是大象，有两个大耳朵，爸爸最大！”如果有谁说爸爸不是大象，爸爸的力气要小得多，那么文伟就要号啕大哭，一哭就是半天。而这种哇哇的哭声，在葛暾听起来，实在无疑予人间天伦的一阕阕颂歌。

葛暾清楚地记得这一幕：

夜。下着雨。屋内的蒸汽薄薄地敷在窗玻璃上，时而有几颗水珠滚落。而冷风则顺着窗缝挤了进来，并无情地侵扰和宰割着温暖的室内空间。文伟显得与往常有些不同，不言不语，心事重重，只顾闷头朝嘴里扒饭。素芬伸出手去试试他的额头，被毫无礼貌地推开了。

“不要粗鲁，有话可好好地对妈妈说。”葛暾停止了咀嚼，抬起了头。他还记得文伟当时的那双眼睛：干涩，眨巴眨巴的，一种迷茫痛苦的神情通过那两个小而黑的瞳仁传递出来，似乎像两道热度很高的电波。葛暾觉得自己的脸上被烧灼着。他顿时意识到要发生什么事了，这既怕发生但又一定会发生的事终于朝他压了过来。突然，他觉得这也好。等待的，含糊不清的恐惧结束了；现实无论怎么样，但它毕竟已是赤裸裸的，清晰可辨了。葛暾放下碗筷，燃起了一支烟。

“说吧，唔，跟爸爸说。”如同在诱发一个儿童的思维能力，去解开一道不是很难的算术题，他的口吻显得很沉静。不，应该说葛暾是经得起风浪的，经得起压，他的那副肩膀虽说不宽阔，但是棱角分明。

“他们都说你是摘帽右派。”好比一个什么锋利的硬器划在玻璃板上的声音一样。

葛暾有些不解，素芬这一次怎么没能顶住，一个劲地哭。而当年的那个晚上，葛暾告诉素芬他已经被“定”了的时候，素芬都没有哭，她只是用手指轻轻地拨弄着他额头上的一个疖，微微地有些叹息。葛暾看到素芬内心深处的涌动和龟裂。他不应该不理解，这完全是因为文伟，他们的这个如此健康而又充满活力的儿子。

葛暾那晚裹着大衣出去了，他记得自己跳上了一辆公共汽车，始点、终点，终点、始点，坐了三五个来回。当回到家的时候，已近午夜。素芬还没睡，披着棉袄坐在床上等他。

“文伟呢？睡了么？咹？”他嘴里唑啦唑啦地，还一个劲地搓着手，就像什么事都没有发生过。那副精精神神的模样，使人感到他刚才定是看了一出挺有韵味的轻喜剧。

“是这样的，”他挨着素芬坐下，“是这样的，我，不会放他走，他会觉得我这个做父亲的，很好；会觉得我们这个家，很好……”

“你可真能，自我安慰。”素芬这么说。素芬是错的。尽管事情的结果同自我安慰并没有什么两样，但葛暾当时的确是很有信心。这信心当然是出自于他对人的感情的信任，出自于他对爱的力量的崇尚。

倘使有这么一个法庭，能够为他和文伟都做出公正的仲裁，那么在被审席上他可以拿出一份像像样样的讼词，他可以说得很动情……是的，在以后的日子中，他做得那么多……

“我每天都背着你上学，你的腿摔断了，开放性骨折，上了石膏。两站多路，每背你一次，我的腰便像刀割般的痛。你很少说话，只是把下巴搁在我的肩胛上，我的耳朵能清晰地听见你呼哧呼哧的鼻息。不过有一次，你掏出手绢擦了擦我额前的汗珠，你说：‘爸爸等你老了以后我也会背你的。’你是随便说的，现在是忘得一干二净了。但是我却记住了，并把这话刻在了心上。

“那一年，你生了一场重病，小小的年纪，神经便被搞得那么衰弱，晚上睡觉听不得一点儿声响。‘妈，你叫爸爸注意点，他老打呼噜，一会儿像机关枪，一会儿像榴弹炮。’后来，你妈就把这话转达给了我。我听了当然不会好受。怎么办呢？什么都能克制，但是打呼噜……总不能在喉管里安置个匿音器吧？当时的住房哪能同现在比，才一个单间，无法，我只得决定自己住出去。于是，便在外面东睡一夜，西睡一夜，如同解放前闹学潮时那样。但是，仅仅是为了你有个好的睡眠，我付出的代价还远非如此。后来，就因为这个，一些人便攻击我生活作风不纯。怎么解释都不行，丝毫没用。‘天下有这样的老子吗？’他们嘲讽我，把我当作了诡辩专家。奇耻大辱啊，文伟。

“有一阵子，你每天都写日记。到了临睡前，你把一本黑封皮的本子斜着摆，吭哧吭哧地往上写，好像有那么多感情要倾泻似的。从某种意义上讲，我反对你写日记，我以为有些话你可以直接对我说，毕竟，从生活阅历及经历而言，我要比你多一些。但是你偏偏爱把自己的思想转化成文字涂在纸上，这样，我便觉得我这个做父亲的受到了冷落。当时的被冷落感，对我来说还是相当富有刺激性的。那个时候，你在我的心目中总还算是一盏希望的灯。

“我承认，我曾经以父亲的名义撬开了你的抽屉，并窥觑了你的思想。这是否已构成了犯罪，倘使有罪，我甘愿受罚。你对我是不满的，有几段歪歪扭扭的文字能把我气得发抖，你问我为什么要有生育功能，把你送到这个世界上受苦受难。但尽管如此，我依然未放弃努力。

“自从我落魄之后，被开除党籍，降职降薪，加之你自幼多病；家里便存款寥寥，生活拮据。这些，你倒也知道。我欣赏你自从稍明事理以来便在物质上，从未向我和你母亲提出过什么过分的要求。但是黑皮本却准确无误地暴露了你的欲望：想要一辆13型的锰钢自行车；想要一个四速电唱机；想要一架百乐牌60贝斯的手风琴……你的同学们有的，你都想有；你的同学们没有的，你甚至也想有。这是不是因为自幼起你已感觉到这个社会将非常啬刻地对待你，从而使你在生活的权利的争夺上表现出了更为强烈的个性呢？假如在我的心头拉开了一片空地，这边，是由于你的大不敬给我带来的恼怒；另一边，是我看到了你的先天不足，你的生活缺憾而产生的痛苦；那么这恼怒很快便被痛苦吃了，并渐渐地背叛其本质，完全加入了痛苦的营垒。

“我要尽最大的可能满足你，我发了誓。自行车、电唱机、手风琴，我什么都买下了。文伟，给你这个；文伟，给你那个，我装作漫不经心的样子。但要造成这样一个能使我略微感到舒坦一些的，带有几分喜气的场景，谈何容易。请想象一下。你是能够想象得出的。

“你的黑皮本在不短的一个时期内向我提供了你的精神运动的轨迹。后来，对于你写日记，权衡利弊得失，我倒反以为是好事了。甚至还希望你写得多一点，露一点……但是你又不写了。这件事，我曾向你母亲透过风，并不准她告诉你。她答应了。是她有失于信？还是你自己感觉出来了？有时候，你简直就像一个敏感的耗子。”

……

遗憾的是这个审判庭目前是不存在的。

怎么努力都不见效。文伟在进了中学之后，与父亲的对话便更少了。

葛暾记得，在房前的草坪里有一个破损得不像话了的跷跷板，那些小孩子们时常坐在两头，上，下，上，下，并咯咯地笑。葛暾觉得，他们家里的那张长沙发也成了跷跷板。瞧，文伟好好地坐着，手里翻着一本什么杂志，但只要他在身边一坐下，便“腾”地一下站起来走掉，几乎回回都是如此。那张沙发还是葛暾新婚时买的。结婚时，钱并不多，连个五灯收音机都买不起，但素芬还是执意要添置这个沙发。“怎么呐，就非买不可吗？”当时他问。素芬白了他一眼，脸红了红。顿时，他懂了。素芬可真是个高明的主妇。

文伟出生后，稍大了些，便睡在了这张沙发上。直到近两年，骨骼都长得差不多了，才为他新置了一张小钢丝床。很久以前，文伟总是躺在沙发上，伸出嫩嫩的双臂喊他“爸爸，爸爸”，于是，即使再忙，葛暾也要停下手中的活，过去同儿子亲热一番。他常常能在这张松软的沙发上闻到儿子身上那股特殊的气味：汗味，脚臭味，奶腥味相混合的一种味。他觉得相当好闻。这张沙发周围的那些无形的分子运动，对葛暾来说，的确是难以忘怀的。

有好几次，倘使葛暾手边有一把利斧的话，那么说不准他会三下两下，把这个软绵绵的横卧着的家伙劈个粉碎，借以驱走那逝去的，再也捞不回来的天伦；那痴呆呆的，分文不值的爱心。

文伟开始好看了起来。健壮了，身体的各部位都日渐结实。也不像过去那样邋里邋遢了，开始注意起了仪表，喜欢照镜子，常对着镜子撸头发，非得要把那一蓬既粗且硬的头发撸成螺旋形，这当然是件很艰难的事。

这个时候，葛暾注意到有两个女孩子同文伟的关系很密切，来往频繁，奇怪的是这两个女孩子竟然长得如此相像。有好一阵子，葛暾张冠李戴，常错把那个叫建华的称作爱萍，而把那个叫爱萍的称作建华。

先是建华来，背着个画箱，这是文伟在学画画的圈子中结识的朋友。不过，在葛暾的眼里看来，两人要好得也稍稍过分了些。自行车来来去去，女孩子坐在书包架上，无所顾忌地，眉飞色舞地说着话。有一次葛暾见两人站在一个不知从哪儿弄来的裸体石膏像前，文伟弯着腰吃吃地笑，一会儿，女孩子扬起巴掌打他，他逃，于是满屋子转。真不成体统，葛暾当时见了真想说上几句。不久，那个叫爱萍的也出现了，情况差不多，也是这么进进出出，嘻嘻哈哈。所不同的是背上的画箱换了羽毛球拍。

文伟学画也好，学打羽毛球也好，葛暾均不反对。反正学校的课也不上，有的是时间。但文伟同女孩子的这种过密的接触，实在不能不引起他的注意。如此来来去去，打打闹闹的，好吗？葛暾是严肃的，即便是解放后的五十年代，他同姑娘们的接触也颇显得有点“迂”。记得有一次同素芬见面，分手时，素芬有意将一块绣花手绢搁在公园的座椅上。

而他呢？居然追了三站路将手绢送还了“失主”。素芬泪眼汪汪地表扬他“拾金不昧”。后来，不知怎么搞的，这件事作为小品文上了机关的壁报。人们看了都笑得什么似的。

的确，事情的发展提醒他不能掉以轻心。

“妈，别告诉爱萍说我跟建华出去了。”“妈，别告诉建华说我跟爱萍出去了。”素芬把这些话都转给他听。

“搞什么鬼名堂，这简直有点像那个……”底下的话他没有说出来。但更有趣的戏还在后头呢！一天早晨，他告诉文伟说，昨晚建华来过了，叫他今天去。没等他说完，文伟一个转身便没影了。谁知当葛暾下班回来，才踏进家门，文伟便满脸苦相地问他：

“昨晚你见着建华来啦？”

“见着啦，怎么啦？”

“那是爱萍，你看看你的眼睛，你没见建华的黑痣长在这点，可爱萍的是在这里？”文伟边说边用手指头在自己的脸上点点戳戳的。

葛暾简直忍不住想笑。他哪来的那份闲功夫把人家脸上的黑痣这么搬来搬去的。

“你还笑，你还笑，倒霉啦，你还笑。”

他追问，怎么倒霉？倒了什么霉？但是他没能问出来。

关于这件事，具体究竟是怎么个来龙去脉。葛暾至今也没能搞清楚，当时，也只是猜到了个大致轮廓。不过，这样一来，他已经觉得有必要同文伟认真地谈谈了。

“我不喜欢这两个疯丫头，最好叫他们少来往。”素芬也这么说。

“嗤！妈你不懂，”刚点了这个话题，文伟便认为素芬不懂，“妈你不喜欢她们，说她们是疯丫头，妈你真是的，她们解决了我的大问题，妈你不懂。爱萍的爸爸是美院的工宣队队长，他派谁教我们画画，谁就得教我们。建华的爸爸是体育馆的革委会主任，第一把手。他的那个羽毛球场地我什么时候都能用。那天，爱萍的爸爸跟我说了，爱萍爸爸的意思和建华爸爸的意思其实相差不多……”文伟一提起那两位爸爸，大拇指便一翘一翘的。

他们是商量决定了的。先由素芬说，说到关键之处再由他接上来。但是现在叫他说什么好呢？尽管从素芬的眼里频频发出信号，然而他还是说不出什么。原来他倒是准备谈得大一点，甚至想谈谈人生观的问题呢。是的，不要去责怪孩子了，孩子没有错。他学画画，爱好羽毛球运动他需要那两位朋友父亲的帮助，他得想方设法同这两个已有些懂事了的女孩子相处好，这是显而易见的。而问题的关键倒是，孩子本身的父亲为什么这样窝囊。白天，只一个劲儿地搞搬运，把圆木搬到那头，把方木搬到这头；晚上便写交待，写检查，围绕着1957年的那笔旧账没完没了地写。

葛暾记得当时文伟坐在沙发上，他和素芬坐在凳子上，文伟的眼睛只是看着母亲。不满、委屈，所有的情绪一股脑儿地倒给了母亲，而对他父亲似乎连看都未看一眼。这是为什么呢？怨恨他？还是怜悯他？相比之下，葛暾更接受不了的是怜悯。一个还未脱离家庭庇护的半大孩子，居然对其父动起了恻隐之心，这对任何一个做父亲的来说，实在算是桩不名誉的事情。

文伟还是同她们在一块，还是那么嘻嘻哈哈，亲亲热热的。不过事情没有一点朝坏的方面发展的迹象，于是他们放心了。葛暾甚至觉得自己有些多虑了。文伟的画的确是有了显著的进步。画了一张架着木板桥的河挂在墙上，竟然勾起了他对故乡的回忆。他想起了，儿时，在乡下，他的曾祖母老是站在一个木板桥上，唤他小福小福的，那手还老爱搭在前额上。

有一次文伟拿来了两张少年宫的美展票子，说是他的两张速写在那里展出了，连外国人也在参观。他们去看了。画倒看不出有什么动人之处，无非是当时随处可见的那种头像，盖着藤帽，满脸流汗的样子。可外国人果真倒是有，他们见到的，好像是几个东南亚一带的人。此外，还见有几个小孩照着文伟的画在临摹。素芬很兴奋，上去搭讪，说那画是她儿子画的，于是被缠住了。问她儿子有多大？怎么学的？是不是干脆就是跟爸爸学的？葛暾在一边默默无言，内心苦乐参半。

但是真正刻在葛暾大脑深处的，则是文伟打的那场球赛。葛暾万万没能想到文伟竟敢在几千人的体育场内参加比赛，而且表现得那么镇定，那么潇洒。穿的是一身通红的球衣，没有比他更耀眼的了。

葛暾记得那次是文伟先发球。他发了一个长球，球打到了对方的底线，而对方也很能，一下子便把球稳稳地送了回来。但是文伟一个跃起，几乎是从后场到了前场，挥手就是一拍，球打死了。葛暾觉得自己的血液突突突地朝脑门冲去，而身边的素芬则死死地捏住了他的胳膊。这场球赛进行了有两个多小时，两三千个观众几乎全都倾向文伟，最后一局的关键时刻，文伟每打一个球都能得到全场的喝彩。他那么会打，一会儿用反手猛抽一下，一会儿用正手轻放一个，在救一个边线球的时候甚至还翻了个漂亮的跟头。而最令人赞叹的是文伟那临危不惧的意志品质，在接对方最后一个决定死活的球时，他甩甩膀子，晃晃脑袋，把鞋带紧了紧，还随随便便地朝场边上的谁说了句什么，然后才躬起腰，双眼逼视着对方。但是他脸上依然微微地露着笑，让人看起来，就好像他已经稳操胜券似的。文伟得胜之后，全场起立替他鼓掌，他用大步绕场一圈，还把球拍抛向空中……素芬一个劲地拭眼泪。

在球赛进行中时，葛暾的情绪也涨到了饱和程度。但是一出赛场，马上就跌至冰点。很清楚，这是怎么一回事。文伟是不能成功的。他觉得自己是那样对不起儿子，全场观众几千人都谴责他。

素芬是再也不说疯丫头不疯丫头之类的话了。遇到什么节庆日还时常叫文伟请她们来吃饭，这当然很合文伟的意愿，他总是很痛快地一口应诺。不过在这一点上还是依然如旧，那就是，请了爱萍就不请建华，反之亦然。

都是十几年以前的事了，已经很遥远了。葛暾现在怎么想那两个女孩子的模样都想不周全。想起来也是，如果不是因为他的话。文伟也一定能够跟上她们，说不定还能同其中的哪一个的感情有进一步深化的可能。但是那两个女孩子很快地便撇下文伟走自已的路去了。

先是那个叫爱萍的不来了。

“爱萍怎么好久不来了？”素芬问。

“妈，你怎么不知道，她进部队体工队了。她爸爸给她找的门路，其实她根本不是打球的料……这样她就可以不去插队了……”

爱萍走后，文伟练球的热度便渐渐地降低，有时候因为找不到场地而摔球拍。不久，葛暾便见到他的球拍上结起蛛网来了。

没过几个月吧，文伟他们这一届的毕业分配就开始了。而建华便被推荐到美术学院学习。起始，他们也不知道，也是见建华不来了，素芬问了才清楚是怎么回事。文伟说，美术学院是点着名要建华去的，但学校里谁都清楚建华的水平远不及他高。在这一点上，葛暾是相信自己儿子的。

那一阵子，文伟的情绪灰得可怕。有一天，葛暾站在窗前，眼见文伟在对过的横马路上走着。天，下着蒙蒙细雨。行人都撑着伞，步履匆匆，唯有文伟什么雨具都没有，在路上晃晃悠悠地逛。一会儿，他停下了，仰脸看看天，随后便看着前面的一个什么地方，久久地愣着不动。接着，便又用脚在地上拨拉了起来。葛暾实在看不下去了，离开了窗口。在葛暾的印象中，他这一生还从未遇见过那天下的雨，那么稠密。开着窗，居然能把房间的最里端都弄湿了。文伟待分配的时间持续了将近有一年。这一年，文伟又做了些什么呢？起初，他什么事也不干，吃吃睡睡，整天在浑浑噩噩中度过。后来也不知怎么搞的，同一个瘦瘦长长的叫二毛的混得很熟。那个二毛时常来找他，每回来又从不进门，只是在门口将脑袋一摆：“文伟，开路！”以后他们的来往越来越频繁，即便是在夜间十一二点钟，二毛也会把文伟招出去。当然，这就免不了要用些联络暗号，诸如吹吹口哨什么的。葛暾很快就觉察到了，过了十点之后，只要外头响起口哨声（通常是沙家浜中草头王那段的开头几小节），那么在这间屋里，你就很难再能瞧见文伟了。

“这是怎么啦？那个叫二毛二毛的，满脸邪气！”素芬紧张得什么似的。但是葛暾却反问素芬，她讲这个话给他听有什么用？葛暾心里也烦。果然，没有多久，文伟学校的领导便找上门了，说文伟伙同那个二毛经常半夜三更在农民的瓜地里行窃，这回被农民抓住，扭送到了学校。文伟坐在学校的一个空间里，头发被乡下人剪得不像话，比他在“文革”初期曾被剪过的那种阴阳头还难看。坑坑洼洼的，如同狗啃过的一样。葛暾心里气得不行，他真想上前伸出手去挥一巴掌，但是终究还是忍住了。他想起了在球场上的文伟。

后来，班主任拿出文伟的检查给他看。他真不想看。他写够了检查，可他的儿子又在写，真是子承父业。

但是这张检查，这张用蓝色圆珠笔写在作文纸上的检查，至今还保留在他的书桌里。

“……我爸爸这几天病了，每天发烧都在38° 以上，外头西瓜难买，我就和二毛去偷了……”就这么开头的，葛暾背得出。尽管他从未弄清楚这究竟是不是文伟去西瓜地的真正动机，但是他依然把这张检查保存得很好，一种爱和恨交融的心理，驱使他这么做。

文伟保证，再也不同二毛接触了，再也不去拿别人的东西了。他还承认二毛领他偷过一家饭馆里废弃不用的旧鱼缸。但是文伟的保证是写在水上的。几天以后，葛暾夜班回家，见有两个烟火在黑暗里一明一灭。待他走近，很快地便灭掉一个。他看见了二毛，这个瘦长的小伙子挠着后脑勺喊他爸爸，而另一个黑影则飞快地朝远处跑去。不用问，那一定是文伟。但这又怎么办呢？总不能拔腿就追。

葛暾忘不了那天夜晚，文伟慌慌张张地从外头跑来，满头大汗，衣服也有不少处被撕开了口。

“爸爸，你医院里还有没有熟人？”

葛暾在“戴帽”以前，曾一度在卫生局担任过领导工作，以后才又调到化工局。文伟一定是知道他的这段历史，所以才这么问他。

“什么事？”葛暾极度不满地看着文伟。

“二毛，被捅了，伤口直流血，医院不给看，要单位证明。说是打群架。”

“这不很好嘛！不是很能干的嘛！打个证明又有啥难的呢？”他终于忍不住高声嚷嚷起来。

“爸，你说这话干什么，你究竟有没有办法？伤，在这里！”文伟的手在脖子上划了一下。

动脉破裂。葛暾的心不禁提了起来。但是他没有办法，真的连一点忙都帮不上。倘使十几年以前他在卫生局干的时候，那么只需随手提一提电话就行了。记得有一次他的一个老战友患急性肺炎，哪个医院都住不进，所有的病房都塞满了。于是来找他，他提起话筒劈头将中心医院院长训斥了一通。后来，中心医院只得在会议室里硬塞了一张床。为这事，反右也好，“文革”也好，都没让他少受罪。假如他有办法，那么他会帮助这个二毛的，但是现在他去找谁呢？谁又来领他的情呢？谁又认识他这个搬运工人呢？

“愣着干什么？还不想办法去！流血太多，要死！”

文伟朝他很快地嘟囔了一句，然后才出去。什么内容，他没听清。但是他从文伟的那双恶狠狠的眼神中，已能够完全猜测到了。以前，再怎么样，当面朝他这样嘟囔的事还没有过。文伟对他父亲的忍耐已经到了极限了吗？

然而事情并没有就此了结。自从那天晚上以后，文伟一蹶不振。面色苍白，神情委顿，就好像被天大的事压得透不过气来。问他，他也不说，只是蹙着眉摇头。

“唉！这孩子真能愁呵！”素芬叹息道。而在文伟小的时候，素芬还说他一辈子不会犯愁的，说他印堂开阔，两道眉搓不起来。

当然，文伟有文伟的苦衷。

“爸爸。”一天，文伟绞着两只手站在了他的面前，“二毛，进班房了。”

“什么？”葛暾起先没能听清楚。

“二毛，被铐起来了。”

这回葛暾听懂了，他顿时感到背上凉飕飕的。

“你告诉我干什么？我不要听！”他烦躁地挥了挥手臂，关节咯咯作响。

“爸爸，你能不能救救他，你一定能救他的，你不是有很多朋友都在公安局么？有个姓孙的叔叔，还有一个姓俞的。”

“我的天！”葛暾暗暗地叫了声。“爸爸，你给我摘颗星星吧！”文伟为什么不这样央求呢？他是完全可以这么继续央求的。这不很容易么？他要颗星星，他父亲伸手就能摘下来……真是绝无仅有的荒唐！孙叔叔？姓俞的？这是怎么想出来的？孙，孙什么？俞，俞又是怎么回事？人家还在不在公安局？葛暾先是搞不清，文伟怎么会知道他现在连姓名都忘得一干二净的旧交。后来他才断定是那个照片盒子的缘故。以前，素芬常常和文伟没完没了地翻弄那些相片，这是谁谁谁，这是谁谁谁，看图识字似的，几乎每张相片都要点到家。文伟那时候小，记忆力正是最旺盛的时候。这回好了，叫素芬自己来瞧瞧吧！遗憾的是素芬当时不在家。

“二毛把别人戳了，戳了别人三刀，就把他铐了起来，但是那个人先戳了我，向我要香烟钱，我不给他，就戳我……你看这！”文伟撩起了左臂的袖子。葛暾看到那上头也有三个窟窿。掩饰得真好，这么多天，一点都没让他看出来，难道就不痛吗？

“你应该打仗去了，你能够得个……勋章。”葛暾揶揄道。

“但是爸爸，那个人却没事。”文伟不理他，继续说自己的，“明明是他先戳了我，二毛是为我打抱不平才找他的。”

“他逃跑了吗？”

“哪里，就是因为他爸爸是公检法的一个大头头。”

“大头头怎么样？大头头就能违法乱纪？大头头的儿子就能无法无天？用刀子……捅人？大头头，大头头……”葛暾突然激动了起来，拳头敲得桌面咚咚响。

“爸爸，你救救二毛吧……”

文伟当时是哭了。蹲在地上，抱着头，抽抽噎噎地哭，还时断时续地述说着二毛对他的恩情。什么送给他毛衣呵，教会他装电视机呵，等等。葛暾也确实被感动了，他甚至忍不住要陪着掉泪，但也仅此而已。“原谅我！”他在内心默默地乞求儿子。

二毛后来是被判了两年徒刑，送到了北方的一个农场服劳役。看得出来，二毛走后，文伟是日思夜想。有几次，睡得好好的，突然翻身坐起来，二毛二毛地乱喊乱叫一气，待完全清醒过来之后，便哭。他还时常买些吃的东西朝北方寄去，什么奶粉呵，香烟呵，等等。当时烟票特别难搞，买烟得排长队，但是文伟从来没有向葛暾伸过手。葛暾感觉得出来，儿子已经开始有些恨他。

“藕断丝不断的，这哪行？”素芬显得很担忧。但是葛暾不同，在这件事情上，他后来完全被那种难得的人情所压倒。他曾经还觉得，应该给文伟一些什么帮助，比如说，通过素芬给他几张烟票也好。结果他这么做了吗？回忆不起来了，忘了。

文伟的分配自然也不会好。淮北插队，如此而已。按理说，作为独苗，文伟应该分配得好些，至少可以稍稍离家近些。但是没有，他还是出去了，那么远，一旦有病有灾，家里丝毫照顾不上。

同班的其他三个独苗都分得不错，都要比文伟好，有一个还留在了城里。分配名单公布之后，素芬哭哭啼啼，无可奈何地问文伟，为什么不努力争取分得好一点？为什么单单把他分得这么远？文伟只是朝她看看，哼了一声。再逼问，他就说：“老师讨厌我呗！”

“你撒谎！”素芬那次大动其肝火，“你写了决心书，我叫你不要写，你偏要写！写到那么晚，一张大红纸……”

文伟听了这话的反应是摔掉了一个杯子，把一个印有红色槟榔树图案的玻璃杯“咣当”一下，摔得粉碎。“难道真是这样吗？”他鼓着腮帮子大声地问。

葛暾当时想走开，但是文伟居然叫他留着，不要走。口气很严厉，几乎是命令似的：

“你不要走，听我说，这主要是你的事！”

他感到浑身的血液几乎都静止了。乏力，虚脱，站都站不大稳。他费了好大劲才走到了文伟的跟前：

“有话，就对你母亲说吧，你可以，信赖她；我们男人对母亲，总是，更信赖些……”他记得说过这话出去的时候，费了好大的劲才将门把子拧开。

素芬后来没有复述她同儿子的那场谈话，他也没问。素芬不说是对的，他不问也是对的，还有什么不清楚的呢？文伟说了，他走，不要家里人送，话说得很肯定。文伟的心理一定相当复杂，得尊重他。

那天早晨，葛暾照样去上班。临出门前，他在儿子的床前小站了片刻。文伟的身子弓得像只虾，还在睡着。一会儿，素芬穿着内衣也站了过来，两手抱着肩，冻得瑟瑟抖。他随手便把文伟的棉袄披在了素芬的肩上，在他这么做的时候，既闻到了那股熟悉的气味，又闻到了一种陌生的劣等烟草味。“要叫醒他么？”素芬用眼睛这么问他，他摇了摇头。

“叫他多写信。”后来，他这么说，“多给你——写信。”想了想，他又补充道：“喔，还有，不要养成了吸烟的习惯，太伤身子，我现在就不行，肺不行，喉管也老发毛，吸烟有什么好呢？”这话就好像是在对文伟说，就好像文伟已经醒了似的。

这天，木厂里派给他的活很多，况且都得在露天干。他突然觉得很窝火，于是便放下了手中的木料对领班说：

“我不干了，你叫别人干吧，我得送我的儿子去！”

是呵，怎么能让他一个人走呢？让他孤零零的独自上火车，就好比父母都早已殁了似的。他坐上了去火车站的公共汽车。汽车很挤，不时地被人吊住，开得又慢。他这时候急得要命真怕赶不上了。而不知怎么的，一下子，他是那么想见到文伟，说说话，哪怕是说上一句也好。

到了火车站，葛暾几乎连方向都辨不清，他只是被人群挤着，胃部和腹部疼得不行。后来，他用手掌合在嘴上“伟伟，伟伟”的这么使劲地喊叫了起来。他自己也搞不懂怎么没有叫文伟，而是叫伟伟。伟伟，乳名，只是在很久以前，葛暾才这么叫。一声喊，小家伙便像白色的圆球似的从远处滚来。儿子小时候很胖，素芬又常爱给他做白底子的罩衫。一直到火车启动，葛暾都没能找到文伟。他担心文伟是有意不理他，文伟躲在一个什么地方，任凭父亲的呼喊声在耳旁掠过，他只是不理，甚至还恨恨地关上玻璃窗。

好多人都在哭，不管男女老少。葛暾靠在一根电线杆上，只觉得嗓子热辣辣的。陡然间，他在一个走动的车窗里看到了文伟，千真万确，一丝不差，那张圆脸，那头粗硬且黑的发。与此同时，文伟也看到了他，嘴巴动了一下，还举起了手掌。葛暾的血液一下子涌上了脑袋，接着，便不顾一切地跟着火车跑了起来。

“你要——保重——”他记得自己终于喊出了这么几个字。列车的尾旗在拐弯处一闪，不见了。人潮缓缓地退去，唯有他还站着，在惨白的太阳光下，他的黑紫色的狭长的身影与车轨相交，形成了直角。他觉得好受得多了，胃和小腹都好受了起来。“总算见到了，虽未能说上话，但也尽意了。”

他独自默默地这么想。

但是好多年以后，当他偶尔提起车站这一幕的时候，文伟回报他的则是朗声大笑。他说他一进车厢便甩起了扑克，根本就没有将脑袋朝车窗外露过那么一露。

那天，葛暾是从车站步行回厂的，汽车挤不上了。十五个站头，他走了三个多小时。原是可以稍早一些到厂子的，但是在路过他以前谙熟了的化工局办公大楼的时候，不由得站住了，还愣了好久。他看见他从前办公的那间屋子窗口的玻璃上都涂满了油漆，从前哪有？从前窗明几净，每当星期四，办公室文静的女秘书总要跳上去揩上半天。有时候他看得过意不去，就说：“你歇歇，我来吧。”但是女秘书只是谢谢他，执意不肯让他干。这样他也就不能说什么了，于是打电话，批审文件，起草讲稿，做自己的事。只是有一次，他偶尔抬起头来，突然发了愣。他觉得平时这个并不起眼的姑娘一下子显得那么美，阳光恰如其分地勾勒出她的青春的曲线；整个躯体显现出一种微妙的暗红色。他真怕她一个闪失摔了下去，摔下去可就什么都完了。于是他便命令她下来，然后自己跳上窗台使劲地擦了起来。

是呵，那个时候他还年轻，也不过二十二三岁的样子，同素芬才刚刚相识，似乎还未能爱上。

“她还在吗？”葛暾突然想起应该去看看他以前的这个秘书。这么多年来，从未有过这个愿望，突然有了，便想抑制也抑制不住。但是当他道出姓名询问了那看门的之后，人家告诉他："没有这个人。"于是，他便又退了出来。

文伟的不合理的远去，勾起了他的怀旧，他的情绪变得有些稀奇古怪的。好在"没有这个人"，倘若有这个人的话，那才难堪呢！

他回忆了许多过去的事情，大胆地，毫无顾忌地回忆。让思维冲破以往筑起的堤坝漫过去……这天，他成了一个勇敢无畏的复辟狂，若是有条件的话，他或许能把什么都豁出去，做出一些平日不敢做的事情。葛暾不知道文伟这天是如何在旅途上度过的，文伟也在回忆吗？果真如此的话，那也是不堪忍受的事呵！

文伟一去就是八年，八年以后，文伟才跟着他走水路回来。

每当葛暾回想起这些，他便在心底里暗暗乞求他的儿子能给予他一点同情和谅解。文伟少年时期的痛楚以及后来生活道路的坎坷，是与他这个做父亲的在政治上的失意直接相关的。当然，按照一般的说法，那是时代所造成的他并没有什么错。但是换一个角度看呢？在他当初落魄的时候，马上就应该想想才牙牙学语的文伟。应该下个狠心把自己同儿子彼此分开才对，而不是把儿子紧紧地搂在怀里，以期在漫漫岁月中的情感有所寄托。

不过文伟在这个问题上还不曾这么想过，文伟还豁达地说过，他理解父亲，他一点都不怨父亲。

葛暾忘不了那个夜晚。那天晚上，一群都是错划改正了的老同事聚餐，文伟也参加了。他叫文伟去，文伟也就去了。

那时候，文伟才从农村上来没几天。

晚饭吃过后，他同文伟往家走。被雨水打湿了的马路，由于街面路灯的映照，泛着色彩缤纷的光。很静，文伟脚上不知是哪个鞋子坏了，走路时，呱唧呱唧的，让人听起来不很入耳。

"鞋子坏了，怎么不去修理一下？"他问。但是文伟只是勾着头走自己的路，没有搭理。沉默。那条走熟了的路一下子显得无尽的长。

"爸爸，"直到快进家门了，文伟才开了口，"我以前，"他摇了摇头，"真是太不了解你们了。"

葛暾等着下文，但是没有了，只这么一句。随后他们便上了楼，盥洗完毕，各自回房间安息。一会儿，便从文伟的房间里传出了鼾声。但是葛暾半宵未眠，他久久地品味着儿子的那句话。太吝惜字眼了，为什么不多说上几句呢？但是他终于觉得，这已经足够了。

文伟回城后的第一个冬季，葛暾的背部长了个肿瘤，不得不住院开刀。尽管即将主刀的是个极富有经验的专家，但失败的可能性也不能完全排除。也就是说，谁也不能确信他肯定不受死神的召唤。

素芬紧张过度，目渐消瘦。葛暾本人倒还好，还乐观，能正常地进食和阅读。只是在临开刀前两天的那个凌晨，葛暾隔壁床上的一拿病员突然死了，转眼之间就到了那个未知的世界。值班医师翻了翻死者的眼皮，摇了摇头，然后挥挥手叫护工抬下去。直到这个时候，死的恐惧才切切实实地潜入了他的内心，他突然感到在进手术室之前完全有必要留下几句话。于是，一大早，他便迫不及待地挂电话把文伟叫了来。他没有马上叫素芬，奇怪的是他竟然觉得文伟才是他最急迫要见到的。

文伟那个时候还在设计院描图。他匆匆赶来，连袖套都未能摘下。

“不是说明天才动手术么？”

“是的是的，你坐下。”葛暾昂了昂下巴，示意文伟坐在他床边的那张椅子上，“我，我想说……我有些……对不住你……”斟酌良久，他才喃喃地吐出了这么几个字。接着便顺手拿起一张报纸，垂着眼帘，把脸凑了上去，不吭声了。

文伟是个聪明人，当然也尽可以理解了。他站起身来，使劲地在病房里踱了几步，随后，上前握住了父亲的手：

“爸爸，第一，我以为你完全不该胡思乱想。这种手术的死亡率是百分之零点一，你不会属于这零点一，这辈子你没有做过什么缺德的事。第二，我所受的一些委屈，你大可不必搁在心上，这不是你的责任。”文伟的话说得干净利索，没有丝毫的虚假成分相杂。这点，葛暾当时是肯定的。

葛暾感激过，一种无尽的感激之情在他心头激荡过，他觉得他的儿子确确实实已经站在了高岗上，能看得很远。不过这种感情很快地便成了多余。多余的精神肿瘤，唯有割去才是。文伟，儿子！为了折磨你的父亲而降生于这个世上，你究竟是个什么东西！

根据文件规定，凡独苗，在外乡插队的，早该调回父母身边了。问题在于1974年文伟被抽到当地的一个小县城里做了工人，这样，事情就弄得很糟。要不是葛暾的努力，文伟是上不来的。第一步，得把文伟重新弄到乡村去；第二步，才能把他调回城。很难，还要迫不得已地做些不体面的事，但葛暾还是成功了。这可算是他恢复工作后的第一个成功。

他去淮北准备把文伟接上来的时候，那种兴奋的心情是难以言喻的。

文伟已有二三年没有回家了。而以往回来探亲，住的日子也短，不会超过十天。到家的第一天还好，洗个澡，吃顿饭，还能说上一些话。接下去就不行了，神情老是郁郁的。除了到两个老同学家走走之外，其他几乎什么地方都不去。不到商店去走走，也不去看看电影，成天捧着本书。

葛暾是那么想见到文伟，在旅途上，他甚至做梦都梦见他。是的，他得把他接回来，安置在自己的身边。这样，这个家便像个家了。没有后代的家庭也实在不能算个家庭——他时常这么思量。

文伟的那个箱子一定是相当沉的了。当年去的时候，几个人都抬不动。箱子是文伟自己做的。家里原本有的是箱子，但是文伟不要，非得自己做，说是闲着没事，做着玩玩。但又显得那么认真，那么严肃，费力地刨着木花，使劲地敲着钉子，一声不吭，就像是在同谁赌气似的。同谁赌气呢！同父亲么？也算是一种决裂的形式？但这又有什么意思呢？葛暾回想起来真觉得有些好笑。

长途电话是头天晚上素芬打出的。他真想问问素芬是不是从听筒里能感受到文伟急迫而兴奋的心情。他敢断言，文伟接到电话后，便开始焦虑地等他，盼他！没有比这个更能使葛暾体味到人生的乐趣了。

乍一见面，几乎有些认不出来。他的儿子变得那么……厚实。是的，胸脯、脊背、肩膀、手掌，任何一个部分都厚实。文伟穿了一件褪了色的蓝卡其上装，裤子打了补丁，裤腿卷得老高，身上散发着干草的味道。而脸已经是釉色的了。近些日子一定是在大田里干活，勾头，血液朝上涌，所以眼睛有些红肿。他沉着地看着父亲，言谈举止，也没现出过分的激动。这未免多少有一点使葛暾感到失望。

“爸爸，一路上辛苦了。”文伟的嗓音嗡咙嗡咙的。

“是呵，不，还好。”葛暾显得有些惶乱。他觉得好像一下子被推远了，他伸出手臂，试图同儿子亲热亲热；但好像有些够不着。“他已经很像个农民了，这几年他是怎么过的呢？”葛暾在自己的心里这么问道。

在通往村落的路上，横着一条河，没有桥。葛暾预备脱去鞋袜蹚水过去。但是文伟说他背他，随后便不容分说地朝地上一蹲。他伏在儿子的背上，觉得好像趴在一块大理石板上似的，没有丝毫的不安全感。他突然想到了文伟背着他，一定是轻而易举的，不费一点儿力。而这想法，使他心里产生了一种说不出的滋味，不舒服。

他在文伟的住所，那间破旧的茅草棚子里睡了一个晚上，没能睡好。文伟打着很响的呼噜，估计不会亚于他。而以前，他从来就没有听见过文伟打呼噜。一早，文伟又稀里哗啦地翻抽屉，说是找刀片，刮胡子。一会儿，便把胡子刮得喳啦喳啦地响，干刮，也不用水。

文伟身上所有的这些变化，哪怕是最细小的，也给葛暾带来了不安。他一下子不知道怎么办才好，怎么才能把这陌生感逐走？他试着同文伟谈了几次话，试着跨入这看上去已经成熟了的大小伙子的内心。但是很快地他便感觉到，文伟并不是那么容易穿透的。他似乎已经有了一套自己的盔甲，不轻易卸下，尤其是当着他的面。他同文伟谈话，文伟时而显得很谦恭，时而闪烁其词，而这些，都不是葛暾所喜欢的。

葛暾在那里待了有一个星期。文伟执意要晚两天走，说他想知道那些学生们的升学考试情况。

考分是在临走的那天上午才公布的。

“怎么样？怎么样？你们怎么样？”文伟一边匆匆地收拾着行装，一边朝着一下子涌进来的农村孩子们大声问道。而回报给他的是十来双愣愣的眼睛，那眼睛中流露出一种惶恐的怕挨打的神情。一切都不言而喻了。

“爸爸，你看，呵呵呵……”文伟苦笑了两声，“这些小笨蛋！我是想叫他们考县城中学的……干啥还来？都给我出去！出去！丢人现眼……”突然他朝着那些孩子们吼了起来，他吼的时候用的是本地语。

但是谁都不动，孩子们站成一排，紧紧地挨在一起。

“老师，”有一个穿着件破旧的碎花罩衫的胖男孩终于怯生生地开了口，“大华他们说，老师走了以后，要给老师写信，要老师同，同意。”

一下子，文伟的眼圈便红了。他蹲下身子挨个地捏起了他们的脸蛋。

“不，不要写！以后，你们想到我就骂，骂我是蠢材，是‘驴粪蛋’！我，误人子弟，坑了你们！”

“我们不骂！”

“不骂！不骂！不骂！”孩子们急了，哇哇地叫着，有的还哭了起来。葛暾见到有一个眉清目秀的，显然是已经开始发育了的女孩子哭得最来劲儿。

那些乡下孩子把他们送得好远呕！

“还，还有时间，能不能给他们上……最后的一课……”当时，葛暾的心头泛起了一股深沉的诗意。

“不，已经有过了，他们或许还记得。你们还记得吗？”文伟扭头问。

“记得，记得……知，知识就是，力量……”

“这是谁说的话？”

“劈根！”

“什么劈根，是培根！”

葛暾笑出声来。这也太艰深了些。

“你生活得还不错，至少比我想象得好。”后来，葛墩在船上对文伟这么说。

“简直糟得不能再糟，糟透了！还说不错。”文伟皱着眉答道，“坑了这么一帮小东西，我心里不会好受的……八年了，什么都想干，什么都干不成，五号稻种，水力发电，还有在工厂的那个W行动计划，全都泡汤了……”

“什么？”葛暾打断文伟的话问。文伟说的，他都没听说过。

“我不都在以往的信中写了么？”文伟显得有些不耐烦。他从来没有写过这些，他记错了，但是葛暾只是瞧了他一眼，也没说什么。

“没有留恋了，前两天还有一些，现在连一点都不剩了。那里不需要我，我是个无能的人，太无能了……是个连初中文化都未能掌握的笨伯……痛苦的人生！”

“我会使你幸福的，儿子，我会使你幸福！”唯有辽阔的大海能倾听到葛暾的心音。他要付出，更多的付出，让他这个做父亲的价值在付出中得到肯定。二十多年来，他一无所有，债台高筑。但是他理解文伟了么？他将用什么带走文伟这叹息？

还是在文伟相当幼小的时候，葛暾曾经照着一个儿童读物，给他讲过一个故事。大体内容还能记得起来：

——森林里有一个小兔子，谁都瞧不起它，原因就在于它没有爸爸。有一天，来了一个老灰兔声称它就是爸爸。小兔子起先不信，老灰兔便说它真是爸爸，并能给小兔子一切，要什么，就给什么。后来小兔子要了欢乐，友谊、温暖，于是便全都得到了。

至于欢乐，友谊、温暖的具体内容是什么？葛暾倒是想不起来了。当时，幼年的文伟听了故事之后愣了好半天，后来，便扑到了葛暾的怀里，摸着葛暾的胡茬轻声轻气地问：

“爸爸，你是老灰兔吗？”

葛暾当然是否定了，并且心里还很难过。

“唉！”文伟当时就是这么唉的，如同大人似的，“唉！你要是老灰兔，那该有多好呵！”

文伟回家的当晚，阖家欢庆了一番，请来了文伟的舅舅和舅妈。桌上摆了一大盘兔子肉，也不知素芬从哪儿买的。兔子肉烧栗子，烧得喷香。葛暾吃着吃着便想起了这段往事，于是，便不免有些感伤起来。当然，如果换作今天，文伟再这么问他的话，那么很可能，他会痛快淋漓地说：“是的，爸爸就是老灰兔，要什么？小兔子，你就要吧！”但这已是不可能了。时光就是这样，把生活切成一块一块的，然后再胡乱地拼装起来。让你在晚年，回首感叹，不胜唏嘘。

文伟回城后，有一个不短的时期，一切都显得很好。尽管葛暾同文伟的话并不多，有时候几天才能说上二三句，而至于出自肺腑的长谈也从未有过。但是在葛暾的感觉中，他同文伟的对话，往往通过另一种无声的信息，在互相传递着。文伟好像已经失去了恳请人的习惯，即便是有求于父亲，也表示得很含蓄，措辞似乎也经过斟酌。假如方便的话怎么怎么，你觉得合适的话怎么怎么……最多说到这个尺寸，从不过度。文伟的这种自尊和气度葛暾很欣赏，他从这里头看到了自己的影子。于是，遇到了什么事情，也总是小心翼翼地绕着走。但眼睛可是赤裸裸的，暴露一切的。关键是两双眼睛之间的交流，这才是心的真正的意思。

——儿子，你今天是怎么了？神色那么沮丧，情绪郁闷不已。

——父亲，这工作太乏味了，这简直成了慢性死亡。

——不是你觉得还可以么！你说你想干技术活，我才疏通了那些部门，使你当上了钳工。

——此一时，彼一时。我还想活得更出息些。

——我理解了。那么，让我再想想办法，设计院怎么样？先干干描图，以后再求发展，那里的头儿是我的朋友。

——行！我知道你会努力的。

——当然了。

——父亲，在设计院也不是一回事，不是最佳着落点。

——怎么了？儿子。头两个月你不是感觉很好吗？我见你回来，嘴里还能哼哼曲子。

——但是我受不住那种压力了，等级森严，你该明白了吗？

——不是有学习深造的机会吗？

——不行，我这个人对数字概念毫不敏感，我设计自己，觉得这个方案唯有淘汰才是。

——懂了，唉！

——你怨我了？

——不，不是这个意思。

——那你唉什么？

——我在想，你都已近三十了，这都怨我，倘使当年你的体育才能和美术兴趣能得到发展的话……

——算了，还谈这些干吗？亡羊补牢，你就好好做个牧羊人吧！

——好吧，到我的局里来。先在基层搞搞文字工作，然后再朝上调，我也顾不上那些影响不影响的了。

——那就试试吧。今非昔比，现在最有办法的唯属你了，我可有半生幸运？

——父亲，又在提薪了。

——你会多一点的，儿子。

——你想在头里了？

——为父嘛！

葛暾对自己的感觉是确信无疑的，他以为这里面不会有什么阴错阳差的地方。

文伟后来被调到他们局属的橡胶厂搞文书收发。渐渐地，葛暾发现，单位里不时地有些人给文伟送些什么来，木料呵，录音磁带呵，外地的一些农副产品呵，等等。葛暾心里很清楚这是怎么回事。他刚恢复工作那会儿，有一次，他手下的一个办事员借故送来了一盒蛋糕。“局长，这点，小意思。”他的心怦怦乱跳。待那人走了以后，他把那盒蛋糕打开，细细地端详起来。一种遗忘已久的优越感，随着蛋糕的奶油香味浸入了他的每一个细胞。他用小刀把蛋糕切开，一点点，一点点地吞食。

他不知道文伟在收到那些东西的时候有什么感受，他最怕文伟不会感受，还错以为这是他同那些人的友谊在起作用。所以每当文伟送客的时候，他总免不了要叮嘱一句：“好好谢谢！”而文伟总是回答说：“我明白的，爸爸。”文伟真的明白了他的暗示么？

葛暾每回去橡胶厂的时候，总要去看看文伟。其实不止如此，每回下基层，只要是恢复工作以前认识的熟人，比如邻居呵，老同事的孩子呵，哪怕是公共汽车上的相识，他也总是尽量去看看，关心关心。葛暾喜欢这么做，还有什么比看到对方那种喜出望外，甚至是受宠若惊的神情，更使他能把心理上的那种屈辱感尽快地挤走呢？

文伟当然没有这种神情。见他来，最多喊一声爸爸；有时，甚至连喊都不喊，只是陌路人似的，瞥一眼了事。文伟的顶头上司，这个厂的副厂长，实在也是个热情过分的人。每次葛暾去，倒茶、递烟，打水，哈腰点头、肉麻吹捧，简直是应有尽有。葛暾觉得讨厌。但是走到文伟的办公室里没见到此人，他又会感到损失了些什么。“你们副厂长呢？去找他一下。”找来了，又没什么说的，但葛暾还是多了些满足。

有一次，要到橡胶厂去参加一个总支扩大会议。头天晚上，葛暾的紧张心理怎么都排解不了。这紧张自然是由于文伟做记录，得坐在会议桌旁所引起的。葛暾不由得自我嘲笑，都什么年龄了，开个会，讲几句话，还要紧张。但奇怪的是他偏偏睡不着，偏偏要想文伟，想他在一边做记录，斜睨着他。后来，只得从床上爬起来，草拟了个发言提纲，这才安心。

第二天下班回家，他悬着心问文伟，底下对他的发言反应如何？文伟回答说，不错，良好。只是他听出来了，葛暾念错了一个字，把“瞠”念作了“堂”，“瞠目结舌”，念作了“堂目结舌”。葛暾觉得很懊丧，饭后，便拼命地翻辞书，他真希望这个字在哪里也可念做“堂”，但是辞书没有体谅他的苦衷。

够了。不管怎么样，葛暾觉得，他对文伟也算够了。他应该开始做个堂堂的父亲了，堂堂的，而不是再那么窝窝囊囊的。而其实，文伟对他也不错，就拿那回开刀来说吧，文伟每天早晨都替他去买牛奶。葛暾想象着：这么大的个，每天早晨四点钟起床，冒着西北风，挤在食品店门口……要这么做，也确不容易。

文伟的朋友来，对他也都是恭恭敬敬的。有的叫他“伯父”；有的叫他“叔叔”；有的干脆就叫“爸爸”。以前，葛暾并不太喜欢介入文伟和他朋友同学之间的交往。文伟上学的那会儿，学校开家长会，也总是素芬去。当然，文伟扒人家西瓜的那次他是去了，那也算是例外。但是葛暾认为现在有必要同这些年轻人谈谈，以一个老战士的身份同他们谈谈。他不会写作，他知道他今生今世也不会有勇气提起笔来，写些回忆录之类的东西。但是他觉得，他不能把这份财产就这么带进坟墓。他指的财产，不外乎就是他对生活的切身体验与感受。

有一个在海运局工作的胖小子很喜欢同他聊，每次来，都要同他天南地北地闲扯一通。葛暾有一度觉得小伙子挺惹人爱，讲起话来有些手舞足蹈，并喜欢用一些《水浒传》里的词儿，什么“吃得口滑”，“杀将出去”，等等。但是葛暾后来终于意识到，小伙子是别有企图才同他接近的，他想靠葛暾在海运局的那些关系调个好工作。这样一来，葛暾便开始生厌，他但愿文伟的朋友之中这样的年轻人少些。

那次，也是周末，来了好些人。闹腾了一阵，便决定第二天去海滨游泳。

“伯父一起去吧！”

“对，对，一起去！”

也不知是谁起的头，于是满屋子的人都这么嚷嚷了起来。

“我能去吗？”葛暾微笑着把脸转向了素芬，并眨了眨眼睛。素芬嗔笑他下水之后准保成了个秤砣。

“爸爸去吧，都在邀请您呢！”

“那么好吧，去！同你们年轻人，咹，下下水，冒冒险！”他展开双臂，就像要拥抱所有的人似的。

是的，没有过，从来没有过，如此受年轻人的欢迎。“相机呢？相机可别忘了带。”当文伟都已经快睡着了，葛暾还是憋不住爬起来走到他的床前叮嘱道。

天的蓝比海的蓝稍稍淡一些，海天相连之处的那条地平线把这水和天分隔开了。一般地来讲，葛暾凡是能够瞧见地平线的时候，也便是心境最为开朗的时候。他仰躺在海面上，什么都不想，把一切杂念都扔到了脑后。他闭着眼睛，只能看到自己红色的血液。突然，他感到自己的心脏异样地搏动了两下，于是便赶紧把脚触着沙滩站了起来。他在衰老着，物质的运动是难以抗拒的。“这是不是危险的信号？”他开始担心，并以很快的速度朝岸上走去。现在，葛暾已是很怕死了。

午餐是够热闹的，年轻人又唱又叫。带来了不少酒，很多人都敬他，海运局的那个胖小子也敬他，没有办法，只得喝。文伟坐在他的身边，还不住地用叉子替他夹菜。

葛暾突然笑了起来。他看见对过的一个女孩子用酒杯装了海水送到了她的男友唇边，那男孩子只以为是酒，便一饮而尽。于是，两人便一追一跑，如同电影上的那样……他笑着笑着，便联想到了文伟。是呵，文伟也该有个对象了，都近三十了。可他自己为什么就不急呢？

“你难道就，一点都没考虑吗？”他没头没脑地问文伟。

“什，什么？喔，你指的是那个……”文伟起先打了个愣，但最终还是明白了过来，“考虑是考虑了，但碰不到合适的也没办法。”

“我给你说个媳妇。”葛暾记得他年轻的时候，那个南下的老首长总是这么拍着他的肩，半真半假地说道。而文伟现在的年龄比他结婚时的年龄还要大上好多岁，文伟也确实到了“我给你说个媳妇”的年龄了。他妈妈也真是的，为什么就不在这方面多操操心呢？

葛暾扭头看了看文伟，他看见文伟的肌体在阳光的映射下泛着金属般的色泽。文伟望着海面，若有所思地嚼着面包，那咀嚼的模样依旧与儿时相像，左嘴角朝上一抽一抽的，而嘴唇的边沿上也沾了不少面包屑子。这一瞬间，葛暾觉得他是那样地爱儿子，他真恨不得一下子把他搂在怀里，还像很久以前那样，给他讲一个什么故事。

“你得把脚指甲修修了。”他指着文伟的42码的大脚丫子说道。文伟呢？则怪难为情地把脚伸向了黄沙里头。是的，他得为儿子安排好一切，毋庸置疑，他有这个义务和责任。

不久，葛暾便将小岑介绍给了文伟。小岑是他过去的一个老上级的女儿，空中小姐，在某大型客机上服务。每一次上他们家去，小岑总是葛伯伯葛伯伯叫得很亲热的样子。而事实上，这还是老岑先提及的：

“怎么样？看来你们家是瞧不上我的女儿啰！”

无论从哪方面讲，姑娘都是无可挑剔的。人品、相貌、职业，以及物质条件等，什么都好。葛暾真是求之不得。于是，事情便这么决定下来，先介绍这俩年轻人见见面，接触接触再说。

文伟没有反对，但也不挺认真。赴约的那天晚上，依旧穿着那件洗得都泛了白的灰军装，头发也没理，硬邦邦地朝空中刺着。素芬急得什么似的，不住地埋怨：“不是叫你买件衣服嘛？不是叫你理个发嘛？”而文伟也不理会，实在不耐烦了，便冒一句：

“她要就要，不要拉倒……又不是商品，搞什么装潢？”

葛暾听后很不高兴，商品？装潢？什么话？初次见面，总得要讲些礼貌吧？再说，对方又是这么个家庭，我们随随便便地怎么说得过去？

约会的地点设在中山公园正门。当葛暾带着磨磨蹭蹭的文伟到那里的时候，人家都已经到了。女孩子实在是漂亮：头发扎成一把拖在脑后，穿了一件天蓝色的连衣裙；脚蹬乳白色的塑料凉鞋，身材又细又长，显得袅袅婷婷。见他们到，便大大方方地迎了上来，略略倾斜起脑袋，微微一笑。葛暾转过头去看了看文伟，不由得暗暗叫苦。平日在家一块待着感觉不出什么，但站在人家女孩子面前一对比，看上去实在是又蠢又邋遢，傻大汉一个。

老岑没来，他有冠心病，难得出门。葛暾活了这么大年纪，也是第一次做这种事。公园门口，类似人物关系的三人一伙也还不少，但如他这个角色往往都是上了年纪的女人来担任。他当然觉得很难，要说的话都说不出口。当然，问题的关键是，他已经没有多少信心了。

“你回去吧，我和她谈谈就是了。”文伟一定是从他尴尬的举止神态上体察到了他的心理，因而在说这话的时候，简直带些豁出去的不顾一切的味道。这实在叫葛暾啼笑皆非：“真是个戆到了家的愣小子！”

离开公园门口，葛暾坐上了回家的汽车，但才过了一站，他又不放心地跳了下来。远远地，他看见两个人迎面走来，于是便忙将身子隐在一根水泥柱后面，然后眯着眼睛看去。他看见文伟走路的时候，一个膀子甩呀甩的。这是为什么？为什么要甩膀子？走路你就好好走嘛！马路上哪个像你那样？他真后悔以前怎么就没有注意纠正他。

回到家里，素芬问他怎么样，他只得苦笑着摇摇头；然后便学着文伟走路的姿势给素芬看。素芬捧腹大笑，说有其父必有其子。当年他们第一次约会的时候，他的膀子也是这么个甩法。

才一会儿功夫，文伟便回来了。也不说话，只是悄悄地回到自己的房间看书。素芬焦急地问他感觉怎么样？回答是：说不出来。

“那么你约她了没有？”

“没有。”

“为什么不约呢？总得努力努力吧。”

文伟沉默了会儿，竟然这么反问母亲。

“那么她为什么不约我呢？”

葛暾在外间听了，只得摇头叹息。

但出人意料的是，女孩子对文伟的印象不错，并愿意继续接触下去。老岑朝他挤挤眼睛说："有些喜欢上啦！"说这话的时候，老人把脸凑到了葛暾的眼皮底下。葛暾看到他脸上的那几块老年斑的色素都在朝深里去。独养女儿，年龄又大了，老人的感情是可以想见的。可怜天下这些做父母的。但是葛暾反倒开始了不安，万一事情的发展不如人意怎么办？葛暾是不希望看到自己的老上级失望和伤心的。

以后，两个年轻人又在外面不断地接触。在哪活动？都是些什么内容？葛暾都未过问，但看起来关系发展得还顺当。不久，小岑便登门了。女孩子嘴甜得很，才上门便朝着素芬喊妈妈。尽管头几次朝他还是称葛伯伯葛伯伯的，但很快地也便改口了，爸爸长爸爸短的，一点都不显得羞涩。平时。还常常带来些机场上的时髦货，记得拿来过一种糖，吃后能把人的嘴唇染得血红，说那是日本货。

素芬喜欢小岑，女孩子一到，她便忙得不亦乐乎。还常常当面说小岑好，文伟不好，文伟不知哪来的福分，其实他根本配不上小岑。小岑听了，便朝文伟斜斜眼睛，而文伟呢，总是不响，闷罐子似的，最多也是哼哼两声，付诸一笑。怎么搞的？葛暾说不出个所以然，但总觉得有些不太对头的地方。

他的感觉很快使得到了应验。

小岑突然好一阵子不来，而文伟也接连有两个星期四晚上没出去，以往，星期四的夜晚他们各自都是属于对方的。文伟的脸色很难看，整天闷闷不乐的，家里的气氛顿时沉闷了下来。素芬的猜测是：女孩子飞了。她忧伤地对葛暾悄悄地叨咕。而葛暾也只有挥挥手作罢。

但是素芬错了。责任在她儿子一边，而不该胡乱抱怨人家。有一天，文伟不在的时候，小岑来了。葛暾和素芬都愣住了。女孩子整整瘦了一圈，面容憔悴而苍白，如同一枝行将谢去的花朵。她默默地流着泪，将一封信塞进了文伟写字桌的那个锁着的抽屉，然后便站着抽泣了起来。"是不是他不理你了？"女孩子默认了。

"你过来。"当晚，文伟回来以后，葛暾把他叫到了自己的房间，"吵嘴了？"

"不仅如此。"

"难道就没有一点挽救的可能了吗？她今天来了，哭了，还有一封信，看了吗？”

“看了，但是我以为她还是不写为好。”

“文伟，这是为什么？咹？为什么？”

“爸爸，在这个世界上人人都有他选择对偶的自由，我想，你懂。”说完这句话，文伟便转身出去了。

他们的谈话不见丝毫效果。

事情终于发展到了糟得不能再糟的地步了，老岑亲自找上了门。那天很晚了，听见有人敲门，葛暾去开，一下子，便窘住了。

“哭了一天一夜了，从小到大没见有这么哭过，你就给想想办法吧！”老头子的眉心拧成一团，脸色铁青，这已经是到了极端了。从前，葛暾在他手下工作时也见过这么几回。

“你还是先静静吧，呵，先静静。”葛暾泡了一杯茶。“静静？静静？你叫我怎么个静法？我是她父亲，怎么能静得下来？”

“是呵是呵是呵，小孩子之间的事……”

“那么你儿子啦？我问你呵，你那宝贝儿子啦？”

里间的房门“砰”的一声打开了，文伟衣冠不整地走了出来。

“我在，您老有何吩咐？”

“进去！”葛暾吼了一声。但是文伟不加理会，他拖了一张长椅子坐下了。

“是这样的，岑局长，我和她不会有幸福的，还是这样好，难受几天就会没事的，您别担心。”文伟是那样沉着坦然，说话连格愣都不打一个。他得罪了一个1935年参加革命的高级干部，怎么连一点儿惶恐感都没有？谁给他的这种傲慢？

“小岑做了什么错事吗？”老人把声音压低了不少，他眯虚着眼看着文伟，就好像对过坐着一个他一辈子都未能见识过的生物。

“不，我不以为她错了，她没错，她只是对我不尽理解而已，但不是每个人都能被人理解，也不是每个人都能够理解别人的。”

岑局长侧着耳朵认真地听着，然而葛暾断定老头子是听不懂文伟的这些绕口令似的词儿的。

葛暾把老岑送到了门外，扶进了轿车。他觉得老人连走路的气力都没有了，他的内心涌出了一股无限的怜悯。文伟这么做是不行的，这事情不能就此了结。但是在汽车启动的时候，老岑从车窗里伸出手来，握住了他的胳膊。

“算，算啦！不要去责怪孩子啦，他们有他们的想法，要尊重他们的……想法。”

葛暾感动地点了点头。

“您真通达……”

“……我就是因为瞧不起这些！”待葛暾走回屋里时，他听见文伟在里间这么叫了声。随后，门一响，素芬显得无可奈何地走了出来。

“你跟他说什么了？”葛暾沉着脸问。

“我意思，叫他再冷静下来考虑考虑，老岑现在是旅游局局长，把文伟调到大饭店搞摄像，然后再想办法配一套住房，都有这个意思了……人家小岑哪一点不好？就是书读得少了些，可他们家庭……”

“他说什么？”葛暾有些急躁地打断了素芬的话。

“他说……就是因为瞧不起这些……”

葛暾不知道怎样来解释他儿子的这种行为。瞧不起？难道就是因为瞧不起吗？他自己算什么东西，还瞧不起人家？葛暾真想当着文伟的面训斥一通，但他还是耐住了。

直到九月秋风起的时候，生活才又平静了下来。文伟考入了本区的职工业余大学。白天工作，晚上念书。工厂、学校、家，一个等边三角形，看上去比以前要累得多。葛暾说，得给他增加半磅牛奶；素芬认为还不够，还得加个鸡蛋。于是，鸡蛋牛奶、牛奶鸡蛋，文伟每天早晨便这么吃上了。

忘了是哪一天，春节之前还是春节之后，忘了。近向记忆还不如远向记忆，葛暾觉得自己生理老化的特征已开始有了。反正是那一天，文伟突然轻轻便便地说，他有未婚妻了。

“我有未婚妻了，今晚上来，你们就审视审视吧！”说得那么随便，那口气就好比是在说：“我有了一斤土豆，你们就看看吧！”

葛暾和素芬都目瞪口呆，一时还不知作何反应是好。

“不是在开玩笑吧？！”

“这怎么能开玩笑呢？爸爸。她是我业大的同学，还是同桌。”

“你们定了吗？”素芬紧张地问。

“什么定了？当然定了。所以我说是未婚妻，而不是什么女朋友。”

“那，我，什么，都……没准备。”素芬一下子忙乱了起来，简直有些手足无措。

“不用不用，妈，你什么都不用准备，她又不是小岑，你紧张什么？”文伟说着，拿眼睛瞥瞥父亲。

文伟的未婚妻看上去至少要比他大五岁。

就好比是从地底下突然蹦出来似的，连一点预兆都没有。“一场儿戏”——葛暾怎么都排除不了他的这个心理。但那“未婚妻”的确是真实的。她就坐在葛暾的对过，皮肤黝黑，穿一件朴素得到了家的灰色罩衫。葛暾见她果断地朝菜碗里夹菜，大口大口地嚼着米饭，眼睛还不住地左顾右盼，就好比是家庭主妇在埋怨谁还没到似的，时而，还侧过头去同文伟谈一些其他人听不懂的话，都是些学习课程上的术语。那姑娘的一举一动都透露出她的自信，但是她也太自信了，自信得简直叫他们做长辈的产生反感。

“你们觉得侃侃怎么样？”待姑娘走后，文伟这么问他们。

“她叫什么？”

“侃侃。”

名字也拗口。

“她的感觉是，你们不喜欢她，觉得她不温柔。”

感觉是准确的，这标志着她的聪明。但聪明并说明不了什么，一个好妻子所要具备的主要方面并不在此。葛暾真想同文伟好好说说，但想来想去还是没有说出口。

遗憾的是文伟已把他的全副身心一股脑儿地给了他的侃侃了。他是那样的喜欢侃侃。有时候，文伟匆匆地赶回来，说侃侃要来，他得等着。于是，半个小时，一个小时便这么踱来踱去，什么事都不做。这在他以前同小岑的交往中是从来没有过的。而有两次侃侃来了也不说话，只是朝文伟翻翻眼皮，接着扭身便走。于是，在她走后，文伟便像过节般的欢乐。

“你未来的儿媳的那双眼睛有特异功能呵。”葛暾曾经对素芬这么说。

他们两人在一起，似乎也不把他这个做父亲的放在眼里。有一次，他听见楼下的一个邻居问文伟：

“哪天能喝你们的喜酒呵？”

“困难啦，没房子。”

文伟的话使得他很不高兴。怎么叫没房子？对方家庭情况怎么样？他不知道，从未问过，但至少这里有房子。文伟现在自己住的那个单间，有十四平方米，难道还不行吗？文伟说这个话，无非是道出了他不想与他们住在一起的心思。这是为什么呢？他是觉得这个家里有谁……碍手碍脚的么？葛暾把无意间听到的这句话咀嚼了好久，越咀嚼越不是味，心绪由此而变得很不好。

有一夜，葛暾在睡梦中被楼底下的呼喊声惊醒。“文伟——文伟——”他忙打开窗户。“我是侃侃！大门锁上了！”

“真见鬼！”葛暾嘟囔着，他看见对过房子好几间屋子的灯都亮了。一个女人探出头来，尖声地说了句什么，很粗俗。于是葛暾心里更窝火。那夜很冷，他穿着睡衣裤下去开门。记得因此还着了凉。

“什么事？明天不能说吗？”打开楼底大门，他冲侃侃这么说道，语气中明显地流露出了不满。

“瞧！”侃侃若无其事地摆了摆手中的几本书，“文伟说要的，他在写论文。”

“都两点半了！”

“是吗？”这回侃侃吃了一惊，看了看表，随后便咯咯地笑了起来，“表停了，我的时间是十点十八分。咯……”

“也不行，也不能这么哇啦哇啦地喊，都睡觉了，人家明天都还要工作……”

“爸爸，没你的事了。”文伟不知什么时候也下来了，说这话时他的脸色不好看，“书，是我叫她送的，我需要，有什么看不惯的，朝我来！”说完，文伟就拽着侃侃绕过他的身子上了楼。他们把楼梯踩得蹬蹬地响，好像有意在示威。

为这事，父子俩还好几天没说话。

“这就是我们的纽带，爱的基石，你理解吗？”只是几天以后，在晚饭桌上，文伟才突然朝他这么说道。葛噉可不管什么理解不理解的，根本没去考虑，他还是在生气。“都这么大了，依然同小孩子似的，如此任性！”而素芬则已经有了些悲哀，她认为文伟因为喜欢侃侃，已经开始把这个家置之度外了，起码是有了这个兆头。

葛噉记得有一次，他坐在沙发上看报。两人从外头急急忙忙地跑了进来，冲到电视机跟前，“叭”地按下了琴键。

“瞧！看见了没有？”先是侃侃大声地问。

“对对，一点儿不错，有风度！”文伟接着说。

“当然啦，爸爸嘛！”

“算你运气。”

电视台播放的是对一批知识分子的寻访录像。葛噉不由得走上前去，但是他什么都看不清楚，屏幕上模模糊糊的一片，只有几个小小的人头在攒动。他记得前两个月，电视台曾给了他七分钟的时间，叫他谈参加市人代会的体会，事先他告诉了文伟，不知他看了没有，估计是没看，后来根本就没提过么！

“刚才这上头有侃侃的爸爸，他是我们学校的讲师，权威，我忘了以前是不是同你说过？”

葛噉摇了摇头。他不知道，是第一次听说。

“瞧，这儿，第三个，侧面的，这儿，这儿。”文伟用手指点着屏幕又大声嚷嚷道。

“一点儿不错。”

但是葛噉依然是什么都看不清，人影是模模糊糊的，还都在晃动。他简直怀疑起自己的眼睛是否有了什么问题。一会儿，两人进里屋了，而电视台的节目也更换了。这时候，葛噉的眼睛又看得清了，女播音员鼻子是鼻子，嘴巴是嘴巴，他甚至还能看清楚她的嘴唇有些干燥。

他把电视机关了，房间里顿时安静了下来。他坐也不是，站也不是，一下子不知道干什么才好。素芬不在，外间则显得更大，更空。他陡然间想到，假如有一天，这间屋子只剩下他一个人的话，那么他是很难生活下去的了。文伟，他的儿子，能与他永远待在一起吗？

隐隐约约的，葛暾觉得他在文伟心目中的地位已被另一个人取代了。

那天，文伟同侃侃在里间吵得厉害，他们从来都没有这么吵过，在葛暾的印象中，还是头一次。一开始好像是围绕着春秋时代的什么“弥兵运动”争吵个没休，但渐渐地便不对头了。什么，“你有啥了不起啦！”“你也没干出啥成绩啦！”这些不好听的话都出来了。葛暾在外头听得一清二楚，很焦急，是否看必要开门进去劝解一番呢？他犹豫不决。

而里面一下子又沉静了下来。沉静了好一会儿，文伟突然这么说了句：

“孰是孰非，我们去请爸爸评判评判吧！”

这是文伟说的，说得相当肯定，事情一定是到了无法解决的地步了。否则的话，按文伟的性格决不会请父亲来干预他个人的事，来评判什么孰是孰非。

这一瞬间，葛暾有些缺乏自信心，年轻人的那些是非纠葛往往是头绪纷繁的。他怀疑自己能否做出公正的评价，而再从其他方面考虑，是不是应该做出公正的评价？或许对自己的儿子严厉些反倒更为合适。

门开了。文伟，侃侃，满脸怒容地先后走了出来。他只得翻着报纸，装作若无其事的样子。然而等他把眼睛重又抬起的时候，屋子里又没有人了。外面楼梯上踢踏踢踏的脚步声渐趋渐远……

是的，他误会了，他总想着自己是爸爸。生活对人的捉弄，往往带有羞辱的成分。

他们当然是和好了。但是文伟付出了眼泪的代价。那天晚上文伟回来，眼圈红红的。文伟是极少哭的，那个能使文伟哭的人，或许执有一根魔杖。

文伟自小喜欢玩摄影，同侃侃结识了之后，两人便经常一块儿玩。文伟拿回家许多相片，当他不在的时候，葛暾便有意无意地翻着看。有一张照片上出现了一个戴眼镜的瘦老头儿，葛暾估计这可能就是侃侃的父亲。那瘦老头儿实在是其貌不扬，更不如文伟所夸张的那样，有什么风度。“一个搞历史的，普普通通的教书匠而已。”葛暾自言自语道。他这么说过之后，心里便似乎好受了些。但不知怎么搞的，从这以后，他便常常地想从文伟的书桌上翻出这张相片看看。有一次，恰巧被文伟撞见了，葛暾便显得有些尴尬。

“这，是不是你那未来的，岳父？”他只得指点着照片这么问了。

“是的。”文伟点了点头，“一个，相当有学问的人。”

没隔几天，文伟便拿来了一本关于探讨洋务运动的历史小丛书给他看。他翻了翻，见扉页上用工整的毛笔小楷这么写着：赠文伟同志，并请斧正。底下是作者的签名：白沉。葛暾明白是怎么回事了。

“搁着吧，我抽空读读。”他装作不屑的样子把书朝茶几上一抛。“不过，我以为，对洋务运动做出过高的评价肯定是不妥的。”

“你的肯定，有依据吗！”文伟突然显得很生气，葛暾没有料到他会这么生气，“对你的下属，你可以肯定谁将被撤职，谁要被重用，但这里你不能肯定，这可是学术讨论。”

葛暾一下子无言以对。他取下了散光眼镜大声地责问儿子：

“你发什么火？你就不能好好说话吗？”

文伟转身进了里屋。在里屋他还咕哝着：

“你一定不会好好读它的。”

倒是被文伟说准了，葛暾的确是没有兴趣再去读它。他只记得了一个“白沉”。

一天早晨，楼底下在喊文伟听电话。文伟不在，葛暾只得代着去接。

“是文伟吗？”他才提起话筒，便听见一个苍老而又略带沙哑的嗓门在问。他还未来得及解释，对方便急促地往下说了起来：

“我是白沉呵，那本书你今天不用去借了，问题已经解决了，你还是抓紧时间搞你的论文吧！我以为选题还是可以的，但如果能够征求一下丁老的意见，那便更好了……喂喂……文伟……”

“喂……”不知是一种什么心理在支配着葛暾，他只是轻轻地呼应了一下。

“昨晚上你谈的那些关于如何自我设计的问题，很重要，相当重要，我得好好想想才能同你……探讨。而至于单位里的那些琐事，你可以完全抛至脑后，扣除五块钱的奖金又有什么大不了的呢？也无非是五块钱罢了……还有那个小唐，置之不理嘛！对这种嫉妒心理唯有置之不理……你的规划，很好。去实现你的规划吧！把这些抛至脑后，听我的，全都抛至脑后……侃侃现在到了吗？喂，喂……”

葛暾缓缓地把电话搁上了。他的脑袋嗡嗡地响，糊涂得把电话费都忘了付。无意之间，他闯入了文伟的另一个世界，一个毫不为他所知的，没有他份的世界。但那里的不少东西完全是应该属于他的，想到这个，他的心头不由得涌出了一股委屈的浊水。文伟，你哪儿去了？你知不知道有这样一个电话？

“爸爸，那个电话是你接的么？”第二天文伟问他。

“呵，是的，是的……”他觉得自己的脸颊发起烧来。

文伟饶有意味地看了他一眼，也就没再说什么。

疲倦，疲倦得要命。即便是在开会也忍不住要打瞌睡。

他把茶泡得特别的浓，一个劲儿地喝，喝。

“老葛呵！这几天怎么搞的？”

“失眠啊，夜里睡不着，白天又想睡，老啦！”

“我看你就到疗养院去个时期吧，昨天刚下来了个名额。”

葛暾想了想，点了点头。

于是，他便住进了疗养院。

半个月后，到了他五十五岁生日的前一天，素芬硬来拖他：

“都忙了二三天了，还不是为你的事，你倒是挺清闲的。”

疗养院倒是清闲，读读报，下下棋，听听音乐，日子很容易打发。

“明天文伟他舅舅、舅妈都要来，你还不回去？”

“回去，当然回去。”

“五十五岁了，五十五个年头，命运多舛啊！”葛暾站在屋中的穿衣镜前等客。他用一把骨质木梳一遍又一遍细细地梳着已经白了的鬓角。从镜子里看出来，他的模样还是可以的。斑白的发，清癯的脸，双眸既温和又深沉。嘴角旁那几条刀刻般的纹路意味着他的履历和资格。五十五岁了，化工局分管行政事务的副局长，谁能不敬重他呢？

“不——”他摇了摇头，才梳妥帖的几根发又耷拉了下来。

舅舅和舅妈五点半就来了。侃侃出差了。因此只要等文伟一到便能用餐。但是等到了六点钟，文伟还不来。

“他知道吗？”葛暾蹙着眉问。

“知道的，怎么会不知道？昨晚上我还特剐提醒了他一句，他还答应过早点回家帮我剁剁馅子什么的。”素芬回答道。

“那就再等等吧。”

“对，等等，等等。”客人们也附和着。

六点半，没来，七点钟，还没来。不能再等了。葛暾伸出手臂朝桌上示意了一下。

“吃吧。”

一桌子的菜，看上去很丰盛，但是葛暾不想吃。他的情绪感染了在座的人，大家也都默默无言地吃。桌上的气氛很不对头。

“我打个电话到他们厂里去。”素芬突然放下了碗筷，站了起来。

“坐下！”葛暾厉声说道，他的脸色相当难看。转而，他又缓了缓，“还是吃吧，我们自己吃。”

终于，楼梯上响起了咚咚的脚步声。素芬赶忙起身迎了上去。

“你上哪去了？！”可以听见素芬在门外忿忿地埋怨道。

“侃侃爸爸的一篇稿子编辑部决定用了。他要我帮忙重誊一遍，说我的字好。真累，三万多字的稿子，要……”

“还说！还说！你爸爸过生日，忘了？”

“噢——我怎么把这事忘得一干二净了！”

文伟三脚并作两步地跨到桌子旁，他替自己把酒杯斟满，接着便朝着父亲祝酒：

“爸爸，祝您，寿比南山，您今年，五，五十……八了吧，再过两年……”

“怎么五十八，才五……”

“还年轻了点。”葛暾打断了他舅舅的话，“我要是八十五他才高兴呢！老一点好嘛，老一点，寿终正寝，也就……早一点……”他推开了碗筷，站起身来。

“你，你现在上哪儿去？”素芬问。

“回疗养院，给我外套。”

葛暾回忆不起那晚上他是如何回去的了。有一段路不是晚间不通车么？走的？这该死的近向记忆。

但是过了几天之后，文伟竟像什么事也没发生过似的来看他，还大包小包地带了好多。问父亲伙食怎么样？有没有洗澡间？体重增加了没有？问这问那的，没完没了。葛暾只得暗暗摇头，就这么个儿子，你怎么办？临走的时候，文伟又掏出了一张戏票，说是英国皇家剧院演出的古典名剧：《罗密欧与朱丽叶》，请他明晚上去看。葛暾接过了戏票，说是考虑考虑。

“考虑什么？还是早晨四点钟排队买来的，不去就浪费了。”

听文伟这么说，他也只得点头答应了。

“你可真有个孝顺儿子呵！”同寝室的计划局沈副局长在文伟走后朝葛暾这么说道。

“唉！小孩儿脾气，晴雨多变。”

“总比我那小子强呵！”沈副局长把眉眼鼻子挤到了一块感叹道，“有一回他把一盆洗脸水兜头朝我泼来。”

葛暾憋不住哈哈大笑。这似乎也成了个时代病，他想。葛暾前几天闲着没事，读了部苏联的翻译小说，小说中有“时代病”这个词儿。

第二天晚上，当葛暾到了剧场的时候，文伟和侃侃已经来了。

“爸爸你接着。”文伟伸手递过了一块冰砖。

天这么冷，吃什么冰砖？但葛暾又不好说什么。

左边是文伟，右边是侃侃，他坐正中。待戏已经开演了，他忽然想起这么个坐法似乎不对，于是侧过头去小声地问文伟是不是把他俩的座位对换一下？

“哎呀，爸爸，你拘什么小节？”文伟也不把嗓门控制一下，就这么大大咧咧地说。惹得前排好几个人扭过头来看他们，葛暾只得赶紧把嘴抿紧坐正。而右边，侃侃又把什么东西朝他手里塞。黑咕隆咚的，看又看不见，接也没接好，于是哗啦啦地撒了一地。葛暾这才明白，塞过来的是些瓜子儿，花生米儿之类的东西。

戏，实在让人看不懂。说的全是英语，同步字幕翻译又跟不上。两个多小时看下来，葛暾累得够呛。

从剧场里出来，文伟又要拉他上咖啡馆，这回他是坚决不去了。文伟的这种表示歉意的方式太生硬，叫他不好接受。真是小孩子气，怎么还没去掉？葛暾觉得他以前的有些气恼是多余的了。

以后，文伟基本上是隔二三天来一次，每次来，从不空手。

那天下午，葛暾接到了文伟的一个电话：

“是这样的，爸爸，昨晚我是准备和侃侃一起来看您的，但是侃侃后来被一桩事情缠住了。真叫人把肺都气炸了！”

“什么事？”

“她的学费非但不能报销，还要扣工资，说是学的专业不对口，哪有这种不讲理的？爸爸您说呢？”

“……”

“……”

“好吧，我想想办法，不过也不一定有办法。”

“谢谢了。”

事情解决得很顺利。侃侃所在单位的上一级领导他全都熟悉，仅仅是花了些工夫挂了几个电话而已。葛暾想把好的结果告知文伟，但是他接连一个多星期没来。无奈，他只得自己挂电话去。

“哦，是爸爸，你怎么样？”

“侃侃的……”

“解决了，我已经知道了，谢谢了。”

葛暾心里有些不高兴。知道解决了，怎么也不来表示一下。“有事有人，无事无人。”这是工人们的语言，以前他在底下劳动的时候常听他们这么说，而平生他最讨厌的也就是这种习气。

“你有什么困难吗？”文伟问。

他想说没有什么困难，但还是决定叫文伟来一次：

“来一次吧，来了就知道了，你们俩一起来，把我的那件毛衣带来……今晚这里也有电影……”

话筒里沉默了一阵。

“今晚上……恐怕不行……有些……”文伟的话音讷讷的。

“那就明天吧。”

“明天似乎也……”

“那就后天！”

“这样吧，爸爸，毛衣我叫妈妈送来。至于我们什么时候来，看情况再定，你不知道我这几天有多忙，简直把命都送掉了……再见。”

话筒里传出了毫无内容的拨号音。

有一种尖锐的东西在葛暾的心上顶了一下，又一下。他感到呼吸有些困难。文伟刚才不是问他有什么困难吗？呼吸困难，就是这么回事。他就近在一张沙发上坐了下来，恍恍惚惚中，他看见了他儿子的那张脸，他觉得这张脸一下子显得很陌生，不，不仅仅是陌生，还显得……怎么说呢？怎么来用这个词呢？他摇了摇头，没有，没有更温和一些，要妥帖一些的了。他把瘦削的手慢慢地捏起，随后便朝腿上捶去：

“虚，虚伪——”

又一个月过去了。葛暾学会了下围棋，学会了如何做“眼”；如何“虎一口”；如何“长一子”；如何把对方围住，吃掉。都说他进步快，说他再这样下去便能入“段”了。他着了迷，小小的棋盘上蕴蓄着无穷的乐趣，叫人忘却烦恼。不过，他也发了一次火。有一个来自基层的姓李的先进生产者，平日有事没事老爱围着他转。下棋呢？又总是输。可葛暾很清楚这个人的棋艺。“局长，我输了，嘿嘿……”那副涎着脸的样子实在叫他受不了。葛暾终于憋不住了，那天，他把棋盘一推。

“你是怎么成了先进的？唉？靠什么？是不是就靠这，手段的……虚伪？嗯？”他恢复工作以来，还从未对普通职工说过这一类的话。

文伟不来，连邻床的沈副局长都急了：

“你儿子怎么不来了？”

葛暾想了想，便反问道。

“你那儿子是不是用水浇你？”

“是，是呵，洗脸水，冰凉冰凉的，妈妈的……”

“那么他是用油浇了我，滚烫的油！”

“什么？油？什么油？”沈副局长大惊失色，一下子从床上蹦了起来。

葛暾知道也解释不清楚。他冷冷地笑了笑，便躺下不吱声了。

先是你妻子的腹部渐渐地隆了起来；很快地，你便看到在襁褓之中的最初模样；往后，你便看着他长大。他的血肉，他的骨骼，他的毛发，都是你给的。唯有他，在你的意识中才成了你生命的一部分。你给他水分，给他养料，当给不出的时候，你痛苦得要死，当给得出的时候，你就拼命给。但是到了后来，你却颗粒无收。沧海桑田，世态炎凉，人啊，悲乎！

他终于又来了。“爸爸！”他出现在门口，身后跟着侃侃，又开始了大包小包。

葛暾躺在床上，微微抬了抬眼皮，随后便又合上了。

“爸爸，你这是怎么啦？病了？”文伟站在床边，关切地问。他点了点头，他说他的确是不舒服。

“麦乳精呢？侃侃，你快替爸爸冲一杯麦乳精。”

汤匙碰击着玻璃杯，叮叮当当；一股甜腻腻的油脂味进入了他的鼻腔。他想呕吐。他又睁开了眼睛，愣愣地看了看文伟，懂了，是的，终于看懂了，好不容易呵！这回，他下定了决心：等待！他确信无疑文伟的真实用心一定要暴露的，只是需要等待。葛暾接过了麦乳精，一口气喝干，又用文伟递过的湿手巾擦了擦嘴，接着，便重又躺下。他将肚子里憋着的一股气，克制着，憋着，通过口和鼻，小心翼翼地送了出来。

“明天还来吗？”他问文伟。

“来的。”

“好的，那就，这样吧。”

第二天文伟很早就来了，第三天亦是如此。他看着文伟在他的床头忙这弄那，神情漠然。

“爸爸，明天我们上公园去逛逛吧，带个相机。”

“完全可以。”他斩钉截铁地说，没有一点踌躇，也不讲“考虑考虑”。

“爸爸真痛快。”

他的估计是千真万确的，唯有在这一点上，他才无愧于这个父亲的称号。

他们荡着一个小船，看上去是那么和谐，美满。文伟和侃侃坐在前面，他坐在后头。秋水，微微地有些泛青；湖面上漂浮着落叶；葛暾注意到了一片小黄叶，顺着水纹滴溜溜地旋转了几下，接着，很快地使被冲走了。

文伟用肘子捅了一下侃侃，侃侃也回捅了他一下。这种细微的小动作，他都看到了。有一霎那，他真想站起身来，恳求他们，恳求他们不要说出那些他不想听到的话；恳求他们真心地敬重他，而不要像愚弄一个蠢笨的财主似的愚弄他。瞧，公园，多好！那水，那树，那石凳子，那叫不出名的花和草。它们的存在，为的是使人们愉快，使人们永远的相亲相爱……莫要辜负了它们啊……

“爸爸，新国路上的那几幢楼房快竣工了，文伟觉得那里头的套间不错……”是侃侃先开的口。

“主要是有个书房，七平方米。”

“爸爸，有了房子我们便结婚，有个安静的环境，也好读书。”

葛暾从背后望着他们，痛苦地低下了头。“爸爸真痛快。”这是文伟昨天在请他上公园时说的。对的，他真是应该痛快的，他早就想痛痛快快地说出一切了，就等着这一天了。

“爸爸，怎么了？很难吗？”文伟扭过头来问他。

“我不知道，或许难，或许也不难，这不是主要的。问题的关键在于，你完全可以找你的岳父去！找那个……白沉！为什么要来找我，我算什么东西？”

文伟的脖子顿时涨得通红。

“你今天怎么啦？你没见侃侃在这儿？简直……胡言乱语……”

“是呵，怎么能靠他，他连买双鞋的地方都找不到。”他的未来的儿媳也开了腔。

“他不是不知道，他是知道的。不，事情不这么简单，这是有意的还是怎么的？”

“畜生！”葛暾把眼睛微微地眯了起来，形成了一条刀割般的缝，“你把我当成了破布，要用，便随手拿来，不用，便顺手扔掉，你把你的父亲放在了什么地位？你的良心何在？”

他把词用得那么尖刻。话，说绝了。但是他觉得内心更虚弱，从未有过的，他感到自己是如此的乏力和无能。

文伟反倒平静了下来，他没有反驳。沉静了许久许久，他终于转过脸去朝侃侃说了句什么，于是，两人便把船划到了岸边。侃侃纵身跳了上去，而船又滑向湖心。

“你说得不错，打中了我的要害。我自己也知道，我做得有点……不太像样。”文伟的语调很沉稳，就像在同他聊天似的。

“真够坦率的，够坦率的……”

“被你击中了，我倒挺高兴，说明我还不会装假，至少，装得不灵。但我的确是很需要你，这是真的……”

“但是你压根儿……瞧不起我。”讲出了这个话，他觉得自己浑身都被肢解了，从精神到肉体，整个儿，朝下解去。

“人们对知识的崇敬已经远远地超过了……”文伟看了他一眼才把句子完成，“……权力。”

“是不是，白沉，教你的？”

“不要这么说他，爸爸。”

“我不是你爸爸，你不要叫我爸爸。马、牛、猪、狗、猫，你随意挑一个称呼吧！”

文伟又看了他一眼，接着便把头转向一边，看别的远处的一个什么地方。

“你走吧，走吧，让我少看到你，越少越好……”

船身可能有点漏。葛瞰的脚搁在一小汪水中，多时了，他也不知道。挂在船首的夜间游玩才用的那个小提灯，被风吹得咣当咣当地直响，水面上，闪着光轮。文伟使劲地把桨划动了几下，船，又向岸边靠去。

“我争取一下，到锻工间去，以前，干过锻工。”文伟说着站起身来，估计了一下从船到岸的距离，随后便果断地纵身越起，但他的一只脚还是落在了浅水里。水花飞溅开来，一瞬间，形成了一个好看的梨花水晶大吊灯。

“我走自己的路！”文伟蹲在岸上，一边用手拧着湿漉漉的裤腿，一边朝他嚷嚷道，“早就该这样啦！……你就不要管我啦！……我真是太没出息啦！……”

葛瞰猛地感觉到自己错了，做得太过分了，他不能让他的儿子走，不能！

但是他已经没有办法了，一点办法都没有了。突然，他想到应该去找那个人……那个，白沉……

白沉家的地址他清楚：和平路20号，文伟经常提到。

他需要找到这个白沉，不是去道歉，更不是去乞求；而是以一个父亲身份同另一个做父亲的谈谈。白沉，也一定是这个年龄，他们不会相差几岁。在这个滚动的地球上他们齐着步走，他们是同一辈的人，彼此应该能够体谅各自的苦衷。他希望听到白沉能说上几句公正的话，自沉不会没有一个健全的头脑。

和平路，狭窄和嘈杂，路边站满了卖杂货的小贩，叫人走路都感到困难，两旁的房屋都是用木板搭起的，歪歪扭扭，看起来随时都能倒坍。典型的“棚户区”。葛暾万万没能想到这里竟然会隐蔽着白沉的寓所。

2号，5号，10号……20号，到了，20号——那么低矮，那么破旧，门不像门，窗不像窗，房前横着一条浊水沟。而相隔不远处，还有一个垃圾箱。黄昏的风朝葛暾的脸上吹来，他闻到了一股腥味。

他站着，愣了好久。再也没有见到白沉的欲望了，他已经意识到，这个白沉是不可能接近的，他离得更远，神秘莫测。后来他想起或许会在这里遇见文伟，于是便拐进了一个小巷往回走了。

记得在他往回走的时候起了雾，他在那条小巷中绕了好久都没能绕出来……绕得好苦……

素芬没能拽住他，央求他，也没有用，他径直朝文伟的房间走去。

多么艰难的几步，几乎耗尽了他的生命。但是那边呢？文伟，还有那些年轻人，就一点都没有同情心了吗？

砰！他把门推开了。满屋子的人一开始谁都未能注意到他，仅顾他们自己穷闹腾。后来，还是文伟抬起了头。文伟看见了他，愣了一愣，便放下手中的酒杯，默默地站了起来。这时，所有的目光才交织在他的身上。

都来了些谁？哪些是他熟识的？哪些是他从未见过的？都无甚必要去管了。他只是看着文伟——这个即将远走高飞的，一去不复返的儿子。

文伟是瘦多了，腮帮子都削了进去，脸色也不好，黄黄的。文伟从农村上来之后，葛暾时常叫素芬给他买些补品吃，吃了，也看不出什么效果；但是不吃，就成了现在这个样子。

他见文伟的嘴唇嚅动了一下，他一定是想说些什么，但一时语塞，什么都说不出来。这样倒好，文伟现在说什么话，都难中他的意。

静。屋里真是静。所有的人都成了泥塑木雕。他走到了桌子旁，他走了五步，皮鞋后跟在地板上咯咯咯地敲了五下。文伟用空酒杯为他斟了一杯酒，动作显得很机械。不知道是因为尴尬，还是想有意把自己表现得更冷漠一点，葛暾觉得后者的可能性更多些。但这些，都不去管他了。葛暾把酒杯朝边上移去，那柠檬黄的液体在杯子中晃动了起来。

“你，你千万别……”素芬跟了进来，她战战兢兢地搂住了他的胳膊。葛暾用手掌抚摸了一下素芬的有些散乱的头发，平静地说道：

“我不会怎么样的，我想好了，只说几句话，几句，总可以了吧，说完之后，我就走开，他们还可以继续……玩。”

“妈妈，你就让他说吧……”文伟站得笔直，脸上的神色显得很冷峻。硕士似的冷峻。

素芬看看葛暾，看看文伟，又看了看旁边的人，不知道怎么办才好。

“你要走了，分别之前，还能见到一面，也就够了。”他伸出手去，犹疑了一下，但还是搭在了文伟的肩膀上，轻轻地抚摸着。文伟的身子略略动了一下，但又挺直了。

“侃侃呢？我怎么没见到侃侃？”他左右环顾起来。

“爸爸，我在。”侃侃走了过来，挨到了他的身边。姑娘的眼圈微微有些泛红，这是怎么回事呢？……也不去管他了。葛暾伸出另一个胳膊，搂住了侃侃的肩。

“你们，什么时候办？”

“现在不知道了，他还得读书……”

葛暾点了点头：

“是呵，不急，都还年轻着呢……”接着，他又把脸转向了文伟，“到了结婚那天，想到爸爸了，寄两颗糖来；想不到了，也就算了，只是，你得听我一句忠告，只一句，你能听吗？”

“说吧，爸爸。”文伟的声音有些颤抖。

“你，好好学习，好好工作，一辈子在事业上干出些成绩。但是你，孩子，听我的话，不要做父亲，不要做。千万听我的话……你要说服侃侃……”

眼泪落了下来，他掏出干净的手帕擦了擦，便转身朝外走去。他走得很慢，鞋跟在地上拖拉着。

外面，天色暗了。西天上那些好看的色彩，都渐渐地消匿了。楼下的一个小孩子又学起了钢琴，叮叮咚咚的不连贯的琴声如同一个个冰块，投进了黄昏这迷蒙而混浊的空间……

（写于1983年）

你的光环不是梦

婚后不久，顾易便感觉到气味不对，这种感觉是由于丈夫和女邻居裴美琴之间的亲和力所造成的。裴美琴就住在隔壁。在这个楼面上，晒台、厨房，甚至连厕所都是两家合用的，因此如果有威胁，当然难以阻止得了。

裴美琴十分性感。裴美琴也是个有夫之妇，男人姓张，习惯上叫他张先生。张先生也性感，一脸的毛。应该说那两口子是很般配的，却不知为何老也处不好。顾易与性感没有关系，她充其量也只能称得上秀气；秀气仅仅是让人看了顺眼而已，而性感，却要美妙得多。

现在顾易坐在沙发上，能听见厨房间叮叮当当的洗碗碟的声响；与此同时，丈夫和裴美琴也正聊在兴头上。碗碟洗得很慢，慢慢地拖着洗。用毕晚餐，丈夫总是主动地搜罗起碗碟去厨房洗，可其他的家务活却从不伸手，连烟缸也得顾易替他清理。真不知羞耻。

这时候裴美琴突然哎哟了声，就好像身上的某个部位被捏了一把。顾易的心头一阵紧缩，她想到事情发生了，或许事情早已有过了，只是未曾被她逮住而已。

丈夫很快地撞进屋来，然后便向她要红药水和棉花球。他说裴美琴的手指被割破了，他甚至冲她吼了一声："快点儿！你！"家里的东西搁哪儿放哪儿丈夫并不清楚。

母亲就住在里间，薄薄的一层门板，顾易要是哭，便会让母亲给听见，那会很麻烦，当初母亲就反对这桩婚事，母亲说看他有一股子不安分的劲头，将来恐怕顾易吃不住他。事情果然被母亲言中了。

日子难过天天过。一次，顾易切切实实地从丈夫身上嗅到了裴美琴的气味，那是裴美琴惯用的梦巴黎香水的气味，顾易自己是从不用这号香水的。那天，她看见裴美琴从晒台上趔趔趄趄满面通红地跌进屋去，丈夫自然也在晒台上，一面粉色的被单晾着，成了一个蛮不错的屏障。

顾易为此抽了几支烟，偷偷地抽，然而抽了烟也不能消解掉心头的积郁，且把嗓子眼弄得十分难受。

时过不久，丈夫便试探着提出了离婚。道理十分简单，由于恋得匆忙，未能多加了解，构成了一场不必要的误会。顾易决然反对，她说哪能这么随便，人生大事儿戏一般。她没有点穿丈夫的下流行径，要是搞得他恼羞起来，大闹一场，招来左邻右舍居委会调解什么的就更难堪。因此她只是反对，她打算就一直这么拖下去。

近来，裴美琴的男人张先生的发作是愈发的频繁了，一旦发作了，那可是地动山摇。性感的人大概都是如此的吧！一次传来了殴打声，这是裴美琴在挨打，咣咣咣咣一下又一下，结结实实的。起先这殴打使得顾易感到欣快，她甚至想她要是个男人的话也会这么下手的。但事实是，当时的情景并不容她这么一直地欣快下去。她看见丈夫愣愣地站在屋子中央绷得紧紧的，且恶狠狠地直盯着自己双目喷射着火焰。于是她不得不起身去隔壁相劝。她看见那张先生像一头咆哮的狮子，但裴美琴似乎很经得住打，她并不曾倒下，只是上衣被抓破了，囫囵地暴露出了一个乳房，乳房很丰满，顾易的两个都顶不上那一个，单凭这一点，顾易也不得不自认矮她三分。张先生一定是懵懵懂懂地只知道出了事，却弄不清问题的症结出在哪儿，否则的话不会见她来便收敛气焰。而裴美琴不领她的情，也是自然而然的，裴美琴把她送上的一杯水泼到了地上，并且叫她走开，少管闲事。张先生号道：“只要我活着，你就休想！”

事情是再明白不过了。

每月到了时候，便跑出了一颗卵子，它应该是圆圆的玲珑剔透如同珍珠一样。捧在手中置在灯下，一定会灿然生辉。一旦有了结合，慢慢地便会形成一个人状的胚胎，这个世界上便有了那么点奇妙的值得令人想念的东西。现在，顾易只是关注着自己的腹腔，而其他的事情就几乎淡得顺手即可抹去一般。

但是奇迹迟迟未降临。好像有点苗头了，又总是很快地被否定了。母亲也急了，虽不直说，却又好把话题往那方面引。顾易听了难受，便不耐烦地说：“我比你更急！”母亲说，你得让他把你的腿往上提那么半小时。顾易听了后便呆住了。她被他倒提半个小时，这可能吗？如果他提得不耐烦了顺手把她往何处一扔，像个被击落的敌机……

这回顾易再也没能憋住，流了泪。

那一日阳光灿烂，汽车在中途抛了锚。

顾易受母亲之托去徐汇区看望姨妈。顾易的姨妈是个孤老太太，腿脚不便，前一阵子又患上了脑血栓，大有瘫痪的危险。顾易坐在返程的汽车上思索着姨妈，并由此思索起人生之苦。恰巧在这时候，汽车抛了锚。

汽车停在复兴路的中段，此处顾易并不熟，偌大个上海，她熟悉的地域其实少得可怜。

现在是下午四点。马路明亮光洁，她顺着马路走，走在梧桐树的阴影之下。她只不过是随意地走走，没有其他的目的。后来她看见了跳水池，又见跳水池的对过聚有不少人。起先顾易以为那是些等着去跳水的人，但细瞅后又觉得不像。那些人从平台底下延续到了马路的边缘。有一部分人的手中捏有纸片，这部分人将手中的纸片有意识地在另一部分人的眼前过，而更多的人显然是对摊在地上的纸片更有兴趣。没有风，否则的话地上的纸片大概会被风卷走。

这是换房交易点，纸片上的内容一看就懂。

朝向，面积，结构，层次，地段，公用，独用，二换一，一换二，大换小，近换远，十分复杂。这种复杂的事情原来不是顾易应该介入的，她生来就是个怕复杂的人。但是这回她却执意地在看那纸片。她有点近视，于是便弯下腰去眯着眼睛看，像是昔日在学校里站在分数表格前查阅自己的成绩一样。人们三五成堆地在聊。大多是男人，也有些老太太，却极少有如她这样的年轻女人。

于是有人注意到了她。

“你有什么？”

顾易红了脸，她想说我只不过路过此地看看热闹罢了，但又生怕这么一说会败坏了人家的情绪。“有一个套间，二十五平方米，南北朝向，两家合用煤卫。”顾易把她的情况说了。

“你要什么？”

是啊，她要什么，她根本就没有想过她要什么。而且，要什么或者是不要什么也本不是她能够说了算的。现今的住房是丈夫单位配给的，怎么容得她自作主张？再说母亲大概也不会赞成换房。

当顾易挤出人圈的时候已是傍晚了。

有一个三十来岁的男人尾随着她走了一段，他后来凑近她说：“你什么时候能再来，我们详细谈谈。我叫方海浩。”

丈夫现在对她是愈来愈不耐烦了。丈夫说：“你这样拖下去谁都没有好处，你得考虑我的自由。”

顾易说：“等有了孩子，再去讨论你的自由吧！”

丈夫说：“好吧，你不走，我走。”

丈夫走了。一直待到顾易主动要求跟他谈那宗子事的时候，才又见上面。于是她就成了这间屋子的主宰，因而换房的念头也就确确实实地形成了。虽说住房是丈夫单位给的，但住房是用于结婚户的，按道理，她也拥有支配权吧！

照顾易目前的处境，换房大概是明智之举了。躲开那个裴美琴，免得出来进去，天天见面。那个大奶的女人，连卫生纸也不撕碎了就扔进马桶，马桶塞了大家都不能用，好几次了还是顾易给通的，想起这些事情顾易就觉得恶心。

她又去了跳水池对过的那个交易场所。她这回去，还着意地打扮了一番。瘦是瘦，但是一经修饰，还是挺秀气的。男人都靠得她近近的，虽说是交易，然而看她，也是自然而然的事。这没有什么不对，也没有什么不好。

她也捏着一张小纸片站在那个地方，她的要求并不苛刻。面积相仿跨一个区就可以了。

有人问道：“给一间大的行不行？”

她说也能考虑。只要一旦进行了，她就急切地想把事情办成。一间大的，换她一个套间，这样自然会容易得多。母亲可以住姐姐那里，她可以在大间拦出一角让母亲住，这些都好办。

顾易站在那个地方，起先多少觉得有点不自在，她看自己就像个小贩似的，形象不佳。因而躲躲闪闪的，讲话的音量也提不高。但是很快地，顾易便适应了这种气氛。

现在她已经可以随心所欲地去捕捉那些她认为有可能成交的对象了。她走近他们，微微一笑，委婉而又明确地说：“如果有兴趣的话，我们是否详细谈谈。”她遇见了方海浩。

方海浩说："星期天上午你能来一次吗？我想用一个大间换你的套间。"

记事本有不少地址，顾易这已是第五次上门看房了。

方海浩家那间可真是够大的，足足有三十多平方米。高空蜡地，大钢窗，感觉挺不错。

方海浩与其兄嫂一家共同拥有这一间，星期天上午去，都在。方海浩的小侄子夏夏对准顾易开了一枪，有一个什么湿漉漉的小东西打在了顾易的脸上，重重的。夏夏受到了训斥，蔫蔫地不敢动了。顾易却只是笑笑，说没有关系，孩子调皮一点是好事不是坏事。

兄嫂客客气气的，请她坐。兄嫂说完了客气话之后，便带着夏夏上公园去了。

于是屋里就只剩下顾易和方海浩。

方海浩说他长年住在单位的宿舍里，老是这么下去连找对象结婚都十分困难。可父母只留下这么一间，兄嫂说了暂且换成一个套间，这样的话能有一个小间留作他用。他觉得兄嫂对他是很体谅的，虽说有点过意不去，但也是没有办法的事。他的年纪差不多都有三十五了，也算个老大难了。

现在顾易开始打量起方海浩的模样，她觉得他长得很精神很厚实的。在她的经验中，这样的男人并不是想接触就能接触上的。天并不太热，但她看见他的胳肢窝里有湿湿的汗迹。看上去他有点紧张。

顾易说："走了。"

方海浩说："再坐坐吧，星期天，又不上班，急什么。"

他说得对，急什么呢？她本没有什么可急的，回去了也没事，只是一味地空寂和无聊。

顾易说："你这里，真像个家。"

方海浩自然是不懂得那话的深意。

他站起身，取过了一些葡萄请她吃。

葡萄被搁置在果盆中，看上去挺诱感人的。顾易由此产生两种联想。一是不知从哪本文学小册子中读到的，说笑声像熟了的葡萄般地挂在了围篱上；再就是卵子。

但事实上，家里还真有些急事在等她。张先生说他必须立刻找她谈谈。

张先生掏出了一封信，信是写给他的老婆裴美琴的。一看字迹，顾易便明白那是丈夫的作为了。

张先生搓着手，眼睛似乎都熬出了血。

顾易并不看信。顾易想张先生准会因此事而去揍她的丈夫，丈夫大概是经不住张先生揍的。丈夫在张先生的拳脚底下哼哼求饶，说不干了再也不干了怪我一时冲动饶了我吧。或者就在大马路上，一个逃一个追，正义在追赶邪恶，就像警匪片似的。倘果真那样的话，倒也真真地替她出了一口恶气。

"你有什么好说的？"张先生厉声地问她。

顾易有点失望，她想真怪，问我有什么好说的，我总不见得和丈夫串通一气，去勾引你的老婆。

张先生说："你怎么样，打算离？"

顾易说："那谁知道。"

张先生说："你要是同意离了，我可饶不了你！"

顾易想这个人可真是被气疯了，他怎么就冲着我来呢！

母亲不在，去姐姐家了。整个楼面静静的。裴美琴也不知去哪了，或许，正同顾易的丈夫幽会去了。是的，星期天，又晴朗，方海浩兄嫂一家不就去公园了？或许，还能够撞上呢。

突然张先生将顾易一把给搂住了。这可是顾易万万不曾料到的。

"以牙还牙，以牙……还牙。"从张先生的大喘息中顾易勉强能听清他的话。

起先她并不明白这以牙还牙的意思，她甚至还想到张先生是因为她对离婚一事态度的暧昧有成全那淫夫荡妇的可能，而以牙还牙地欺辱她。但是顾易很快地明白了过来，以牙还牙显然当即以其人之道还治其人之身解。

顾易竭力想挣脱张先生的搂抱，但是张先生力大无比，那可不是轻易能够挣脱得了的。百年不遇的事情，顾易也不可能有什么经验。

张先生把她放倒在床上，并且压迫着她。张先生的脸就在她的眼前，贴得那么近，顾易像看到了一个毛茸茸的大狗，顷刻间要将她吞噬下去。

顾易意识到在目前这种状况下，和张先生挣扎是无济于事的。她干脆停止了挣扎。这么一来，张先生反倒不急了，不过依然贴着她，哼哼唧唧的，臭烘烘的。

顾易觉得张先生脸上有一根长长的毛刺进了自己的鼻孔里。她忍耐不住狠狠地将一个喷嚏打到了他的脸上，张先生顺手抹了抹脸。

顾易说："放手，要不我就大声喊了。"

张先生眨巴眨巴眼睛，他大概是清醒了。张先生赶紧起身并松开了顾易。他脸上的神情也有点可怜，那神情又好像在说怎么搞的竟认错人了。

顾易原本应该好好地教训张先生一番的，但是她余惊未消，也就根本没有了那份心思。她看着张先生通通通地走出门去，又听见张先生在门外任何处重重地砸了一下。

真是倒了十八辈子的霉了。

一周以后，方海浩来了。顾易并没有请方海浩来，是方海浩自己找上门的。

方海浩叩门的时候，顾易正在午睡。

她像迎接老友似的将方海浩迎进了屋，她说："瞎，你看，屋内乱糟糟的。"

方海浩说："没有关系，那有什么关系。"

有客人来，顾易的心头一阵欣喜。

"我给你做甜羹去！"她看着方海浩，看着看着突然尖着嗓门说了这么一句，甚至把正被她看得不知所措的方海浩给吓了一跳。

甜羹端上来了，方海浩很快地将甜羹吃完，勺子和碗敲得叮当作响。然后他抹抹嘴，搓搓手，说吃完了，好吃。

顾易问他还想不想吃，方海浩说不了不了。但是顾易还是给他添了一碗，方海浩说不吃不吃，但还是又吃了一大碗。

窗开着，微风徐徐吹来，空气中有一点草叶的味道。

话题始终没有涉及房子的事情，顾易有意回避着，方海浩似乎也不想提。似乎他仅仅是想来坐坐仅仅奔那两碗甜羹而来。

不知他俩都谈了些什么，天渐渐地就暗了下来。

后来，方海浩问她，你丈夫呢？因为墙上挂有结婚照，方海浩便知道她是结了婚的。

方海浩问了之后，顾易顿时就变得很深沉，和刚才请方海浩吃甜羹时的模样截然不同。她很深沉很深沉地埋下头去，又很深沉很深沉地仰起脸来，她的眼中噙着泪花。

她说："你想听听吗？"

方海浩点点头。顾易的神态令他惊恐万状，他惊恐万状地看着顾易，就好像看到了一支点燃了导火索的手雷。

在顾易诉说的过程中，起先方海浩只是端端地坐着，专心致志地听。渐渐地便开始有了骚动，两条腿不住地捣来捣去，时而把左腿压在了右腿上，时而又把右腿换了上去。

顾易问："是不是，我——"

方海浩说："讲呀，讲下去，讲！"

于是顾易便接着刚才的段落往下讲。但是方海浩却更加不安分了，如坐针毡似的不安分。后来他索性站起身来，在屋内快速地踱步。

既然讲了，总得讲个明白。但是方海浩肯定已是不耐烦了。讲完之后，顾易直后悔。真是不该讲的，人家原本说看房子的，却没完没了地拖着人家讲自己的私事。私事人人都有厚厚的一本，要都如她这么讲的话，那么这个世界就会被私事的泡沫给湮灭了。

好在方海浩还没有立刻要走的意思，他只是问："厕所在哪儿？"

顾易送方海浩去厕所，门锁着，有人。顾易见方海浩急得直转。

她恍然大悟了，原来人家一直是憋着尿在听她的絮叨，怪不得他左不是右不是怎么也安静不了。这样憋着尿，时间又那么久，可真是下了功夫了。

顾易顿时感动极了。

在屋里也能听见方海浩撒尿的声响，哗哗地，很急，很长。尿越是长，顾易便越是感动，随着那绵长的尿声，有一种从未经历过的柔软的感情在顾易的心头滋润开来。

方海浩解完手之后便四处找水笼头，水龙头正在用着，那是裴美琴在洗菜。见有人来，裴美琴便让到了一边：“你先用吧，没有关系的。”

顾易的心又被揪紧了。裴美琴说这话时的神态顾易不用看也能猜想得出来，裴美琴一定是眼一弯，嗲嗲地一扭脖子：你先用吧没有关系的。顾易暗自叫苦，骂了一句她从未出过口的粗话。

但这时候却又听见方海浩回敬道：“关你什么事！”

顾易愣住了。

方海浩回到了屋里，他的手干干的。讲卫生是一般的道理，可一般的道理也得视情形而定，方海浩这回不讲卫生，可是他差不多已经挨到了一颗女人的心。

方海浩问：“有烟吗？”

顾易说大概是有的。但是翻腾了一阵之后，只是找到了丈夫抽剩下的半盒烟。顾易将烟递给方海浩，并拿着火柴打算替他点燃。

“这种人的烟，我不抽。”方海浩的立场极为鲜明，一丝不苟。他把烟扔到了一边，宁可将仅剩在碗中的一颗草莓用极不卫生的手拈起送到嘴里。

这个时候，顾易已经是恨不能一头栽倒到他的怀中去了。

后来，他们便相约晚间出去散步。

这样散步散了好几回，事情也就明确了。

顾易总是把他往暗处拽，可是方海浩好大模大样地走在亮处。他说怕什么，我可是什么也不怕，我就是要娶你做老婆．谁也管不着。

无论怎么说，事实上依然身为人妻，因而这么散步被谁撞见了终归不好。再者，顾易还是瘦，在灯光下走，她的影子极瘦极瘦的，竹竿一般，她踩着自己的影子心直跳。

那次，方海浩想触摸她。顾易说：“别，别别别，我很瘦。”

方海浩听了直乐。他说瘦怕什么，哪个姑娘不希望瘦点儿。

“瘦不好，真的，很不好很不好。”

“那你就多吃点肥肉。”方海浩也忘了在触摸她了，只是认认真真地替她出点子。

那能行吗？顾易想。要是吃肥肉能吃得性感的话，她准保每天去吃它一头猪。

有一回方海浩搞来了两张舞票，他说跳舞去。顾易拗不过他，便跟着去了。

两人都说自己不会跳，下了舞场之后却还都能跳，方海浩边跳边夸赞她很轻，带她跳毫不费劲。

这话正说到了点子上，说得顾易心头美滋滋的。看来瘦也不见得一无是处，在舞场上瘦就不错。于是她便尽可能地跳得轻，只要他的胳膊一拐，她就飞也似的转将过去。有一次搞得太轻了，本不该轻的时候也轻了，她差不多一个大旋转跑到了他的后背，闹得方海浩以为又冒出了一个什么花步，一时里竟不知如何对付是好了。

从舞场上出来之后，顾易的心情分外舒畅。话也多了，也柔情。她说以后每个周末都去跳舞，把它作为一个家庭制度给定下来。制度要延续下去，直到晚年，直到两人都瘫在了床上，不能动了。

方海浩一味地喏喏。

方海浩是个外冷内热的家伙，嘴上不善表达自己的情绪，但顾易是清楚他的。她知道他现在感情与她完全同步。她倚他的厚实的肩头款款而行，她想冒出了这么一个男人真是天意。而事实上方海浩完全有条件找一个比她强十倍的黄花闺女。方海浩一定是真心喜欢她因而即便知道吃了亏也不好说什么，但是他越是不说顾易便越是不能让他吃亏。

顾易再次登方家的门与其兄嫂见面，虽说已是有过一面之识，但性质完全不同。

兄嫂的脸色并不好看，对这一点，顾易早已是有所准备了。

气氛很沉闷，方海浩又像个呆子缄口不言，好像这种气氛对他很合适似的。

顾易不得不使出浑身解数逗小夏夏闲聊，问他几岁了，上托儿所还是幼儿园，唱什么歌做什么游戏……

嫂嫂突然提起了换房子的事情，顾易一听就知道她不怀好意。果然越讲越不像话了，她说住房紧，换房也是不得已而为之，事实上，和顾易换房他们也并不合算。最为关键的是他们夫妇俩的单位都在附近，要换到顾易的那个区去，每日上下班挤车就够受的。当然，家里人还是很感激顾易的，因为这样一来，海浩要是有了对象办婚事的话，在住房上起码有个周旋的余地了。

嫂嫂的险恶用心一目了然。

顾易呷了一口茶，说："嫂嫂，你们就住在这里多好，好地段，好结构，结婚住房我这里有，何必要牺牲你们的利益呢？"

顾易说这番话好像有点漫不经心的样子，而其实，这正是她今天来这里的全部目的所在。

小夏夏正在往顾易身上爬，嫂嫂呵斥道："下来，赶快下来，看把阿姨的衣服弄脏了，唱个歌给阿姨听，好阿姨好阿姨阿姨像妈妈，唱呀！"

小夏夏不唱。

顾易说："小夏夏真可爱。"

嫂嫂说："简直没有办法，生了这么个淘气鬼，时间都泡在了他的身上，把我们拖了个半死。你以后……"嫂嫂看了看方海浩，"最好别要孩子。"

顾易说："为什么不送全托幼儿园呢？那可要省去很多心思呢！"

哥哥插话道："难呐！晚报上说比研究生的名额都少，一张床位得一万块钱，我们小户人家哪来这么多钱。"

顾易说："我来想想办法吧，我姐姐人头熟，和全市各个幼儿园都有工作上的来往，九月份收新生，用心点的话，这一期大概也能赶上。"

当顾易从方家告辞出门的时候，她意识到这头已经完全被摆平了。

嫂嫂招呼道："常来呀！不必见外了！"像三流电视剧中的台词。

当天晚上，顾易就去找姐姐，商量关于夏夏入全托一事。姐姐说虽然和幼儿园有工作上的联系，但这事也并不如顾易所想象的那般容易。

在顾易上姐姐家的时候，路过服装商店，她突然想到应该买条裙子给姐姐送去；但同时，她又为自己冒出了这样的念头而惊讶。顾易自小跟姐姐好，以前托姐姐办点什么事，说就是了，姐姐能办的就给办了，办不了的就说明她的难处。也从未想过要送点什么东西给姐姐，那样做简直可笑。

顾易已经跨入了服装店却又退了出来，出来之后思来想去又踅了进去。姐姐并不富裕，送条裙子姐姐也会高兴的，姐姐以前大概老是把她看作小孩子，可她能老是被姐姐看作小孩子吗？事实上她已是不小了，而且几乎受尽了生活的磨难。

顾易取出了裙子，问姐姐：“好看吗？”

姐姐说式样不错：“只是你穿显大了些。”

顾易说：“送你的。”

“送我的？”姐姐不看裙子，只是看她，直把她看得满面绯红。

“有人送了我两条，多了一条。”性急中她撒了个谎，谎编得不圆，姐姐大概能够看穿。

姐姐收下裙子，还是那句话，很难，试试看吧。

几天以后，姐姐来家找她，一见面就摇头，说不行。

顾易急了，为什么不行呢？难道就一点儿办法都没有了吗？

姐姐说名额在上半年就满了，“哇哈哈”幼儿园倒是还有一个空额，她找所长谈，但是所长不同意。

顾易站起身，晃着瘦瘦的身影像个将军似的在屋中踱步，突然她的手臂重重地抡了个弧圈。

顾易问：“她要什么？”

姐姐说：“什么她要什么，什么意思？”

顾易说：“所长啊，我送她一条项链如何？”

姐姐显得有点恼怒了。

姐姐说：“这种事有人能做你就不能做，项链？风声一旦透露了出去，她这个所长还要不要当了？听起来你的本事挺大的，嗯？你本事大你能把她的女儿塞进小歌星艺术团去？实话说吧，她就是要我把她的女儿弄进小歌星艺术团去，我没有那个本事。舞台上表演，瞒得了谁，非得一关一关地通过考试才行，而她的女儿条件不好长得也不漂亮。”

顾易说：“是吗？”

姐姐说：“我能说谎吗？”

顾易说：“如果我把她女儿弄进去了呢？”

姐姐说：“你做梦。”

顾易说："我真要是把这事办成了呢？姐姐。"

姐姐说："那还有什么话说吗？"

顾易说："好吧，你等着，姐姐。"

这个时候，姐姐似乎已被顾易搞懵了，姐姐叹道："你现在真是越来越不得了了。"

说完，姐姐走了。

夏季。多雨。

顾易常站在窗前看雨，同时她时常能看见裴美琴湿淋淋地由外面跑进楼来。裴美琴总是不注意带雨具，她得承认，湿透了的裴美琴反倒更增添了魅力，裴美琴身上的被勾勒得分外清晰的跌宕有致的线条，是通常女人无从具备的。

裴美琴现在的日子过得当然杂乱，既得和顾易的丈夫幽会，又得同张先生打官司。有一次顾易看见那个公用信箱中有一封法院寄给张先生的信，顾易特意将信举起照了照太阳，薄薄的一张纸，是传票吗？

裴美琴和张先生在打离婚官司。

那天顾易下班回来又遇到了雨，顾易总是带着伞，因而她从不会被淋湿。顾易一旦淋湿了，也不会有裴美琴那么好看。在距离家不远处，顾易又见裴美琴湿淋淋地从斜道上埋着头跑来。

顾易喊她："快来，这里有伞。"于是裴美琴便直冲过来，钻进了顾易的伞中。

当裴美琴钻进了顾易的伞中之后，她尴尬得脸色都发了白，裴美琴只是埋着头在雨中往家赶，根本不曾想到打伞并唤她的是顾易。

还是顾易大度，顾易说："瞧瞧，要感冒了。"

裴美琴说："啊不不不，谢谢你，我很好的。"

顾易想，你当然好，你还能不好吗？

一把小花伞，两个人挤着十分勉强，又免不了身子贴着身子肉贴着肉，这本不是顾易所情愿的。于是顾易的手就不得不摁在了裴美琴的胯骨上，以控制身子接触时的分寸。裴美琴的胯骨很高，几乎齐顾易的胃部，那胯骨又相当坚实，顾易那般地摁看，就像摁住了八仙桌的一个桌角似的，如果要蹦的话，那么借助这么一个支点，她一定会蹦得老高。顾易暗自叹息，自己真是难以和裴美琴匹敌。

一段不长的路，总算走完了。

吃过晚饭，顾易拿了几片“感冒通”敲开了裴美琴家的屋门。顾易将药片递给了裴美琴，裴美琴惊恐地接过药片，摊在掌心上左右端详。然后裴美琴坚定地一字一顿地说她不吃药。她裴美琴从不吃药。裴美琴的警惕性也是可以理解的，她一定是从这两颗小小的药片中联想到了谋杀。

顾易没有要走的意思，她拽过了一张椅子坐下了。

顾易问：“你还在那个小歌星艺术团里当艺术指导吗？”

裴美琴说：“不在那儿干又能在哪儿呢。”

顾易说：“麻烦，求你件事行不行？”说着，她从兜里掏出了一个纸条，纸条上写着幼儿园所长女儿的姓名，年龄，住址等。

裴美琴小心翼翼地用食指和拇指的尖尖拈过纸条，她还是保持着高度的警惕。但是纸条上除了姓名，年龄，住址之外看不出其他的名堂。没有密码。

顾易说：“那些捕风捉影的事情不必放在心上，连我都不放在心上，你又何必放在心上呢？”

裴美琴说：“什么，你在说什么，我完全不理解。”

这时候，顾易连看她一眼都觉得多余。顾易只是坚韧不拔地继续往下说。

“事情总是越传越坏，要是一旦传到单位里去就糟了。那日张先生给我的信，我连看都没看，我，就，撕……撕了……”

此刻，顾易突然想哭，怎么忍都忍不住。但是她却惊奇地发现，裴美琴已经在哭了。裴美琴果然在哭了，哭在了顾易的前头，压着顾易哭。裴美琴的悲恸真是既令人心酸又颇为壮观，不尽的泪水夺眶而出，大颗大颗的沉甸甸的泪珠横飞脸面，且不带任何声响。倘裴美琴现在号啕开来的话，那么顾易也不会如此惊奇，令顾易惊奇的是这种无声的哭泣的确要远胜于女人们一般惯用的歇斯底里。

显而易见的，她连哭都占了上风。

顾易搓了搓鼻子说：“……那个小姑娘，请你……”

她看见裴美琴掏出了一个小本，将纸条夹了进去。纸条已经湿了，但还不至于弄得看不清。要是看不清的话．顾易可以用干净的纸再写一遍。

裴美琴依然无声，只是冲着顾易使劲地点头。

那一晚，顾易梦见了一条哭泣的肥鱼。

顾易的姨妈果然风瘫在了床上，姨妈一风瘫，就把母亲给拖累了。母亲只得去侍候姨妈。母亲说：“你姨妈就是这个命哟！”

弄不清为什么，姨妈一辈子未曾嫁人。顾易原来是想效仿姨妈的，她觉得姨妈一辈子这么过也很好。

母亲去姨妈处不久，也病倒了。据说是嘴唇发紫，呼吸不畅，心脏跳得很快，一阵紧似一阵。母亲和姨妈的病相仿，这里面不能排除遗传的因素。

姐姐来电话了。姐姐说：“你赶快把妈妈接回家去，姨妈那头就由我想办法去照料好了。”

姐姐终归是姐姐，如同以往一样，总是把累活脏活揽给自己，而把方便留给顾易。但是顾易却有顾易的想法。

她在电话里说：“姐姐，我看还是这样吧，妈妈还是跟着你过，姨妈交给我吧。”

姐姐说：“那怎么行，你怎么对付得了？”

顾易说：“姐姐，就这样定了吧，姨妈都已经八十六岁了，还能活几年呢？我咬咬牙就过去了。今晚上我就把妈妈送到你家去。”

姐姐说：“你雇保姆，钱要是多的话，我出。”

顾易说：“姐姐你放心好了。”

顾易送母亲去姐姐家，一路上母亲只是惦记着姨妈，尽管她自己迷迷糊糊地病得也挺重。母亲说雇保姆不灵的，钱多，而且根本就照料不好。

顾易说：“妈妈，我已经想好了，我搬到姨妈家去住，即便雇保姆的话，也不过是搭搭手罢了。反正有我呢！”

姨妈的住房和方家的类似，也有三十多平方米。这样的住房仅姨妈一个孤老太太住的确是奢侈了。

顾易搬过去了之后，因为离得近，方海浩下班后便常去。

这样顾易和方海浩的关系便日渐加深，活似夫妻了。

姨妈只当方海浩是顾易的丈夫，说这样的好小伙天底下打着灯笼都难找。

方海浩的性情本来就好，在瘫了的姨妈跟前性情就更好。嘴甜，手脚也勤快。顾易便不断地支使他干活。

"哎，你把玻璃窗擦一下。"

"大米没了，明天别忘了买来。"

方海浩乐呵呵地干活，哼着小曲儿。

姨妈说："你让他歇息歇息吧，他也累呀。"

姨妈喜欢方海浩，这叫顾易十分高兴。姨妈给顾易三百元钱，说是给方海浩买点补品吃。顾易只是稍稍地作些推辞，就把钱收下了。顾易知道，姨妈是极有钱极有钱的，根本不在乎这么点钱。

方海浩有时对顾易离婚一事迟迟未了而焦急，而其余的时候，他的情绪总是很好。能找到如顾易这么个可心的人对他来说已是足够了。

夏季已过，入秋了。

是到了和丈夫摊牌的时候了。

顾易给丈夫挂了电话。

"你回来一次吧，我要和你谈谈。"

丈夫说："通了？"

顾易说："通了。"

顾易也有好多日子不曾回她的那个家了。这次回去，刚进弄堂，便见楼门口拥有一大群人。莫不是家门被撬了吧？于是她便急急地跑。

待近了才知道，人们看的是打架。裴美琴家的玻璃窗被砸得惨不忍睹，再看地上，被褥，碗盆扔得到处都是，一个上好的收录机也被摔了个稀巴烂，连顾易看了都觉得心疼。

顾易穿过人丛，上楼。

然后又下楼，穿过人丛。因为她得去买菜，丈夫要来，他们得吃饭，得谈。

有一个居委会主任模样的妇女拽住了顾易，她好像对顾易很熟悉，但顾易并不认识她。

主任说："小顾啊，你们是邻居，平时也该劝劝才对，你看闹成这样，什么影响？何必呢？"

顾易说："是啊，何必呢？"

主任说："应该相信人民法院嘛，有话法院上不能说吗？现在妇女儿童受保护，那家男人也是个有知识的人，怎么连这个道理都不懂呢？怎么不知道打人是触犯法律的呢？"

顾易想，你问我我问谁去。

人越聚越多，都看着顾易，后来的人看顾易就以为她是裴美琴。

好在居委会主任并未忘了替她解释。

"大家想想，看看，同样是小夫小妻，那一家，"主任指指那扇破窗，"这一家，"主任又拍了拍顾易的肩头，"一家你打我骂，天翻地覆，一家和和睦睦，亲亲爱爱。"

大概是因为主任说了亲亲爱爱，惹得人群有了笑声。人群让出了一条走道，人群看着顾易提着满篮子的小菜亲亲爱爱地给她的丈夫做好吃的去。

没有不散的筵席。

顾易看着他狼吞虎咽地吃，而顾易自己却很少吃。眼前的这个男人离得她相当遥远，遥远得没有丝毫值得眷恋的。

他的鼻子又尖又细。

他的眉毛又淡又稀。

注意他的腮帮子，他的腮帮子好像老也洗不净似的斑斑点点如同生了疮。

在刚结识的时候，顾易对这些细部都是注意到了的，但以后竟忘了去注意了，此刻，她又在注意了。

顾易问自己当初怎么就和他结合了呢？

现在，顾易说："我已经想妥了，离就离吧，对你我都有好处。"

丈夫说："这样就好，现代人的行为方式都这样。你是个好人。"

丈夫在微笑。

顾易说："好人也不见得，我是有条件的。"

丈夫说："什么条件？"他还在微笑。

顾易说："住房归我。"

不再有微笑了。

寂静。

片刻之后，丈夫从齿缝里挤出了两个字："讹诈！"

顾易不言。

丈夫说："你怎么竟能这么……这么厚颜无耻。"

顾易还是不言，她得控制。

丈夫说："你硬是把一个小丑八怪塞上了舞台……这回又来讹诈我，坦率地说吧，不可能。"

丈夫站起身，拍拍屁股，走了。

顾易突然省悟到事情被搞糟了，她站在窗前悲悲切切地喊："你认真考虑考虑！"

几个月之前，这话可是丈夫说的。

顾易每日都在等待丈夫的回音，但愈是等待便愈是绝望，她已经无从回忆那段日子究竟是怎么熬的了。

方海浩见顾易的脸色不好，起先还以为她身体欠佳，嘘寒问暖备至。但顾易说请他不要烦她。这样方海浩便揣度顾易的感情出了问题，于是也一并地痛苦起来，见方海浩痛苦，顾易本身的痛苦又打了几个滚，翻了几番。

黄浦江是没有盖子的。上海人说这话的意思很明确，想跳你就跳吧，无人拦你。

顾易在黄浦江边溜达，满脸的愁容。顾易这么溜达的时候，她的身后免不了会跟上一两个男人。这些男人大都不怀好意。他们满心希望顾易不必再这么犹犹豫豫一头栽下去得了，然后再由他们介入演上一出浪漫的悲喜剧。顾易边溜达边流泪，待她仰起脸来，见眼前竟是丈夫单位的大门。

顾易坐在那门前，愣愣地坐着。今天不走了，要死就死吧。

待坐到了黄昏的时候，丈夫从门内走出。顾易窜将起来，一把将他拽住，其形状既如同见到了救星，又活像“我要和你拼了”一般。

丈夫见她，并不吃惊。似乎他早已料到她会有这么一手。

“你说吧。”

顾易说：“呜呜——呜呜——你和裴美琴好，我早就晓得，呜呜，你算算，你们好了多久了，我计较过吗？现在我成全你们，我不过是要求一个窝。呜呜，你算算，究竟是你对不住我呢，还是我对不住你？呜，呜呜，你自己也得给自己算算，大事，小事，看看清楚，因小失大，你合算吗？呜呜……”

该说的都说尽了，顾易觉得说了这番话之后，她周身的血都被抽干了。

有人在办公楼窗前喊。丈夫应了一声，然后一把甩开她，往楼内走。转而，他又踅了回来。

丈夫说：“你走吧，我同意。”

一时间天旋地转。

不是梦吧。

两处换一处（自己的以及姨妈的），新房宽敞气派得像个公馆。

婚事的操办大都由兄嫂张罗，兄嫂欢天喜地地张罗。有了这么一个弟媳，既得光彩，又得实惠。小夏夏早已是入了全托。

婚后，与第二任丈夫感情甚笃。

也用不着提腿倒悬半小时之类的把戏，孩子自然而然地就有了。女孩，取名从容，意思是大了后每每遇事都得循人情物理而行悠悠然从从容容。

孩子出生后不久，姨妈谢世。又留下大宗遗产，细细算来，一辈子吃喝不愁，享用不完。

又有姨妈的干儿子廖某自海外来沪办合资企业，遂将顾易调进公司任秘书。高薪厚禄，以谢侍候其干妈之恩德，且聊补不尽之孝心。

复一日，这个秀气而富足的女秘书在街上偶遇张先生。

“哟嗬，张先生，Mr.张？”

张先生使了好大的劲才把她认出：“啊，你啊，是你啊！”

张先生显然是刚从医院出来，手拿药瓶，弯腰驼背，脸色焦黄。

女秘书说："你好吗？"

张先生说："啊啊，死不了，也活不好。"

女秘书说："还是一个人过吗？"

张先生说："当然，当然，谁还能看上我呢？"

女秘书的心头阵阵发酸，女秘书想，从前，张先生在强行无礼的时候，多棒！多么Strong and sexy！

张先生掏出烟，抽出一支递给她："抽烟，你抽烟吗？"

女秘书摇摇头。

女秘书取过了他的烟，塞回到了他的兜里。

女秘书轻柔地说："戒了吧……要得肺癌的。"

（写于1990年）